新潮文庫

華のかけはし

東福門院徳川和子

梓澤　要著

新潮社版

11829

目次

華のかけはし

東福門院徳川和子

第一章　葵《あおい》の家

一

　自分が京の天皇家に嫁ぐことが決まったのがいつのことか、和姫《なごひめ》は知らない。気づいたときにはもう、周囲がそう接していた。御所は魔物が巣くう恐ろしいところだそうですから、よほどしっかりなさらねば。将軍家の姫が化粧顔《けわいがお》の公家衆《くげしゅう》にひけをとってはなりませぬ。負けてはなりませぬ。そんなことばかり言われた。乳母《めのと》や侍女たちは唇を震わせて言いつのり、京から下らせた下級公家を教育係につけて行儀作法を仕込むのに躍起だった。

　ただひとり、母である二代将軍秀忠《ひでただ》の御台所《みだいどころ》お江与《えよ》だけは、魔でも鬼でもあるまいし、と笑ってとりあわなかった。さすがは二度の落城の炎と、二度の結婚で離縁と死別、そして三度目の結婚と、いわば生き地獄をくぐり抜けてきた女の気概とある種の諦観《ていかん》であったろうと、和姫も成長するにつれて理解するようになった。戦国の世のおなごは、いや、男も、わが身の行く末も生死も自身でどうにかできるものではない、なるようにしかならぬと骨身に深く刻みつけ、覚悟して生き抜くしかないのだ。

和姫が生まれた慶長十二年（一六〇七）には修羅の世はすでに終わりかけていたが、大坂にはまだ豊臣秀頼《とよとみひでより》と淀《よど》殿が健在で、桐《きり》の葉はしばしば風に煽《あお》られ、この江戸にも重苦しい翳《かげ》を落としていた。和姫の十歳年上の姉千姫は秀頼の妻になっており、千姫の身がこの先どうなるか、烈風に吹きちぎられる運命か、誰も口にはしないが案じている。ことにお江与は長姉の淀殿に娘を託したことを後悔していたのではなかったか。

これで和姫が宮中に入ることになれば、徳川家対天皇家、武家対公家、幕府対朝廷、相反する勢力のせめぎ合いと、幾重にもからまった血縁のしがらみのただなかに放り込まれることになる。

お江与と秀忠は、千姫を筆頭に二男五女をもうけた。二番目の子である次女珠《たま》姫は前田利長《としなが》の異母弟で嫡《ちゃく》養子になった利光《としみつ》（のちの利常《としつね》）に嫁ぐため、わずか三歳で加賀へ行った。和姫が生まれるよりずっと前のことである。次が三女の勝姫。四番目も女で初姫。この姉は生まれるとすぐ、お江与の次姉である京極高次夫人お初に引き取られ、その養女になった。

お江与は慶長九年、待望の嫡男竹千代をあげ、さらに二年後には次男国松を生んでようやく肩の荷をおろした。その翌年の慶長十二年に生まれたのが末娘の和姫である。

和姫がものごころついたとき江戸城にいたのは、六歳年上の勝姫、三歳上の竹千代、一つ上の国松の三人だけだった。男児ふたりはそれぞれの乳母にかしずかれ、小姓の少年たちが絶えずとりまいていたから、遊び相手といえばもっぱら勝姫だった。

勝姫は、古くからの侍女たちによれば、娘たちの中で容姿も気性もいちばん母親に似ており、勝気で負けず嫌いの激しい気性である。彼女からすれば六歳年下の妹は格好のおもちゃで、気分次第でいじめたりからかったりできる相手なのだ。

「この毬《まり》、おまえにあげるわ。母上にいただいたものなんだから、大事にするのよ。なくしたら駄目だからね」

そう言ったそばから隠してしまい、妹が泣きべそをかきながら必死に探しまわるのをにやにや笑って見ている。それでもついてまわる妹を鬱陶《うっとう》しがり、本丸御庭に誘い出しては侍女たちの目を盗んで一緒に築山《つきやま》の裏の繁《しげ》みに隠れ、そのまま置き去りにすることも一度や二度ではなかった。

木下闇《こしたやみ》の中、姉に命じられるまま、じっとしゃがみ込み、声一つ上げられないでいる心細さ、周囲の一面の緑と風に揺らされる枝のざわめき、木々が吐き出す匂《にお》いに包まれていると、このまま自分がそのなかに吸い込まれて消えてしまいそうで、泣き出したいほど怖かった。いまに満面の笑みの姉が救い出しにきてくれる。やさしい声で、よう我慢した、偉かったね、と褒めてくれる。ひたすらそう念じ、そのたびに裏切られた。探しに来るのはいつも若い侍女の梅《うめ》だった。

その勝姫も、和姫が五歳の秋、越前国福井藩主の松平忠直《ただなお》に嫁いでいった。

「わたしはすごく遠いところへ行くのよ。もう会えないけど達者でね」

姉はさばさばしたものだったが、和姫はまた置き去りにされた気がして悲しかった。十一歳まで親許《おやもと》にいることができた勝姫は、物心つく前に引き離された珠姫や初姫よりしあわせというものだが、妹が入内《じゅだい》することになると知ったら、負けず嫌いな彼女はさぞ悔しがったであろう。

その半年前の三月、京では後陽成《ごようぜい》天皇が譲位し、四月三宮政仁《さんのみやことひと》親王が即位していた。のちに和姫の夫君となる後水尾《ごみずのお》天皇である。

梅が和姫附の侍女になったのは、姫が誕生した慶長十二年十月四日から四日後のこと。

「姫さま、この梅は何も知らずお城に上がり、何も知らず姫さまに引き合わされたのです。生まれたばかりの姫さまに」

梅はよく、和姫の顔を覗《のぞ》き込んでそう言う。そのとき梅は七歳。前夜、父からいきなりお城に上がるのだと言われ、なんのことか理解できないまま迎えの女乗物に母と一緒に乗ったこと、梅の手を引く母の掌《てのひら》がじっとり湿っていたこと、薄暗い長廊下を何度も曲がったこと、畳敷きの廊下が足裏に冷たかったこと、奥御殿に連れていかれ、御台所さまの御居間へときらびやかな打掛姿の奥女中方に先導されていったこと。そんな断片的なことしか憶《おぼ》えていない。

江戸城は前年から拡張工事がおこなわれ、奥御殿も完成したばかり。豪壮な大小の建物が渡廊《わたりろう》で結ばれて複雑に入り組んでいて、梅は母の手をきつく握り直した。

「それはそれは、心細うございました。いま思い出しても震えがきます」

述懐しながら梅は、七歳の少女にもどったような顔をする。

大奥といっても、大御所家康《いえやす》とその側室たち、それに大御所が年をとってから生まれた子らは皆駿府《すんぷ》にいたから、江戸城の主《あるじ》は将軍秀忠。大奥のことはすべて御台所の一存で、規模こそ違え大名家の内所といった雰囲気があった。秀忠に側室はおらず、女たちが寵愛《ちょうあい》をめぐってしのぎを削る雰囲気ではなかったし、大奥の制度もまだできていなかった。よく言えば気さくでざっくばらん、家庭的。悪く言えば、粗雑な田舎武家風。のびやかな空気が流れていた。

なぜ自分が召されたのか、父も母も教えてくれなかったが、父は織田秀雄《ひでかつ》の赤母衣《あかほろ》衆から徳川に仕えた新参家臣。母も新参家臣の孫娘。どちらもさして重い身分ではないものの、母親が前年生まれた国松君にお乳をさしあげる乳母の一人だったから、そのつてで白羽の矢が立ったか。あとでそう想像しただけである。

「でも、あのとき思ったことはいまでもよおっく憶えています。あの瞬間から、どんなことがあっても姫さまのお側を離れぬ、ずっとお側にいると」

御台所はまだ産褥《さんじょく》にあり、白絹の掻巻《かいまき》から上半身を起こした顔は疲労の色を残していた。

手招きされて梅がおずおずと膝《ひざ》を擦って側に寄ると、顔を見ておやり、と言われた。

「今日からおまえの主になるのだよ。大事にしておくれ」

白絹の産着《うぶぎ》に包《くる》まれ、乳母に抱かれてすやすや眠っている小さな赤子の顔をのぞき込んだとき、自分の人生が決まったのだと、梅は遠い目をして言うのである。

「御台さまはおっしゃいました。この姫は大御所さまと将軍家が待ち望んでおられたお子。徳川の命運を担《にな》う大切な姫なのだから、おまえの命にかえても守り抜け、と」

もしも生まれたのが姫君ではなく若君だったら、自分がお城に上がることはなく、ましてや、宮中に足を踏み入れるなどありえなかった。一幕臣の娘として平凡な生涯を送ったであろう。釣り合いのとれた家に嫁ぎ、子をなし、育て、年老いていく。戦さえなければ、平穏な武家女の一生を送れたはずだ。何十年も後になってから、そんなことを和子にもらした。

姫さま附といっても七歳の子に何ができよう。周囲には常時十人を下らぬ乳母や侍女たちがいてお世話している。邪魔だと押しのけられ、まごまごするばかりだったが、

「おまえは和姫からかたときも目を離すな。何があろうと、絶対に目を離してはならぬぞ」

御台所に厳しく命じられた。

昼間はむろん、夜寝るときも、乳をさしあげる乳母が添い寝する横で休む。離れるのは自分が厠《かわや》へ行くときと入浴のときだけ。あとはひたすら和姫の顔を見つめ、泣き声に耳を傾けた。いつしか、和姫のことならかすかな眉《まゆ》の動きやまばたき一つで、おしめが濡《ぬ》れた、暑がっているとわかるようになった。泣きだす前にわかる。目を醒《さ》ます前に気づく。それがあたりまえになった。

和姫は小柄で立つのも歩くのも遅いほうだったが、病気らしい病気は一度もせず順調に育った。

最初に発した言葉は、「うめ」。梅の名だった。梅は驚きもしたし、周囲にからかわれて恥かしくもあったが、誇らしかった。

うめ、うめ、うめ。

和姫の声は、ぐっすり寝入っているときでも聞こえる。

「ですから姫さま。うめというのは呪文《じゅもん》だとお思いくださいまし。怖いときも、不安なときも、うめ、うめ、うめ、とおっしゃって」

だから和姫は、姉に置き去りにされて繁みの中でうずくまっているときも、梅がすぐ来てくれると信じた。木の枝をかき分けてやってくる梅の気配を感じると、震える声を上げる。

「うめっ、ここ。ここよっ。早くきて。うめっ」

「姫さまっ、ああ、よかった。お怪我《けが》はありませんか」

和姫の手をとって立たせ、髪にも着物にも絡《から》みついている葉屑《はくず》をはたき落として、顔の泥をぬぐい取ってくれる。その手の温みに、必死に堪《こら》えていた心細さがいっぺんに溢《あふ》れ出し、梅の首にしがみついて泣きじゃくるのである。

「梅が悪うございました。姉上とご一緒だからとつい目を離してしまいました。御台さまにあれほど言われておりますのに」

梅が涙声になると、和姫の涙はなぜか引っ込む。

「梅、母さまには内緒にするから。誰にも言わないから」

梅が叱《しか》られないように、自分が梅を守るのだと決心するのである。

二

和姫が嫁ぐことになる政仁親王は、けっして、すんなり帝位に就いたわけではなかった。大勢の人の運命が交錯し、葛藤《かっとう》と憎悪《ぞうお》の狭間《はざま》で火花を散らし合った末、大きな重荷をいきなり投げつけられ、背負わされたようなものだった。

原因は父帝の後陽成天皇の激烈な気性と、それゆえの家康との対立である。

政仁親王は自分がまさか帝位に就くとは思ってもいなかった。後陽成の第三皇子に生まれ、母は正妃である女御《にょうご》の近衛《このえ》前子《さきこ》。関白太政大臣《だじょうだいじん》豊臣秀吉《ひでよし》が近衛前久《さきひさ》の娘を自分の猶子《ゆうし》にして入内させ、政仁が生まれたのだが、そのときすでに、父帝の後継は別腹の一宮良仁《かたひと》親王に決まっていた。それを勧めたのも秀吉である。

秀吉は、関白として天下を支配するため、ことさら天皇を尊重し、その権威を高揚する必要があった。十六歳で即位した後陽成もまた、豊臣家の権勢と財力に頼るしか、朝廷と天皇の尊厳を保つすべがなかった。祖父の正親町《おおぎまち》天皇は織田信長《のぶなが》に屈することなく、逆にしたたかに利用して翻弄《ほんろう》してのけたが、天皇家が権威を保てる時代はすでに終わっていた。

――天下人豊臣秀吉と、その肩に担《かつ》がれた若い帝《みかど》。

天正十六年（一五八八）四月の秀吉の私邸聚楽第《じゅらくだい》への行幸《ぎょうこう》は、両者の強い連帯を世間に示すためにほかならず、のちのちまで語りぐさになるほど華やかな大盤振る舞いだった。

だが、そのもちつもたれつの蜜月《みつげつ》は、秀吉の死によって終わりを迎え、後陽成はそれから間もない二ケ月後、病を理由に突然、譲位の意向を示した。

家康ら五大老も公家衆も困惑しつつ、混乱になるのを避けるべく「叡慮《えいりょ》次第」、つまり「帝のお心のままに」としたが、天皇が儲君《もうけのきみ》良仁親王ではなく自分の同母弟智仁《としひと》親王に譲位すると言い出すにおよび、にわかに紛糾した。

もともと良仁親王のことは長男なのに可愛《かわい》がらず、親子仲がよくなかったが、それにしても、突然なんの過失もないのに廃太子とは前代未聞《ぜんだいみもん》、誰が考えても尋常なことではなかった。

しかも、智仁親王は以前、秀吉が自分の猶子にして関白職を継がせる約束をしていたのに実子が生まれたため解消し、あらたに八条宮《はちじょうのみや》家を創設させた人物である。本人は教養豊かで思慮深く、宮中の誰からも慕われているが、しかし、その経歴が帝位にふさわしくないと側近の上卿《しょうけい》たちまでこぞって反対した。

すると天皇は、今度は三宮に譲位すると言い出した。三宮は正妃所生なのだから文句はなかろうというのだが、意地になって無理やり横車を押しているとしかいいようがなかった。

公家衆の要請を受けた五大老筆頭の家康が、「誰にするか以前に、譲位そのものが時期尚早」と勧告して譲位は沙汰《さた》止《や》みになったが、以来、天皇は家康に対して強い敵意を抱くようになった。

一旦《いったん》は諦《あきら》めたものの、天皇はその後も執拗《しつよう》に良仁親王を退けんと画策し、二年後の慶長五年、五歳になった三宮を親王宣下して政仁親王とし、性急に儲君としたのである。このすげ替え劇は、関ヶ原の戦いで天下の趨勢《すうせい》がほぼ定まったのと無関係ではなかった。

翌年春、十四歳になっていた一宮は仁和寺《にんなじ》に入れられた。父帝を恨んで最後まで抵抗したが、無理やり出家させられた。同母の弟二宮も先立って三千院で出家させられていた。

「なんという無理無体。どうにも帝のご心底が見えぬ」

側近の公卿《くぎょう》たちも、半ば呆《あき》れ、半ば匙《さじ》を投げた。後陽成の生母である新上東門院《しんじょうとうもんいん》、勧修寺晴子《かじゅうじはれこ》が懸命に諫《いさ》めたが、後陽成は頑として聞き入れようとしなかった。

一宮は御所を去る朝、父帝のおわす常御殿《つねごてん》のほうをふり返り、大声で叫んだ。

「あんまりです。我がそれほどお嫌いか。我になんの咎《とが》があるとおっしゃるのです。弟まで巻き添えにするとは無慈悲にもほどがあります。この恨み、一生忘れはしませぬ」

涙をほとばしらせて吐き捨て、渡廊の端で隠れるように見送りに出ていた政仁を目ざとく見つけるや、つかつかと歩み寄った。

「三宮。見送ってくれるのか」

膝をついて顔を覗き込み、無理やりほほえんでみせた。

「三宮、そなたは強くなれ。よいか。それしかないのだぞ。この兄たちの無念を忘れるな。二の舞になってはならぬぞ」

同じ御所内で生まれ育っても、母親違いの上、ことに八歳も年上の一宮とは儀式のときに顔を合わせるくらいだったが、そのときの言葉は三宮の胸に深く刻まれた。まだ六歳で、意味するところまでは理解できなかったが、兄弟の絆《きずな》を強烈に意識した。

涙で汚れた頬をぬぐおうともせず、見据えてきた鋭い眼。恨むと言ったその父帝によく似たおもざし。それをよく思い出す。血を分けたわが子を父親が厭《いと》う。どうしてそんなことがあるのか。手許に引きつけておいて、邪険に突き放す。どうしてそんなむごい真似《まね》ができるのか。

仁和寺に入ってからの一宮は、寺の者以外誰とも会おうとしない。生母やその実家である中山家からの差し入れも拒否し、案じた祖母の新上東門院が面会を求めても、頑《かたく》なに固辞している。

「かわいそうに、げっそりやつれておられるそうな。気の強いお子であったに」

新上東門院が傷《いた》ましげにいうのを聞き、三宮が矢も楯《たて》もたまらず内々に寺を訪れると、そのときだけは、房の扉を少しだけ開けて立ち話に応じてくれた。

「心配かけてしもうたな。わたしはただ、まだおのれの心を鎮《しず》めるのに精一杯で、外とかかわれへんだけなんや。門院さまにおまえからよしなにお伝えしておくれや」

必要以上の厳しい修行を自分に課しているのだと、なるほどふっくらしていた頬の肉が削《そ》げ落ち、合掌する手の甲もごつごつと骨張っている。

「兄上、本当に大丈夫なのですか？」

「ああ、そのうちにからだが慣れてくれよるやろ」

薄く笑いながらも、心のほうがついていくのか、鎮まってくれるのか、本人もわからないのであろう。落ちくぼんだ眼窩《がんか》から白目が黄ばんだ眼をぎらつかせているのが、三宮はただただ恐ろしかった。その恐ろしさのなかに、

——自分もいつか。

不吉な予感が湧《わ》き出すのをとめることができなかった。

三

慶長十四年（一六〇九）七月、またしても宮中を揺るがす大事件が発覚した。若い公家衆と女官らの淫行《いんこう》事件である。

巷《ちまた》では傾奇者《かぶきもの》と称される輩《やから》が跋扈《ばっこ》しており、宮中でも風紀が乱れきっていて、公家と女官の密通などさほど珍しくもなかったが、その事件は複数の男女が一年近く乱交するという異常なものだった。公家衆は首謀者の猪熊教利《いのくまのりとし》以下九人。いずれも後陽成天皇に近侍する者たちである。女官のほうは五人。天皇の身辺に仕える中流公家の女たちで、なかには皇女を生んでまだ間もない側妾《そくしょう》までいたから、天皇は激怒し、即時厳罰、死罪を主張した。

そのため禁裏で内々にすませることができなくなり、新上東門院と近衛前子も摂関家からとりなしを頼まれて寛大な処理を求めたのに、天皇は頑として聞き入れようとしない。

気丈な生母はついに決断した。

「こうなったらお上《かみ》、せめても、ご自身で決めるのではなく、公儀《こうぎ》にお任せあれ。それだけはこの母に免じてお聞き入れいただきます」

母后のいつにない厳しい態度に、後陽成はしぶしぶ幕府の裁定に任せることに同意した。結局、女官ら五人は駿府に送られてそのまま伊豆の新島《にいじま》に配流《はいる》。公家衆のほうは、いち早く逃亡して捕縛された猪熊と他一人は死罪、あとの者も蝦夷《えぞ》や隠岐《おき》、薩摩硫黄島などに遠流《おんる》となった。

事件はこれで一応落着したが、天皇の憤懣《ふんまん》はおさまらなかった。前に譲位を断念させられた屈辱がよみがえると、もう歯止めがきかず、ふたたび譲位の件を主張したのである。

幕府はもはややむなしと了承しつつも、家康は当年四歳の末娘の死去を理由に延期を申し入れ、さらに秀忠も将軍職に就いたばかりで上洛《じょうらく》できないと返答した。

譲位の儀となれば、家康か秀忠のどちらかが上洛して費用の面倒をみなくてはできないはずである。それでもかまわぬとおっしゃるなら、どうぞご随意に——。

家康と秀忠にしてみれば、まだ大坂城に豊臣家がいる。それをなんとかせぬうちは、天皇のわがまま勝手につきあっていられるかというのが本音である。

譲位後に住まう仙洞御所《せんとうごしょ》も幕府が建てるのである。朝廷が自力で造営できない以上、後陽成としては泣く泣く従うほかなかった。

後陽成天皇は、今度は、十五歳になった政仁親王の元服と、自分の譲位を同日におこないたいといいだした。

「延喜《えんぎ》の嘉例《かれい》にならいたいのじゃ。こればかりは、どうあっても」

延喜の例とは、平安時代初期、天皇親政をおこなった醍醐《だいご》天皇が、父帝の宇多《うだ》天皇から元服と同時に譲位されたことである。宇多・醍醐の両代は「寛平《かんぴょう》・延喜の聖代」として名高い。故実を熟知し、天皇の権威にこだわる後陽成の意を摂関家らはもっともとしたが、家康は、元服は親王が十五歳のうちに譲位に先立って年内におこなうべき、と主張した。

それでも後陽成はあくまで同日実施に固執し、膠着《こうちゃく》状態のまま、秋が過ぎ、冬になった。

それ以上先延ばしにはできない。周囲の必死の諫言《かんげん》に後陽成はついに屈した。

「ただ泣きに泣き候《そうろう》。なりとなりともにて候」

涙が涸《か》れるまで泣き尽した。もうどうでもなれ。捨て鉢めいた言葉を投げ捨てた帝に、同情こそすれ、宮廷も幕府も安堵《あんど》の吐息をつき、結局、内意から丸一年もかかって、元服と譲位をずらしておこなうことになった。

元服の日は、年末も押し迫った十二月二十三日。

京の町を薄雪が白く覆《おお》った早朝、内裏の小御所《こごしょ》でとりおこなわれた。

理髪の役は三条実有《さんじょうさねあり》。加冠役は関白の九条忠栄《くじょうただひで》。実有は当年二十三歳。忠栄は二十五。ふたりとも三宮がものごころついた頃から遊び相手を務め、いまでは学友である。ふだんは気兼ねない口をきき合う兄貴分のような存在なのに、今日は笑み一つ見せず、厳粛な面持ちである。

まだ若いふたりが大役を任されたのは、政仁と親しい関係ということもあるが、実有は新上東門院の、忠栄は幕府側の意向を汲《く》んでのことである。後陽成と生母との間は宮中密通事件の処理の件以来、しっくりいかなくなっており、女院は宮中を出て洛北長谷《ながたに》の離宮に引きこもっている。幕府は再三、彼女が宮中にもどって帝の気持をなだめ、幕府との間を取り持つよう要請しているが、帝は受け入れようとしないのである。

　実有は無言のまま、政仁の髻《もとどり》でくくった童髪《わらわがみ》をほどき、頭頂部で結い上げた。武士のように前髪を落とし頭頂部を剃《そ》って月代《さかやき》にするわけではないが、それでも、髪型一つで気持が変わる。気持が先に大人の男になる。

「お上は？　見に来てくださらぬのか？」

　政仁のつぶやきに、顎下《あごした》で冠の紐《ひも》を結ぼうとしていた忠栄ははっと手を止め、無言のまま、ちいさくかぶりを振った。

「この姿を見ていただきたい。せめて、それくらいしてくださってもよかろう」

　父帝の常御殿は、ことは内庭と御学問所の建物を挟んで渡廊で結ばれている。大声を上げれば聞こえる近さだ。

　降り積もった雪が吸い取ってしまうのか、そのあたりはひっそりと物音ひとつしない。広廂《ひろびさし》に面した蔀戸《しとみど》はどれもしっかり閉ざされている。薄暗い室内で父帝はどうしておられるのか。

「終わったら、わたしのほうから参上する」

　きしむ声を喉《のど》の奥からしぼり出した政仁だったが、

「何とぞ、お堪えを。ここで事を荒立てなさっては、せっかくの盛儀が」

台無しになる。やっとのことで、ここまでこぎつけたのだから――。

九条忠栄の苦渋の表情に、昂《たか》ぶってほとばしり出そうな感情が、すっと引いた。

「わかった。あいすまぬ」

ふいに、異母兄の一宮が追い出された日のことが脳裏に浮かんだ。

あのときも、父帝は常御殿に引きこもったまま、顔を見せなかった。無理やり東宮《とうぐう》の座から引きずり降ろして出家させる息子に、別れを告げてやろうともしなかった。

一宮は声を荒げて激しくなじり、陰ながら見送りに出た政仁に言ったのだ。

――弟よ、おまえは強くなれ。この兄たちの二の舞になるな。

強くなれ、とは、耐えよということか。自分を抑えるすべを覚えよという意味か。

「わかった。ようわかった」

誰にともなくつぶやいた政仁を、その場の皆が傷ましげな面持ちで見つめた。

ほんのかたちばかりの儀式である。指先まで火照《ほて》った手に石の笏《しゃく》を持ち、その冷たさに心まで凍えながら、政仁はその足で母が待つ女御御殿へ向かった。

母は、御殿の前廂まで出て待っていた。

九条忠栄の先導で渡廊をしずしずと進んでくる息子を見つけると、ぱっと顔を輝かせた。

「もう待ちきれのうて。ささ、早う、もっとよう見せてくりゃれ、ささ」

白い息を吐きながら明るい声で呼びたて、小袿《こうちぎ》の袖《そで》をひるがえして手招きした。

母のその明るさがどれだけ救いか。おしゃべりで、にぎやかなことが大好きな母だ。しばしばいまのような高貴な身分らしからぬ軽躁《けいそう》なふるまいをして夫帝にうとましがられもするが、陰気で常にピリピリしている宮中の空気をなごませているのがこの母なのだ。

「まああ、ご立派になられて。なんだか風格まで備わりましたこと」

手をとらんばかりに室内に招き入れると、息子の全身をまじまじと見つめてため息をつき、冠の下からはみ出したほつれ毛を掌でなでつけて、にっこりする。

その蕩《とろ》けんばかりの愛情表現が気恥ずかしく、政仁はついすねたような声音を発した。

「姿かたちが変わっただけです。まだ一人前とはお認めいただけません」

見てもくださらぬ父帝への不満が、母の顔を見るとまた噴き出しそうになる。われながら子供じみた甘えと恥じつつ、訴えずにいられない。

「いいえ、東宮殿下」

母は声音をあらため、息子の顔を覗き込んでこたえた。

「あなたは今日からりっぱに成人。もういつでも、お上の後をお継ぎになれるのですよ」

宮方、公卿たち、それに宮中に仕える下々の者たちまで、誰もがそう認めている。その日を待ち望んでいる。母はそう言いたいらしい。

「さあ、鏡をご覧なさいまし。ご自分のお姿を見れば、よぉっく納得できますよ」

ふたりの女官が大きな銅鏡を左右から捧《ささ》げ持ち、うやうやしく政仁の前に掲げた。

そこにはこわばった表情の若者が映し出されていた。

鷲鼻《わしばな》ぎみの高い鼻梁《びりょう》、困惑と怒りを秘めた切れ長の双眸《そうぼう》、太い男眉、秀《ひい》でた額、真一文字に引き結んだ唇。顔の輪郭は角ばって、男らしく逞《たくま》しくも、ふくよかな温顔にも見える。

（ああ、これは……）

おもわず胸のなかでうめいた。父帝にそっくりだ。自分はまぎれもなく父帝の子だ。

それより胸を衝《つ》かれたのは、母はとうに気づいているはずなのに言わないことだ。母だけではない。九条忠栄と三条実有、それにふだんは気兼ねない口をきくここの女官たちも、誰ひとり口にしようとしない。

「もうよい。重いであろう。下げておくれ。手が痺《しび》れて落とさぬうちにな」

顔をそむけ、わざと明るい声音を装《よそお》いながら、その声が震えていなかったか気にかかる。

「おや、雪が上がったようですよ。外が明るうなってまいりました」

母は室内に垂れめぐらした几帳《きちょう》の端をそっとかき寄せ、蔀戸ごしに外の様子を見るふりをした。涙を隠すためらしかった。

そのとき、常御殿のほうから琵琶《びわ》の音が流れてきているのに、政仁は気づいた。父帝が弾いておられる。見事な音色だ。帝はことのほか琵琶がお上手で、よく弾かれる。いつもと変わらぬ流麗な音色だ。父帝はいったいどんなお気持で弾いておられるのか。

「ああ、雲が切れて、陽が射《さ》してきたようですね」

政仁はことさら声を励ました。

「あとはきれいに晴れましょう。積もった雪がきらきら光っておりますよ」

四

年が明けた翌慶長十六年（一六一一）三月二十七日、後陽成天皇はようやく念願の譲位にこぎつけた。

万が一の騒乱に備えて近江《おうみ》の逢坂《おうさか》、伊勢の鈴鹿《すずか》、美濃《みの》の不破《ふわ》の三関を封鎖して警護を固める固関《こげん》、新帝へ三種の神器のうちの宝剣と神璽《しんじ》を引き渡す剣璽渡御《けんじとぎょ》など、おおむね故実にのっとっておこなわれたが、なぜか、正親町天皇から後陽成への践祚《せんそ》の際にはおこなわれた、幕臣や諸大名の供奉《ぐぶ》はなかった。家康が禁じたのである。家康は上洛して二条城と伏見城に入ったが一連の儀式には臨席せず、諸大名の見物もかたく禁じた。

――どうぞご随意に。われら武家に頼らず、朝廷の力だけでおやりなされ。天皇親政、朝廷優位、それがお望みであらせられましたな。

無言の威圧である。

さらに二日後、家康は上皇後陽成院に二千石を寄進した。これからの上皇の生活維持費となる院御料《いんごりょう》だが、上皇はまだ四十一歳で、幼い皇子が十人余、皇女も大勢いて、養育費だけでも十分ではない。そもそも禁裏が最小大名とおなじ一万石の禄高《ろくだか》しかないこと自体、耐えがたい屈辱だったのに、今後ますます苦しい財政状況に追い込まれるのは目に見えている。

――これみよがしの嫌がらせ。

上皇やその側近たちは歯嚙《はが》みした。

その憤懣は、次いで四月十二日におこなわれた政仁親王の即位の儀で頂点に達した。上洛した家康は内々に即位の儀を見届け、その後正式に参内して新天皇に拝謁《はいえつ》したのである。

「わしの譲位の儀には顔も出さなんだに、こたびはしっかり見届けたじゃと？　どこまで無礼なことをしやる」

上皇は怒りをあらわにし、その矛先はますます息子に向けられた。

「あれは江戸のまわし者じゃ。もはやわが子ではない。顔も見とうない」

周囲がぞっと総毛立つ言葉まで吐き散らす始末で、十六歳の後水尾天皇は父上皇との対面すらできぬ状況で即位したのだった。

これで終わりではなかった。譲位にともなって代々かならずおこなわれる先帝から新帝への御所の宝物や典籍の移譲までも、上皇は頑として拒否したのだ。子供じみた嫌がらせとしかいいようのない執拗さに、女院や上皇の姉弟、上卿公家たちも、もはや啞然《あぜん》とするしかなかった。

四月の即位から半年以上もたって、この稀代《きたい》の不祥事は表ざたになった。京都所司代の板倉勝重《いたくらかつしげ》が駿府の家康に事の次第を報告。家康が上皇に勧告し、即位後一年以上もしてからようやく、上皇はしぶしぶ譲渡に応じた。

御服の唐櫃《からびつ》二棹《さお》、衣桁《いこう》、厨子棚《ずしだな》、絵障子、皮籠《かわご》、手ぬぐい掛け、釣燈台《つりとうだい》といった常御殿での備品類に加え、地蔵菩薩《じぞうぼさつ》像とちいさな愛染明王《あいぜんみょうおう》像の念持仏、それに、膨大な量の書物典籍、和歌連歌の懐紙、百五十冊弱もの草紙本。学問好きの上皇だから、手放したくない思いが強かったのであろうが、蔵書には『太閤記《たいこうき》』がふくまれており、豊臣秀吉とその時代に対する親近の情がいまだ薄れていないことをうかがわせた。

しかし、その期《ご》に及んでも上皇はまだ、譲渡すべきもの一切を渡すことはなかった。その後も女院らの再三再四の勧告を頑なに拒否しつづけ、すべてけりがついたのは翌年。女院と板倉所司代が強硬に迫り、上皇がようやく屈したのだったが、以降、院御所と禁裏は人の出入りも相互の連絡もなくなり、完全に関係が絶えた。

この常軌を逸した状況に、後水尾は生来の負けん気からけっして表には出さなかったが、

──そこまでお認めいただけぬのか。朕《ちん》の存在まで憎いと仰《おお》せか。

どれほど心に深い傷が刻みつけられたか。和子《まさこ》はのちのちそれを知ることになる。

後水尾天皇が完成した新禁裏に入ったのは、慶長十八年（一六一三）も暮れようと

する十二月十九日。即位の四ヶ月後、豊臣秀吉が天正十九年（一五九一）に後陽成のために建てた禁裏の取り壊しが始まり、新天皇は新上東門院の御殿を仮御所として引き移った。

以来二年半もの間、生まれ育った禁裏の建物が壊されていくのを、築地塀《ついじべい》越しに複雑な気持で見つめてきた。父上皇との幾多の苦しい思い出を、建物とともに消し去ることができれば――。そう思いながら眺めてきた。

ひときわ大きな屋根は紫宸殿《ししいでん》。即位の儀をおこなったその建物は解体され、京都東山の泉涌寺《せんにゅうじ》へ移築すると聞かされた。父上皇との断絶はいまだつづいている。その槌《つち》音《おと》は、やはり築地塀を隔てた上皇御所にも聞こえているであろう。父上はどんな思いで聞いておられるか。

完成までにこれほど時間がかかったのは、豊臣家の旧禁裏をしのぐものを建てんとする幕府の強い意志のあらわれであり、天下と、いまなお大坂城に存在している豊臣方に、もはや時代が変わったと見せつけるためである。

渡御《とぎょ》の日は、三年前の元服のときとおなじく、雪だった。

新禁裏は手狭だった旧禁裏よりはるかに広く、約一万四千坪。建物の柱は太く、床板や壁板は節のない正目板《まさめいた》を使った立派なもので、後水尾は目を見張った。父上皇の時代から自分の時代へ、より豪壮な禁裏へ、そして、徳川幕府の力。

禁裏の中心に位置しているのは、天皇の日常の生活の場である常御殿。その南西に、渡廊でつながっているのは、儀式をおこなう清涼殿《せいりょうでん》。

常御殿のすぐ東側に、御文庫と御学問所が設けられているのが、後水尾はなにより嬉《うれ》しかった。旧禁裏の両所は狭いうえに建物が密集して風通しが悪く、とても快適とはいえなかった。今度は休息所も付設しており、大人数で学者の講義を受けることもできる。文庫には古今の和漢籍に仏典論書、管弦の指南書、類聚《るいじゅう》の類《たぐい》が目録を添えて棚に満載にされており、一冊ずつ手に取って確かめると、生来勉学好きの後水尾は興奮を抑えられなかった。

だが、常御殿の南側、高い築地塀と内庭で仕切られた紫宸殿を見に行くと、その喜びはたちまち打ち砕かれた。

(これは……)

紫宸殿の正面、白砂利を敷きつめた広々とした南庭の真ん中に、あろうことか、能舞台が建てられていたのだ。

紫宸殿は、即位の儀や朝賀など、もっとも大事な儀式や公事《くじ》をおこなう正殿である。玉座である御帳台《みちょうだい》が据えられ、天皇の権威そのもの、いってみれば朝廷の心臓部である。南庭での儀式や行事には天皇が出御《しゅつぎょ》し、群臣諸侯の拝礼を受け、外国からの使節を迎える。その為政者として最も公的な場所に、でんと出現した能舞台。

(天皇は政《まつりごと》をやるなと?)

ようやく幕府の意図を悟った。

半年前、幕府から通告された「公家衆法度《はっと》」。それには「公家は家々の学問に励むべし」とし、公家の行動を幕府が管理し、違反した場合は流罪《るざい》に処すときめつけていた。和歌、有職故実《ゆうそくこじつ》、書画、管弦、蹴鞠《けまり》などの諸芸をそれぞれ家業として極め、伝統を守り伝えるべし。政への関与は断じて禁ずる——。

そして、明言こそしていないが、この「公家」に天皇自身もふくまれている。

——天皇は公家の長として、政治は幕府に一任し、学問諸芸に専念なさるよう。

忽然《こつぜん》と現れた能舞台こそは、その宣言、いや、威嚇《いかく》にほかならない。

御学問所と御文庫が旧に倍して立派にしつらえられているのも、実はそういう意味だったのだ。うかうかと大喜びした自分に歯噛みした。おもちゃを与えておけばたやすく手なずけられる子供、そう侮《あなど》られた屈辱に身を震わせた。

父上皇の血みどろの抵抗の刃《やいば》が、いま、我が身を深々とえぐっている。

(ようわかった。それならそれで、そちらの望みどおりにしてやろうやないか。学問

と芸能の力で立ち向かってやる。そなたら武家の力に対抗してやろうやないか）

十八歳の若盛りの全身の血をたぎらせつつ、頭の片隅で冷静に考えをめぐらせてもいる。

（将軍家が娘を入内させたいなら、よこすがいい。わしの思うままに扱ってやる）

「人質」とまでは考えなかったが、いたぶってやりたい気持がしきりに疼《うず》いた。おもてむきは丁重に迎えて、幕府にたっぷり恩を着せ、そのじつ、こちらが主導権を握る。したたかな計算をめぐらせている。

五

翌慶長十九年（一六一四）三月、朝廷から正式に和姫入内の内旨《ないし》が発せられた。和姫八歳。本人がそのことをはっきり突きつけられたのは、それからひと月ほどした初夏の蒸し暑い日のこと。

駿府から江戸城へやってきた大御所家康は、表御殿御庭へ孫娘を連れ出すと、色とりどりの躑躅《つつじ》や山吹の花があでやかに咲き乱れ、蜜を求めて虻《あぶ》が飛び交う中、和姫が歓声を上げながら石橋の欄干から身を乗り出して池の鯉《こい》に麩《ふ》を撒《ま》くのを見据え、不意に切り出した。

「なごよ、そちは名を改めよ」

和姫はふり返りもせず言い捨てた。

「いやにございます。なごはなご。他の名前なんていやです」

膝をついて和姫の腰を支えていた梅が、はっと大御所の顔を見上げたのがわかった。

「そういうわけにはいかぬ。いまのうちから慣れておくほうがよい」

大御所は肥えて肉がだぶついた顔の中に埋もれそうな両目をぎろりと剝《む》き、ようやく顔をひきつらせてふり返った孫娘を凝視した。

「その気の強さは母親譲りかの。それとも、末娘で甘やかされておるせいか」

喉に絡む錆《さ》びた声音のなんともいえぬ冷ややかさに、和姫は麩を撒く手を凍りつかせた。

「宮中は濁音をふくむ名を嫌うそうじゃ。それに最後に子をつけるから、なごでは収まりが悪い。かずこも駄目じゃし、はて、どうするか。金地院《こんちいん》の崇伝《すうでん》に考えさせよう」

そう言うと、顔のまわりに飛びから花虻をうるさげに払った。

「向こうっ気が強いだけでは、おのれを守ることはできぬ。それを胆《きも》に銘じよ」

もともと相手が幼児であろうが容赦ない口をきく人で、二人の兄は畏《おそ》れて顔も上げられぬと聞いていたが、それが自分に向けられたのは初めてだった。

「はい、大御所さま」

和姫は怯《おび》えを気取られまいと、唇を嚙みしめながら声をしぼり出した。

「心を強ういたします。どんなことがあっても、おもてに出さぬようにいたします」

「うむ。忘れてはならぬぞ。おなごとて、甘えは許されぬ」

言葉とは裏腹に、その顔に逡巡《しゅんじゅん》が滲《にじ》んでいるように感じたが、それが何なのかわからなかった。

祖父とのやりとりから解放されると、和姫はその足で小走りに長兄の竹千代の部屋へ駆け込んだ。三歳違いの竹千代とは不思議とうまが合う。竹兄さま、竹兄さま、とまとわりつき、なにかというと部屋へ押しかけて話を聞いてもらうのである。

竹千代は赤子のときから病弱で、そのせいか背丈が伸びず、手足も短いうえに小太りで、大柄な父親より祖父に似ており、しごく風采《ふうさい》の上がらない少年である。しかも十歳になった頃から顔や首筋の湿疹《しっしん》や吹き出ものがひどくなり、痒《かゆ》がってかきむしるせいで赤くただれて、女中たちは気の毒で目を逸《そ》らすありさまだ。そのせいもあろうが、陰気で愛想が悪くなっている。

人とうまく話せないのは、吃音《きつおん》ぎみなせいもある。気張れば気張るほど言葉が出てこない。焦れて、切れ長の目尻《めじり》を真っ赤にして上目づかいで睨《にら》みつけるものだから、ますます気味悪がられてしまうのである。

弟の国松のほうは、父の長身と母の美貌《びぼう》を受け継いでおり、気性も素直で才気煥発《かんぱつ》。親にすればよい子の見本のような少年だから、両親は国松ばかり可愛がり、竹千代のことはうとんじている。ことに御台所は自分が腹を痛めて生んだ子で、しかもようやく恵まれた待望の嫡男なのに、あからさまに毛嫌いしている。

たとえば、珍しい到来物の菓子があるときでも、国松や和姫は自分の居間に呼んで一緒に食べるのに、竹千代には部屋へ届けさせるだけで呼ぼうとしないのだ。和姫は幼心《おさなごころ》に不審でならず、あるとき、「わたしが行って竹兄さまをお連れしてくる」と力《りき》みかえって立ち上がったのだが、母はぴしゃりとはねつけた。

「放っておきなさい。あの子は乳母のふくがついているからいいのよ」

その声の冷たさ。和姫は思い出すたびに胆が冷える。その場の女中たちは皆うろたえて顔を伏せていた。ただひとり国松だけは平然と菓子を頬張っていたのが、わが兄ながら不気味だった。

おふくが竹千代を大事にすればするほど、御台所は毛嫌いする。ほとんど顔を合わせようともしないありさまだから、いつしか、奥の女中たちや家臣たちも、世継は国松になるのではないかと憶測するようになった。よほど卑母《ひぼ》の所生でないかぎり、長幼より資質が重んじられるのは戦国の世の武家では当然のことだから、誰が見ても、国松に軍配が上がると思われている。

ただひとり、和姫だけはそんなことはおかまいなしだった。だから、そのときもお祖父《じい》さまに叱られたことを訴えたい一心で、一目散に飛んでいった。

その日は、奥御殿も大御所の接待におおわらわで、竹千代の居間のあたりはひっそりしていた。いつもは控えの間に侍している小姓たちもおらず、おふくや女中衆も大御所様の接待にかり出されたか、姿が見えなかった。

和姫は勝手知ったるもので、廊下をずんずん進み、いくつも部屋を通り抜けて、いつも竹千代が手習いや読書をする小部屋の襖戸《ふすまど》を勢いよく引き開けて飛び込んだ。

部屋の中は庭に面した明かり障子まで閉めきって、薄暗い。その中で竹千代はひとり、こちらに背を向けて足付の鏡台に向かっていた。

「竹兄さま？　そこで何をしておいでなの？」

何かしら異様な感じがしてその場に立ちすくんだ和姫に、肩をこわばらせてふり返った竹千代の顔は、首筋までこってり白粉《おしろい》を塗りたて、頰と唇にぎらつく紅をさしていた。

その周囲には、誰のものか色あでやかな女物の打掛小袖が散乱し、竹千代がとっかえひっかえ肩に引きかけ袖を通して羽織ってみたりしていたのは一目瞭然《いちもくりょうぜん》だった。

竹千代は紅筆を手にしたまま、無言で顔をゆがめた。

そのときだ。畳廊下のほうから衣擦《きぬずれ》の音がして、人がこちらへやってくる気配がした。

「竹兄さま、早くっ」

和姫はやおら兄の手から紅筆をひったくり、白粉の刷毛《はけ》をつかみ取ると、すばやく自分の顔に塗りたくった。

「竹兄さまったら、おかしなお顔！　和がもっときれいにしてさしあげますってば」

けらけら笑いながら唖然とする兄の顔に無理やり刷毛を押しつけ、なおも塗りたくろうとする。

「竹兄さま、逃げたらずるいっ」

ふたりの秘密の悪ふざけに夢中という態で、梅にも加われと目配せした。

その物音に廊下の足音が速くなり、おふくと竹千代附の女中が数人、駆け込んできた。

さすがはおふくだ。一目で状況を見てとった。女中たちにすばやくあたりに人がいないか見張らせ、自分は和姫の無残にまだらになった顔を丁寧に拭《ふ》き取ると、

「姫さま、どうぞ、お引き取りを」

落ち着き払った物腰でうながした。

「今日のことは、どうかお忘れくださいますよう」

和姫の顔をまっすぐ見据えて言い、視線を梅に移した。

「そなたも、よいな」

「梅は言わない。絶対に、誰にも言わない」

和姫はきっぱり言い放つと、呆然《ぼうぜん》と立ち尽くしている兄ににっこり笑いかけてから部屋を出た。

あとで思えば、おふくはそんな場面を初めて見たわけではなかったのではあるまいか。前にも何度かあったのではなかろうか。竹千代はどこか倒錯めいた趣味があって、派手派手しい奇抜な衣装が好みだったし、側付の小姓も美形でなければお気に召さぬという噂《うわさ》もある。それに加えて、おそらく、自分の容姿に引け目を感じているのではないか。和姫はそう思えてならなかった。

——少しでも見目良くなりたい。そうすれば弟のように、母上と父上に愛してもら

える。

切羽詰まった思いが、そういう衝動に走らせたのではないか。

思い推《はか》りながら、同時に、和姫は自分の行動にひどく驚いていた。

とっさのことだった。そのときは、兄がなぜ、そんなことをしたか、理解できたわけではなかった。ただ、自分が無理やり悪ふざけしていたふうを装い、兄を庇《かば》っただけだ。

しかし普段の和姫は、とっさに機転が利《き》く気性ではない。ものごとや周囲をよく見て、じっくり考えてからでないと、行動に移せない。だから、手八丁口八丁の母上の目には、反応が遅い愚図な子と映るとみえて、「早く答えなさい」「はっきりなさい」と叱りつけられることがしばしばで、「気が利かぬおなごは、可愛げがなくて、殿方に好かれぬ。損をするのは自分なのだよ」と口癖のようにおっしゃる。

梅が言うには、母上がおっしゃるように、可愛げがないと思う人もいるかもしれないが、しかし、姫さまは、自分が納得さえすれば素直に折れる。

「ですから姫さま、あなたさまはそのままでよろしいのです。お気になさいますな」

梅の言葉に励まされ、ぼんやりでも気が利かなくてもいいのだと和姫は思えている。

それからも和姫は以前と変わりなく、竹千代の部屋にしばしば遊びに行った。

兄から囲碁をてほどきしてもらい、ふたりともそれを心底楽しんでいる。額を寄せて真剣に碁盤を睨んでいる様子など、本当に仲のよい兄妹《きょうだい》と、はたからもほほえましく見えた。

おたがいにあのことは一言も口にしない。おふくも安心してか、和姫が来るとそっと席を外すようになった。ただ、梅にだけは鋭い一瞥《いちべつ》を投げかけるのが常だが。

六

慶長十九年（一六一四）冬、幕府軍はついに大坂城を取り囲んだ。大坂冬の陣。いったん和睦《わぼく》したものの、家康はそのまま手を拱《こまぬ》いてはいなかった。わずか四ヶ月後の翌年四月、夏の陣勃発《ぼっぱつ》。前年の和睦の際、濠《ほり》を埋められて丸裸になった大坂城は五月七日、あっけなく落城。豊臣家は滅んだ。

しかし江戸城の奥御殿に戦勝を喜ぶ空気はなかった。御台所《みだいどころ》の姉の淀殿と甥《おい》の秀頼が死んだのだ。御台所の気持をはばかって誰もそのことは口にしようとしないが、千姫が無事に救い出され、戦後処理のため京の二条城にいる大御所らより一足早くこちらへもどってくるとの報が届くと、一気に沸き立った。

「お千さえ無事に帰れば万々歳。他に言うことはない」

御台所のきんと鋭い高声に、皆、頬を張り飛ばされた心地がしつつ、いっせいに千姫を迎える支度にとりかかった。

それからほぼひと月後、元号が慶長から「元和《げんな》」と改元されて間もない七月末日、千姫は厳重に守られて江戸城へ帰ってきた。途中、大坂方の残党が奪回か殺害を狙《ねら》って襲ってくる危険があり、とにかく先を急ぐ緊迫した道中だった。くわえて、残暑のさなかの長旅に、乗物のまま奥御殿に担ぎ込まれた千姫は、自分の足で降り立つこともできぬほど憔悴《しょうすい》しきっていた。

「お千！」

御台所は小さく叫んで駆け寄り、娘をひしと抱きかかえた。

そのまま母と娘は一言も言葉を発さず、長いことかたく抱き合っていた。

その姿はどんな言葉より強く、見る者の胸を打った。和姫も瞬《まばた》きするのも忘れて見つめ、梅の手を握る指に力をこめていた。

千姫は弟妹たちとの対面の席で気を失いかけ、そのまま寝ついてしまった。落城までの悪夢のような日々、迫りくる兵馬のおめき声、絶え間ない大砲の轟音《ごうおん》、屋根の瓦《かわら》がすさまじい音とともに降り注いでくる中、城内を逃げまどった。夫や姑《しゅうとめ》から引き離され、自分ひとり生き残った。恐怖と慚愧《ざんき》がくり返し彼女を襲い、苦しめていた。御台所も無理やり聞き出そうとはしなかったがただ一つ、城を脱出した際、淀殿がすすんで離してくれたのか、それとも、自分たちと運命をともにするよう迫ったか、そのことだけは尋ねた。

「どうなの、お千。姉上はなんと？　何があったのか、ありのまま話しておくれ」

だが、千姫は唇を慄《ふる》わせてかぶりを振るばかりでこたえようとしなかった。

父の秀忠も帰還すると真っ先に娘を見舞い、奥歯を噛みしめた苦渋の表情で目を閉じたまま父を見ようともしない娘の額に掌《てのひら》を当て、「なにも考えず、よう眠れ」とくり返した。

だが、ひと月たち、ふた月過ぎても、千姫は回復の兆《きざ》しをみせなかった。八月下旬に戦後処理を終えて駿府にもどった大御所も名医をさし向けて治療にあたらせたが、どの医師も「ご心身の衰弱著しく」どんな治療や名薬より、苦しみが癒《い》えるのを待つしかないとかぶりを振る。

「大丈夫。若いのですもの。いつまでも悲しんではおられませんよ。からだがようなれば、気力ももどります」

お江与だけは気丈に言い、なんとか外に連れだして気晴らしさせようとするのに、本人は居室に閉じこもったまま出てこようとしないのである。十月半ば、久々に江戸に下向して西の丸に入った大御所が見舞いたいと言ってきたのにも、応じようとしなかった。

「わたし、お姉さまにお会いしたい。話相手がいれば少しはお気がまぎれるでしょ」

和姫は毎日のように姉の居室を訪ねていくのに、そのたびに断られ、しょげきってもどるしかなかった。七歳まで育ったとはいえ十二年ぶりの江戸城は、千姫の目には見知らぬ異境としか思えないのか。ふたりの弟も妹も初めて会う顔で、他人も同然なのだ。

奥御殿の坪庭の楓葉《かえでば》が真っ赤に色づいた頃、ようやく障子を開けて縁側廊下ごしに庭を眺める千姫の姿が見られるようになったが、そうと聞いて和姫が駆けつけると、すぐさま障子はぴしゃりと閉められ、招き入れられることはなかった。

「梅や。姉上のお苦しみはいつになったら消えるの？　わたしは何をしてさしあげればいいの？　ねえ梅、教えて」

目を真っ赤にして訴える和姫の背を撫《な》でながら、梅はこたえる言葉が見つからないもどかしさに歯嚙みした。

そのうちに、梅を通じて千姫附のちょぼという侍女からいろいろなことを聞かされた。千姫は秀頼のことは何も口にしないが、ふたりは仲睦《むつ》まじかったそうだ。全体に少しずつ落ち着いてきてはいるが、それにつれて、かえって涙を浮かべることが多くなっているという。

和姫がやっと姉と連れだって庭を散歩するようになったのは、年も改まって元和二年（一六一六）を迎えてからだ。本丸御庭の梅林に千姫の好きな白梅が咲き、それがまるで薄雲がたなびいているように見え、梅独特のひそやかな香りがあたりを満たす早春である。

千姫は半年近く引きこもっていたせいで、足腰が弱くなっていた。敷石につまずいて転びそうになる姉の手を、和姫は懸命に引いて歩いた。侍女が代わろうとすると、眉根《まゆね》を寄せて拒む。

「和さん、あなたまで一緒に転んでしまうわ。意地を張って無理するのが、あなたの悪い癖ね。それでは人も自分も傷つく。無謀なだけよ」

姉がほほえみながらたしなめると和姫は頰を硬くし、それでも姉の手を放そうとしない。

千姫二十歳、和姫十歳、長女と末娘、十歳違いの姉妹である。

「わたしが大坂へ行ったのは七歳のときだから、考えてみれば、いまのあなたよりもちいさかったのね。お珠やお勝は生まれていたけれど、もう顔も思い出せない。お初が生まれたのはわたしの婚儀の半月ほど前だったから、うっすら憶《おぼ》えているけれど」

御台所は千姫輿入《こしい》れの際、臨月の身で娘を伴って東海道を上り、伏見城で初姫を出産した。初姫はそのまま若狭小浜《おばま》の京極家に引き取られ、その後一度も会っていない。母お江与の姉である養母のお初、いまは落飾して常高院《じょうこういん》と名乗っているが、彼女は大坂冬の陣の際、豊臣方の使者として、徳川方の家康の側室阿茶局《あちゃのつぼね》とともに仲介に奔走し、和議をとりつけた。

千姫は大坂城中でその伯母に会うたびに、京極忠高《ただたか》と結婚している妹のことを尋ねたが、伯母はきまって顔を曇らせた。夫婦仲がうまくいっておらず、はたして子ができるかどうか。子のない妻のみじめさは自分がさんざん味わったから、と、やはり秀頼との間に子を生んでいない千姫の気持を思いやりつつ打ち明けた。

「伯母さまは、夫の側室が懐妊したとき、嫉妬《しっと》に狂って、腹の子ごとその女を殺そうとなさったのですって。あんなにしっかりしたやさしい方なのに」

女は哀《かな》しい、と千姫は深々とため息をついた。夫の家臣が浪人してその女を匿《かくま》い、生まれたのがいまの京極家当主忠高。初姫の夫である。

子のない正室と、側室腹の子。それはそのまま千姫の境遇でもあった。秀頼の側室が生んだ一男一女、国松と奈阿《なあ》姫。ふたりの存在を千姫はずっと知らされずにいた。国松は生まれるとすぐ伯母がひそかに預かり、若狭で育てていた。冬の陣の際、秀頼の隠し子と発覚して徳川方に捕えられる危険を感じて大坂城に連れて入り、奈阿姫も養われていた家から大坂城に連れてこられた。七歳と六歳。可愛《かわい》い子らだったが、初めて知った現実を千姫は容易に受け入れられなかった。

夏の陣のときも、常高院は大坂城に駆けつけ、最後まで姉の淀殿に投降を勧めた。——徳川の家臣になれば、豊臣家存続の道は残されている。秀頼の命を救える。懸命に説得したが、淀殿は誇り高い滅亡の道を選んだのだった。

常高院が大坂城を出たのは、落城の前日。

「義母上《ははうえ》は伯母さまに、わたしを連れていってくれとおっしゃった。お祖父さまの陣に無事に送り届けてくれるようにと。でも、わたしは」

城を出るのはいやだと抵抗したのは、実は自分のほうなのだと、千姫は母に問いつめられても絶対に口にしなかったことを妹に打ち明け、目を潤《うる》ませて白梅の雲海に視線を漂わせた。

「連れ出されまいと、必死に秀頼さまの袖にすがりついて頼んだのに」

いまにも泣きだしそうに顔をゆがめた秀頼は、黙ってかぶりを振ると、千姫を振りはらって他の部屋へ行ってしまったのだという。

「それじゃ、姉さまは、帰ってきたくなかったの？　残ったら死んでしまったかもしれないのに？」

和姫は信じられなかった。姉にとっては、江戸の親兄弟より秀頼と淀殿のほうが本当の家族だというのか。

「そうよ。わたしにとっては、大坂城がわが家。豊臣家がわが家族。なのに、自分だけ生き残って、それでも喜べと？」

姉は激しく吐き捨てた。そのいつになく厳しい顔に和姫はおののき、からだをこわばらせた。

「でも、でも……」

自分は、生きて帰ってくれて嬉しい。父上も母上もそう思っている。そう言いたいのに言葉が出てこない。唇を震わせて絶句していると涙がぼろぼろと溢《あふ》れ出し、姉の顔が揺れてゆがんだ。目を離したら消えてしまいそうで、見失うまいと懸命に目を凝らした。

その妹を驚いたように見つめ返した千姫は、しばらくそのまま黙り込んでいたが、やがて表情がやわらぎ、もとの静かな落ち着いた声音になって言った。

「わたしはね、和さん、なんとしても秀頼さまを守りたかった。豊臣家を守りたかった。わたしが城にいれば、お祖父さまは総攻撃を止《や》めてくれるかもしれない。秀頼さまと義母上の命を助けてくれるかもしれない。そう思ったのだけど」

担《かつ》ぎ出されるようにして祖父の陣にたどり着いた千姫は、秀頼と淀殿の助命を懸命に頼んだのに、家康は無視した。いや、悪いようにはせぬから安心せよ、と言って千姫を安全な場所に移し、平然と総攻撃を命じたのだった。

秀頼の子らは、落城の寸前、京極家家臣らに連れ出され、それぞれ別のところに身を隠したが、国松は厳しい捜索で捕えられ、市中車引きまわしの後、六条河原で打ち首。そのむごたらしさは二条城にいた千姫の耳にも入った。奈阿姫のほうは、こともあろうに京極忠高が自分の保身のために捕えて突き出した。

「わたしは秀頼さまの妻。子がなくても妻です。夫の子は正室であるわたしの子」

その毅然《きぜん》とした口調に、和姫はおもわず姉の顔を窺《うかが》った。

「せめて奈阿だけは、なんとしても助けたい。不本意にも生き残ったわたしができる罪滅ぼしは、秀頼さまと義母上のためにできることはそれだけだもの」

大御所のもとに助命を訴える手紙を送りつけたというのである。

——奈阿はわたしの養女にいたします。そうなればお祖父さまの曾孫《ひまご》。それでも殺すおつもりですか。二度までもこの千を騙《だま》すおつもりですか。

義理の息子の裏切りを憤《いきどお》った常高院も助命を嘆願してくれた。孫娘へのうしろめたさと、さんざん利用した常高院の懇願に、家康はいずれ時期を見て出家させることを条件に助命を許した。結婚して豊臣家の血を引く男子を生むことがあってはならぬ。大御所らしい周到さである。奈阿姫は江戸に送られ、鎌倉の東《とう》慶寺《けいじ》に預けられることになった。

「お祖父さまも、これで少しは罪滅ぼしができましょう。それに、豊臣家最後の生き残りの幼女まで殺さねば安心できぬほど、この徳川の家と幕府は脆弱《ぜいじゃく》ではないはず。そのために、汚い策略の上に策略を重ねて奪いとったのですもの」

千姫は厳しいまなざしを九年前に完成した天守閣に向けてから、ふっと頬をゆるめ、寂しげな笑顔になった。

和姫はその横顔から目を離すことができなかった。そこにいるのは悲嘆に暮れる弱々しい女人でなかった。姉がくぐりぬけてきた修羅の世界が突然、自分の目の前にぽっかり大きな口を開けたような気がした。そのどす黒い闇《やみ》はやがて自分に迫り、飲み込もうとする。そんな予感に襲われ、身をすくませた。

千姫と和姫との語らいに、やがて竹千代も加わるようになった。もの怖《お》じして渋る兄を無理やり引っ張り込んだのは和姫である。

竹千代はいまでは世継として遇せられるようになっている。大御所が十月に来た折、秀忠や重臣たちの前で「世継は嫡男《ちゃくなん》竹千代」とはっきり申し渡したのだ。弟の国松は臣下であるゆえ、くれぐれも分《ぶ》をわきまえさせよ、筋違いに厚遇してはならぬ、とまで言い、暗に秀忠とお江与の国松への溺愛《できあい》を叱責《しっせき》したのだった。誰にとっても意外なことだったから、陰でおふくが大御所に直訴したせいだと噂している。

だが、それで竹千代が母の愛を得られるようになったかといえば、逆だった。お江与はおもてむきは丁重に扱うようになったものの、その分、以前に増してよそよそしく、冷やかな態度で接するようになったのだ。

そのことに気づいた千姫は心を痛め、和姫が彼を連れてくるのを歓迎して、三人一緒に過ごすのを楽しみにしている。竹千代自身、ふだんはあいかわらず陰気で不愛想なのに、ふたりに対しては笑顔でよく話す。

座敷の畳一杯に取札をとり散らかして百人一首かるたに興じていたときも、「これが家族というものか。なんの気兼ねも警戒心もなしに、気持のまま素直にしゃべれる。こんなのはじめてだ」

ぽつりとつぶやいた竹千代の顔が上気して、心底楽しげだった。

「あなたが気構えずに接しさえすれば、誰とでもうちとけられるのよ。家族でなくてもね」

千姫はさりげない口調で諭した。

「あなた次第で、相手も変わるのよ」

姉の言葉に、竹千代は不意を衝かれた面持ちで手にした絵札を凝視していたが、ふっと顔をあげ、妹の顔を見つめた。

そうなのか？　おまえもそう思うか？

兄の目がそう訊《き》いている。和姫にはまだよく理解できなかったが、姉上がそうおっしゃるならきっとそうなのだと、兄に向かって、満面の笑みでうなずいてみせた。

「竹千代どの、大御所さまは、あなたが徳川の家を継ぐにふさわしいとお考えなのです。ただ嫡男だからという理由で決めたわけではないし、おふくが訴えたからでもない。そんな甘いお考えの方ではありません。それを忘れないようにね」

千姫の言葉に、竹千代は目を潤ませてうなずいた。

つい先日、駿府から、近々、吉日を選んで竹千代を元服させよと命じてきた。ついては、四月になったら大御所自身が竹千代を伴って上洛《じょうらく》し、天皇に拝謁して正式に叙位していただくという。父からそれを告げられた竹千代は、嬉しさよりも自分がやっていけるか、怖《おそ》れと不安に怯えたが、誰にも言えずにいたのだった。おふくに訴えれば必ず盛大に励ましてくれるが、それで安心できるかといえば、かえって不安がつのる。

「姉上、いまのお言葉、この竹千代、生涯忘れませぬ。かならずや、大御所さまのお心にかなう立派な将軍になってみせます」

竹千代はいつになく毅然とした口調で言い切った。

それから間もなく大御所から千姫のもとへ届いた手紙には、暖かくなったら、ふたたび江戸へ下向して、元気になったそなたに再会するのが楽しみだとあったが、その家康は正月下旬、鷹狩《たかがり》に出た先で激しい腹痛に襲われ、駿府で加療したが回復しなかった。

三月半ば、死期を悟った家康は側近や諸大名を呼んでこまごまと遺言し、桑名藩主本多《ほんだ》忠政《ただまさ》の妻が息子の忠刻《ただとき》を連れて見舞いに来たとき、じきじきに忠刻と千姫の結婚を命じた。

忠刻の母は家康の嫡男信康《のぶやす》の娘で、忠臣本多忠勝《ただかつ》の子の忠政に嫁いで嫡男忠刻をもうけたから、忠刻は家康の曾孫にあたる。家康にとって、信康を自害させたことは生涯の痛恨事で、ずっと悔やんでいた。二十一歳の忠刻は眉目秀麗《びもくしゅうれい》で文武に秀で、非の打ちどころのない青年に成長している。おなじく自分が不幸にしてしまった孫娘と結婚させて将軍家の婿《むこ》として遇してやれば、両者ともに明るい未来が開ける。そう考えてのことだった。

元和二年四月十七日、大御所徳川家康は七十五年の生涯を閉じた。半年後、千姫は忠刻に嫁いでいった。化粧料十万石の持参金つきの輿入れで、将軍家にとって千姫がいかに大事な存在かと世間はあらためて驚いた。

和姫は別れがつらくて大泣きし、めでたい門出に縁起が悪いと母にひどく叱《しか》られたが、叱った本人が涙また涙なのだ。

「いつでも帰ってきていいのだよ。ここがおまえの家なのだから、意に染まぬことがあったら、かまやしない。すぐもどっておいで」

とまで言うのを、和姫は母上もやはり不安なのだと妙に安心しながら聞いた。

姉が去り、和姫の日常はぽっかり穴が空いたように寂しくなった。

大御所の喪が明けた翌元和三年(一六一七)初夏、いよいよ入内《じゅだい》の具体的な日程調整に入ろうという矢先、またしても予期せぬ出来事が起こった。後陽成上皇が病に倒れたのである。

七

後陽成上皇は一年ほど前からたちの悪い腫物《はれもの》に悩まされていたが、六月になると、肩にできた腫物が梅雨どきの蒸し暑さで汗ばむせいもあってか日増しに大きくなり、もはや典医による灸《きゅう》や鍼《はり》治療では追いつかないところまで悪化してしまった。

幕府は天下一の名医と評判の曲直瀬《まなせ》玄朔《げんさく》をさし向けて投薬させたが、上皇は毒殺を疑って頑《かたく》なに拒否。徳川家の厚意だからと生母の女院や女御《にょうご》の前子《さきこ》に涙ながらに勧められ、ようやく服用したが、効果はなかった。

悪血《おけつ》を吸い出させる瀉血《しゃけつ》治療も効なく、ただれた患部から膿《うみ》がにじみ出して、絶え間ない激痛に見舞われるようになっている。うつ伏せの寝姿勢しかとれず、夜もろくに眠れず、みるみる痩《や》せ衰えた。ぬらぬらと脂汗《あぶらあせ》でてらつくからだを拭《ぬぐ》われるのもいやがり、女官がせめて団扇《うちわ》であおいで風を送ってさしあげようとするのさえ、

「風が当たるとよけいに痛いんやっ」

悲鳴とも怒声ともつかぬうめき声を発するありさまである。

八月に入るともはや食べものもほとんど摂《と》れず、恢復《かいふく》はもう誰の目にも望めなくな

った。

そんな状態になっても上皇は息子の見舞いを拒否し、使者も言伝《ことづて》を頼んで引き下がるしかない。

（せめて、せめて御最期《ごさいご》に立ち会いたい。断絶したまま、永別するのだけは……）

考えあぐねた後水尾は、禁中から仙洞御所へ仮の廊下を架けさせた。母の女院御殿から、築地を隔てて隣接する仙洞御所内へ、塀を破って長い渡廊《わたりろう》を設けたのである。

天皇の正式の訪問となれば、行列を連ねて表門を出ての行幸になり、京都所司代へも届け出なくてはならない。それでは火急の事態に駆けつけるのはとうてい無理だ。

それでも、訪問にさし障《さわ》りないか、日の吉凶と方位を占わせてからでないと出かけられず、ようやく八月二十日、深夜になってから渡廊を通って父のもとへ急いだ。

供は燈明《とうみょう》で足元を照らして先導する近侍ただ一人。警護の者たちにも知らせぬ隠密行動である。

その者も遠ざけ、自分で寝所の扉を開けようとすると、看護の女官がそっと押しとどめた。

「会わぬと仰せで」

「なにゆえじゃ。子が親を見舞うのだぞ。もうここまで来ておるのに、それでも会ってくださらぬと？」

かまわず観音開きの扉を押し開けた。

むっとする熱気がほの暗い室内から流れ出し、頰を襲った。風除《かぜよ》けの几帳が幾重に垂れめぐらされ、いくつもの火桶《ひおけ》が据えられて、炭が燃える匂《にお》いと煎《せん》じ薬の匂いが充満している。

それに血膿の匂い。消すためであろう、噎《む》せ返るほど焚《た》かれている香の煙と濃い匂い。

「帰りゃっ」――

几帳の中からいきなり怒声が飛んできた。息を喘《あえ》がせて必死にしぼり出す、軋《きし》んだ声だ。

「会いとうないっ。顔も見とうないっ」

帰りゃ、下がりゃ。

くり返す声は次第に甲高く、ゼイゼイと喘ぎも大きくなる。

後水尾は扉に手をかけたまま、一歩も動けなかった。

「なにとぞ、お引き取りを。お気が昂《たか》ぶられますと、ひどくお苦しみに」

典医と女官が重苦しい口調で懇願する。

「わかった……。また参ると、そうお伝えしてくれ」

渡廊を重い足取りで引き返しながら、ふと立ち止まり、夜空を見上げた。

中秋を五日過ぎた下弦の月が、東山の上、雲一つなく澄みきった深藍《ふかあい》の空にぽっかり浮かんでいる。これからゆっくり中天を目指し、夜明け頃、西の空に白くはかない影を残して消える。人が寝静まっている間に、誰にも見られることなく、ひとり夜空を旅するのだ。

会いとうない。帰りゃ。

父の声がまだ、耳にこだましている。

あの月さえ、こうして見上げる者がいるのに、わたしは……。寂寥《せきりょう》が身を食《は》んだ。

数日後、上皇がとうとう危篤《きとく》に陥ったと報《し》らされた。明け方、急に昏睡《こんすい》状態になり、絶命したかに見えたが、しばらくして息を吹き返したという。

後水尾はためらわなかった。小走りで渡廊に駆けつけた。

今度は誰も入室を止めようとしなかった。

几帳《きちょう》をはぐり、褥《しとね》の傍に座った。

上皇は眠っているのか、浅い息を吐くたびに苦しげに眉根を寄せ、口を開けてちい

さくうめく。その様子があまりに痛ましくて、女官がせめてと起こそうとするのを、

「よい。御寝《ぎょしん》を妨げてはならぬ」

かぶりを振り、骨と皮ばかりになった父の手を自分の両手でそっと包み込んだ。

父上皇の顔を見るのは、即位以来、実に六年ぶりである。やっと会えた父は、かつてのふっくらして悠揚迫らぬ尊顔は見るかげもなく、まるで別人で、何度も夢に見、脳裏で訴えかけた人とは思えなかった。

上皇がかすかに身じろぎすると、女官と典医が両側からそっと上半身を起こさせ、

「お上《かみ》、お薬を」

うながして気付薬を服《の》ませた。

「三宮、か……」

上皇はうっそりと目を開けた。だが、その視線が息子に向けられることはなかった。

「見えぬ。そなたの顔は……見えぬ」

「お父上。ここにおります」

近々と顔を寄せたが、上皇は頬をゆがませて顔をそむけ、枕《まくら》に頭を落として目をつぶった。

「お父上っ」

筋張った白蠟《はくろう》のような手をとろうとすると、思いがけない強さで振り払われた。

「お父上……」

「お上、お疲れになりますので、もう」

背後からそっとささやく声にうながされ、席を立って御寝所を出た。

「お目がもう、見えなくなっておられますので」

追って出てきた典医が押し殺した声で言った。後水尾の気持を思いやっての言葉とわかったが、

「あいわかった」

うなずき返し、よろしく頼む、とつぶやいて、長い渡廊を歩いて帰った。とぼとぼと、行きとは正反対の重い足どりだった。

(お父上は、最期の最期までわたしを拒絶なされて、死出の旅に発《た》たれるのだ)

長い廊下はそのまま、父がこれから歩いてゆくであろう路次に思える。

せめてこの暁のやわらかな陽光のように、その路《みち》をしらしらと照らしてくれるように──。祈りながら歩きつつ、とめどなく涙を流しつづけた。

禁裏の常御殿に帰り着くと、典侍《てんじ》のおよつが温かい酒を用意して待っていた。

「ほんの少しなら、召し上がられてもようございましょう。おからだが温まります」

からだではない、心が芯《しん》まで冷えきってもどってくるのを予想していたか。

「ああ、ありがたい」

いつもながらのおよつのこまやかな気配りに、やっと人心地つくことができた。

一年ほど前、生母の前子が自分の御殿に仕えていたおよつを、心優しいおなごゆえお側に置けば慰められましょう、そう言って、息子のもとにさし向けてきた。母としては、父上皇との葛藤《かっとう》に苦しみ、孤独のただなかにいる息子の傍にいてやりたいのはやまやまなれど、立場上そういうわけにもいかず、せめても、との思いであったろう。

およつは、中流公家《くげ》の四辻《よつつじ》家の娘で、後水尾より二つ三つ年上。とりたてて容姿がすぐれているわけではなく、どちらかといえば地味な女である。無口で余計な口をきかない。そのくせ、こちらの些細《ささい》な感情まで読み取り、命じられる前に行動する。それも、しごくさりげなく、あとになって後水尾自身がやっと気づくというふうなのだ。

そなた、なぜわかった？　いえ、ただなんとなく、そうではないかと。お気に召しませんでしたか？　いや、そうではない。驚いておるのじゃ。

そんなことが重なり、ごく自然に男と女の関係になった。これまで若い性欲をなだめるために寵愛《ちょうあい》した女は幾人かいるが、心底愛《いとお》しいと思うのは初めてだった。

後陽成上皇はその後、他の皇子女らと対面。弟宮の八条宮らに辞世の歌を伝え、昼過ぎ、静かに息を引き取った。元和三年八月二十六日、四十七年の苦悩に満ちた生涯だった。

後水尾は最期まで会えなかった。幽明隔ててなお、相克する父子とは、なんと哀しいものか。

「およつ、こちらへ来よ」

手招きした後水尾に、およつはいぶかしげな顔をしながらも素直にやってきて、男の肩に小袖《こそで》をそっと着せかけると、慎ましやかに斜めうしろに座した。

「お寒うございますか。お風邪を召されては」

背中をさすってくれようとするのを、

「そうではない。そうではないのだ」

後水尾はくるりとからだの向きを変え、およつの腹に手を当てた。

およつはいま、身ごもっている。後水尾にとって初めての子である。腹はまだわずかにふくらんでいるだけだが、後水尾はその中に自分の子がいると思うと、それだけで涙ぐみたいような気持になる。

「わたしは、ちゃんと父親になれるであろうか」

人の親になる重さを思うと、父上皇の顔が浮かぶ。

親とはなにか。父と子とは？　自分は、子をいとおしみ、守ってやれる父になれるか？　ひとりの二十二歳の男として、たじろぎ、恐れ、震えるのである。

八

後水尾天皇は尊親の崩御にともなう一年間の諒闇《りょうあん》に入った。その間は天下万民すべて喪に服すのがしきたりとあって、和姫の入内計画はふたたび止まってしまった。

元和四年（一六一八）が明けた。元日の朝は、徳川将軍家の家族全員一堂に会して屠蘇《とそ》で祝い、朝餉《あさげ》をとるのが三河時代以来のしきたりである。大御所の喪中の昨年はなかったから、二年ぶりに家族が正装して奥御殿に顔をそろえた。

和姫が梅を従えて奥座敷に入っていくと、すでに席についていた母が立ってきて、娘の手をとって誘導した。

「こちらへ」

見れば、正面の上段の間の正席が空いており、父は向かって右側に座していた。それと相対する左側に、竹千代と国松のふたりの兄。

正面の正席は、いつもはむろん父の座である。大御所がいるときは大御所の座だった。

母に手を引かれて進むと、父も兄たちも深々と頭を下げてかしこまった。

「あの、母上……これはいったい……」

どういうことか。いつもは、いま父がいる席に母が座し、自分はその横の末席なのに。

わけがわからずとまどう娘に、

「本日から、そこがそなたさまのお席にござりまする」

秀忠はおごそかな声音で言い、着席なされよ、とうながした。

（そなたさま？）

父将軍が自分に敬語で話しかけ、母と兄たちもうやうやしく拝している。

食事中も、いつものなごやかな会話は一切なく、厳粛なまでの静けさにつつまれていた。

たまらず和姫が話しかけると、父も母もあらたまった面持ちになり、箸《はし》を置いて両手を膝《ひざ》の上にそろえ、頭を下げたまま、応《こた》えてよいと和姫が許すのを待つしぐさをしてから、やっと敬語で言葉を発する。

「なにゆえ、とご不審にお思いでありましょうが、そなたさまは天皇家の一員になられる御身。われらは父母と兄といえども、臣下にございます。いまのうちから身分の上下をはっきりわきまえておかねばなりませぬ。そなたさまもよくよくお心得なされますよう」

父が言えば、母は母で、

「昨秋の上皇さま御崩御により、今上《きんじょう》は諒闇中であらせられますゆえ、こちらも入内のお仕度はさし控えておりますが、しかし、喪さえ明ければ、いよいよお輿入れの日取りも決まりましょう。忙しゅうなりますよ。そなたさまも、いままでのようにのんびり構えていてはなりません」

いつもの説教口調をにじませた。

和姫はようやく思い当たった。

上皇の崩御も、帝《みかど》の服喪のことも、まったく知らなかった。知らされていなかった。ただ、母の側近の侍女たちが二、三ヶ月前からどことなくそわそわと落ち着かない様子なのが不思議だった。梅に訊いてもやはり知らないとみえて、さあ、と首をひねり、ただ自分もなんだかおかしいと感じていたと打ち明けた。でも姫さま、何かあればお母上がお教えくださいますから、あのように怜悧《れいり》なお方ですから。そう言うばかりだったのである。

梅の言うとおりだ。父上も母上も、このまま入内話がなしくずしに立ち消えになったり、引き伸ばされることは絶対にない、そんなことはさせぬと、行動で示してみせているのだ。

「わかりました。よおっく肝に銘じます」

両親に突き放されたような寂しさに胸を塞《ふさ》がれながら、喉《のど》の奥から声をしぼり出した。

ふと兄たちを見やると、竹千代兄は傷《いた》ましげに眉を曇らせて妹を見つめ、国松兄はどこ吹く風といった面持ちで餅《もち》なし雑煮を頬ばっていた。

徳川将軍家の雑煮は、大御所家康が合戦の連続で正月も餅を食べてのんびりする余裕もなかった苦労を忘れぬため、餅を入れないのが習わしである。毎年かならず、秀忠がその話を持ち出して訓示となるのだが、今日ばかりはそれもなかった。

和姫は自分の部屋にもどると、早々に梅だけを連れて庭に出た。

冬枯れの雑木林の中をめぐる小道を足早に歩きながら、きしんだ声を上げた。

「のう、梅」

「はい」

他の誰にも聞かせたくないことを言おうとしているのだと梅は察している。言わずにいられないこともだ。

「姫さま?」

うながすように聞き返され、和姫は立ち止まり、振り返らないまま、一気に吐き出した。

「これからは、父上も母上も、あんなふうに他人行儀にしか接してくださらないのだね。甘えてはいけないのだね。わたしにはもう、家族はいないのだね」

堰《せき》を切ったように言い放つと、ちいさな肩を震わせた。

「この和は和のままなのに、父上も母上も変わってしまわれた。周囲が皆、和だけ除《の》け者《もの》にする。置き去りにする」

「いえ、いえ姫さま、そんなことはけっして。お父上もお母上も、けじめをつけようとしておられるのです。心を鬼になさっておられるのです」

「そんなこと、わかっておるわっ」

和姫はちいさく叫んだ。悲鳴に近い叫びだ。

「わかっているけど、でも、でも、そなたさまだなんて……」

それ以上は言葉にならなかった。

泣きじゃくる和姫を梅は人目のない木陰に連れて行き、肩を抱いてしゃがみ込んだ。

「ここなら好きなだけお泣きになれます。我慢なさることはありません」

こくっ、とうなずき、和姫は声を放って泣いた。

しばらく泣くと、さし出されたちり紙で鼻をかんでから立ち上がった。

「歩きたい。疲れきってなにも考えられなくなるまで、歩きたい」

さいわい陽射《ひざし》が温かい。足はしぜんと早咲きの白梅の林へと向かった。以前、姉の千姫と散歩したあたりだ。ひめやかな梅花の香が漂っている。それを胸いっぱいに吸い込み、花は変わらないと思った。花は変わらない。木々も空も変わらない。変わるのは人の心だけだ。

頰を刺す寒風も、いまの和姫には救いだった。息が切れるほど速足に歩いていると、次第に心が鎮《しず》まる。


入内話がやっと動き出したのは、その年の夏。入内後の和姫の住まいとなる里御所と禁裏内の女御御殿の新造が決まり、六月には幕府方の京都所司代と朝廷側の武家伝奏との間で「入内は翌元和五年」と話がまとまった。

八月に諒闇が明け、九月に入ると幕府はさっそく女御里御所造営の奉行職に小堀遠《こぼりとお》江守政一《とうみのかみまさかず》を決定した。茶人としても名高い小堀遠州《えんしゅう》だから、その関係で公家方に知己が多く、宮中のしきたりや慣例に反して悶着《もんちゃく》を起こさずにすむと期待されての起用である。

江戸城の奥御殿では、和姫とお附の女中衆の衣類の調製が始められている。宮中では儀式や年中行事の一つ一つに複雑なしきたりがあり、お召しものの色柄まですべてしきたりどおりでなくてはならないという。儀礼の正装から普段のお召しものまで、武家と宮中とではかたちも素材もまったく違う。京から有職故実《ゆうそくこじつ》に精通した公家を下向させ、その指揮のもと、膨大な量の織物や染めの生地を取り寄せ、百人近い針女をあらたに雇い入れて専用の工房が設けられた。

御台所は自ら陣頭指揮をとる気の入れようで、もっと派手に、見栄《みば》えのするものを、と命じた。

「姫は色白ゆえ、派手な色柄のほうが着映えがするし、大人っぽく見える。銭金に糸目はつけぬ。金糸銀糸をふんだんに使って、公家衆の目を奪う豪奢《ごうしゃ》なものにするのです」

御台所がいうとおり、御台所や千姫は痩せぎすで面長のうりざね顔の美人なのに、和姫は小柄でころころした体形に、ふっくらした丸顔、実年齢より幼く見える容姿なのである。

ほくろ一つない肌は剝《む》きたての茹《ゆ》でたまごのようにつるりとして、笑うと笑窪《えくぼ》が刻まれる。それも右頰は深く、左頰のほうは少し浅いのが愛嬌《あいきょう》で、見る者の印象に残る。一重瞼《ひとえまぶた》の双眸《そうぼう》は大きく切れ長で、濃い睫毛《まつげ》が縁取っており、それが眠たげな表情にも見えて茫洋《ぼうよう》と映るが、そのじつ、感情がそのまま現れるのである。人に対するときも、相手の目を真正面から見つめて話す。相手の言葉にいちいちうなずき、笑窪を刻んで笑い、目を見張って驚いた顔になる。

宮中の礼儀作法を教えにきている公家の中年女が、

「姫さま、そういちいちお顔に出すのは、はしたのうございます。ことに相手の目を見つめるのはきわめて無作法。口元あたりを、それとなく見ているようになさいませ」

言いつつ半開きにした扇で口元を隠しているものだから、たちまち和姫は頰に笑窪を刻み、

「じゃあ、扇の絵柄を見ていればいいのだね。そなたのそれは何の絵？　かえって気になってしまうわ。もっとよく見せて」

興味津々《しんしん》の顔で言って、辟易《へきえき》させるのである。

ちんまりした鼻に、これもちんまりした口、全体に陶《とう》の唐子《からこ》人形めいたおっとりした顔立ちながら、皮膚が薄いのか、なにかで興奮すると、頬も耳たぶもたちまち上気して、さくら色に染まる。睫毛を震わせてしきりに瞬きしているときは、考えをめぐらしているときだ。囲碁やかるたに熱中しているときは、無意識に唇を尖《とが》らせている。そんな無邪気な様子は誰の目にも愛らしく、いとおしく思わせるのだが、それまた指南役のお小言のたねになるのである。

「あとで恥をおかきになるようなことになりましては、一生の不覚にございますから」

乳母たちまで血相変えてしつけようと二六時中目を光らせている窮屈さに、和姫は隙《すき》を見ては、広縁からすばしこく飛び降り、庭に出ていくのである。目配せ一つで心得て踏石に草履をそろえておくのは、梅の役目である。

「ああ、せいせいした。息がつまりそうだったわ。梅、ありがとう」

「あとで乳母どのに叱られるのは、この梅なのですからね。勘弁なさってくださいましよ」

そのくせ、梅はやはり姫にあまい。上品な所作や言葉づかいがこれからの和姫にとって最大の武装になると百も承知しつつ、

「姫さまらしいご気性を封じ込めてしまうのは、もったいないと思うのですけど」

それが和姫の魅力なのだから、と乳母たちに訴えるのだが、とりあってくれるどころか、

「おまえがそんなだから、姫さまがいっこうに自覚してくださらぬのです。お側役から外しますよ」

きつい目で睨《にら》みすえられ、すごすごと引き下がるしかない。

「大丈夫よ、梅。そのときになったら、ちゃんとやるから」

しょげ返る梅を和姫が慰めるのだが、言うそばから、逃げ出す隙を狙っているありさまなのだ。

衣装の他、持参する家具調度や化粧道具、手慰《てなぐさ》みの人形、遊具、読物の写本、大和絵等々の発注と制作も始まり、奥御殿は目のまわる忙しさになった。女中たちは浮きたち、明るい空気が満ちた。勝姫の輿入れや千姫の再嫁《さいか》の際もそうだったが、婚礼の支度というのはおなごの血を騒がせ、弾ませるものなのだ。

その矢先、思いもかけない事態が発覚した。

——帝のお子が生まれた。

京都所司代の板倉がそう報せてきたのである。それも男児、皇子だというのだ。考えてみれば、帝は二十三歳。即位してすでに七年。とうにご寵愛の女の一人や二人いてもおかしくはない。生母は近侍の女房で、四辻家の出ゆえ「およつ御寮人」と呼ばれている。皇子は賀茂宮《かものみや》と名づけられ、母子ともども宮中に局《つぼね》を与えられて帝のそばで暮らしていると伝わるや、激怒したのは秀忠よりお江与のほうだった。

「正室より先に、手近な女に第一皇子を産ませるとは、われらを侮《あなど》ってのこととしか思えませぬ。武家の女はそんな屈辱は断じて承服いたしませぬ」

秀忠が側室をもつのを許さぬ御台所である。夫がひそかに侍女に産ませたふたりの男児は、正式に認められぬまま養子に出された。

むろん、幕府にとっても、第一皇子誕生は、和姫入内そのものの意味を失わせる一大事。

――入内は延期。あるいは、取り消し。

そんな風説が流れたのは当然だった。装束や道具類の調製も中止になるであろうと奥御殿の誰もが思ったのだが、秀忠は、中止してはならぬと厳しく命じた。

「先方は、こちらがどう出るか、さぞびくついておろう。せっかく握った弱み。うまく使うにこしたことはない。まだまだじゃ。そ知らぬふうで予定どおり進めておればよい」

そうおっしゃったとかで、おとなしく温厚な人柄とみられている秀忠が案外、したたかな策略家なのだと老臣たちも舌を巻いた。亡《な》き大御所さま譲り、いや、それ以上にしぶとい、という者もいる。たしかに、幕府からあらためて何も言われずとも、女御里御所の造営が粛々と進行すれば、天皇や公家方はおいそれと弁解もできない。

――あえてこちらから手を打つことなく、相手の退路を断つ。

孫子の兵法《ひょうほう》にそういう戦法があるのだ、としたり顔で言いたてる者までいる。

九

元和五年（一六一九）に入ると、幕府はいよいよ女御里御所の新造を開始した。亡き後陽成上皇の御所の敷地半分を取り込む前代未聞《ぜんだいみもん》の大規模なもので、建設費用はむろん、すべて幕府の負担である。

――さて、そろそろ揺さぶりをかけてやるとするか。

秀忠はその年の五月、おもてむきはしごく悠々と上洛。本年に予定されている入内の時期を具体的に詰めるのが目的だが、その前に解決しなくてはならない問題を抱えていた。安芸《あき》国広島城主福島正則《まさのり》に反抗の気配が濃い。秀忠は安芸・備後《びんご》五十万石没収、信濃川中島高井郡と越後魚沼郡合わせて四万五千石への転封を断行。広島城明け渡しも終わり、七月初め、やっと決着した。

それから間もなく関白二条昭実《にじょうあきざね》が逝去《せいきょ》したこともあり、秀忠がようやく参内したのは七月下旬。天皇らに銀を献上して滞りなくすんだが、その陰で、六月二十日、およつ御寮人がまたしても帝の子を産んでいた。今度は姫宮だった。

秀忠は上洛早々、所司代から懐妊の情報を知らされていた。天皇とおよつの兄ら側近たちは、所司代に漏れるのを恐れてひそかに彼女を宿下がりさせ、将軍上洛が決まると、そこからさらに側近の嵯峨野の別業に隠したが、その程度の策で密偵の目を逃れられるはずはなかった。賀茂宮誕生以来、監視の目がたえず張りついていたのである。

――今度こそ捨て置けぬ。

生まれるのが男だったら、第二皇子である。

秀忠はただちに御所の造営工事の中止を命じ、調度・装束の調製もすべて止めさせた。天皇が住まう禁裏の目と鼻の先で、柱と骨組だけが立ったまま、建材、石材などをわざとそのまま放置させ、更地にしたところは目隠しの木塀を撤去させて衆目に曝《さら》させたのである。

——どうだ。このまま何年でも、朽ち果てて草茫々の廃墟《はいきょ》になっていくのを、指をくわえて見るがいい。

朝廷に片づけるだけの資力も度胸もないのを承知しての嫌がらせである。

真夏のことで、日に日に雑草が伸び、残酷なほど勢いを増して繁《しげ》っていくのを公家たちが怯《おび》えながら見つめるなか、その女児梅宮《うめのみや》はこの世に生まれ出たのだった。

後水尾との対面で、秀忠はその件について一言も責めなかった。それどころか、しごく慇懃《いんぎん》に、

「この度は、まことにめでたき次第。恐悦至極に存じ上げまする。お健やかにご成長なされますよう」

眉一つ動かさず言ってのけたから、公家衆はますます震え上がった。

赤子が二ヶ月半になった九月初め、業《ごう》を煮やした後水尾は実弟の近衛信尋《このえのぶひろ》に親書を送った。信尋から親交のある普請《ふしん》奉行の小堀遠江守へ、そこからさらに小堀の舅《しゅうと》である藤堂高虎《とうどうたかとら》へ伝わるよう図ってのことである。伊勢国津藩主藤堂高虎は、外様ながら家康の信頼厚く、幕府の正式な役職にこそついていないが、いまも影響力がある。

その書状で、後水尾は怒りをぶちまけた。

「入内が延期になる由《よし》、あらまし聞いた。朕《ちん》の不行跡が将軍家の意に沿わぬのであろうと推察している。しかし、入内の延期は公家・武家双方の面目を失わせるだけである。ならば、朕には弟が数多《あまた》おるゆえ、誰か幕府の都合のよい者を即位させ、朕は落髪でも蟄居《ちっきょ》でもして逼塞《ひっそく》すればすむことであろう。年内の入内がかなわぬというのであれば、そのように取り計らうよう」

——そもそも入内話をもちかけてきたのはそちらではないか。自分が譲位すれば入内もなくなる。こちらは初めから気乗りしない縁組なのだから一向にかまわぬが、そちらはそれでいいのか。

破談にするならやってみろ。火を噴くような激しい攻撃である。

そのとき、秀忠はまだ伏見城にいた。高虎はさっそく秀忠に書状を見せ、どう対処するかと尋ねたが、秀忠はちいさく鼻で嗤《わら》い、

「なに、帝とて本気ではおわさぬ。譲位をちらつかせて、こちらが折れるのを待っておいでなだけだ。小賢《こざか》しい若造がいっぱしにやりそうな、つまらぬ駆け引きよ。父帝もかつて何度も譲位譲位と騒ぎ立てよって大御所を辟易させた。まったくあの親子、よう似ておるわ。放っておけ」

そのまま無視をきめこんでいたが、いよいよ江戸へもどるため伏見を発った九月十

八日当日、天皇の側近ら六名の公家の処罰が発表された。およつ御寮人の二人の実兄は豊後《ぶんご》に流罪《るざい》、側近たちは流罪と出仕停止、蟄居。「公家諸法度《はっと》」の逸脱が処罰理由だが、明らかに法度を楯《たて》にした報復である。しかも幕府と所司代は表に出ず、武家伝奏にやらせた。

このやりかたに激怒した天皇は、ふたたび近衛信尋に書状を送り、藤堂高虎に譲位の意向を伝えさせた。今回は処罰に対する抗議を強く訴えており、さしもの秀忠も今度は天皇が本気で譲位を望んでいるらしいと察したが、高虎へは、

「来春、自分があらためて上洛して解決するからと、穏便になだめしておくように」

と命じただけだった。その意を汲《く》んだ高虎は、

「将軍家は天皇のお怒りを深く察し、いたく心を痛めておりまする。けっして悪いようにはいたしませぬので、いましばらくお待ちを」

と、ことさら大仰に誠意を尽くした返事を申し送った。天皇ははぐらかされて肩すかしをくわされた思いがしつつ、その言葉を信じた。

明けて元和六年（一六二〇）二月十八日、亡き後陽成院の生母で天皇の祖母である新上東門院が薨去《こうきょ》。後陽成院と家康とのたびたびの衝突に絶えず心を砕いて宥和《ゆうわ》に尽

力し、家康も、あのお方にだけは嘘偽《うそ》りは通じぬ、といわしめた聡明《そうめい》な女性だった。なかでも頼りきっていた前子の傷心は深かった。息子の後水尾は、幼い頃から祖母にやんわり諭されれば強情を張ることができない。「おばばさまはやわらかくて強い。とてもかなわぬ」と頭をかきかき退散するのが常なのだ。その人を失って、これからは誰が若い帝を制御できるのか。嘆息するしかなかった。

後宮の主《あるじ》を失った禁裏がその痛手から脱しきれずにいるなか、秀忠の意を受けた藤堂高虎が上洛。さっそく所司代板倉勝重を通じて禁裏の動向を探らせた高虎は、禁裏に乗り込んでいくと、摂関家ら上卿《しょうけい》衆を相手に強談《こわ》判を仕掛けた。

「先例を仰《おお》せられるならば、上代、武家の指図に背かれた天子を左遷《させん》いたした例がござりまする。それがし、関東よりまかり越して、事が調わぬままむなしく下ること、断じてでき申さぬ。各々方《おのおのがた》、それがしにご同心いただけぬとあいなれば、恐れながら、天子に左遷を勧め、それがしは不調法の始末に、各々方の面前で切腹つかまつるまで」

——鎌倉幕府に盾ついた後鳥羽上皇、足利尊氏《あしかがたかうじ》に反した後醍醐天皇の先例もある。われら武家たるもの、天皇を排して流罪にすることなど、いとも簡単にやれるのだぞ。自分がそこもとらの面前でこの皺腹《しわばら》かっさばいて、武家の面目をお見せするが、それでもよろしいか。

そう恫喝《どうかつ》すると、いきなり席を蹴立《けた》てて退出した。百戦錬磨の古強者《ふるつわもの》、血を見たことすらない公家たちを震え上がらせることくらい、造作もないことだった。

案の定、恐れをなした公家衆と生母の近衛前子は必死に後水尾を説き伏せた。

「まさか、朕を流罪にするなど、さような言語道断はいたすまい。藤堂め、さんざ甘い口説でたぶらかしよって、此度《こたび》は掌返《てのひらがえ》しに脅すとは」

さすがに顔色を変えた後水尾だったが、公卿《くぎょう》たちはなおもかぶりを振った。

「しかしながらお上、ここでもしも将軍家のほうから破談を申し渡してくることにでもなりましたら、お上と朝廷の権威は地に墜《お》ちてしまいます。それだけはなんとしても避けねば」

正親町《おおぎまち》天皇、後陽成天皇とここ数代の天皇は、朝廷の権威の復活を悲願としてきた。武家の力に対抗するすべは、権威、それ一つのみである。天下に天皇と朝廷の権威を示せなくては、それこそ存在意義を失ってしまう。

「ですからお上、ここはどうか、お堪《こら》えくださいませ。ご譲位はおとどまりくださり、入内の件、つつがなく進めるようにと」

「そのかわり、先般、処罰の憂《う》き目に遭った者たちの赦免を交渉いたしますゆえ」

必死にかき口説く母と側近らを前に、後水尾は歯嚙《はが》みしつつ、屈するしかなかった。

「将軍家の意のままに」

——入内は四ヶ月後の、本年六月。

内旨から丸六年。何度も延期と頓挫《とんざ》の危機に瀕《ひん》し、そのたびに軋轢《あつれき》と妥協、そして、わだかまりを深めながら、こうして和子の入内はようやく決定までこぎつけた。

十

入内内旨からの六年間、和姫の心は揺れつづけた。

ものごころついたときから、それが自分に課せられた運命と思い定めてきた。それ以外の未来は考えられないし、考えたこともなかったのに、延び延びになり、そのあげく、何度も白紙になりかけた。未来が突然、消えてなくなるのとおなじである。

華やかな婚礼道具の支度で奥御殿中が浮きたち、笑い声が絶えなかったのが、ある日を境にぴたりと止まり、息をひそめたように静まり返る。和姫はそれを自分の責任のように感じた。

母は事の状況をすべて包み隠さず娘に話してきかせた。どれほど過酷であろうが、自分自身の行く末にかかわることなのだから、しっかり受け止めねばならぬ。そう考えてのことだった。母自身、一度ならず二度、いや三度までも、自分の与《あずか》り知らぬところで決められて嫁がされた体験から、どんなことであろうが、しっかり知り、自分で覚悟を据えるほうがまし。そう教え込んだ。

現に和姫は、最悪の場合は破談と告げられたときも、動揺した様子は微塵《みじん》も見せなかった。

「はい、母上、ようわかりました。和は平気です」

はっきりした声で言い、両手をついて深々とお辞儀をして、皆を安堵《あんど》させた。

和姫は祖父に、激しい感情をそのまま表に出してはならぬと厳しく諭されたことを必死に守ろうとしていた。両親から「そなたさま」と呼ばれ、自分にはもう家族はないのだと覚悟したあの日から、それは自分を縛る枷《かせ》にも檻《おり》にもなっている。

そのすぐ後だった。侍女の一人がある日、和姫の前で武田信玄《たけだしんげん》の息女の話をした。松姫というその姫は、幼いときから織田信長の嫡男信忠《のぶただ》との婚約が決まっていたが、いよいよ輿入《こしい》れという直前、本能寺の変が起こり、信忠は父と運命を共にして死んだ。それを知った松姫は、「許婚《いいなずけ》はすでに夫婦も同然」とすっぱり落飾して尼になり、菩提《ぼだい》を弔って生涯、独身で通したというのだ。

その侍女は武田の重臣ゆかりの者だったから、さすがは信玄公の息女、おなごながら潔《いさぎよ》い身の処しかた、と自慢が半分、和姫をなんとか励ましてさしあげたい気持が半分だったろうが、よくよく聞けば、松姫と信忠は実際に会ったことはなくとも頻繁に文や贈り物を交わしていたというのだから、政略結婚とはいえ情愛が芽生えていたのであろう。だからこそ「夫婦も同然」と思えたのだろうが、和姫の場合はそれとはまるで違う。

そのときも和姫は顔色一つ変えず、「そう。そういう生き方もあるのね」と言っただけだったが、後でそれを耳にしたお江与は即座にその侍女を追い出してしまった。

数日後、和姫は母の居室に呼ばれた。部屋に入ると三間続きの広い居室にはあでやかな色柄の反物や仕立て済みの打掛小袖が一面に広げられており、まるで苔《こけ》や芝の庭に赤や黄の紅葉が散り積もっているように見えた。

「どれもそなたさまのご衣裳《いしょう》ですよ。京の雁金屋《かりがねや》からやっと届いたのですよ」

雁金屋は淀殿が贔屓《ひいき》にしていた京の呉服商で、お江与も自分や家族の衣装や侍女たちに与えるものを注文している。だが、入内話が頓挫しかかっているいま、あらたに大量に注文したという母の気持を測りかね、和姫は返事もできず押し黙った。

「和や、こちらにいらっしゃい。そなたさまに話しておきたいことがあります」

母は娘を庭に面した広縁に誘い、ふたり並んで座した。

「姫、よくお聞きなさい。宮中というところはね、皆がさんざん言うような魔物の巣《そう》窟《くつ》などではけっしてないのですよ。でも、月卿雲客《げっけいうんかく》といってね」

「げっけいうんかく？」

和姫は首をかしげ、意味もわからぬままくり返した。

初めて聞く言葉だ。いったいなんのことか？

「天子さまを日輪にたとえて、月卿はそれをお支えする公卿、雲客も宮中に侍《はべ》るお公家衆のこと。だから彼らのことを雲上人《うんじょうびと》というのです」

ほら、ごらんなさい、というように母は顔を上げて空を仰いでみせた。

晴れた空に薄雲がたなびいている。中天にまばゆく輝く太陽、降りそそぐ陽射。西の空に透けるような白い半月がうっすら見える。

「雲の上の世界……。お日さま、月、雲……」

和姫はつぶやいた。宮中というのは、あんなにも高く、あんなにも遠いところなのだ。自分はなぜ、そんな世界へ行かねばならないのか。それとも、このままこの地上にとどまる定めか。

「でもね、和姫。だからといって、日も、月も、雲も、皆この俗世に生きる人間たち。

けっして天上界の天人などではないのです。煩悩《ぼんのう》に悩み苦しみ、泣く、ごくふつうの人たち。醜い争いがあり、裏切りがあり、我欲むき出しで人を傷つけ、憎み合う。そうやって生きるしかない人間。われらとおなじ人間なのですよ」

「でも母上、和は怖いのです。おなじ人間だなんて、とても……」

思えない——。母の刺すような視線を前に、口ごもった和姫だが、

「この母は、そなたさまをそんな意気地なしに育てた憶《おぼ》えはありません」

母の言葉は容赦なかった。

和姫の気持をいちばん察しているのは、両親ではなく、実は竹千代だと和姫も梅も感じている。正式に世継として西の丸に移り、朝廷からの勅使をお迎えするなど公式の場にも出るようになって、以前のように顔を合わせる機会は少なくなったが、ときおり、おふくが呼びにやってくる。

「兄上さまが碁を打ちにお越しくださいと」

和姫は喜び勇んですっ飛んでいく。

でも、碁盤をはさんで向かい合えば、とりたてて話すわけでもなく、ただ、ぽつり、ぽつり、とそれぞれがつぶやくように言葉をもらす。そんなふうだ。

「播磨《はりま》の姉上から、文は来たか？」

「はい、とてもおしあわせなご様子。ふたりのお子も健やかにお育ちと」

千姫が嫁いだ桑名本多家は、婚儀の翌年、播磨国姫路に移封になった。千姫はその翌年、長女を産み、年子で待望の男児をあげたと、近況を知らせる文が届いた。

「ご苦労なさった分、これからは次々に幸運が巡ってくる。そういうものだ」

――だから、おまえも。

兄はそう言いたいのである。

「わしも、ほれ、このとおり、まだ前髪だぞ」

竹千代は口を尖らし、額に垂れている前髪をいまいましげに引っ張ってみせた。大御所が元服させよと命じて間もなく亡くなり、元服のことは延期されたまま。もう十七歳にもなっているのにいまだに少年の姿で、名も竹千代のままなのである。

「父上も母上も、いまはおまえのことで頭がいっぱいなのだ。それがすまぬうちは、わしや国松のことは棚上げ。ひどい話じゃないか」

妹を責めているようにも聞こえるが、和姫はにっこり笑ってこたえた。

「では、ずっとそのお姿ということになるやもしれませんね。お気の毒なこと」

兄妹《きょうだい》は顔を見合わせ、そろって吹き出す。人が聞いたら眉《まゆ》を顰《ひそ》めようが、当人たちは気の置けない冗談なのだ。

「それはかなわん。そんなことにならぬよう、神仏に願掛けせねば」

口の重い兄の励まし方はいつもそんな具合だが、西の丸からもどるときの和姫は鬱《うっ》屈《くつ》が晴れた顔をしているのが常である。

それでもどうしても気が塞いでならないときには、きまって城内の吹上御庭に出た。御庭の細道をずんずん歩く。滑る踏石やぬかるみもへっちゃら。お供する者がついていけないほどの速足である。

本丸の庭といっても、築山《つきやま》や池を配して橋や小滝があり、踏石を敷いた回遊路をそぞろ歩いて四阿《あずまや》で休憩するというような、整備された庭園ではない。むかしの地形そのままで、小高い台地もあれば、すり鉢状の窪地《くぼち》や、地下水が浸《し》み出ていつもじくじく湿っているところもある。ところどころ雑木林が残り、濠《ほり》も一部は石垣ではなく、かつての日比谷入江に面した崖《がけ》のままである。

「あれ、そのように奥へいかれては危のうございます。おもどりください。姫さまっ、姫さま」

御老女や腰元たちが金切声で制止するのに耳も貸さず、左右から覆《おお》いかぶさる枝をかき分けて、薄暗い繁みの奥まで入り込んでいく。崖上の土手の端までいってしまうこともしょっちゅうで、そのたびに庭番の下士を呼ぶ騒ぎになる。

「ついてこないでっ。あっちへ行ってて」

――ひとりになりたい。お願いだから、わたしを放っておいて。

胸の中でそう叫んでいる。

梅は肩で息をしている御老女に、

「ご心配なく。この梅がついておりますから。もしも何かあったら、すぐ大声で番兵を呼びますから。ここでお待ちになっていてください」

なだめすかし、大急ぎで姫の後を追いかける。

梅は並の娘より拳《こぶし》二つ分は大柄だし、薙刀《なぎなた》を習っていて腕に自信がある。御庭歩きの際にはかならず六尺棒を携え、懐剣を袋から出して帯に差し挟んでいるのも、いざ姫の身に危険が迫ったら、身を挺《てい》してお守りするためである。

「梅、ほんとうにおまえひとり？　他の者はついてきてない？」

繁みの陰に身を潜めた和姫は小声で訊《き》き、梅がうなずくと、ようやく安心して這《は》い出してくる。

「この先の土手の木立に去年、燕《つばめ》が巣をかけたの。今年はどうかしら。そろそろ来る頃だわ。今年は卵が蛇にやられないようにしてやらなくちゃ。菫《すみれ》が群生している窪地にも行きたい。そろそろ花が終わってしまうから、見ておかないと。行きましょ。さ、早く」

御庭のどこに何があるか、どんな木や花や草が生えているか、よく知っていて、季節の移り変わりにも敏感なのだ。空の色、風の匂《にお》い、雲の姿、陽の向き、明るさ、光、影、木々の色、緑の濃淡、石や岩のさまざまな色や形。ふつうの少女なら気にも留めないようなものまで目ざとく見つけ、新鮮に感じ、面白がり、感動し、喜ぶ。蜘蛛《くも》の巣が木漏れ陽にきらきら光るさまや、砂地に蛇の這いずった痕跡《こんせき》や、土竜《もぐら》が地面にこんもりつくった土盛、岩の上でトカゲが背を虹色《にじいろ》に輝かせてちょろちょろ動きまわっているのなど、ようも飽きないものだと梅が呆《あき》れるほど、長いこと、じっと見つめている。

木の実や松ぼっくりやきれいな葉を見つけると嬉々《きき》として拾い、袖に入れて持ち帰る。膨らんだ袖を大事そうに胸に抱えている姿はまだ子供じみている。

「あそこの松林に、とっても面白い枝ぶりの木があるのよ。まるで母龍《ははりゅう》が子龍を抱えているみたいなの。天に向かって両腕を突き出してるみたいな椎《しい》の木もあるわ。あれは雄叫《おたけ》びをあげているのよ。まるで帝釈天《たいしゃくてん》か四天王ね」

「今年の牡丹《ぼたん》は色が冴《さ》えないわ。雨が多すぎなせいかしら。その分、花菖蒲《はなしょうぶ》はいきいきして紫色がとってもきれい。草花は毎年おなじとはいかないのね。その日その時で違う。とってもはかないものだから、なおのこと、ちゃんと見てあげないと」

歩きながらそんなことをぽつぽつ話す以外は、黙々と歩き、立ち止まり、しゃがみ込み、また歩き出す。そんな散歩である。

「そろそろおもどりになりませんと。皆さまが心配なさいます」

梅にうながされると、

「わかった。でも、お願い。あと少しだけ」

夢見心地とでもいうようなうっとりした表情で黄金色《こがねいろ》や朱色や紫に輝く夕雲に視線を漂わせ、なかなか帰ろうとしないのが常である。

上洛《じょうらく》の出立は、五月半ば。入内《じゅだい》のほぼひと月前、吉日が選ばれた。

お江与は、千姫がかつて大坂へ嫁いだとき同行していったから、今回もつきそって上洛すると強く主張したが、あのときはまだ夫は将軍ではなく、自身も御台所《みだいどころ》ではなかったからで、今回は立場上、そういうわけにはいかなかった。

代わりに阿茶局《あちゃのつぼね》が介添役として同行することになった。局は大坂の陣の際、豊臣方との交渉役を務めたしっかり者だから、御台所は信頼して託せると安堵しつつ、それでも、

「そなたさまは千とは違います。何があっても二度と江戸の土は踏めぬ。そう思いなさい」

和姫を抱きしめて言い聞かせた。

その言葉を、和姫も、お供する梅も、胸に深く刻み込んだ。

和姫十四歳。喜びや期待より、つらさが先だつ旅立ちだった。

第二章　菊の園

一

元和六年（一六二〇）五月八日、上洛《じょうらく》の行列は江戸城を出立した。

後水尾天皇女御《にょうご》・徳川和姫様御行列。

女御の名称は、本来は入内《じゅだい》後に天皇の宣旨があって初めて使えるものであるのに、幕府はすでに勝手に使い始めている。どうせいただけるのだから待つまでもなかろうとばかり、宮中のしきたりを知らぬ武家の無知、無知ゆえの他意のない非礼を装《よそお》っての確信犯である。

上洛の裁量は酒井雅楽頭忠世《うたのかみただよ》と板倉周防守重宗《すおうのかみしげむね》。酒井は秀忠の側近である年寄衆。板倉は現京都所司代板倉勝重の嫡男《ちゃくなん》で今年三十五の壮年。近々父を継いで所司代に就任することになっており、今後の朝幕関係の要《かなめ》となるべき存在である。

随行は公儀の臣僚、お徒士《かち》衆、女御御所に勤める御家人衆、医師団、女中たち、それに大名二十余家とそれぞれの家臣団。総勢およそ五千人という前代未聞《ぜんだいみもん》のものものしさである。調度類はすでに先発させたが、今回運ぶ荷駄もたいへんな数で、行列の長さは、先頭が品川宿を過ぎても殿《しんがり》はまだ城の大手門を出たか出ないかというありさま。

和姫の乗物はつややかな黒漆塗に金蒔絵《きんまきえ》を施した鋲打《びょううち》の四人舁《こし》。年若い姫君らしい派手やかさと武家らしい豪壮さが際立《きわだ》っている。その周囲に女中衆の乗物、さらに徒士が固めている。

梅ら随行の侍女たちはそのまま京で仕える者たちである。いままでは御殿女中と呼ばれていたが、これからは宮廷の女官、もしくは王朝時代さながら女房という身分になり、本名のままでは具合が悪いということで、おもだった上﨟《じょうろう》から、中﨟《ちゅうろう》、端下《はした》の女孺《にょじゅ》と分けられ、それぞれ女房名をつけられた。

「わたくしは肥後局《ひごのつぼね》という名をいただきました。肥後の国とはなんの関係もないのですけれど」

たまたまわりあてられたのだと、梅はこそばゆげに笑ってみせた。近江《おうみ》局、伊賀局、加賀局、とごたいそうな女房名が並んでおり、束ね役は権大納言局《ごんだいなごんのつぼね》。お江与が徳川家に嫁入ったときから仕えている古参で、気丈なしっかり者だが、万事口うるさく、若い侍女たちに煙たがられている。

梅雨に入る直前とあっておおかた好天に恵まれたが、その分、陽射《ひざし》は日増しに強くなり、蒸し暑さも増した。和姫は風通しに乗物の物見窓を開けさせ、陽射除《よ》けの御簾《みす》ごしに外を眺めることで、坐《すわ》りっぱなしの苦痛に耐えた。

生まれてこのかた一歩も江戸城の外に出たことがない。せいぜい内濠《うちぼり》の土手の上から、まだ造成半ばの埃《ほこり》っぽい町並や大名屋敷の屋根の連なりを眺めるだけだったから、品川宿を過ぎるや、次々に現れ移り変わる景色に目を奪われた。青い山並、茫漠《ぼうばく》と広がる海、清冽《せいれつ》な川の流れ、街道の松並木、ちいさな茶店や宿場町。

人っ子ひとり、野良犬《のらいぬ》一匹いない。大坂夏の陣から五年。巷《ちまた》にはいまだ徳川に遺恨を抱く大坂浪人たちが逼塞《ひっそく》しており、万が一襲撃されでもしたら幕府の威信は地に墜《お》ちる。不測の事態を恐れて沿道は見物禁止、旅程は極秘で厳しい緘口令《かんこうれい》が布《し》かれた。百姓家、商家、旅籠《はたご》、沿道の家々はことごとく板戸を閉めきり、人々は家の中で息をひそめて行列の通過を待ち、いつもは旅人や荷駄でごった返している東海道なのに、どこもかしこもひっそり静まり返っている。

（せめて人々が働いている姿や子らが遊んでいるところを見たいのに）

残念でならないがそれでも、どうということのない田んぼや村里も見飽きなかった。若い好奇心だけが、からだの痛みと不安を忘れさせる唯一《ゆいいつ》のすべだった。

大御所家康の側室だった阿茶局が母親代理として同行している。六十七歳の高齢に長旅は辛苦以外のなにものでもなかろうに、さすがに昔はよく家康の出陣に随行し、何ヶ月も野宿に近い陣中で暮らしたという剛の者、

「なに、これしき、どうということはございませぬよ。夜は柔らかい布団《ふとん》で休め、風《ふ》呂《ろ》にも入れる。極楽、極楽」

意にも介さぬふうでカラカラ笑うのだがその目は、和姫が体調を崩していないか、わずかな異変も見逃すまいとしている。執拗《しつよう》なまでのねばっこい視線が和姫を追い詰めることになりかねないと梅はハラハラし、なんとか防波堤になろうとするのだが、

「梅とやら、そなた、それで姫さまをお守りしているつもりかえ。宮中の女官衆のきつさはこんなものではないぞえ。それこそ一挙手一投足、底意地悪い視線にさらされ、陰口される。二六時中、風呂も厠《かわや》の中までも視線が張りついておると思いなされ」

わざわざ和姫の前で言いわたすのである。むろん脅すつもりではなく、よくよく覚悟を据えよ、ということだが、和姫はさっと顔色を変え、自分でそれに気づいて、大きく息を吸って懸命に平静にもどろうとする。

旅の途中から梅雨特有のじとじと雨の日が多くなり、徒歩の者は笠《かさ》の端から雨滴をしたたらせ、ぬかるみが草鞋《わらじ》を重くする苦行であったが、さほどの遅れにはならず、江戸を発《た》って二十日目の五月二十七日、無事入京を果たした。

近江の琵琶湖のほとりの膳所《ぜぜ》からは出迎えの諸大名主従も加わり、行列は倍近くふくれ上がっていた。公儀はそこからは見物を禁じなかったため、梅雨の合間の晴日とあって、沿道はどこもあふれんばかりに群衆が詰めかけた。公儀の威信を見せつけ、先制攻撃で度肝を抜く。京奴《きょうやっこ》の物見高さを知り抜いた所司代板倉父子の作戦が見事に図に当たった。

行列は大群衆の熱狂の中しずしずと二条城に入った。関ヶ原の戦いの後、家康が造営した徳川の城である。隅櫓《すみやぐら》を備えた五層の天守と濠はまさに城郭だが、徳川家の京の居館として建てた本丸、二の丸、西の丸の各御殿はどれも居住性を第一にしつつ、将軍家の威容を誇示した豪壮な武家建築である。秀忠はさらに今回の入内に備え、築城の名手藤堂高虎と図って改修をおこなった。

到着した翌日から、公家《くげ》衆が次々に祝辞を述べに詰めかけた。誰より早く顔を売り、誼《よしみ》を通じておくにこしたことはないと、競うように駆けつけてくる。

公儀側が対応に追われているところへ、禁裏から女御宣旨の使者がやってきて、和姫は従三位《じゅさんみ》に叙せられ、名乗りも和子《まさこ》となった。徳川家は本姓を源氏と自称しているから、正式には「源和子《みなもとのまさこ》」である。

女御であれば入内に際して牛車《ぎっしゃ》を使用できる。女御僭称《せんしょう》に関してはたかをくくりきっていた幕府だが、晴れて牛車で乗り込めるか、実のところはやきもきしていたのである。

これで万全。あとは六月八日の入内日を待つばかり。そろそろ梅雨も明ける。盛儀にふさわしい晴れ渡った夏日になってくれよう。誰もがほっとした矢先、和子が体調を崩した。からだのだるさを訴え、起き上がることもできなくなったのである。

入内は十日間延期になった。たった十日。せめてひと月養生する猶予《ゆうよ》を、と幕府側は申し入れたが、となるとあらためて陰陽《おんみょう》博士に星巡りを占わせて、吉日を選定しなおさねばならない。日によって方位の吉方《えほう》も違ってくるため、方違《かたたが》えやら御所への道筋やらも変更せねばならないという理由で拒絶された。

たとえば近場への外出や買物、髭《ひげ》を剃《そ》るのも、風呂に入るのも、それぞれ吉日と忌日《いみび》があり、日々の行動すべてそれに従うのが宮中や公家の世界なのだと頭ではわかっているが、合点はいかない。方角が塞《ふさ》がっていれば力ずくでこじ開けるのが武家なのだし、そうやってのし上がってきたのである。そんな迷信を信じきって汲々《きゅうきゅう》とする馬《ば》鹿《か》らしさを鼻でせせら笑ってもいるのだが、こと、神仏に逆らって入内の首尾を左右してもいいのかといわんばかりに主張されれば、しぶしぶ従うしかなかった。

医師たちが薬湯を処方し、鍼灸《しんきゅう》までして治療を尽くしているのに、いっこうに快復の兆《きざ》しが見えない。それでも阿茶局は、

「長旅のお疲れが出ただけじゃ。精のつくものを召し上がってよう眠れば、じきに全快なさる。なに、お若いのじゃもの。案ずることはない」

こともなげに言いきったが、実際は、からだより心のほうが悲鳴を上げているのである。

「梅、お願い。外に出たい。誰にも見られたくない。怖い」

数日の間に目の周りを青ずませた和子はうるんだまなざしで訴えた。たえず人の視線が張りついていると覚悟なされ——。阿茶局の言葉が和子の心を呪縛《じゅばく》しているのだ。

「お庭を散策いたしましょう。わたくしたちだけで、そっと」

疲れたらすぐ休めるよう、緋毛氈《ひもうせん》と座布団を敷いた縁台をあちこちに設置し、和子の目に警護の武士や侍女たちの姿が入らぬようにしてくれと、梅はしつこく阿茶局に懇願した。

「ほんにそなたひとりで大丈夫かえ？　万が一お倒れでもしたらどうする」

疑わしそうな局らに、和子が江戸城でよく庭を歩いて健脚であることを力説し、

「いざとなったら、わたくしが抱き止めます。そのために鍛えておりますので」

ふつうの女の身丈より拳《こぶし》ふたつ分は大柄だし、常日頃薙刀《なぎなた》で鍛えて膂力《りょりょく》には自信があると強調した。和子のからだの負担にならぬよう唐織地の重く硬い打掛を避け、やわらかい絹の小袖《こそで》を重ね着させて、本丸御殿の庭に連れ出した。

将軍家が大名諸侯に対面する本丸上段の間に面した庭は、広い池を中心に背の高い石組を配した、いかにも男性的な、豪壮さが主眼の庭園である。そのせいであろうが花木はけっして多くない。少しだけある築山《つきやま》の躑躅《つつじ》や皐月《さつき》、藤《ふじ》の花ももう終わっていて、目を楽しませる彩《いろど》りは乏しい。それでも、紫陽花《あじさい》の茂みがあり、みずみずしい青や薄紅色の花房がたわわに咲き誇って風に揺れているし、池辺には杜若《かきつばた》の紫色の花がまだ少しばかり残っている。

梅に手を取られて小道を歩く和子は、滂沱《ぼうだ》の涙を流していた。嗚咽《おえつ》をたてず、ただ涙を流す。その姿は泣き叫ぶよりもっともっと悲痛で、梅は肩を抱きしめてやりたい衝動にかられた。上洛の長旅の間、一度も泣き言をこぼさなかった和子だ。胸の中で押し殺していたものが、いまようやく堰《せき》を切ってあふれ出している。

ふたりとも無言のまま、ゆっくり歩いた。涙はなかなか止まらない。

だが、歩いているうちに、和子の足は次第に速くなっていった。

「ああ、やっと息ができるよ、梅。からだが軽くなるようだよ」

その声の弾みはそのまま、和子の胸をきつく縮こまらせていた恐怖心が消えてきた証拠だった。

「お疲れではありませんか。もうおもどりになられては」

縁台で休み休みし、用意された煎茶《せんちゃ》で喉《のど》を潤《うるお》しながらだが、もうかれこれ一刻《とき》近く歩いている。植え込みや建物の陰で待機している者たちはさぞハラハラしているであろう。ときおり用ありげにちらつく人影を梅は内心舌打ちしながら横眼で睨《にら》んだが、和子もとうに気づいており、はっと歩調をゆるめたり立ち止まったりする。それでも怯《おび》えた顔にならないのは、気持が落ち着いてきているからである。

「御所にもお庭はあるだろうか」

木漏れ日を顔に受けて目を細めながら、和子がぽつりとつぶやいた。

「あるとよいけれど。こうして歩けたら、気が晴れるのだけれど」

「禁裏は殿舎が密集しておりましょうから、せいぜい坪庭程度かもしれませんけれど、御里御所のほうは広い敷地と聞いております。きっとお庭もございましょう。お好きなときに、思う存分お歩きになれますよ」

「そう？　それなら嬉《うれ》しい」

和子は目を輝かせ、やっと笑顔になった。

「皆に心配かけてしもうた。これからはもう、こんなわがままは言わないから」

安心しておくれ。和子は真剣な面持ちでうなずいてみせた。


入内の日は期待どおり、朝から気持ちよく晴れてくれた。最後の最後でぐずついていた梅雨がやっと明け、延期がかえってよかったという者もいる。

今回も公儀は入京時同様、見物を禁ずるどころか奨励したから、二条城から御所への沿道は前日から席取りの群衆がつめかけた。ことに堀川通あたりは毛氈《もうせん》を敷き詰めた桟敷《さじき》がもうけられ、商家は客を招いて宴会さながらの盛り上がりようである。

辰《たつ》の刻（朝八時）、まず御道具搬入が二条城を出発。一番・御道具長櫃《ながびつ》百六十棹《さお》、二番・食物を運ぶ四方行器《ほかい》十荷、三番・御屏風《おびょうぶ》箱三十双、以下二十九番まで延々とつづいた。どれも、艶《つや》めく黒漆に金の高蒔絵が朝の陽をまばゆく照り返し、徳川の葵《あおい》の紋を染め抜いた布覆《ぬのおお》いがかけられていて、観衆はその膨大な数と豪華さに圧倒され、飽かずに見つめた。

巳《み》の刻（午前十時）にはお迎えの公家衆が二条城に参集し、いよいよ午《うま》の刻（正午頃)、行列が出発。まず和子のお附の女房衆の輿《こし》が七十五丁、その後を揃《そろ》いの白水干に身を包んだ雑色《ぞうしき》たちと楽人四十五人が二列で進み、続いて前駆の殿上人三十七人が騎乗で行く。

公家衆はふだん馬に乗ることはほとんどないから皆ひどいへっぴり腰で、馬は侮《あなど》っていうことをきかない。手綱を取る白丁《はくちょう》は失笑し、群衆がまた遠慮なくはやし立てるものだから、馬はますます興奮して乗り手を振り落とそうとする。それに引きかえ、その後に進んでいく所司代以下、大名諸侯の威風堂々ぶりは対照的で、大声を発する観衆をひと睨みで鎮《しず》まり返らせるのである。

随身衆、判官《ほうがん》衆、北面武士衆と続いていき、やっと姿を現した和子の牛車に観衆の目はくぎ付けになり、どよめきが沸いた。

巨大な二頭の牡《おす》黒牛が曳《ひ》く、巨大な御車。金箔《きんぱく》押しの葵紋がきらめく唐破風《からはふ》屋根の唐庇《からびさし》紫糸毛の車。左右大臣でさえ乗れない最上級車である。

「こりゃまた、豪奢《ごうしゃ》を通り越して化け物みてえにすっげえや」

「公儀は、この婚儀に七十万石かけたちゅうはなしじゃぞ。公家衆への御振舞等もすべてひっくるめてだとしても、おっそろしい力の入れようやないか」

どこから出た噂《うわさ》か、ひそひそ声で言い交わす裕福な町衆らしい男たちもいる。

「いよいよ盤石ちゅうところを見せつけたいんやろ」

豊臣氏滅亡から五年。町衆たちが見抜いているとおり、徳川の権力と財力はすでに、どれほど贅《ぜい》を尽くしても揺るぎもしないことを、あらためて天下に誇示するための巨大な牛車であり、延々とつづく大行列なのである。

和子は、阿茶局と権大納言局《ごんだいなごんのつぼね》とともに牛車に揺られていた。御簾ごしに沿道の歓声と拍手がどこまでも追いかけてくる。晩夏の陽射に炙《あぶ》られ、行列と群衆がしらしらと浮かび上がり、まるで蜃気楼《しんきろう》のように揺れ動いて見える。

「女御さま、よろしいですか。今宵《こよい》、主上とのご対面がございますが、お顔を直接ご覧になってはなりませんよ。ご自分から話しかけるのもいけません。あちらからお声がかかったときも、返答をお求めでないかぎり、ただうなずくだけ。言葉を発してはなりません。くれぐれもお心してくださいまし」

権大納言局がくどくどくり返している。

もう何度も聞かされ、練習もさせられた。自分から話しかけてはならぬ。笑ってはならぬ。目を伏せ、しとやかに。帝《みかど》の御意のままに──。

「もうよいであろう。くどい」

阿茶局がさすがにいら立った声で制した。

「女御さまはお聡《さと》い。しっかりおわかりになっておられる。うまくおやりになる」

幕府と徳川家の命運は、そなたさまの肩にかかっているのだから――。

無言の威圧を、和子は外のざわめきに気をとられているふりでやりすごした。

二

後水尾天皇と和子の初の対面は、すでに夜も更《ふ》けた亥《い》の刻（午後十時）。

公儀が、夫婦《めおと》固めの盃《さかずき》を交わす式三献《しきさんこん》の儀は正式の御殿である清涼殿でとりおこないたいと主張したのを、後水尾はやんわり突っぱねた。通常の入内にそんなしきたりがないのは事実だが、与えるより先に女御の身分を勝手に称したのを腹に据えかねての意趣返しである。

「清涼殿は板張りゆえ、夜は冷える。女御は病み上がりやし、長い一日で疲れ果てておろうから、さぞ苦痛であろう。それより畳敷きの常御殿でおこなうほうがよいのではないか」

あくまで和子の身を労《いた》わってのことといわれては、さしもの公儀側もごり押しはできなかった。

女官に手を取られて常御殿に入ってきた和子を見て、天皇は吐胸《とむね》を衝《つ》かれた。十四歳と聞いているが、想像していたよりずっとちいさい。すでに女体を知り、子もふたり成している二十五歳の男の目には、子供といってもいいくらい幼く見えた。五衣《いつつぎぬ》の上に、紅色雷文地菊花文様《べにいろらいもんじきっかもんよう》の表着《うわぎ》。その上に萌黄色《もえぎいろ》の亀甲《きっこう》織地に菊花文様の唐衣《からぎぬ》を重ね、緋の長袴《ながばかま》。後ろ腰につける裳《も》だけは外しているが、あとは王朝時代そのままの十二単《じゅうにひとえ》の正装である。いまどき、こんなごたいそうな装束、宮中の女房も公家の女も晴れの日であってもすることはないのに、

（勘違いもはなはだしい）

天皇は内心、舌打ちした。自身は常の直衣《のうし》姿である。入内はあくまで天皇家の私事であり、朝廷の公事《くじ》ではないと示すためなのに、公儀側はまるで理解していないのだ。着慣れないせいもあろうが、着ぶくれて顎《あご》まですっぽり埋まり、足を運ぶのもおぼつかない。上畳に躓《つまず》いてよろめくさまは、滑稽《こっけい》というしかない。

焦《じ》れったいほど時間をかけて、後水尾と向かい合う褥《しとね》に和子を坐らせると、介添えは無言で退出していった。

酌をする女官がひとり、両口の長柄の柄杓《ひしゃく》を捧《ささ》げ持って部屋の隅に侍すだけで、お附の者たちは二間隔てた別室に控えている。ひとりにされて怯えきっているのであろ

うが、和子はそのままかしこまって目を伏せ、顔を上げない。

（まるで意思のない人形やないか）

おまけに、醜い。こってり塗りたてた水白粉《みずおしろい》が、暑くもないのに緊張のあまり額の生えぎわからにじみ出した汗で、ところどころまだらになっている。目元と頰にさした紅が内側からの火照《ほて》りのせいで、てらてら光っている。

「幾久《いく》しゅう」

感情を込めず、決まり文句をそっけなく口にした。

さっさと三献をすませて追い払ってしまおう。この幼さなら、公儀も強引に夫婦の閨事《ねやごと》を急《せ》きたてはできまい。この禁裏と里御所、別々に暮らすのだから、こちらから呼ばないかぎり、この女はここへはこられない。顔を合わせずにすむ。

（せいぜい飼い殺しにしてやる）

怒りに煮えたぎる胸を抑えかねている。

（およつのかたき討ちや）

十日ほど前、およつはふたりの子を残して宮中から姿を消した。後水尾の知らないうちにである。公儀のさしがねではないと勘でわかった。公儀をはばかった廷臣たちが示し合わせ、因果をふくめて退去させたのである。

およつの実家の者を呼びつけて詰問《きつもん》したが、実家にも帰っていないらしい。どこぞで匿《かくま》っているのであろうが、三歳の賀茂宮と、まだようやく這《は》い這《は》いし始めたばかりの姫宮の梅宮を残して出ていかねばならなかったおよつの気持を思うと、いたたまれない。手紙一つ残す暇も与えられず、引き立てられるようにして出ていったに違いないのである。

元服のとき加冠の役を務めた九条忠栄《くじょうただひで》や、一緒に育って臣籍降下した同母の弟たちまでが、自分とおよつを守るどころか裏切ったのだ。歯嚙《はが》みしつつ、亡《な》き父帝の屈辱を思わずにいられない。近臣たちに背かれて四面楚歌《しめんそか》になり、追い込まれていった無念さはいかばかりであったか。

その怒りをそのまま、このちいさな娘に向ける理不尽を自覚しながら、かつて自分が父帝から受けたしうちを思い出し、ますます憎悪《ぞうお》の刃《やいば》を研ぐような気持になる。

(もういい。朕《ちん》の目の前から消え去れ。こんな茶番はもうたくさんだ)

対面を切り上げて席を立とうとしたとき、

「幾久しゅう……お願い申し上げます……」

和子が目を伏せたまま、三つ指をついて頭を下げた。

消え入りそうに震えるその声が急に哀れになり、かけるつもりなどなかったのに、つい言葉をかけた。

「長旅、さぞ難儀であったろう」

こたえを求めたわけではない。おざなりの社交儀礼にすぎない。冷淡な態度をとる自分自身への言い訳でもある。

それなのに、和子はぱっと顔を上げ、口元をほころばせて、嬉しげにほほ笑みかけてきた。

「いいえ、いいえ、なんの。とても楽しゅうございました。初めて目にするものばかりで、見飽きるどころか、田植えなど乗物を降りて、もっと近くでじっくり見とうございました」

いままでとはうって変わって、その顔がいきいきと輝いている。こちらをまっすぐ見つめ、もっと話したそうな表情である。

あまりの変わりように虚を衝かれ、後水尾はあわてて目をそらせて押し黙った。

その後、和子を女御御殿に下がらせて自分だけ清涼殿に移動し、待ちかねていた母の中和門院《ちゅうかもんいん》（近衛前子《このえさきこ》）とともに幕府から献上の品々を叡覧《えいらん》した。天皇へ夏と冬の装束と御衣《おんぞ》が百領、それに銀一万両。女院には御衣五十領に銀五百枚。女房衆に銀二百枚。

派手好みの母が衣を一枚ずつ手にとって感嘆の声をあげたり、うっとり溜息《ためいき》をつくのが苦々しく、後水尾は眉《まゆ》をひそめてわざと無関心を装って見てまわったが、

「のうお上、もっとちゃんと御覧なさいましよ。なんと豪奢な。ようお似合いになられましょう。あらまあ、これはまた、たいそう見事な」

頰を上気させた母の狂喜ぶりに、禁裏の財政が逼迫しているせいで、母も自身も、もう何年も衣一枚新調できずにいる現実をあらためて思い出させられ、ますます仏頂面《ぶっちょうづら》になった。

だが実は後水尾自身、装いには人一倍関心があるたちだ。毎夜、翌日の行事や対面の予定に合わせて女官に装束を揃えさせ、自ら点検するのが習慣で、しかしいざ朝になると気が変わって変更させたりする。常着も何を着るかあれこれ迷い、ぴたりと決まると一日中気分がいい。織りの地紋、染めの紋様、色の取り合わせ、季節感、平安王朝ゆかりの意匠、それらがすべて調和してこそ優美であり、有職故実《ゆうそくこじつ》にのっとった装束はまさに伝統によって培《つちか》われた美意識そのものなのだ。物語に描かれている人物たちの衣装、たとえば『源氏物語』のどの帖《じょう》のどの場面の光源氏の装束は、と鮮明に思い描けるし、女官たちがしゃれた装いをしていればすぐ気がつく。

（ほう、これはまた、なんと）

傍で膝《ひざ》をついて控えている武士たちの視線にこれ見よがしの得意と軽侮を感じつつ、つい手に取ってみたくなり、知らず知らずに頬がゆるんでしまうのである。

公儀の大盤振舞はそれだけではなかった。公家衆にも、公卿《くぎょう》は銀五十枚、下の者には十枚、それぞれ贈られた。誰にとっても喉から手が出るほどありがたい臨時収入なのに、陰で「期待したより少なかった」「ケチるとは非礼にもほどがある」と悪《あ》しざまにののしる始末で、集《たか》ることしか能がない公家たちのあさましさに、後水尾はひそかに歯噛《いや》みせずにいられなかった。それなら、母のように無邪気に喜ぶほうがずっと人品卑しくない。

翌日からも、門跡や摂関家以下の公家衆が祝辞のため女御里御所に参上、公儀の年寄が参内しての祝物献上、諸大名の進献、と二十五日まで入内儀礼がつづく中、中和門院が参内して、禁裏の女御御殿で初めて和子と対面した。

「まあ、なんてお可愛《かわい》らしい方。もっと無骨な姫君かと。あらまあ、ごめんなさい」

飾らぬ人柄そのまま、屈託なく言ってのけてころころ笑い、

「お上《かみ》は、わたくしと違うて、お口がおにぎやかなほうではあらしまへんから、不愛

想に見えましょうけど、お気になさいますな。やがて気心が知れれば、お話も弾みましょう。のんびり構えておられませ」

和子の不安を拭《ぬぐ》ってやろうとする。

「それにしても、新上東門院さまがおられたら、さぞお悦《よろこ》びでしたでしょうに」

深々と溜息をついた。

新上東門院は、この二月に亡くなった。それで前子があらたに女院号を与えられて中和門院となったのだが、失ってあらためて宮中の誰もが彼女の力がいかに大きかったか知ることになった。幕府との軋轢《あつれき》が大きくならぬよう腐心し、どうにもできずただ右往左往するだけの公卿たちに指示して導いていたのは新上東門院である。実際、家康も彼女を信頼し、たびたび仲介を頼んだ。思慮深くてふところの広いお方と、宮中の皆が敬愛し、頼りきっていた。今回の入内のことも、最後まで心配して逝《い》った。

――これからはあなたが。

後を託された中和門院は、姑《しゅうとめ》のように政《まつりごと》や公儀との仲介は無理でも、せめて和子の味方になってやらねば、と決心している。だが、息子がおよつの一件の憤懣《ふんまん》をこのいたいけな娘にぶつけるのではないかと、危惧《きぐ》してもいるのである。

「わたくしもお会いしとうございました。宮中のしきたりや作法はひととおり習ってまいりましたが、いざとなるとわからぬことだらけで、戸惑ってばかりです。現に、こういう言葉遣いから教えていただかねば」

まっすぐ姑の目を見つめて言った和子の顔を、中和門院はまじまじと見返した。なんということか。この、まだ幼さの残る娘は自分の言葉でしゃべる。自分の気持を素直にあらわす。これなら息子の激しさにつぶされることなくやっていけるかもしれない。ゆっくりでいい。焦《あせ》ることはない。時間はたっぷりある。胸の中で中和門院は安堵《あんど》の吐息をついた。

三

和子がふだん暮らすのは、禁裏の東北にあらたに造られた里御所である。禁裏の中の女御御殿は参内したときの部屋で、行事の際や帝に呼ばれたとき以外は里御所のほうにいる。禁裏の殿舎がどれもむかしながらの檜《ひ》皮葺《わだぶき》屋根に白木の簡素な建物なのに、こちらは唐破風の玄関を備え、内部のいたるところ黒漆と金蒔絵で飾られた、桃山ふうの絢爛豪華《けんらんごうか》な武家様式で統一されている。

そこに詰めているのは、江戸から随行してきた三十人近い侍女たちと、弓気多昌吉《ゆけたまさよし》を中心とする五十名ほどの女御附武士団である。

弓気多家は代々今川家臣だったが、今川滅亡後は家康に仕え、昌吉の代になって二千石の旗本にとりたてられた。かつての今川家は京の文化に傾倒し、駿府《すんぷ》は京より華やかでしかも豊かな、もう一つの都とまで称賛されていた。その今川を頼って京から公家や連歌師が駿府に下り、和歌や古典、蹴鞠《けまり》、能などを伝授し、書画や写本類ももたらした。弓気多はその公家衆らと親しく、いまも知己が多いのを見込まれて女御附筆頭に選ばれたのである。

本人は実直を絵に描いたような人物で人当たりもいいが、実は、秀忠から女御御所のとりしきりとともに、禁裏の監視を命じられている。禁裏や公家方の動向に目を光らせ、もしも和子に対して何かよからぬことをしたり、ないがしろにする気配があれば、所司代板倉重宗とともに、逐一報告するよう命じられている。

板倉も女御様御用承りの名目で手勢の武士を送り込んできて、女御附の彼らとともに警護を固めている。いってみれば、御所のただ中に徳川の要塞《ようさい》が出現したようなもので、彼らは禁裏の女御御殿にも出入りするから、武家嫌いの公家や女官たちは、

「田舎臭い武家ことばでがなり立てられて、耳が痛うなります。勘弁してほしいわ」

「立居振舞の粗野なことときたら、もう。あないに足音荒ううろつきまわられては、

心寒うなりますがな」

早くも反感をつのらせている。

入内の儀がひととおりすみ、陸続とやってくる公家衆の表敬訪問もあらかた終わると、里御所はようやく静かになった。天皇からのお召しは、最初の日以来一度もない。

「まさかお忘れではあるまいに。無視なさるおつもりか。心底の見えぬお方よのう」

阿茶局は額に青筋を立てつつ、江戸へ帰っていった。それでも、

「すぐに将軍家と御台所《みだいどころ》さまに注進しては事を荒立てることになるゆえ、いましばらく内密にしておく。そなたらもよくよく様子を見ておるように」

権大納言局や梅にきつく言い渡した。

和子は落ちついて休養しているが、実はひどく落胆している。里御所は住み心地はすこぶるよいものの、案に相違して庭園がなかったのである。禁裏の中には御学問所の南側に広い庭があるが、まさか、召されてもいないのに勝手に出向いていくわけにはいかない。

「なんとかなりませんか。どこか、女御さまがお歩きになれる場所を確保していただきたいのです」

梅が弓気多と板倉に頼み込み、里御所と築地《ついじ》塀《べい》を隔てた西側の、もとは後陽成上皇

御所の御庭に出入りできるよう交渉してもらった。いまはそのすぐ北側の中和門院の女院御所の一部になっているが、ほとんど使っていないとのことで、案外あっさりお許しが出た。

「お好きにどうぞと、女院さまが」

手をとりあわんばかりに喜んだ和子と梅はさっそく、陽射がやわらいで涼しくなってきた夕刻、お附武士を一人だけ伴い、内門を通って出かけていった。

だがそこは、和子が期待したようなところではなかった。大半が菊や牡丹《ぼたん》の畑だったのである。

菊畑は整然と畝《うね》がつくられ、丈の高いものや、おそらく野菊であろう細枝のものがよく手入れされて、青々とした葉を風に揺らして並んでいる。いまはまだつぼみも出ていないが、秋の中頃にはさぞかし色とりどりの花を咲かせるのであろう。

そういえば、宮中では九月九日の重陽《ちょうよう》の節句の日には例年、観菊の宴が催されるならわしだと有職故実に詳しい公家に教えられた。

牡丹の畑のほうは、いまは花期が終わり、こちらも青々した葉だけになっている。

「これではつまらないね。歩けるようなところはないし」

女院は庭には関心がないとみえて、わずかな空地はろくに手入れもされず荒れている。夏草が茂ったまま枯れ始め、ススキが穂先を伸ばしていて、宮中とは思えないほど人気《ひとけ》がなく、静まり返っている。さほど広くないし、池もない。周囲を塀で囲まれているせいで、かえってこぢんまりと落ちつきがあるのが、取り柄といえば取り柄か。

「梅や、江戸城の吹上御庭を思い出すねえ。あそこはおもしろかった」

「よくキツネやタヌキと出くわして、仰天させられましたけれど」

江戸城の広大な庭はまだ手つかずの原生林で、野生動物がたくさんいた。木の裏からひょっこり顔を出したり、巣穴なのか木の洞《うろ》に入っていくのをよく見かけた。ここにも、リスやイタチくらいならいるかもしれないと内心期待していたのに、どうやら無理らしい。

「でも、来年の初夏になれば、燕《つばめ》がやって来て巣づくりするでしょう」

和子の落胆をなんとか引き立たせようとあてずっぽうを口にした梅に、

「そうね。雛《ひな》を育てるのが見られるかも。楽しみだこと」

和子もちいさくほほ笑んで応じた。殿舎の屋根をかすめて燕が飛び交い、雄鳥と雌鳥がにぎやかに鳴き交わして求愛し、やがて巣づくりをはじめる。雛が生まれ、餌《えさ》をねだって大騒ぎする。人も鳥も獣たちも、生の営みはおなじだ。ただ人の場合は、家だの身分だのと余計なことがくっついていて、互いの心を寄せ合うのを阻《はば》む。

和子は南側の禁裏の屋根の連なりに目をやりながら、そんなことをぽつぽつ口にした。自身と天皇のことを重ね合わせているのである。入内の日以降まだ一度もお目にかかれない。禁裏へお召しがないし、天皇のほうから里御所に訪ねていらっしゃることもない。

このままほったらかしで無視されるのではないか。天皇がわざとそう謀《はか》っておられるのではないか。和子だけでなく周囲の者たちも、口にはしないが疑いはじめている。ちょくちょくやってくる板倉重宗はさすがに宮中のしきたりや殿上人の気質を知り抜いていて、

「いやいや、一筋縄ではいかぬのがあちらの流儀。本心は風のごとく水のごとしで、日々揺らぎ流れるのが当たり前でしてな。われら武家の潔《いさぎよ》さなど目薬ほどもございませぬ。まあ、気長に待つしかありませんな。あちらに合わせて、こちらものらりくらりと」

和子の前では気楽な口調で笑い飛ばしたが、その実、権大納言局には、

「禁裏の動きから目を離してはならぬぞ。もしも女御さまをないがしろにするふうがちらりとでも見えたら、すぐさま報告せよ。江戸へ知らせるゆえ」

脅しをかける理由を探しているのである。

後水尾天皇からようやくお召しがあったのは、入内から二十日もたとうという七月七日。七夕の日のこと。

七夕は、中国の乞巧奠《きっこうでん》の風習と日本の「たなばたつめ」の民間信仰が合わさったもので、宮中では奈良に都があったころからおこなわれている。牽牛《けんぎゅう》と織姫の年に一度の逢瀬《おうせ》を祝う行事である。清涼殿の前庭に葉竹を立て、五色の短冊《たんざく》に歌を書いて飾りつけ、赤木の棚に、箏《そう》の琴や、絹布《けんぷ》、針と糸、鏡、香炉などを置いて、書や裁縫の上達を祈るのである。

「今年はなにも清涼殿でなくともよかろう」

後水尾が言い出し、入内の式三献のときとおなじく、常御殿でおこなうことになった。あえて例年のしきたりを破るというのは和子をないがしろにしているように思えて、和子附の者たちはおもしろくなかったが、それより緊張したのは、行事の目玉が天皇と和子の歌のやりとりと聞かされたことだ。

権大納言局は、歌の得意な女房か公家に代作させて用意しておかねばとあわてふためき、

「お上はすばらしくご堪能《たんのう》とうかがいます。側仕えの女房方も陪席して自作の歌を短冊に書くそうですから、女御さまのお歌が見劣りするわけにはまいりません」

競争心をむき出しにして勧めたが、和子はかぶりを振った。

「代作はいりません。自分でつくります。まだ習っているところだもの、下手でもしかたないわ。誤魔化しはいや」

十歳から公家について習い始め、素直なお歌でけっこうです、歌才がおありになる、と褒められるようになっている。お世辞とわかっているし、まだまだ古い名歌を換骨奪胎する本歌取りの技巧が駆使できるわけではないが、ようやく歌をつくる面白さがわかってきたところだ。精いっぱいつくって見ていただく。酷評されてもかまわない。それを励みにこれから精進していけばいいのだから。

真っ正直すぎる言葉に皆啞然《あぜん》としたが、それより梅は権大納言局の迂闊《うかつ》さに腹が立った。天皇のまわりに寵愛《ちょうあい》を受ける女人たちがいることを、図らずも和子に教えたようなものではないか。

七夕当夜は、昼間の残暑もやわらぎ、涼風がやさしく吹き抜けていく、よく晴れた夜になった。

常御殿の三間つづきの上段の間に後水尾が座し、和子は次の間に座して、いよいよ歌のやりとりになった。天皇の歌に和子が返歌するかたちでそれぞれ七首ずつ。帝はさらさらとすばやく筆を走らせ、女房が詠《よ》みあげる。

今日よりは我もたのまん七夕の逢瀬絶えせぬ秋のちぎりを

後水尾の歌が詠みあげられたとき、和子はしみじみと嬉しげな笑みをその頬にのぼらせた。

返す段になると、考え考えで時間がかかり、お世辞にも流暢《りゅうちょう》とはいかないが、その顔に思い悩む苦しげな色はなく、たえず口元にやわらかい笑みを浮かべている。

その後は、ふたり連れ立って庭に下り立ち、肩を並べて夜空を見上げた。

満天の星空に、天の川が白くたなびき、笹竹《ささたけ》がさやさやと葉鳴りの音をたてている。

空を見上げたまま、後水尾が低い声で訊《き》いた。

「ご自分でつくられたのか？」

「はい。あまりの拙《つたな》さにお聞き苦しゅうございましたか？」

「いや、そうではないが、ちと意外であったゆえ」

その声は笑いをふくんでいたが、和子の顔を見ようとはしなかった。

（やはり、視線を合わせるのを避けておられる）

やっと気づいた。お上が目を合わせようとなさらないのは、自分が教えられたような礼儀だのたしなみというようなことではない。お上の意思表示なのだ。

たまりかね、夫帝の顔をまっすぐ見て言葉を発した。

「絶えせぬちぎり、というお言葉、ありがたく、嬉しく存じます」

自分から話しかけてはいけない。お顔を見つめてはいけない。さんざん教え込まれたが、それでこちらの気持が伝わるか。無礼であろうが粗野と呆《あき》れられようが、かまわない。

すると後水尾は一瞬たじろいだ表情になったが、すぐに視線を逸《そ》らして吐き捨てた。

「そうか。それは重畳《ちょうじょう》。本心はどうであれ、末永く、絶やすことなく、おたがいやっていくしかあるまい」

本心はどうであれ——。その言葉は和子の胸を深々とえぐった。ただ、彼の声音にわずかながら虚勢の気配があるのも感じ取った。

四

——焦ってもどうにもならぬ。のんびり待て。

板倉にそう言われ、また当分の間放っておかれるのであろうと和子も女御御所の者たちも半分かた諦《あきら》めていたのだが、次の参内の機は意外に早くやってきた。

七夕の宴から八日後の七月十五日の盂蘭盆会《うらぼんえ》の夜。

灯火をすべて消した禁裏の殿舎や渡廊や庭を、公家衆がそれぞれ工夫を凝らした絵《え》灯籠《とうろう》を掲げ持って巡り歩くのを、後水尾と和子は常御殿で見物した。風に揺らめく明かりと、映し出されては闇《やみ》に沈む人影。どこかもの哀《がな》しい幻想的な光景を和子は言葉もなく見つめたが、和子附の者たちが愕然としたのは、後水尾が膝に二歳ばかりの女児を乗せ、横に三歳ほどの男児を座らせていたことだった。およつが生んだ賀茂宮と梅宮。そのなごやかな様子に、弓気多や権大納言局はわざとらしい当てつけと顔を青ざめさせた。その後も、

「あのお子たちは？　どなたのお子？　ここにも遊びに来ていただけないかしら」

和子が近づきになりたくてしかたないという無邪気な顔でいうたびにひやりとさせられ、天皇や女官衆の仕打ちを呪《のろ》った。

「そのうちに機会がございましょう、ええ、きっとそのうちに」

狼狽《ろうばい》をおし隠して言いつくろうのを、和子は不思議そうに見やり、なおもくいさがる。

「かならず来ていただいて。お願いよ。だって、あれからまたぜんぜんお召しがないから、毎日手持ち無沙汰《ぶさた》でしかたないのだもの。あのお子たちと仲良くなりたいわ」

夫帝の招きをひたすら待つしかない和子の孤独と退屈がいたましいのと、いずれ和子が知ることになるであろう現実を思うと、梅らは暗澹《あんたん》とさせられるのである。

武士たちは公家衆や女官たちの真っ白に塗りたてた化粧《けわい》顔や鉄漿《おはぐろ》を気味悪がり、公家たちは殿中でも脇差《わきざし》を差した裃《かみしも》姿を恐ろしげに見やって、双方が陰で蔑《さげす》みあっている。武士が宮中のしきたりや京の風習に疎《うと》いのも公家衆の嘲笑《ちょうしょう》の種になる。たとえば八月一日の八朔《はっさく》の日、公家衆が祝儀《しゅうぎ》の品を携えて参上したときにも、うろたえるばかりで対応できなかった。その日は目下の者が日頃世話になっている目上に贈答するのが古くからのならわしで、上方では「苦餅《にがもち》」とも「八朔の涙飯」とも「泣饅頭《まんじゅう》」ともいい、ぼた餅を贈り合う。江戸城では、家康公が初めて江戸入府したのが天正十八年のこの日であったのを記念し、諸大名や直参旗本らが白の単衣《ひとえ》着用で登城して祝辞を述べるのだが、近年始まったばかりということもあり、この里御所ではやらなかった。後になって、白絹の反物を用意しておいて公儀のしきたりと称して返礼に渡せばよかったと臍《ほぞ》を噛んだが、公家衆は「田舎者の野暮天」「伝統を解《げ》さぬ無粋な輩《やから》」と目くばせし合って蔑んだのだった。

それより和子を驚かせたのは、八月に入るとしょっちゅう町の祭礼のざわめきが塀越しに聞こえてくるようになったことだった。

江戸では市中どこもかしこもまだ造成中で、城濠の土手に上がればけたたましい槌《つち》音《おと》が聞こえ、もうもうと土埃がたっているのが眺められたが、人々の生活音を聞くことはできなかった。だがここは、築地塀のすぐ外は民たちが暮らす町なのだ。そこには日々の営みがあり、泣いたり笑ったり、子らが歓声を上げて遊びまわっている。それがひどく新鮮で、塀の内側でひっそり暮らすわが身と引き比べては、うらやましさが募るのである。

(わたしもあそこに行きたい。町の人々と一緒にお祭を楽しみたい)

到底かなわぬことと、和子自身、誰に言われるまでもなくわかっている。それでも焦《こ》がれるような気持で思うのである。笛や太鼓の音や、子供らの甲高い笑い声、母親たちの叱《しか》る声、酔いどれた男たちが喧嘩《けんか》しているらしい罵声《ばせい》、その喧騒の中に身を置いたら、どんなに楽しかろう。生きている実感が味わえるであろうに。いまのわたしは……。

次第に生気を失っていく和子を慰めようと腐心してくれるのは中和門院だった。しばしば女院御所からやってきて、話し相手になってくれる。和子の目から見ても、亡き夫帝との間に十二人もの子女をもうけたとは思えぬほど、まだ若々しく、ほがらかで明るい雰囲気の女性《にょしょう》である。

「和子さん、あなたはお寂しいでしょうけれど、お上はあれでなかなかお忙しいのどす。しょっちゅう古来の式日や行事がありますし、禁裏で月々に学問諸芸の稽古日がありますから、それにも欠かさず出御《しゅつぎょ》なさる。それに、ほら、お遊びも人並み以上に熱心なお方ですからね」

茶目っ気たっぷりに言い、彼女もしょっちゅう参内してお相手させられるのだと笑った。

「お上はどのようなご勉学をなさっておられるのでしょうか」

「そうどすなあ。たとえば昨年などは」

毎月二日は有職故実、六日は和歌、十日が儒学、十三日楽曲、十九日連歌、二十三日詩文学、二十五日歌学、二十八日連句、二十九日漢詩文といった具合に、数日おきに稽古日があり、公家衆は最低でも二つか三つは出席するのを義務づけられていて、当の後水尾は他の誰より熱心に数多く出御なさるというのである。

「弟たちも辟易《へきえき》しておりますのよ。お上がそうではこちらは怠けられん。かなわんと」

欠席者は後でかならず呼びつけて叱責《しっせき》するし、講師役が気を抜いた指導などしようものなら、色をなして咎《とが》めるというのだ。即位以来、ことにその傾向が強くなった。

「もともとおちいさい頃からいいかげんなことが大嫌いなたちで、やるなら誰よりも上達し、徹底して精通しないとお気がすまぬのですけれど」

女院は笑いながら言っただけだが、和子もいまは、祖父である家康が、天皇と公家衆を、政治に口出しできぬよう学問諸芸の檻《おり》に封じ込めたことを知っている。

（お上はお怒りなのだ。公儀が力ずくで天皇を押さえつけ、天下の主《あるじ》になるというなら、こちらは学問諸芸で天下に君臨してやる。そう考えておられるのだ）

生来の激しい気性もあろうが、その怒りはこの自分にも向けられている。

恐ろしさに身震いした。

その一方でこうも思った。自分が無知で教養のないまま大人になったら、ますます相手にされなくなってしまう。顧みられぬままこの里御所に閉じ込められ、虚《むな》しく年老いていくことになる。

「こうしてはいられない。わたくしも学びます。せめてお上のお話についていけるよう、できればご一緒に何かできるようになりたい。そのために懸命に学ばなくては」

もの憂《う》げな様子を一変させ、いきいきと頬に血の気を昇らせて宣言したのだった。

――いまのうちに。

まだ夜のお相手はできない、いまのうちに。和子はそう言いたいのである。盂蘭盆会の夜、後水尾帝のまわりに夜伽《よとぎ》をする女たちが何人もいるのは薄々わかる。盂蘭盆会の夜、後水尾が抱き寄せていた男児と女児が帝の子であることも、誰に教えられずともいつしか気づいた。

鈍感なら、将軍の娘という自意識たっぷりの自信家なら、なにも気づかずにいられるものを、和子はそうではない。気づいてしまい、不安になる。不安がより深く考えさせる。

「早うしておくれ。一日も無駄にしたくない」

さっそく歌と古典の講師が選ばれ、茶の湯と立花、能、書画、かたっぱしから習い始めた。

「のう、梅。忙しくしていると気がまぎれる。それに、わずかずつでも成長していると思えば、励みになる。いやなことは忘れられる」

お上のお気持が少しわかったような気がすると言うようになり、鬱屈《うっくつ》していた様子が次第に変わっていった。

五

元和七年（一六二一）十二月、後水尾天皇は母の中和門院から、女御里御所《にょうご》でおこなわれる和子の脇附《わきつけ》の祝いを見物しようと誘われた。

入内《じゅだい》から一年半、和子とはまだ数えるほどしか会っていない。気をもんだ女院が自分の御所での催しに揃って同席するよう、しつこいほど計らっている。七月に洛東《らくとう》の浄土寺村の念仏踊りを女院御所で披露させたときも、九月の観菊会のときも、同席させられた。母の配慮はわかるが、儀礼的な決まり文句の挨拶《あいさつ》を交わしただけで、ろくに顔も見なかった。

それ以外は、自分から禁裏に招くことも、里御所へ出向くこともしていない。禁裏を出るとなれば、隣り合わせの場所なのに正式な行幸ということになり、随行の者を大勢引き連れ、鳳輦《ほうれん》の輿やら牛車《ぎっしゃ》やら連ねていかねばならないし、記録にも残る。内密の微行《びこう》ということにしても、日取りの選定やら、携行の品々の手配やらで、支度に数ヶ月はかかる。そんな面倒までして会う気になるか。所司代の板倉がときおり、

「女御さまの御所はそれほど遠うございまするか」

皮肉たっぷりに催促するが、「あいにく多忙ゆえ」と受け流すことにしている。

そう言った手前ではないが、わざと自分を忙しくしているのもまた事実である。六月には曼殊院宮良恕法親王《まんしゅいんのみやりょうじょ》から能書の口訣《くけつ》を受け、十月から十二月にわたって十一回も学問講を開いて『大和物語』『栄花物語』の筆写を公家衆《くげ》に命じたし、古典に詳しい中院通村《なかのいんみちむら》に女院御所で『源氏物語』を講義させた。こちらは二月から延々十二月まで、多い月には五回にもおよび、講師も聴くほうもかなりの苦行だったが、王朝文学を絶やさぬため、宮廷文化を再認識させるためである。さらに、叔父の八条宮から念願の古今《こきん》伝授を授けてもらい、歌詠みとして自信がついた。

今年の課題がすべて終了し、ようやくほっとしたところで、女院が切り出したのだった。

「もちろん、お忍びのお出ましですよ。あちらにはすでに申し入れてございますからね」

母にしてはめずらしく用意周到だ。苦笑しつつ、自分も乗り気になっているのに気づいて、内心舌打ちした。

「内密でしたらまいりましょう。母上のご裁量とあらば、お顔を立てねばなりますまい」

脇附は脇詰めとも脇塞《わきふさ》ぎともいい、装束の脇を縫い閉じる成人儀礼の一つである。年が明ければ和子も十六歳。あのいかにも野暮ったいおぼこ娘がどんなふうに大人の女への階段を登るのか、一つ見てやろうではないか。どうせ財力を誇示して豪奢な装束でめかしこむのであろうが、いつ見ても着られている感しかなく、無様なことこのうえない。

どうせまた今度も——。そんな意地悪い気持で臨んだのだが、現れた和子の装束におもわず目を見張った。豪奢ではあるが、襲《かさね》は地味な色目の品のよいもので、それがまたよく似合っていて、生まれながらの宮中の女に見える。

「あら、まあまあ。見違えるようじゃありませんか。ねえ、お上」

女院は喜色満面でささやき、明日、和子のほうから参内してお礼を申し上げたいと言っていると告げた。

またも、してやられた。心外ではあったが、和子と話してみたい気がした。装束はともあれ、以前の彼女とはどこか違っているように見える。ものごしが格段に落ち着いてきているせいか、それとも内面的な何かが変わったのか。

その疑問は、翌日、参内してきた和子の姿を見て、さらに大きくなった。和子は昨日の宮中装束とは打って変わって、小袖に打掛を重ねた武家女の姿で現れたのである。場所は内侍所《ないしどころ》。供は側仕えの女官がふたり、広廂《ひろびさし》に控えている。ふたり差し向かいに座し、酒も用意されている。

「今日は正式の対面ではないと存じましたので、かような着慣れたものでやってまいりました。無作法とお咎めにございましょうか」

「いや、そんなことはない。いかにも内々の対面じゃ、そなたとゆっくり話してみたいと思っていたのだよ」

自分でも思ってもみなかった言葉が口を衝《つ》いて出た。

「ようお似合いじゃ」

緞子《どんす》の薄鼠色《うすねずいろ》の地に、肩から裾《すそ》へ斜めに薄雪をかぶった竹が重たげにしなっている絵柄だ。陽光に照らされた銀糸刺繍《ししゅう》の小雪が舞い、雀《すずめ》たちが楽しげに飛び交っている。裾には春の訪れを思わせる雪割草とふきのとう。十五かそこらの娘の装《よそお》いにしては地味だが、その分かえって若さが引き立つ。なにより武家の豪奢をひけらかさない配慮を感じる。

「普段はそういう格好でお過ごしか？」

「はい、肩が凝りませんし、なにより、動きやすうございますので」

和子がはきはきこたえるのも新鮮だ。宮中の女は三度くらい訊かれてから、ようやくしなしなとこたえる。打てば響く会話など望めない。それがあたりまえで、じれったいとも面倒とも思わないのに、こうしてとんとん話が進むとなにやら妙に心地いい。

水入らずで酒を酌し合いながら訊いた。

「毎日どんなことをしておられるのかえ？」

動きやすくないと困るようなことをしているのか？

「はい。暇にまかせて土いじりをしておりますので」

「なに、土いじりと？」

二の句が継げなかった。宮中や貴族は、土や岩に触れると身が穢《けが》れると忌《い》み嫌う。土いじりなどもってのほかである。周囲は必死に止めたに違いないのに、我が強くて人の言うことを聞かないのか、言われれば反発したくなる依怙地《いこじ》さなのか。どちらとも推《はか》りかねた。

聞けば、菊を育てているのだという。里御所には大きな畑がつくれるような場所はないから、殿舎と殿舎の間の坪庭を耕して、菊と牡丹を植えた。鉢でも育てている。日当たりがよくないところだとうまく育たないが、鉢なら移動できる。庭師に指導してもらいながらだが、手入れは自分でやる。和子はそんなことを目を輝かせてしゃべりだした。

毎日水やりし、時期をみて接木《つぎき》したり、冬前に藁《わら》で雪囲いをしてやったり。そういう作業のときは、木綿の筒袖《つつそで》に短いくくり袴で、たすき掛け。はしたないと側仕えの者たちに叱られるが、泥まみれになるから、きれいな着物なんか着ていられない。

「いまは、どんな肥料がいいか、あれこれ試しているところです。落葉を集めておいて堆肥《たいひ》をこしらえるとか、牡蠣殻《かきがら》を焼いて灰にして撒《ま》くといいとか、庭師が教えてくれますから。やってみたいことが次々に出てまいります」

「しかし、いったいなんのために、そないに熱心に？」

つい訊きたくなった。いくら草花好きとはいえ、熱心の度を越えてやしないか？

すると、和子は言下にこたえた。

「むずかしいからです。草花を育てるのはむずかしゅうて、思うようにまいりません。日々世話しているのにいっかなうまくいかず、枯らしてしまったり、根腐れして台無しになったり。途方に暮れることが多うございます」

眉間《みけん》に皺《しわ》を寄せて考え込むような表情になったかとおもうと、うん、というようにひとつ小さく頷《うなず》いてから言った。

「ですが、その分おもしろうございます」

「なるほど。それはようわかる」

自分が学問や芸事にうちこむのも、公儀に対する意地はもちろんあるが、結句、むずかしいからおもしろい、それに尽きる。

「思いますに、勉学や芸事もおなじかと、ですから」

和子は言いかけ、あ、しまった、という顔になって、下を向いた。

「なんじゃ、しまいまでおっしゃられよ」

「いえ、申し上げられません」

顔をまっすぐ上げ、毅然《きぜん》とした目で言い放つと、唇をきゅっと引き結び、もう口は開かぬというしぐさをしてみせた。

「ほう？」

廂に控えている女官に目をやると、皆あわてふためいた顔をしている。

それを察した和子は申し訳なさげな顔になった。

「お赦《ゆる》しくださいまし。まだ申せません」

「まだ、とは？」

「まだ申し上げられる域にいっておりませんので」

「さようか。では、そなたから言ってくれるのを楽しみにしていよう」

つい笑いが出た。思いがけず楽しい。

「恐れ入ります。どうか気長にお待ちくださいますよう」

和子もやっと恥ずかしげな顔で笑った。

「江戸が恋しいであろうの」

「いいえ、両親や兄たちに会いたいとは思いますが、帰りたいとは思いません」

一生帰れぬと覚悟して出てきた、その顔がそう言っている。

「ですが、ここではお庭を自由に歩けないのがつまらのうございます」

「散策がお好きか？　武蔵野《むさしの》の雑木林はさぞ野趣があろうの」

「はい、それはもう。春はやわらかい緑の若葉が芽吹いて、さざ波のように揺れ騒ぎます。秋は欅《けやき》の茶褐色のちいさな葉がまるで吹雪のように降りしきり、京のあでやかな錦繍《きんしゅう》とはまた別の風情《ふぜい》がございます。栗《くり》や椎《しい》の実を拾うのも楽しゅうございました。リスやイタチと競争で」

何を思い出したか、ころころ笑い、鼻の頭に皺を寄せていたずらっぽい顔をする。きっとリスかイタチを出し抜いて勝利したのであろう。

後水尾はついついその豊かな表情に見とれ、そうと気づいてあわてて口にした。

「この京も、洛外に出ればよいところがある。そのうちに案内してしんぜよう」

その場しのぎの社交辞令ではなく本気でそう思っている自分に驚いていた。

年が明けた翌元和八年（一六二二）六月、和子の鬢《びん》曾木《そぎ》の儀がおこなわれた。脇附の次の女の成人儀礼で、耳横の髪の先を少しばかり削《そ》ぐ儀式である。

後水尾はその役目を弟の一条兼遐《かねとお》に命じた。この同母の弟は、幼くして臣籍降下させられ、摂関家の一条家を継いだ。苦労してきた分、九歳も年下ながらなかなかの利《き》け者で、近衛家を継いでいるもうひとりの同母弟の信尋《のぶひろ》同様、信頼できる相談相手である。その弟に和子をよく観察してもらいたい気持からのことで、終わるとすぐ呼びつけて尋ねた。

「どうじゃ。おまえはあのおなごをどう見た？」

「はあ、おっとりした見かけによらず、なかなか闊達《かったつ》なお方のようで。終始にこにこしておられて無邪気な小娘のようですが、そういえば、どうしてだか、手の甲や指先が傷だらけでしたな」

「ああ、それは庭いじりのせいやろ。この時期、剪定《せんてい》やら接木やら、いろいろあるらしいからの。あいかわらずじゃな」

愉快そうに笑い、怪訝《けげん》な面持ちの兼遐を煙《けむ》に巻くと、

「まだまだ子供。大人にはほど遠いと侮《あなど》っておったが、いや、これが意外とそうでもない」

急に意味ありげに言い、今度は唇の端をゆがめてふくみ笑いをしてみせた。

「ほう、お上は案外、お気に召しておられるようですな。この分では近々……」

兼遐もわざとらしく、にやりとしてみせた。夫婦の契《ちぎ》りも間もなくか。

だが、それから四ヶ月後、思いもかけぬ悲劇が襲った。第一皇子の賀茂宮が急死。あっけなく五歳の命を散らしてしまったのである。

「公儀のしわざだ。徳川の女御が皇子を産む前に第一皇子がおっては不都合ゆえ、早々に亡きものにしてのけたのだ」

いつのまにか宮中でそういう噂《うわさ》がたった。

風邪をこじらせて衰弱したのが原因だったのに、世話係の女官らが不注意を咎められるのを恐れてそんなことを言い出したのを、後水尾自身わかっていた。なのに否定せず噂が広がるのを放置したのは、かわいい盛りのわが子を失った悲嘆に、自身、何かのせいにしなければ耐えられなかったからである。

和子にも、公儀の者たちにも、罪はない。卑劣なのはこちらのほうだ。うしろめたさに悔やみながらも、幼児ゆえ葬儀もできずひっそり葬《ほうむ》るしかなかった無念に歯嚙みしている。

六

　翌元和九年（一六二三）の初夏、十七歳になった和子の懐妊が明らかになった。

　春先から体調を崩しがちで食が進まず、周囲はやきもきしていたが、医師たちにはあるいはという予感があった。昨秋から数日ごとに禁裏に召されて泊るようになっていたから、当然といえば当然だ。しかし、常御殿で天皇と共寝するときには和子附の梅らや帝《みかど》附の女官たちも近くの部屋での宿直《とのい》は許されないしきたりだから、ふたりがはたして夫婦の契りをするようになっているのか、はっきりしなかった。

　和子に問いただしてみても、「添い寝してくださる」というばかり。むろん男女の閨事《ねやごと》のことは、年かさの権大納言局や入内の際に母代を務めた阿茶局がみっちり教え込んだし、手文庫に春画の類《たぐい》も用意されていて目に触れるようにしてあるが、直接は聞き出せずにいた。そのうちに月のものが遅れはじめたが、初潮がきてからまだ一年たらずで不規則だから、すぐに懐妊と結びつけて考えられなかったのである。

「さっそく江戸表に報告せねば。そうだ、お上と上卿《しょうけい》方をお招きして祝宴を催しましようぞ」

　所司代と女御御所は喜びに沸き立ち、和子のつわりがおさまって安定期に入った五月二十三日、女御御所行幸が実現した。内々のお渡りではなく、正式の行幸である。左大臣近衛信尋、右大臣一条兼遐はじめ、大納言中御《なかみ》門《かど》資胤《すけたね》、中納言四辻《よつつじ》季継《すえつぐ》、土御《つちみ》門《かど》泰重《やすしげ》ら昵近《じっきん》衆がそろって供奉《ぐぶ》。公家衆もこぞって参加し、接待役の弓気多や板倉に案内されて、里御所の中を初めて見てまわった。

「ささ、隅から隅まで、とくとご覧くだされ。隠しだては何一つございませぬで」

　武家方がはしゃぎすぎなほど大仰に言いたてれば、

「これはまた、殿舎の数の多さときたら、迷子になりそうな。しかもどれも広大で、どこもかしこも黒漆に金蒔絵《きんまきえ》ずくめ。ほれ、厠《かわや》の戸の釘《くぎ》隠しまで金箔《きんぱく》ですぞ。目がくらむとは、まさにこのことにございますなあ」

　公家衆もこれまた大仰に驚いてみせる。

「金運がつくように、との洒落《しゃれ》にござるよ」

「アレ、うまいことを申される」

　腹蔵なく笑い合った。その後は夕刻まで酒と料理の振舞があり、和子と対面もした。懐妊をきっかけにようやく、表面的だけにせよ双方の緊張と反発が消え、なごやかな関係になりつつある。

「父上も兄上もさぞ安心してくださろう。お会いするのが楽しみじゃ。いつお着きになる？」

和子も弾みきった声で訊いた。

秀忠は上洛の途上である。家光《いえみつ》も追ってこちらへ向かっている。現将軍と世継が同時期に上洛するのは、二十歳になった家光への将軍職委譲のためである。

四十五歳の秀忠は将軍職在位すでに十八年。かつて父家康が早々に将軍職を譲って大御所政治をおこなったのに鑑《かんが》み、そろそろ潮時と考えてのことである。その布石として、すでに三月前、朝廷に要請して家光を右近衛大将《うこんえのたいしょう》に任じさせた。いよいよ正式に天皇から直接将軍宣下を受け、畿内・西国に幕府の威光を誇示するため、父子どもの上洛を決めたのだった。

それからひと月後。

上洛して二条城に入っていた秀忠は、常御殿で後水尾に拝謁《はいえつ》。式三献の儀をおこない、献上品の披露をすませると、早々に和子の待つ女御御殿へやってきた。

「おお、おお、すっかり大人びて、女らしゅうなられた。一刻も早くそなたさまのお顔が見たくて、拝謁も上の空じゃったわ」

「父上さまもご息災そうで」

丸三年ぶりの対面に、和子はいまにも涙ぐみそうに眼を赤くした。いまになれば、長いようであっという間だったような気がする。

「こたびの懐妊。待ちかねておったぞ。いいお子を産んでくれ」

その顔が男児を切望していることは、口にされなくてもわかる。賀茂宮が夭折《ようせつ》したいま、和子が男宮を産めば、まぎれもなく第一皇子、次の天皇になる子だ。

「亡《な》き大御所様以来の念願がいよいよ叶《かな》う。思えばそなたさまの入内を計画してから、長い道のりであった」

父がついに本音を口にしたから、

「母上はご息災でいらっしゃいましょうか。忠長《ただなが》兄さまは？」

和子は話をそらしたくて、母と次兄、もとの国松のことをもちだした。

「ああ、忠長も上洛したがってごねるゆえ、御台所がおおわらわでなだめてな。あやつはいくつになってもわがままで、御台所も甘くて困る」

その父もかつては母同様、家光兄より忠長兄を溺愛《できあい》し、大御所様に厳しく諫《いさ》められるほどだったのに、いまはさすがに批判的になっているらしいと、和子はひそかに苦笑した。

そこへ後水尾が渡御《とぎょ》してきて、初めて舅《しゅうと》と若夫婦の三人が顔をそろえての饗応《きょうおう》となった。

「こうして並んでおられるところを拝見いたしますと、まことにお似合いの御夫婦。公武相和してこその天下安泰。恐悦至極に存じます」

冷静沈着な秀忠にしてはめずらしく、感涙に咽《むせ》ばんばかりの大仰な態度を示したが、和子はなぜか違和感をおぼえた。帝もしらけきった表情をしている。それぞれが胸の底にあるものを押し隠し、芝居がかったなごやかさで夜遅くまで過ごした。

一方、遅れて江戸を発《た》った家光は、七月十三日に入洛。鉄砲六百丁、弓二百、槍《やり》三百、騎馬数百という軍勢を引き連れての登場に、都人は肝をつぶした。しかも風流をこらした華麗な行装で、先の将軍秀忠一行とは大違いだったのである。

「まさか、合戦でもおっぱじめるつもりやあるまいな」

「いや、家光はいたって派手好きな傾奇者《かぶきもの》というからな。初の上洛ゆえ、ここぞとばかり人目を引きたいのじゃろうよ」

公家衆も町衆も鵜《う》の目鷹《たか》の目で、そのまま伏見城へ向かう一行を見送ったのだった。

十日後、その家光は初めて禁裏に参内して天皇に拝謁。まだ将軍になっていないから、父のときより簡略で、袷《あわせ》五十に銀子五百枚を献上し、その足で内々に和子の里御所へやってきた。

「簡略と聞いたが、ひどく肩が凝るものだな。おまえの背の君だが、想像していたよりいかつく男っぽい風貌《ふうぼう》のお方なんで驚いた。あれで白塗と鉄漿《おはぐろ》をとって鎧兜《よろいかぶと》を着せれば、いっぱしの荒武者に見えるだろうて」

のっけからそんな無作法なことを言ってのけて、和子を笑わせてくれた。

「兄上こそ、立派な武者ぶりにおなりで。わたくしは前髪姿しか存じませんから」

和子の江戸出立時には兄たちはまだ元服しておらず、家光はその四ヶ月後にようやく十七歳で遅い成人となったのである。

「あいかわらず派手すぎるほど派手なのがお好きなようですね」

上洛の行装のことを言ったのだが、内心ひやりとした。むかし、女物の小袖をまとってこっそり白粉《おしろい》を塗りたくっているところを見てしまった。いまもそんなことをしているとは思わないが、男色という噂はほんとうなのか。

「言ってくれるな、おまえ」

今日は公家武官の装束で威儀をただしているが、顔一面のにきびは隠しようがない。むかしは引きこもりぎみだったせいか、ぶよぶよと不健康に肥えていたが、いまは鍛えているとみえて肩幅広く背も伸び、ひときわ目立つ大兵《たいひょう》である。顔つきはえらが張って四角く、父はなで肩の面長、母も険があるが細面の美貌だから、ほとんど似たところがない。

しげしげ観察している妹の内心に気づいたか、兄はことさら肩を張り、

「わしはな、大御所様似なんじゃ」

誇らしげに言い張った。両親の愛にめぐまれなかった分、世継と認めてくれた祖父に対して崇敬の念が強いのであろう。

「おまえだとて、そのぷっくりした丸顔、父上にも母上にも似ておらぬぞ。いま少し母上の美貌を分けてもらえばよかったに」

「あら、兄上こそ、ひどいおっしゃりよう」

ふたり顔を見合わせて噴き出しながら、和子は気づいた。父は「そなたさま」とか「女御さま」と他人行儀に呼ぶのに、この兄はむかしと変わらず「おまえ」呼ばわりだ。そういえば、入内が正式に決まって家族の中でいちばん上座に座らされるようになったときも、この人だけは気の毒そうに見ていた。ひとりだけわかってくれていた。

そんな気持が湧《わ》いたせいもあり、和子は侍女たちを下がらせ、ふたりきりになってから、ためらいつつも打ち明けた。

「お上はお若い頃、亡き父帝さまにひどく疎まれておられたそうですの。死に目にも対面すら許していただけず、お言葉一つかけていただけなかったとか」

後水尾から直接聞いたわけではない。周囲の者たちが話しているのを小耳にはさんだだけだが、閨《ねや》をともにするようになってから、彼がときおり寝物語に言うようになった。

「親に憎まれると、死んでしまいたくなる。自分が信じられなくなる」

それを聞いたとき、まっさきに頭に浮かんだのがこの兄のことだった。

「そうか。そんな思いをしてこられたのか、お上も」

家光はそうつぶやいただけだったが、翌日、宿所の伏見城から内密に信書が届けられた。

――おまえがお守りせよ。どんなことがあっても、お心に添ってさしあげよ。

兄が夜中の薄暗い寝所でひとり、この手紙をしたためている姿が想像できた。頰に涙を伝らせ、嗚咽《おえつ》をこらえながら書いている姿を。

数日後、天皇の勅使が伏見城へ下り、家光は正式に第三代将軍に宣下された。

御礼の参内には、大名諸侯三百五十人余も引き連れて乗り込み、新将軍の威勢を見せつけた。内侍所で拝謁して三献を交わしたのち、宮家や公卿《くぎょう》らの挨拶を受け、また和子の里御所へやってきたが、今回は公式の挨拶だけで、水入らずの会話はかなわなかった。

閏《うるう》八月初旬、家光は父より先に江戸へ帰還していった。

「いま一度会ってもっと話したかったが、将軍がいつまでも江戸を留守にするわけにはいかぬのだ。いずれまた会おうぞ」

そんな言伝《ことづて》を和子に残していった。

その家光は鷹司《たかつかさ》家の姫君との結婚が決まっている。母のお江与が決めた縁組で、姫はすでに江戸へ下り、お江与の猶子《ゆうし》になったうえで輿入《こしい》れすると聞いているが、兄がそのことを喜んでいるふうはなかった。

それから三日後、大御所秀忠は禁裏御料として一万石を寄進。いままでの一万石に加えての一万石。一挙倍増に大喜びしつつも、公家の中には、

「三百万石とも四百万石ともいう将軍家の財力からすれば、屁《へ》でもないこっちゃろうよ。もっとくれてもいいくらいじゃ」

などと言う者もいる。

たかが一万二万の最小大名程度の収入で、天皇家の生活費はもとより、宮中の諸行

事を運営し、数え切れぬほど大勢の子女と宮方を養い、公家たちの俸禄《ほうろく》もまかなわねばならぬのだ。着古して色褪《いろあ》せた装束の擦り切れた襟や袖口をそっと隠しつつ、将軍家と宮中の力の差にあらためて愕然とし、執拗《しつよう》に恨みつらみを囁《ささや》き交わすのである。

「こちらとしたら、将軍が交代しようがなんも関係おへん。たかが宣下の紙切れ一枚。好きなだけくれてやるわ。いっそ、宣下一枚いくら、昇叙はいくらと値をつけてやろうかの」

「それより、江戸女御を孕《はら》ませたお上へのご褒美《ほうび》、もっとふっかけてやればよかったに」

そんな聞くにたえない陰口が、まわりまわって和子の耳にまで入ってくる。

「ねえ、梅や、せめてお上のお耳には入ってほしくない。わたしはなにを言われてもかまわないけれど」

顔を曇らせてため息をつく。味方である公家衆からもそんなふうに、まるで財という卵をせっせと産む鶏か種馬のように思われている夫帝がいたわしくてならないのである。

後日、後水尾からの返礼として、懐妊の祝儀の名目で、秀忠を内々に禁裏に招いて能を催した。場所はむろん、かつて家康が天皇を政治権力から締め出すための威嚇《いかく》として、天皇の権威の象徴である紫宸殿《ししいでん》の前庭に建てた能舞台。そこに秀忠を招くのは後水尾なりの痛烈な皮肉であったが、そのことに気づいたのは和子しかいなかった。

いや、秀忠もむろん気づいたろうが、当然のごとく、気づかぬふりを押し通した。

——なにをいまさら。小賢《こざか》しい真似《まね》をしよる若造め。なんなら増額した禁裏御料を返せといってやろうか？

婿《むこ》殿と並んでくつろいだ様子で鑑賞しているその胸の内で、ふてぶてしくも恫喝《どうかつ》の刃《やいば》を研いでいるであろう父に、和子は初めてその本性を見た気がして、ただただ恐ろしかった。

自分はその父はもとより近侍の者たちにも男児出産を切望され、重圧を一身に背負っている。

「兄上だけはね、男女どちらでもかまわぬとおっしゃったよ。母上はつづけざまに四人の女児を産み、その後やっと男児にめぐまれた。おまえもそれでいいと」

家光が残していった言葉を、梅にだけは何度もくり返し話すのである。

おまえは若いのだ。まだこれからいくらでも産める。母上は七人も産まれた。多産の血筋なのだから案ずるな。兄のやさしさが唯一《ゆいいつ》の心の支えなのだ。

「でも、お上はどちらをお望みなのかねえ」

帝位を継ぐ皇子をお望みか、それとも……。自分はどちらを望むべきか。揺れる気持をそっと訴えられるのは、梅しかいないのである。

だが、月満ちて生まれてきたのは女児、姫宮だった。

七

和子が産んだ姫宮を、後水尾天皇は「女一宮」と名づけた。

およつが産んだ梅宮がいるのに、それをさし置いて長女扱いにしたのは、公儀をおもんぱかってのこともあるが、天皇自身、和子の失意をせめてそういうかたちで慰めてやりたい気持があってのことだった。

里御所には公家衆がわれ先にとお祝いに駆けつけ、連日宴がおこなわれ、進物も届けられていると聞く。江戸からも賀使が参内した。むろん大量の祝儀の金品をたずさえてだ。

ひと月後、姫宮は中和門院《ちゅうかもんいん》御所に渡御。孫の顔見たさの矢の催促に、和子は赤子の体調を心配しながらも同意したのである。むろん乳母に抱かれ牛車に乗せられてのことで、産後の忌み期間のしきたりによって和子は同行せず、女御附の弓気多と所司代板倉重宗、重昌《しげまさ》兄弟らが供奉《ぐぶ》した。

後水尾は内々に里御所に渡り、和子とともに御簾《みす》ごしに行列を見送った。

「母上が待ちかねておられる。さぞ大喜びでちやほや撫《な》でまわすであろうよ」

十二人も産んだ母だが、幼児のうちに失った子も多い。それでも大の赤子好きなのだ。

「お上は、喜んでくださっておられるのでしょうか」

和子がお産で消耗した体力も回復して以前よりつややかになった頬を引き締めて訊いた。

後水尾は驚いてまじまじと和子の顔を見つめ返した。

「当たり前ではないか。わが子の誕生を喜ばぬ父親がどこにおる」

「そういうことではございません。徳川の血を引く子を喜んでくださるかと。それと……」

「ん、なんや？」

和子の手を取ってほほ笑んでみせ、口に出すのをためらっている和子をうながした。

「そなたの本心を言うてごらん」

「姫宮だったこと……」

和子はいまにも涙があふれ出そうな顔だ。

「見損のうてくれるな。女御」

笑顔のまま言った。

「そなたが産んだ子や。嬉《うれ》しゅうないはずがない。かわいくないはずがない」

「まことでありましょうか。信じてよろしいのでしょうか」

必死の面持ちで訊き返した和子に、

「徳川の血が憎いのではない。将軍家のやりかたが気に入らぬだけや。それに迎合するしかない我が身と公家たちが情けのうて、憎らしゅうなる。それだけなんや」

しぼり出すように言った後水尾は内心、自分自身にひどく驚いていた。この将軍家の女にそんなことを言えるようになっている。この女には嘘《うそ》偽りは言えない。そんなふうに思うようになっている自分を信じかねていた。

翌元和十年（一六二四）二月末、後水尾天皇は改元の詔《みことのり》を発した。幕府からの強い要請を受けてのことである。

元和十年は甲子《かっし》の年にあたり、中国では古来、天意が革《あらた》まり、徳を備えた人物に天命が下される革令の年とされ、辛酉《しんゆう》とならんで変乱が多い年とされる。そのため日本ではその年の改元が慣例となったが、前回の永禄《えいろく》七年（一五六四）は実施されなかった。戦乱のさなかで朝廷が衰微し、後水尾の曾祖父《そうそふ》である当時の正親町《おおぎまち》天皇と朝廷に、改元にともなう諸々《もろもろ》の儀礼祭祀《さいし》を挙行する財力がなかったからだが、顧みれば、その翌年、室町幕府第十三代将軍足利義輝《よしてる》が暗殺され、幕府は事実上支配力を失ったのだった。

徳川幕府はそれをふまえ、家光新将軍の代始《だいはじ》めを天下に周知させるため、わざわざ甲子革令の故事を持ち出してきたのである。

改元は朝廷のみが決定権をもつ、いわば天皇の権威そのものである。それを強要されたことに後水尾は憤《いきどお》ったが、幕府に阿《おもね》る公家の誰かがひそかに勧めたのではないかと疑った。というのは、秀忠が観能の後の饗宴の際、おもむろにその話を切り出したからで、新御料の寄進はあきらかにその見返りだった。

朝廷の儒学者が八つの候補を提示し、幕府が三つに絞り込んだ中から、天皇自ら「毛詩《もうし》—朱子注《しゅしちゅう》」の「寛永《かんえい》」を選んだ。「寛広永長《かんこうえいちょう》」。「寛容の精神が広く隅々までいきわたる世の中がいつまでも続く」との意である。

立場や考えを異にする者たちが互いに認め合えば、争いや戦はなくなる。平和な世であるためには、相手を赦す寛容こそがいちばん必要だ。激高しやすい自分自身への戒めでもある。

もう一つ、秀忠から求められながら延び延びにしてきた懸案がある。和子の中宮冊立《ちゅうぐうさくりつ》である。入内直後からその話は出ていたのだが、後水尾の幕府に対する不信感からうやむやにしてきた。新将軍、和子の第一子出産、改元、と慶事がつづいたことから、それがにわかに具体的になった。

もともと女御や更衣《こうい》は天皇の寵愛《ちょうあい》を受ける側妾《そくしょう》という身分でしかなく、皇后を意味する正妻は中宮なのだが、南北朝以来、断絶している。それを復興するためには、立后にともなうさまざまな儀式の故実を調べ直すことからしなければならないが、王朝時代の有職故実《ゆうそくこじつ》を復活させ、宮廷と天皇の権威高揚を悲願とする後水尾にとっては、考えようによっては願ってもない機会である。

(どうせ費用はすべて公儀が出すんやからな。せいぜい喜ばせてやろうぞ)

そんなふてくされた気持もある。

四月から、十一月の立后式に向けて本格的に準備が始まった。秀忠から所司代を通じて、新中宮の調度類が天皇より華美なものにならぬようにと指示が来たと聞いた。

「分《ぶ》はわきまえている」という意思表示らしい。

十一月に入ると、勅使を遣わし、里御所をそのまま中宮御所として、中宮職《ちゅうぐうしき》をあらたに設置、中宮大夫《だいぶ》、亮《すけ》、権亮《ごんのすけ》らの役職を任命した。いままでの和子附の徳川家臣や女官たちはそのまま仕え、それに禁裏から派遣する人員を加えて、両者が一体になって運営していくことになる。

十一月二十八日、和子は正式に中宮になった。

入内から四年半。女一宮誕生から一年。やっと正妻として天皇家に認められたのだ。

後水尾天皇二十九歳、和子十八歳。

その日は新中宮御所で饗応がおこなわれ、献盃《けんぱい》の後、管弦が催された。翌日、江戸から賀使が上洛。大御所秀忠と将軍家光から天皇へそれぞれ銀千枚、中和門院へ銀五百枚、公家衆へも合わせて五百枚が献上され、和子からも天皇へ銀五百枚、女院へ三百枚の献上があった。

月が変わった十二月二日には、中宮和子の拝礼に公卿たちが召し出され、お祝いの振舞。八日にも門跡衆が中宮御所に呼ばれて三献と、一連の儀礼がとどこおりなく終わった。

その頃から和子は体調のすぐれない日が多くなっていた。立后の準備や儀式の間、極度の緊張がつづいたからそのせいだと本人は軽く考えていたが、微熱がつづき、食欲がない。梅や医師らのほうが先に気づいた。

「もしや、またご懐妊では」

喜色満面で言われてみれば、ここ半年ばかり、三日にあげず天皇の寝所に召し出されている。行けば、明け方まで共寝し、一度ならず交わることもある。

その合間にいろいろなことを話す。

「少ぉし肥えたか。からだが柔らこうなった。楽しめるようになったからだな」

「恥ずかしゅうございます。お上のせいです」

「なんの。こちらが驚くぐらいじゃ」

睦言《むつごと》を交わしながら抱き合って眠る。足を絡《から》め、横でやすらかな寝息を立てる夫帝の顔を見つめ、その頰にそっと自分の掌《てのひら》を当ててみたりする。

一緒に寝ているだけでいいようのないやすらぎを感じる自分に、和子自身、驚いてもいる。やっと夫婦になれたと思う。男と女の閨事はこういうものだったのか。ようやくわかるようになった気がする。

だから、物語や能楽が執拗に描いているように、裏切りに苦しみ、嫉妬《しっと》や妄執に悩み、憎悪《ぞうお》する。古《いにしえ》からそうだったのだ。愛憎の焰《ほのお》が女の人生を、命までも焼き尽くしてしまうことが実際にある。それが実感としてわかる。

そういえば、天皇の御所に上がるたびに、以前より側仕えの局衆《つぼね》の数が少なくなっているような気がする。寵愛を受ける女が何人もいるのはわかっている。以前はすれ違いざまにこちらがぎくりとするようなきつい視線を投げつけられたのに、あの女たちはどうしたのか。

不審をおぼえながらも、わが身の幸福感がそれ以上深く考える気をなくさせる。生身の女として、妻として、そして母としての充足感に身も心もひたりきり、温かい空気につつまれて、ただうっとりと日々が流れていくのである。

女一宮はすくすく育っている。たまに鼻風邪を引くくらいで病気らしい病気もせず、最近は這《は》い這《は》いからつかまり立ちするようにもなって、乳母たちが片時も目を離せないとこぼす。梅などは、あなたさまのほうがもっと活発でしたが、と笑う。丈夫なところはそっくりだとも言う。

表情豊かになり、人見知りするようにもなった。そのせいで、後水尾は、

「しょっちゅう顔を見せぬと忘れられてしまう。泣かれてかなわぬ」

とそれこそしょっちゅう内々にお渡りになり、膝《ひざ》に抱き取ってあやしてくれたりする。

「言葉をしゃべりだすのも、そろそろかの。最初に何と言うか。聞き逃してはならぬ

え。できれば、朕《ちん》のことを」

そんなことをおっしゃるから、和子は梅と顔を見合わせて笑いをこらえる。

和子が最初に発した言葉は、「うめ」。母でも父でも乳母の名でもなく、「んま」でも「ちっこ」でもなく、絶えず側にいる梅の名だった。親の期待はたいてい裏切られる。ともに落胆するのも楽しみではないか。

「そろそろ遊び相手を選んでやらねばな。考えておこう」

そんなこともおっしゃる。

「でしたら」

和子が梅宮を遊びにこさせてほしいと言うと、

「いや、あの子は人見知りが激しゅうて、もの怖《お》じするゆえ」

にべもなく拒絶された。

六歳になる梅宮のことはたえず気になっていた。生母のおよつ御寮人が宮中を去ったのは幕府の怒りを怖《おそ》れた廷臣たちのしわざと、和子も知るようになっている。兄宮も亡くなって、梅宮は禁裏の奥で乳母や女官たちの手でひっそり育てられているのに、さぞ寂しいであろうと、参内するたびに玩具《おもちゃ》や絵草紙や菓子を持参している。お礼に連れてこられる梅宮は固い表情でうつむくばかり。うながされるとようやく、聞きとれないような小声でぼそぼそと礼を言うだけだ。

あとは上目遣いに白い目を向けてくる。おとなになったらさぞやと思わせる美貌なのにひどく陰気な子で、切れ長の一重瞼《ひとえまぶた》の目が敵意の青白い焔を噴き出しているようで、おもわずひるんでしまうのである。

母親は違えど姉妹だ。仲良くなってほしいのに、あちらにしてみれば、女一宮がちやほやされ溺愛されるほど、敵意はいや増す。乳母や女官らが執拗に植えつけているのであろうが、その残酷さに和子は愕然《がくぜん》とするのである。

年が明けた寛永二年（一六二五）二月、いよいよ懐妊間違いなしということになり、醍醐寺座主《ざす》義演僧正《ぎえんそうじょう》に祈禱《きとう》を依頼し、「変成男子《へんじょうなんし》」の護符を頼んだ。義演は摂関家の二条家の出で、母親は伏見宮家の姫という出自であることと、真言僧として加持祈禱に験力《げんりき》があることから、皇室にも徳川家にも信頼されている。変成男子とは、もともとは、女は五障《ごしょう》があるため男身になってからでないと悟りを得て仏になれないとの考えから、母胎の中で男身に変えることをさすが、現実は男子出生のための秘法である。

義演僧正は翌日からさっそく七日間の不動護摩の修法をおこない、護符を届けてきた。

「これで、今度こそ、男宮さまがお生まれになります。どうぞ、お心丈夫にあらせられませ」

周囲の皆が口をそろえて言い、和子自身、おなかの子が前のときより強く腹を蹴《け》ったり、激しく動きまわるから、男の子に違いないと思う。

「この年齢《とし》になって後継ぎの男皇子がおらぬのは、ひどく心もとないものでな。中宮、頼むえ。待ち遠しゅうてならぬ」

後水尾も期待しきっておられる。

だが、九月十三日の朝、生まれたのはまたしても女の子だった。

その報を聞いた夫帝がいたくご機嫌を損ねたと伝わり、和子は梅の胸にすがりついて泣きじゃくった。

「わたしは役立たずじゃ。出来損ないの、不甲斐《ふがい》ないおなごじゃ」

嗚咽の中からしぼりだし、虚空《こくう》に目を据えてつぶやいた。

「お上に合わせる顔がない。もうここにはいられぬ」

「なにをおっしゃいますっ、姫さまらしゅうもない」

梅に肩を摑《つか》まれゆすぶりたてて叱咤《しった》されても、

「寺に入る。髪を落して尼になる。それしかお詫《わ》びのしようがない」

出家してひっそり生きていく、とうわごとのようにくり返した。

その悲嘆の淵《ふち》から彼女を救い出したのは、他ならぬ後水尾だった。

「中宮よ。お産の忌《いみ》が明けたら、ただちに参内せよ。ええか、すぐにやで」

矢の催促に、和子は気力を奮い立たせて産後のからだを養生し、ようやく立ち直った。

八

翌寛永三年（一六二六）、大御所秀忠と将軍家光がふたたび上洛《じょうらく》した。

三年前、将軍宣下で上洛した家光が江戸へもどっていく際、いずれ近いうちにまた、と和子に言い残していった。どうやらその頃からすでに、次の上洛の計画があったらしい。

今度の目的は、二条城への後水尾天皇の行幸である。

かつて豊臣家は二度、私邸の聚楽第《じゅらくだい》に天皇の行幸を仰いだ。一度目は天正十六年（一五八八）、秀吉が関白に任じられたのを機に聚楽第を築き、正親町上皇と後陽成天皇を招いて四泊五日の大饗宴を催し、天皇家とのつながりを誇示した。二度目は四年後の天正二十年、秀吉から関白職を譲り受けた秀次《ひでつぐ》が再度、後陽成天皇を招いたのである。その後、秀吉が秀次を切腹させ、壮大華麗な聚楽第もことごとく棄却されてしまったが、天皇が短期間に二度も個人の邸《やしき》へ行幸するのは前代未聞《ぜんだいみもん》のことであり、豊臣家の栄華そのものであった。

それにならって家康も二条城への行幸を念願していたが、果たせないまま他界。秀忠にとっては父から託された悲願を実現する機を待ち望んでいたのだった。すでに二年前から二条城の大改修にとりかかっており、諸大名を動員して石垣を普請《ふしん》、伏見城を廃して建物の多くを移築し、本丸、二の丸、天守閣を新造、天皇と和子が宿泊する御殿も新造した。

「天皇の玉座は黄金と銀尽くしで造れ」

秀吉の聚楽第行幸はまさに黄金ずくめで、いまでも語りぐさになっている。秀忠は徳川家がそれを超える力を有していることを誇示せんとしているのである。行幸の日取りは、金地院崇伝《こんちいんすうでん》や御用儒者に吉日を選定させ、九月六日から十日までの四泊五日と決まった。

まず秀忠が上洛、一ヶ月半後に家光も上洛し、新造した淀城《よどじょう》に入った。数日後、家光は挨拶《あいさつ》のため参内して御礼の金品を献上し、見返りに家光は従一位《じゅいちい》右大臣に、秀忠は左大臣に任じられた。

いよいよ行幸当日の九月六日は、昨夜来の雨が朝にはやみ、清明な風が頬をなぶる絶好の秋日和《あきびより》になってくれた。

午前中、天皇に先立ち、中宮和子、中和門院、それに梅らにつき添われた四歳の女一宮が、車駕《しゃが》を連ねて二条城へと向かった。

行列の道筋は、禁裏から出て東洞院通《ひがしのとういんどおり》を少し北上し、中立売通《なかだちうりどおり》を左折、堀川通で再び左折して南下、二条城東正門へ入る。総延長二十五町弱（約二・七キロ）。沿道には各藩からの武士合わせて三千三百人余が警護にあたり、辻々《つじつじ》にも配備されて、参加人員は武家方と朝廷方合わせて九千人をゆうに超える。馬五百四十頭、牛車《ぎっしゃ》十二台、輿四百七十丁。

用具器の運び出しはすでに早朝から始まったが、行列は先頭が二条城に入っても、最後尾はまだ禁裏を出てもいないありさまになるだろう。

二頭曳《び》きの唐破風《からはふ》屋根に紫の房飾りの唐庇《からびさし》牛車に乗り込んだ和子は、

（揺れてきつかろうが、我慢していておくれよ）

おなかの子に話しかけ、できるだけ楽な姿勢で座した。二人目も姫宮だった傷心を癒《いや》すかのように、すぐまた身ごもった。いま妊月八ヶ月。

三度目ともなれば、からだの状態は自分で判断できる。いまのところ母子ともに順調だ。今年の夏は三十年に一度という酷暑で、そのほうがつらかった。きつく締めた腹帯の下は汗もだらけで、痛痒《いたがゆ》さに悩まされた。姫宮たちも首筋や脇《わき》の下を掻《か》きむしり、むずかって泣くのがかわいそうで見ていられなかった。ひと月ほど前から涼しくなってそれもようやくおさまったし、腹の子も順調に育っているのがわかる。

（あれから六年……）

焦《じ》れったいほどゆるゆる進む車の中で、御簾ごしに外を眺めながら、感慨にひたった。

入内《じゅだい》のときは今日とは逆に進んだ。二条城から禁裏へ――。牛車の中から、これとおなじように、都の風景と詰めかけている見物の群衆を眺めた。

あのときもおそろしいほどの人垣に驚かされたが、今日はそれよりさらに多い。

（もう六年……）

あの日からの歳月、自分にはいろいろなことがあった。見物のこの人々も、それぞれにいろいろなことを乗り越えてきた歳月であったろう。泣き、笑い、悲しみ、苦しみ悩む。民も宮中の人も変わりはない。あらためて母の言葉を思い起こした。

沿道は群衆で埋め尽くされている。沿道に板を敷いて坐《すわ》って見物できるようになっており、堀川通あたりは水路の上にも桟敷《さじき》が建てられている。町筋の商家は表戸を開け放って客を接待しているのか、どこもかしこもぎっしり人が座っており、板敷席の前は細竹を渡して前へ出ないように仕切り、警護の武士が睨《にら》みをきかせている。男も女も、派手な色柄の慶長小袖で着飾り、笑いさざめいている。饅頭《まんじゅう》か握り飯か、重箱を回し合って嬉しげに頬張っている若い娘たち。ここぞとばかりおしゃべりに夢中な年増女《としまおんな》たち。角形鍔《つば》のおそろしく長い脇差に鹿革袴《しかがわばかま》の傾奇者《かぶきもの》の一団。白布で顔を隠した僧侶《そうりょ》と、お供の化粧した寺稚児《てらちご》。遊女とおぼしきひときわ目立つ一団もいる。武家が陣取った場所では家紋の幔幕《まんまく》を誇らしげに張り巡らし、こちらは裃《かみしも》姿で行儀よく座している。

母親がはしゃいで騒ぎまわる子供をしっかと抱え込み、町衆の男たちは早くも泥酔《でいすい》しているらしい。大半がすでに前日から沿道に陣取って花見の宴会さながら酒肴三昧《しゅこうざんまい》で盛り上がり、そのまま板席で夜を明かした者たちもいたという。

「昨夜、急に雨が降り出したでしょう。さぞ大変だったでしょうに」

夜半過ぎ、瓦《かわら》屋根を叩《たた》きつける雨音で目を醒《さ》ました。明日も荒天だったらどうしようと案じつつ、また眠ってしまったが、この人たちは大混乱で莫蓙《ござ》筵《むしろ》をかぶったり野《の》点《だて》の朱傘をさしたりして、やっとしのいだか。莫蓙筵も傘もまだ濡《ぬ》れそぼり、朝陽を受けて光っている。風邪を引いてしまった者もいるのではないか、と気にかかる。

和子らが無事に二条城へ入ると、今度は大名らを従えた将軍家光が二条城から禁裏へと向かった。かつての後陽成天皇の聚楽第行幸の際、豊臣秀吉本人が天皇を迎えに参上したのにならってのことである。

所司代板倉重宗を先頭に、緋色《ひいろ》の束帯姿の五位諸大夫の大名百六十二名が騎馬で進む。それぞれに長刀持、傘持、馬添、白丁《はくちょう》を召し具し、どの乗り馬もきらびやかな馬装で飾りたてている。続くは土井利勝《どいとしかつ》と酒井忠世《ただよ》。家康の代から仕える古参の老中で、将軍家光の訓導役である。

次がいよいよ家光の牛車。その前を、揃《そろ》いの萌黄色《もえぎいろ》に金の唐花柄の大紋を着用し、帯刀した旗本と番頭ら御家人が徒歩で供奉している。将軍の牛車は中宮和子の牛車とおなじく二頭曳きで、皇親と摂関家のみ許される唐破風屋根の唐庇車。屋根と側面に葵紋《あおいもん》の金蒔絵をびっしりほどこし、庇と裾《すそ》に紫色の房飾りを垂れめぐらしてある。

その車の後は、徳川一門と大大名。騎馬で粛々と従っている。家康の晩年の子である尾張藩主徳川義直《よしなお》、紀州の徳川頼宣《よりのぶ》、水戸の徳川頼房《よりふさ》の御三家。それに将軍の弟徳川忠長。続いて大大名。伊達政宗《だてまさむね》、前田利常《としつね》、島津家久、松平忠昌《ただまさ》、池田忠雄《ただお》、蒲生《がもう》忠郷《ただきと》ら中納言と宰相、以下四十三人。全員黒の束帯姿で、ただひとり伊達政宗だけは、乗り馬に御三家と一門でさえ許されなかった紫の総飾りを誇らしげにつけている。

この日のために、全国諸州から江戸警護を除く大名家のほとんど全員が参加を命じられ、それぞれ家臣団を引き連れて上洛した。大大名たちは衣冠束帯の公家《くげ》装束を着込み、それ以下は武家の正装である大紋。甲冑《かっちゅう》姿はない。長刀には鞘《さや》を掛け、武器武具の類は一切なし。

かつての聚楽第行幸のときには、武将はみな直垂《ひたたれ》か裃に長袴の武家装束だったし、それより前の織田信長が正親町天皇に謁見した馬揃えのときには、武将たちがそれぞれ趣向を凝らした大前立てつきの甲冑姿で都大路をさっそうと練り渡り、白刃《はくじん》を陽光にきらめかす長刀部隊や百人の弓隊も加えて、戦の行軍さながらのものものしさで威圧したのだった。

それが天正九年（一五八一）、信長が本能寺で倒れる前年で、いまから四十五年前。聚楽第行幸は三十八年前だから、実際にその目で見て記憶している人も、少数ながらまだ存在する。その者たちは今回の行幸行列に、時代が変わったのをあらためて実感していよう。

——すでに戦の世ではない。武威を誇示する必要はない。

武家が天皇や公家たちとそろって行進する時代だ。武家がふだん着慣れぬ公家の装束を四苦八苦して着込み、公家は乗りなれぬ馬に悪戦苦闘しながらも、ともに歩み、集う。

その象徴が「中宮和子」なのだと、天下あまねく知るのが今日のこの日なのだ。

新造の行幸御殿は白木造りに檜皮葺《ひわだぶき》の御所風の建物で、いくつもの棟が軒を連ねている。どの屋根の棟にも金色の三つ葉葵の紋飾りが陽を照り返して輝いているのを女一宮が目ざとく見つけ、

「お母さま、見て見て。すごくきれい」

禁裏や中宮御所の屋根にはないものだから、ものめずらしげに手を打った。

中に入れば、木の香がすがすがしく、襖絵《ふすまえ》は優美な狩野派《かのうは》の花鳥画。書院風の飾り棚や、鴨居《かもい》の繊細な透かし彫り、蜻蛉《とんぼ》や牡丹《ぼたん》や扇をかたどった釘隠しまで、実に瀟洒《しょうしゃ》な趣がある。

「たいそう立派な御殿だこと。終わったらとり壊してしまうなんて、もったいない」

中和門院が自分の女院御所の殿舎と取り換えてもらいたいという口ぶりでため息をついたが、和子は、ほんの数日の滞在のために造られた仮殿にしては贅沢《ぜいたく》すぎると思わずにいられなかった。

広廂《ひろびさし》から苑池《えんち》が望める。その向こうに見えているのが、将軍が拝謁を受ける正殿で

ある。

「おお、これはまた見事な庭園じゃな、中宮」

満足げに言った後水尾に、にこやかにうなずき返しながら、和子はなんとなく妙な感じがしてならなかった。

どこか違う。この庭は前からこんな雰囲気だったか？

入内の前、ほんのひと月ばかりだったがこの二条城に滞在した。江戸からの長旅の疲れで体調を崩し、回復のため、毎日のようにこの庭を散策した。いや、それより不安で押しつぶされそうな胸を鎮《しず》めるには、人目を避けてやみくもに歩きまわるしかなかったのだ。そのせいであろう、そのとき眺めた庭の景色は、いまも不思議なほどよく憶《おぼ》えている。

当時の石組は、縦長のごつごつした巨石が複雑に組み合わされ、まるで岩山のようにそそり立って、いかにも武家好みらしい、無骨で豪放な雰囲気だった。力強く峻厳《しゅんげん》でさえあった。

しかし、この行幸御殿側から眺めるいまの庭は、石はすべて横に長く、なだらかな稜線《りょうせん》を描く山並のように組み合わされている。それが池の水に映し出されているのも、やさしげで優美な風情《ふぜい》がある。その先に目をやれば、遠くに東山の山並が青く霞《かす》み、見事な借景になっている。

後水尾と大御所、和子の三人で連れ立って池の縁をめぐる小道をそぞろ歩きながら、

「お庭まで変えられたのですか？」

和子が一歩下がって歩く大御所に尋ねると、

「ほう、よく憶えておいでだ。もう六年も前になりますのに」

秀忠は感慨深げにうなずき、この日のために大改造したのだと自慢げな声音になった。

「御殿ともども小堀遠江守《とおとうみのかみ》にやらせました。お気に召していただけましたか？」

小堀と聞いて天皇はかすかに眉《まゆ》をひそめて頬をひきつらせたが、秀忠は気づかなかったか。それとも、気づいたのに平然と黙殺したか、和子にはどちらともわからなかった。

ただ、自分が夫帝のちょっとした表情やしぐさで、気分や感情を感じ取れるようになっていると思うと、感慨深いものがある。

「そこに控えておりますので、挨拶させましょう」

秀忠にうながされて進み出た中年の男は、芝に膝をつき、深々と頭を下げた。

「小堀政一《まさかず》にございます。かつては、父ともども浅井《あざい》のお家にお仕えしておりまし

た」

浅井家が滅んでしまうと、豊臣秀吉の弟秀長《ひでなが》に仕え、豊臣家滅亡後は徳川に仕えた。まさに滅亡と台頭が渦巻く激流を巧みに泳ぎきり、いまや要職に重用されるまでに上ってきた男らしく、その面《つら》がまえは鋭敏さと図太さ、思慮と狡猾《こうかつ》が幾層にも重なり合っているように、和子には見えた。

後水尾が小堀遠州と聞いて嫌な顔をしたのは、家康の側近だった藤堂高虎のことを思い出したからだった。遠州はその藤堂高虎の娘婿なのである。高虎は築城の名手として知られた男で、その影響か、この遠州も建築と造園に造詣《ぞうけい》が深く、卓越した手腕を発揮している。

茶の湯を古田織部《おりべ》に学び、本阿弥《ほんあみ》光悦《こうえつ》と並んで双璧《そうへき》の弟子と呼ばれた。しかし遠州は師と違っておだやかな茶風を好み、「きれい寂《さび》」と呼ばれるようになっている。そう思って見るせいか、この御殿も庭園も、いかにも上品で優美な風情である。

「こちらの行幸御殿からの眺望がよいように仕立てました。大御台所《おおみだいどころ》さまのご指示にございます。雁金屋《かりがねや》ともどもお目をかけていただいておりまして」

京の高級呉服商のことを口にした。雁金屋ももとは浅井家の家臣だった縁でお江与や淀殿が贔屓《ひいき》にし、お江与は和子の入内時の衣装もほとんど雁金屋につくらせた。遠州はそれとなく、お江与を通じて「浅井家の縁」がつながっているとほのめかしてみせたのである。

「そうでしたか。これからもよろしく頼みますよ」

ゆったり口にしつつ胸の中では、母が滅びた浅井家の自覚をいまなお忘れずにいること、辛苦して生き残った家臣たちとの絆《きずな》をいまも大事に保ちつづけていること、そしてその役目が自分にも課せられていることに、たじろいでもいた。

それからの五日間、さまざまな行事がおこなわれた。

初日の六日夜は晴れの祝宴で、天皇は衣冠から直衣《のうし》に着替えて黄金の玉座に座し、大御所秀忠と家光は長押《なげし》内の円座に着席した。

天皇の膳具《ぜんぐ》、食器や酒器の類はすべて黄金。調度類もすべて金と銀尽くし。締めの茶事の釜《かま》や茶器類まで黄金の皆具《かいぐ》で、かつての秀吉の黄金の茶室をもしのぐであろう豪勢さに、公卿衆は皆驚愕の目を見張った。

内々の御宴には和子と女院、姫宮も同席した。彼女たちの膳具も金銀取り混ぜた豪華さで、女院は満足げなため息をつき、きらきら光るものが大好きな姫宮は大喜びした。これらは後日すべて献納すると聞かされ、女院はいまにも卒倒しそうに驚き、感激に目を潤《うる》ませるありさまだ。

二日目の七日は舞の観覧があり、後水尾はすこぶるご機嫌で自ら箏《こと》を奏した。三日目の夜は歌会と管弦。四日目は猿楽。どの日も夜は酒宴である。

その合間、大御所と将軍から進物の献上があり、将軍から天皇へ白銀三万両、御服二百領、沈香《じんこう》の香木一本、麝香《じゃこう》五斤《きん》、襴絹《らんけん》百巻、紅糸二百斤、玳瑁《たいまい》三十枚が贈られた。大御所秀忠からは、御服百領、黄金二千両、緋《ひ》綾布《あやぬの》百巻、伽羅《きゃら》十斤、麝香五斤、蜜《みつ》六十斤。その他、公卿衆や門跡衆へ白銀だけでも十一万六千両が進呈された。

これほどおびただしい金銀財宝は、徳川家の資産だけではない。参集した各大名家に、それぞれ石高に応じて供出を命じて集めたものだった。実のところ、二条城の大改築も大名たちに命じての天下普請でおこなわれたのである。それは将軍家の支配力を各大名に浸透させる手段であり、しかも、盛儀に連なる「参加費」まで支払わせたのだ。

「中宮さま、あなたのおかげですよ。お上があんなに上機嫌でおられるのは、あなたと徳川の御家のおかげ」

女院は無邪気に喜んでくれる。

「前の帝《みかど》のときもこうであったら、お上はあれほどお悩みにならずにすんだでしょうに。ついそう思ってしまいますよ」

後陽成天皇と徳川家康の葛藤《かっとう》が、息子である後水尾に向けられ、父子の相克に苦しんだ。先帝の女御《にょうご》であった女院はその間に立って苦しんだ。だが、それももうむかしのこと。これからはたがいに憎み合うことなく、おだやかにやっていける。そう言いたいのである。

「おかげで、わらわも姫宮とゆっくり一緒にすごせる。こんな嬉しいことはありませんよ」

たちまち孫娘に甘い祖母の顔にもどって笑み崩れるのである。

九

行幸がとどこおりなく終わり、やっとほっとした翌日、忠長が突然、中宮御所へやってきた。わずかな供を従えただけで、予告もなしにである。

「いやいや、不躾《ぶしつけ》は百も承知だが、江戸へ帰る前におまえとゆっくり話しとうてな」

行幸の間もその前も、公式の場で顔を合わせただけで話すことはできなかったし、三年前に一度会っている父や家光兄と違い、忠長は今回が入内以来初の再会である。

和子のほうも久々に水入らずで話したいと思っていたから、喜んで私的な対面所に迎え入れた。

「母上から、今度こそ男皇子《みこ》だから心丈夫にせよ、とのお言伝《ことづて》だ。今度も天海僧正に祈禱をお願いしてあるからと。もっとも前回は大外れで、しごくお怒りだったがな。もともと神仏なぞあてにならぬお方ゆえ、それより母親の勘のほうがずっと確かなんだとさ」

忠長はなにを思い出したか、低く含み笑いをもらした。その顔も、その声音も、子供の頃のまま、活発で人なつっこく、誰からも愛されていた頃のままだ。

だが、ひとつだけ、和子が初めて見る顔があった。

「本日、父上は太政大臣《だじょうだいじん》に、兄貴は左大臣に任じられる。行幸の間に御沙汰《ごさた》があったとかで、兄貴はつい先日、右大臣に昇ったばかりなのに、此度《こたび》は左大臣だとさ。ごたいそうなことだ」

忠長は唇をゆがめて吐き捨てた。自分は権大納言《ごんだいなごん》のまま、なんの昇叙もないのが不満でならぬという口ぶりである。

忠長は、元服前に早くも甲府二十三万八千石を与えられ、甲府藩主になった。さらに二年前には駿河《するが》国と遠江国の一部を加増され、駿・遠・甲合わせて五十五万石を知行する身になり、「駿河大納言様」と呼ばれている。だが、忠長自身は兄と差をつけられたのが不服で、父に、「百万石を賜るか、大坂城主にしてほしい」と懇願し、呆《あき》れられて無視されたと和子の耳にも入っている。

いまも和子は、忠長が兄を将軍家と呼ばず、兄貴呼ばわりするのが気になった。この場は余人を遠ざけて兄妹《きょうだい》だけの内輪の会話だからかまわないが、もしも外でもこんな態度だとしたら、分をわきまえぬ不敬と謗《そし》られてもしかたがない。

「なにゆえ、このおればかり、わりを食わねばならんのだ。橋のこともそうだ。わしが大井川に船橋を架けてさしあげたに、兄貴が父上に言いつけよって、お怒りを買うはめになったのだぞ」

今回の家光の上洛の際、忠長は領国の大井川に船橋を架けた。本人としては気を利《き》かせて便宜を図ったつもりなのだが、江戸防衛の重要拠点のため、大井川の架橋はかたく禁じられている。それを無視して無許可でやったのを、家光も大御所秀忠も激怒したのである。

「兄貴は鷹司の御台所と不仲でな。輿入れからすでに三年たったのに、いまだに指一本触れておらぬともっぱらの噂《うわさ》だ。せっかく母上がお気に入られて猶子にまでして迎えたに、母上はしごく落胆しておられるわ」

そう言うと、にやりと笑ってみせた。

和子はなんとか忠長の気を鎮めようと話をそらした。

「兄上は、奥方と仲睦《むつ》まじゅうお暮しだそうですね。どんなお方ですか？」

忠長は、三年前の元和九年、十八歳で上野国小幡《おばた》藩主織田信良《のぶよし》の長女久姫と結婚した。信良は織田信長の次男信雄《のぶかつ》の子だから信長の孫であり、久姫は曾孫にあたる。この婚姻を熱心すぎるほど熱心にまとめたのもお江与で、和子は母から満足げな手紙を受け取った。

母は、忠長が子供のころから母の伯父信長公におもざしが似ていると、よく自慢していた。和子は掛軸の肖像画でしか見たことはないが、たしかに信長公は細面の美男子だった。それを見せてくれたのも母だった。

和子は自分より一歳上で二十一歳の青年になっているこの兄を見ると、母の自慢は間違いではなかったと思う。母はこの兄に織田家の血を見、さらに信長公の曾孫と妻《め》合《あ》わせることで、その血をさらに濃くしようと望んでいるのかもしれない。

「お久のやつか、いや、まだほんのねんねだからな。面白くもなんともない」

口ではくさしながらも、まんざらでもなさそうな顔である。久姫は輿入れしたとき、わずか十歳だったと聞いているから、夫婦の契《ちぎ》りはまだなのか。忠長は側妾を置いているのであろうが、母は一日も早く久姫に子ができるのを、さぞ心待ちにしているであろう。

「それにしても、和子、おまえはすっかり美しゅうなったな。むかしはころころした子猿のようだったに。おなごは、夫婦仲がうまくいくとてきめんに変わるものなのだなぁ」

感に堪えないという面持ちで言い、意味ありげににやついた。

あいかわらずの無神経さに胸の中で苦笑しつつ、その人なつっこさが母や周囲に愛される理由なのだと、和子にはわかる。

だが、次の言葉で凍りついた。

「勝姉上が嫉妬するのも無理はない。あちらは不運つづきだからの」

「勝姉さまがどうかなさいましたの？」

姉の勝姫は越前松平家の忠直《ただなお》に嫁いだ。忠直は秀忠の兄結城《ゆうき》秀康《ひでやす》の嫡男《ちゃくなん》だから、従兄妹《いとこ》同士の結婚である。嫡男仙千代、亀姫《かめ》、鶴姫《つる》の一男二女にめぐまれたと聞いているが、あちらからは一度も近況を知らせる手紙を送ってくることはなく、知るすべがなかった。

「姉上に何かあったのですか」

「勝姉は子らを連れて江戸へ帰ってきておるよ。夫を捨ててきたのさ。ま、あの姉らしいやな」

忠長の言葉は衝撃的なものだった。乱心した忠直が勝姫に斬《き》りつけようとして、侍女二人が身代わりになって殺されたというのである。勝姫が子らを連れて勝手に江戸へ去ろうとしたのを忠直が怒ったせいだというのだが、そもそもそんな事実はなかったのに勝姫が父に讒言《ざんげん》したのだと、忠長はとっておきの秘密を打ち明けるという口調で語った。

父は忠直をはるか遠い九州豊後国へ流罪《るざい》にし、仙千代を元服させて越後国高田に転封すると、越前藩は忠直の弟忠昌に継がせた。

「母上が、勝姉母娘《おやこ》を城に引き取って庇護《ひご》してやりたいと父上に頼み込んだが、父上はお許しにならなんだ。兄上がとりなしてやればいいものを、そ知らぬ顔でな。情のない人ゆえ」

忠長はいまいましげに舌打ちし、母子は江戸市中の高田御殿でひっそり暮らしていると言った。

「勝姉にすれば、わが身と引き比べて、おまえはいまや世に並びなき中宮さま。妬《ねた》みたくもなろうよ。貧乏くじを引かされた者にしか、その無念さはわからんさ」

いつしか大きくかけ離れてしまった境遇は、そのまま自分と兄のことだとその顔が語っている。

「千姉上も近いうちに江戸へもどってこられるそうだ。あちらはつくづくお気の毒だ」

姫路の本多忠刻《ただとき》に再嫁《さいか》した長姉の千姫は、夫婦仲睦まじく、一男一女にめぐまれたが、幸せはつづかず、五年前、嫡男幸千代《ゆきちよ》が三歳で夭折《ようせつ》。今年五月には夫の忠刻も三十一歳の若さでこの世を去り、さらにひと月半後、姑《しゅうとめ》まで亡《な》くなった。家督は庶流が継ぐことになり、本多家で居場所を失った千姫は、娘を連れて江戸へもどることになったというのである。

「だからな和子、おまえは自分の幸運を喜ばねばならぬのだよ。もしも仮に腹の子がまた姫宮であっても、いいではないか。おまえのせいではない」

この兄らしく妹を激励しているつもりらしいが、和子は笑うことができなかった。

千姫とはたまに手紙のやりとりをしている。聡明《そうめい》でやさしい姉らしく、その手紙はいつも妹を気遣う言葉が連ねられているだけで、自身がつらい境遇に陥っていることは一切触れてなかったから、和子は何も知らずにいた。

（わたしは自分のことばかり訴えていた。なんという身勝手で幼稚な……）

涙があふれそうなのを必死にこらえた。自分はいつの間にか、人から気遣われ庇《かば》われることに慣れきってしまっているのではないか。相手を思いやることもできず、自分の幸せに酔い、不遇を嘆くだけのあさはかな女になりさがっているのでは？

姉のことだけではない。知らなかったではすまされない。気づこうとしないからだ。ちやほやされ、それが当たり前になっている。傲慢《ごうまん》だからだ。

「姉上に手紙を書きます。せめてお心を慰めていただけるように」

震える手を袖《そで》の中できつく握りしめた。

そのとき、廊下や内庭を隔てた表御殿のほうがにわかに騒がしくなり、忠長の家臣が控えの間に走り込んできた。

「大納言さま、江戸から急使がまいり、大御台所さまが倒れられたと」

「なに、母上が？」

忠長はさっと顔色を変え、席を蹴って立ち上がるや、止める間もなく駆け出していった。

あとから聞いたところによれば、秀忠がいま少し状況がわかるまではと制止したのに、忠長はそれを振り切って飛び出し、一目散に江戸を目指したという。秀忠も家光もすぐには帰れない。行幸の御礼やら昇叙の御礼で参内せねばならず、その後も諸大名の拝謁《はいえつ》やら饗応《きょうおう》の予定が詰まっている。あと十日や半月はまったく動きが取れない。

忠長が飛び出していく直前、所司代の板倉が東海道筋に「駿河大納言様火急の御下向」と伝令を飛ばして通行の妨げを排し、替え馬、飲み水や握り飯などの手配を各宿場役人に命じた。京から江戸まで百三十里（約五百十キロ）、忠長は夜を日に継いで馬を責め、たった五日という恐るべき迅速さで江戸城にたどり着いた。

だが、母は、そのわずか数刻前、息を引き取っていた。

年齢はまだ五十を三つ四つ越したばかり。三度も結婚し、秀忠との間に七人、前夫との間に一人と、都合八人の子を産んだのに、痩《や》せぎすながらまだほとんど白髪もなく、肌も艶《つや》やかなまま若々しさを保っていた。ただ、数年前からときおり頭痛がするとか、息が切れるとこぼすことがあり、千姫や勝姫や忠長のことが心労なのだろうと周囲は思っていた。卒中か心の臓の発作か、突然倒れて、そのまま昏睡《こんすい》状態に陥ったのだった。

「この忠長に何か言い残されたことは？　なんとおっしゃった？」

涙をほとばしらせながら、看取《みと》った医師や侍女らを問い詰めたが、皆うなだれてかぶりをふるばかりだった。意識は最期《さいご》までもどらなかった。苦しむことなく静かに息を引き取ったのがせめても。そう思うしかないと、あとで忠長は和子のもとへ手紙で知らせてきた。

徳川家の菩提寺《ぼだいじ》である芝の増上寺でおこなわれた葬儀に、秀忠と家光は間に合わなかった。ただ最愛の忠長が嗚咽《おえつ》を必死にかみ殺して見届けたのだから、母は満足であったろうと和子は思う。

「わたしは兄上がうらやましい。ご最期には間に合わなかったけれど、ご遺骸《いがい》に会えたのだもの。そのお顔を撫で、お手に触れることができたのだもの」

母からの手紙の束を胸にかき抱いて、涙にくれるのである。

——おまえはもう二度と江戸へ帰ってはこられぬ。生きてこの母と会うことはかなわぬ。

上洛の際、厳しく言いわたし、涙一つこぼさなかった母だが、折々に手紙をくれた。幾多の戦乱を気丈に生き抜いた戦国の女だ。怖気づいてはなりませぬ。どんなときでも堂々としていなさい。叱咤激励がほとんどで、重荷と感じることもあった。

葬儀後の忌日の法要も盛大におこなわれ、あらためて大御台所の存在が徳川家にとっていかに大きかったか、天下に知らしめることになった。朝廷が、中宮の尊母として最高位に準ずる従一位を授けてくれ、和子の心は少し慰められたが、忠長からの手紙が、

「この忠長、頼れる相手はこの世に誰もいなくなってしまった。父上に手紙を出しても、返事もくださらぬ。酒と狩りしか鬱屈《うっくつ》をなだめるすべがない」

と、ひどく落ち込んでいる様子なのが気の毒で、父と子、兄と弟が、母という求心力を失って、これからますます険悪になってしまうのではないかと案じられてならなかった。

「しかしながら中宮さま、かようにお嘆きになられては、おなかの稚《やや》さまに障《さわ》ります。どうかいまは、無事に身二つになられること、それがお母上のご供養《くよう》になるとお考えください」

梅に泣きはらした顔を覗《のぞ》き込まれ言いふくめられると、和子は、はっと顔を上げ、そのまましばらくじっと考え込んでいたが、

「梅や、これを養源院《ようげんいん》へ持っていって、お焚《た》き上げしていただいておくれ」

母からの手紙の束を、後水尾からいただいた貴重な沈香を添えて託した。

東山七条、蓮華王院《れんげおういん》三十三間堂の東向かいにある養源院は、淀殿が父浅井長政《ながまさ》と祖父久政《ひさまさ》らの二十一回忌供養のため秀吉に願って創建した、浅井氏の菩提寺である。その縁で、大坂夏の陣で豊臣氏が滅んだ翌年、お江与は淀殿と豊臣秀頼の一周忌法要をそこでいとなんで菩提を弔った。元和五年に火災で焼失してしまったのを再興したの

も於江与である。以後、京での徳川家の菩提所となり、和子もしばしば寄進している。母の亡骸《なきがら》のかわりに、手紙を名香とともに荼毘《だび》に付すことで、永別のけじめをつける。別れがたい別れを自分の心の中に落とし込む。そのためである。

出産までいよいよあとひと月。なんとしても無事に産む。心乱してお産に支障を来《きた》すことになっては、母に叱《しか》られる。そんな意気地なしでどうするの。たとえ敵に囲まれてあわや落城というときだろうが、肉親の変わり果てた骸《むくろ》のかたわらであろうが、しっかり産んでのける。それが武家の女です。血筋を残すのは女だけができる仕事なのよ。ましてそなたさまは将軍家の女。そんなだらしない娘に育てた覚えはありません。そう叱られる。

十月半ばから、吉田《よしだ》神社に祈禱を命じ、禁裏内で後水尾の叔父である曼殊院宮良恕《まんしゅいんのみやりょうじょ》法親王を導師にして護摩をおこなうなど、着々とお産の準備が進められた。

十一月十三日の朝、和子は丸々した健やかな男児を産み落とした。

待望の男皇子誕生に、公卿《くぎょう》らがこぞってお祝いに駆けつけた。後水尾はいたって満悦の体で、さっそく弟である関白近衛信尋《のぶひろ》らと祝杯をあげ、みな泥酔した。午後にはその関白が、皇子の耳元で祝詞《のりと》を唱え、枕元《まくらもと》にまじないの銭九十九文を置く儀式をおとなったが、酒臭い息を吐き散らして乳母たちを辟易《へきえき》させる始末だった。その日の夕方にも枕元に剣《つるぎ》を献じる儀があり、さらに、三夜、五夜、七夜、九夜と儀式がつづいた。

そして、誕生からわずか十二日の十一月二十五日、後水尾は早々に親王宣下を授けて高仁《すけひと》親王と名付け、儲君《もうけのきみ》、皇太子に定めたのである。

その日の夜、和子は梅から母の手紙の束を渡された。

「どうして？　お焚き上げしていただいたはずでは？」

「お赦《ゆる》しください。いつか、中宮さまが母上さまのお声を聴きたいと思われるときがきっとある。そう思いまして」

梅は寺へ持っていって燃やしはせず、内緒で隠しておいたというのである。

震える手で受け取った和子は、一通ずつ丹念に読んだ。

「母さまはいまも傍にいてくださるのだね。これからも見ていてくださるのだね」

宮中という戦場で雄々しく生き延びていく女になろう。母のように。母の娘として恥ずかしくない女になろう。くり返し読みながら、母の魂が自分のなかに流れ込んでくるのを感じた。

第三章　鴛鴦《えんおう》の宿

一

男皇子を挙げた和子《まさこ》は、心底安堵《あんど》した。やっと責任を果たせた。亡《な》くなった母お江与もあの世できっと喜んでくれている。むろん父秀忠も大喜びで、皇子の守り刀にと徳川家の重宝である天下の宝刀「鬼丸国綱」を贈ってきた。

後水尾天皇の悦《よろこ》びようも意外なほどで、足しげく中宮御所にお渡りになり、皇子の顔を覗《のぞ》き込んで語りかけておられる。

「早う大きゅうなれ、いい子じゃ、早う大きゅうなれ」

それほど成長を楽しみにしてくださっている。しみじみ幸福感に酔いしれた和子だが、思いがけないことになった。皇子が生後四ヶ月を過ぎた翌寛永四年（一六二七）の年頭、慶賀のため江戸へ下向した勅使に、天皇は譲位の意向を伝えさせたのである。

「高仁親王が四歳になったら即位させる」

四歳になるのは二年後、再来年の寛永六年。その前に自分は譲位するというのである。

——徳川の血を引く天皇。

家康以来の徳川家の念願がいよいよ実現するのだ。秀忠にむろん異存はない。幕府は承諾し、すぐさま、後水尾の譲位後の住まいである仙洞《せんとう》御所と、門院号を受けて女院となる和子の女院御所の造営にとりかかった。

和子にしてみれば、自分の子が晴れて帝位に就くのは嬉《うれ》しいが、しかし、まさか、そんなに早く夫帝が譲位と言い出すとは思ってもいなかった。天皇はまだ三十二歳、せめて高仁が十歳、いや、元服して十五歳ほどになるまでは、いまのまま在位してくれるとばかり思っていたのである。

(早く大きくなれと語りかけておられるのは、実は、そのため?)

騙《だま》されたような、肩透かしをくらったような、ひどく複雑な気持になった。それにしても、なにゆえそれほど急がねばならぬのか、急ぎたいのか。夫帝の心底を理解しかねた。

江戸から和子宛《あて》に水飴《みずあめ》と金平糖が送られてきたのは、それから間もなくのことである。

　以前、母のお江与が送ってくれたことがある。第二子も姫宮で落胆しきっていたときだ。添えられた手紙には、こちらも落胆したとは一言も触れず、ただ、しっかり養生なさい、赤子が乳をよく飲まぬときは水飴を溶いて飲ませるとよい、とだけあった。そのことを家光に話したことがあるから、今度は兄が送ってくれたのである。

　金平糖が好きになったのは、祖父家康の影響である。胡麻《ごま》や芥子《けし》粒に糖蜜《とうみつ》をまぶしては乾かしをくり返して十分に吸わせてから加熱すると、糖が吹き出して凹凸ができる。もともとはポルトガルの宣教師が持ち込んだ高価な菓子だが、祖父はこれが大好物で、わざわざ長崎から取り寄せていた。いつもふところにしのばせていて、大の始末屋で物惜しみの祖父にしてはめずらしく、駿府《すんぷ》から江戸城へやってくるとよく、和子の掌《てのひら》に載せてくれた。

「外側はたいそう甘いが、しっかり芯《しん》がある。人も、ものごとも、芯がいっとう大事。それをよう考えながら味わうのじゃぞ」

　決まってそんな訓示めいたことを聞かされるのが面倒だったが、星のかたちにも茱《ぐ》萸《み》の実にも似た愛らしさと、梔子《くちなし》で黄色く色づけしたのや、紫蘇《しそ》梅酢《うめず》で薄紅色に染めた甘酸《あまず》っぱいのや、色も味もいろいろなのが嬉しくて、大喜びしたものだ。

厳重に密封された一斗樽《だる》を開けると、溢《あふ》れんばかりに詰め込まれており、横で興味津々《しんしん》の顔でのぞき込んでいた姫宮たちが歓声を上げた。

「わあ、きれい。お花畑みたいね、母さま。春のお花畑」

女二宮が手を打てば、一宮が口を尖《とが》らせ、もっともらしく首を横に振る。

「違うよ。お星さまなの。ねえ、母さま、そうよね」

懐紙にとって娘たちの掌に載せてやり、自分も一つ口に入れ、ちいさく吐息を漏らした。

「ああ、なつかしいこと」

口の中で転がしていると涙が出そうになる。いまでも長崎でしかつくられていないはずなのに、亡き母はわざわざ取り寄せて送ってくれたのだった。母自身も口に含み、娘の悲嘆を共有したか。

真似《まね》して口に入れた姫宮たちは目を見張り、顔を見合わせてクスクス笑っている。

「お口が喜んでる」

「ころころ転がっておもしろいね」

カリッ、と小気味よい音をたてて嚙《か》み砕き、また顔を見合わせて笑う。

「あ、なくなっちゃった。ねえ母さま、もう一つ」

「噛んでは駄目ですよ。お口の中でゆっくり溶かすの。よく味わってね」

言いながら苦笑した。しらずしらず祖父とおなじことを言っている。自分もよく急いで噛み砕いて祖父に叱《しか》られた。次々に口に入れ、もうやらぬ、と叱られた。

子供が好きな味だ。娘たちの分と梅宮へのお裾《すそ》分け分を取り分けながら、ふと、後水尾の弟の一条兼遐《かねとお》のことを思い出した。あの家にも幼い子供たちがいる。きっと喜ぶだろう。

さっそく取りに来るよう知らせてやったが、なかなかやって来ない。

遠慮しているのであろう。あげると言われてすぐさま喜ぶのははしたないというのが公家《くげ》社会の礼儀なのだ。いえいえ、わたくしごときにもったいのうございますから。謙遜《けんそん》しているふうに遠慮して何度も辞退してから、それほどおっしゃってくださるのでしたら、とくる。率直に、喜んでいただきます、と言ってもらってくれればいいのに、まだるっこしいこと、この上ない。

そう思い、手紙と一緒に樽ごと梅に持っていかせた。

——とてもおいしいので、お子さま方にさし上げます。京にはまだないのか、この菓子が出てきたことはないから、さぞ驚いて喜んでくれるであろう。

──でも、もしもお口に合わなかったら、お返しくださいね。

それなら、代わりに別の菓子をあげればいい。京には京の美味《おい》しい菓子がたくさんある。

「これは、これは。わざわざお持ちいただきまして、恐縮にございます」

兼遐は慇懃《いんぎん》そのものの態度で受け取り、

「なんとありがたいこと。恐悦至極に存じます。どうか中宮さまにくれぐれも、よしなにお伝えくださいますよう」

丁重すぎるほど丁重に礼を述べたが、その態度の裏に、これだから田舎者は、という侮蔑《ぶべつ》が透けて見え、梅は怒りをおぼえた。

中宮さまは、都人が言葉と腹の中が違うことをご存じない。ちいさいお子たちを喜ばせてやりたい、純粋な好意なのに、なんという底意地悪さか。

しかし、馴染《なじ》みのないもの、新しいものに対してひどく警戒するのが京の人間の常である。受け取ったはいいがそのまま捨ててしまいかねない。捨ててしまって、口では、大変けっこうでした、としれしれと礼を言うのがおちだ。

それにしても、京に来て足かけ八年、男皇子もあげたというのに、いまだによそ者としか思ってくれていないのか。憤懣《ふんまん》に拳《こぶし》を握り、早々に辞去して帰りしな、乗物の中でようやく冷静になって考えた。

天皇の弟で、しかも摂関家なのに、あの邸《やしき》は意外なほど質素だった。家具調度はどれも漆塗が剝《は》げて古びきっていたし、几帳《きちょう》も出された褥《しとね》も、布が擦り切れて糸がほつれていた。ことに驚いたのは、挨拶《あいさつ》に出てきた内室や子らの着ているものときたら、気の毒なほど色褪《いろあ》せて、ところどころ染《し》みがあるありさまだったことだ。

体面を保つのが精いっぱいのぎりぎりの暮らしなのか。前もって知らせもせず突然やって来られて、しかも中宮の使いでは追い返すわけにもいかず、隠しようがなかったに違いない。しかし、まさかそんな貧しいとは思ってもいなかった。中宮御所の豪華さとなんという違いか。ようやく思い当たった。その屈辱と嫉妬《しっと》がなおさら和子に対する悪意になっているのだ。

和子に言うべきか、さんざん迷ったが、見たこと、感じたことをありのまま話すことにした。へんに隠しておくより、話して和子自身が考えるほうがいい。驚くであろうが、自分の御所と禁裏しか知らないでいるより、知るほうがいい。知って考えるほうがいい。

はたして打ち明けられた和子は驚きのあまり、しばらく口もきけず、ただ涙ぐんだ。

「一条家ともあろう貴家がそんなふうなら、他のお家はなおさら楽ではないはず。わたしはなにも知らず、彼らを傷つけていたのだね。徳川が裕福ぶりをひけらかすたびに、彼らの気持を逆なでしていたのだね。なんと罪深いこと」

そのまま膝《ひざ》に置いた自分の手をじっと見つめて長いこと黙りこくったすえ、

「わかったよ。梅。徳川のお金が役に立つなら、わたしが引き出して援助することにしよう。それでまた憎まれてもかまわない。陰口も知らぬふりで聞き流せばいい。せめて女性《にょしょう》たちが恥ずかしい思いをしないように、心まで貧しくなってしまわぬように、折々に着るものをお贈りしよう。お子たちがお腹《なか》を空《す》かせずにすむように、美味しい食べものも」

毅《き》然《ぜん》と言いながら、また涙をぬぐうのである。

二

だが、和子も梅も知らなかった。一条兼遐はさっそく兄の近衛信尋と連れ立って参内し、和子の手紙を見せて兄の後水尾に報告していたのである。

「いきなり届けにきたのですよ。体裁をとりつくろう暇もなにもあったもんやありまへん。不躾《ぶしつけ》にもほどがございます」

「ほう、中宮らしいな」

「しかも、すでに開封した樽ですよ。食べかけを人にやるとは、いったいどういう神経か」

「いや、なるほど。ますますもって中宮らしい」

「お上、困りますな。まるで感心なさっているように聞こえます。しかも、口に合わなんだら返せというんですから、呆《あき》れるやありまへんか」

「ふむふむ」

後水尾は顎《あご》を撫《な》でながらしきりににやついた。

この末弟はむかしから堅苦しい性格で、おまけに大の皮肉屋。なにかというと毒舌を吐き散らして人に疎《うと》まれる、厄介な性格ときている。

「兼遐、そういきり立つほどのことはなかろう」

後水尾のすぐ下の弟の近衛信尋がおっとりした口調でなだめた。

母の実家である近衛家へ養子に入った信尋のほうはしごく温厚な性格で、和歌に秀《ひい》で、後水尾も舌をまくほどの能書である。養父の信尹《のぶただ》が名門公家にしては破格の人物で、秀吉の朝鮮討伐に武将らと一緒に出征しようとして後陽成天皇の逆鱗《げきりん》に触れ、薩摩へ配流《はいる》にされたほどだった。その反面、能書で知られ、その薫陶《くんとう》によって信尋も書と和歌に堪能《たんのう》になったのだが、武家とのつきあいに関しては、当たらず障《さわ》らず上手に距離を保っている。

兄の言葉に、兼遐はますます舌鋒《ぜっぽう》鋭くやり返した。

「そうはおっしゃいますが、兄上。人にやったものを返せということ自体、まったくもって無礼千万。美味しいからさし上げるというのも、礼儀知らずというしかございません。ほんのつまらぬものですが、粗品でお恥ずかしいですが、と謙遜する。相手が目下であろうが、そうすべきですのに、しょせんは田舎者ですな。礼儀作法がまったくわかっておらぬのです」

憤懣やるかたないという顔に、信尋は、「それはそうだがねえ」といささか辟易《へきえき》の体で、助けを求めるように後水尾を見やった。

「で、返したのか？　その金平糖とやら」

後水尾がにやつきながら兼遐に訊《き》くと、

「いえ、返すものですか。子らが大喜びで、室まで蕩《とろ》けんばかりの顔で舐《な》めておる始末でして」

「ほう、そないにうまいか」

「はい、それはもう」

　おもむろにふところから懐紙に包んだ金平糖をとりだしてさし出した。

「お一つお試しあれ。いえ、一つといわずお好きなだけどうぞ。持ち歩いておるのですよ」

「なんや、おまえも気に入ったんやないか。それを先に言わぬか」

　ふたりともさっそく一粒つまんで口に放り込み、顔を見合わせた。

「おお、これは返しとうなくなるな。めっぽういける」

「まことに。味もさることながら、口の中で転がしていると、なにやら楽しゅうございますな。舌が喜ぶ、といいましょうか」

「まさに、口福。子供にやるのはもったいないくらいじゃ」

「お上も、兄上も、わたしが何を言いたいか、おわかりですか」

　いきり立つ兼遐に、後水尾は、

「ああ、わかっておるとも。ようわかっておるぞよ」

　わざとらしく威厳をとりつくろい、

「一旦《いったん》くれてやったものを、気に入らなんだら返せというのは、おまえが申すとおり、すこぶる無作法。武家の間なら通用しても、ここでは誹《そし》られてもしかたあるまい」

「まことにお上のおっしゃられるとおり」

信尋もしかつめらしく言い添え、三人うなずき合いながら、そろって噴き出した。

三人とも実は、和子の率直さに驚愕《きょうがく》しているのである。

(かなわんなあ、子供やあるまいに、そないにまっすぐでどないすんねん)

(恐れ入るほど真っ正直なお人や。天真爛漫《てんしんらんまん》なのか、ただの阿呆《あほう》なのか……)

(扱いにくうて困るやないか、まったくもう)

言葉にはしないが、顔を見合わせ、腹の底で溜息《ためいき》つきつつ舌打ちしているのである。

後水尾はまた、内心うしろめたくもある。このところ、譲位の件で、和子と顔を合わせれば当たり散らしてばかりいる。おろおろする彼女を見て、しまったと思い、同時にもっと虐《いじ》めてやりたくなる。われながら子供じみていていやになるが、それでやっと憤懣をなだめているのである。

譲位の目的は、天皇より自由な立場の上皇になるためである。上皇になって院政をおこなう。おもてむきは引退して上皇になり、現実は仙洞御所から睨《にら》みを効かせて実権を掌握しつづける。

王朝時代以来、幼皇子の即位はめずらしいことではない。平安末期から鎌倉時代にかけての白河上皇から後鳥羽上皇の時代は、天皇の詔《みことのり》より上皇が出す院宣《いんぜん》のほうが重んじられた。後深草上皇と亀山《かめやま》上皇の両統が拮抗《きっこう》して北朝と南朝に分裂してしまったのも、もとはといえば、幼天皇の乱立と過熱した院政が原因だった。

最初は摂関家が外戚《がいせき》として権勢をふるうのを防ぐためだったが、その後は武家政権に対抗する方策に用いられた。だが、その結果、朝廷内が対立構造で揺らぎ、武家政権の実効支配を許すことになった。以来、院政は絶えている。

後水尾は今回、後深草上皇以来三百四十年ぶりに院政を復活させようと考えているのである。かつて父帝の後陽成天皇もそれを志して何度も試みたが、結局は幕府に阻《はば》まれて実現できなかった。その轍《てつ》を踏んではならぬ。なんとしても幕府に主導権を握らせず、自分の意志で実現する。そのために、和子の男皇子出産を待ち望んでいたのである。

だが、いざ幕府との合意が成立して仙洞御所の造営工事が始まってみると、いやでも現実をつきつけられることになった。建設費用、譲位と即位儀式の費用、その後の経費、すべて幕府に頼るしかない。悔しいがそれが現実である。

その鬱屈《うっくつ》をつい和子に向けてしまう。最近は中宮御所に出向くことも減り、和子を禁裏へ呼ぶことも絶えがちだ。

和子が「自分の御所はできるだけ簡素に」と注文をつけたと武家伝奏から聞いたと

遠州にやらせるよう求めたというのだ。しかも和子は、仙洞御所と女院御所の作事奉行を小堀遠州にやらせるよう求めたというのだ。小堀が指揮して造営した二条城の行幸《みゆき》御殿と庭園は、繊細で趣味がよく、後水尾自身、気に入った。だが、和子が浅井家ゆかりの小堀を贔屓《ひいき》にし、両御所を自分好みにしようとしているようで、それが悔しいのである。

しかも、和子は御殿より庭のほうに十分な広さを確保してほしいと望んでいる。いまの中宮御所は歩きまわれる広い庭がなく、それが唯一《ゆいいつ》の不満だと常々聞いているし、彼女が花木を育てるのが好きなことも知っている。後水尾自身、立花の材料とする花木の栽培が趣味だし、観賞用の牡丹《ぼたん》や菊を育ててもいるから、それについて異存はないが、和子の思いのままというのが、気に食わない。彼女が望めばなんでも叶《かな》う。それが悔しい。無性に腹が立つ。

(これではまるで、宮中の主《あるじ》は天皇たる朕《ちん》ではなく、中宮のほうやないか。わしは妻と妻の実家に頭が上がらぬ入り婿《むこ》も同然やないか)

彼女の責任ではないと頭では重々承知しながらも、なにかのせいにしなければ自分を鎮《しず》めることができないのである。

これでは、鬱屈をなんの非もない自分たち息子に向けた父帝とおなじではないか。

憎まれた自分やふたりの兄がどれほど苦しんだか。深く傷ついたか。いまだに思い出すと胸が冷える。

それなのに、和子のおおらかさに逃げ込んでいる。天真爛漫さに救われている。

（しかし、まいるわ。あの者には嘘《うそ》も駆け引きも通用せんのか。わしがおとなにならな、あかん。あの者を虐めて腹癒《はらい》せしよるなんや愚の骨頂や）

金平糖のやさしい甘さがそれを教えている。そう思う。

三

院御所の造営工事は順調に進んだ。寛永六年の譲位と即位に間に合うよう、五年中の完成を目指している。普請《ふしん》の槌音《つちおと》や工夫たちの声が中宮御所にも聞こえてくる。

最近の後水尾はご機嫌うるわしいのか、子らに会いによくお渡りになる。

子らは元気に育っている。長女の女一宮は六歳、次女の女二宮は四歳。かわいい盛りだ。どちらも女の子らしくおしゃまでおしゃべりだから楽しませてくれる。高仁親王も乳離れし、片言をしゃべって、皆の笑いを誘うのである。

――このまま、お上との関係がおだやかにいくように。子らが健やかに育ってくれるように。

そう思った矢先の寛永五年三月、高仁が病気になった。

腹にできた腫物《はれもの》が大きくなり、なかなか治らない。実は昨年秋にもおなじような腫物ができたが、神龍院梵舜《じんりゅういんぼんしゅん》の祈禱《きとう》と灸治療《きゅう》で快癒した。まだ生後一年の赤子に灸をすえるのはかわいそうで見ていられなかったが、治ったときには心底安堵した。

だが、今回はそのときよりはるかに重症で、患部がただれ、じくじくと血膿《ちうみ》がしみ出している。皇子は痛がって泣きわめき、食べ物も受けつけなくなった。今度も梵舜の護摩祈禱、禁裏の内侍所《ないしどころ》で神楽《かぐら》を奉納、と手を尽くすなか、北山の別業で静養中の中和門院《ちゅうかもんいん》が見舞いにかけつけ、ようやく小康状態まで持ち直してくれた。

「皇子や、まずは食べておくれ。さ、お口を開けて」

和子は乳母たちに任せず自ら砂糖粥《がゆ》を一匙《さじ》ずつ子の口に運んだ。

高仁がむずかりながらも飲み下してくれるたびに、

「いい子ね、じきによくなりますよ。もう少し食べましょうね。さ、アーンよ。アーン」

懸命に励まし、甘えて抱きついてくる子を胸にかかえて頰ずりすると、祈るような気持で囁《ささや》きかけるのである。

「もうじき弟か妹に会えますよ。そなたは兄上さま。元気なお兄さまにならなくてはね」

和子はまた懐妊している。四度目だし、いまのところ自身も腹の子も順調だ。

だが五月になっても皇子の病状ははかばかしくなく、平野社で千度祓《ばら》いをおこなわせ、内侍所での奉納神楽も連日おこなったが、六月に入ると暑さのせいか目に見えて衰弱した。

「皇子、死ぬなっ。死んではならぬっ。目を開けよっ。父を見よっ」

後水尾が必死の形相で揺さぶりたてるのもかなわず、皇子は危篤《きとく》におちいり、ついにそのまま目を開けることはなかった。わずか三歳。満でいえばまだ一歳半の、やっとつかまり立ちして歩けるほどの幼さで、この世を去ってしまった。

和子は悲嘆のあまり寝込んでしまった。後水尾も常御殿に引きこもって朝政にも学講にも出御せず、五日たってようやく心配して参内した近衛信尋と対面したが、あまりの憔悴《しょうすい》に信尋は慰めの言葉を失い、兄弟はただ涙にくれた。

皇太子死去の急報はわずか三日後、早くも江戸に伝わった。

大御所秀忠が受けた衝撃はすさまじかった。ふだん感情を面に出すことはほとんどなく、妻が死んだときも涙を見せなかった秀忠が、もたれていた脇息《きょうそく》をいきなり壁に投げつけ、怒鳴り散らして側近たちをおののかせた。

「おのれっ、おのれっ」

あと半年か一年で実現するはずだった「徳川の天皇」が消えた。父家康の夢、自分の夢、そして、家光やこれから先の将軍たちの夢、すべてが霧の中へ消えてしまったのだ。

そのままがっくり肩を落とし、うつむいてじっと黙り込んだ秀忠は、だが、側近たちが息を飲んで見守るなか、やがて顔を上げた。

「まだじゃ、諦《あきら》めるのは、まだ早い」

ぎらり、と目を光らせて、言い放った。

「和子がまた皇子を産んでくれる。それを後釜《あとがま》に据えればよいだけのことじゃ」

まだじゃ。まだ望みはある。諦めるものか。

だがそのひと月後、後水尾は和子を禁裏に呼びつけ、いつになく厳粛な声音で申し渡した。

「女一宮に帝位を譲る。時期は本年十月とする」

熟考して決めたことだと、後水尾はむしろさっぱりした表情である。

「お上、お待ちください。いくらなんでも性急すぎます。いま一度、お考え直しくださいまし。どうか、なにとぞ」

和子は肩で息をしながら必死に懇願した。

「このお腹の子のこともございます。男皇子であれば」

出産まであとふた月。高仁を失った悲嘆からようやく気持を切り替え、無事に産むことを考えられるようになったばかりである。

「くどいぞ、中宮。もう決めたことじゃ。そなたから江戸へ知らせるように」

勅使をさし向けて宣言するのではなく、まず和子に打ち明け、彼女から伝えるようにというのは、和子を信頼しているからだし、後水尾なりの思いやりである。それは感じられたが、和子は呆然《ぼうぜん》とするばかりで言葉を返せなかった。

「女一宮もそなたが産んだ子。徳川の血を引く天皇であることに変わりはない。江戸に異存はあるまい」

かならず伝えよ、早急に――。

後水尾はそう言うと、和子を残して席を立ち、後も見ずに出ていってしまった。

和子はうなだれたまま立ち上がることすらできず、長いことその場にうずくまっていた。

四

後水尾がそれほど急に決断したのには理由があった。

昨寛永四年、これまで朝廷の権限として臨済宗や浄土宗などの高僧に授けてきた紫《し》衣《え》の勅許を、幕府が一方的に禁じたのである。

事の発端は、慶長十八年（一六一三）に故家康が「紫衣法度《はっと》」を定めて寺院を幕府の監督下に置こうとし、さらに二年後の元和元年、豊臣秀頼を滅ぼした後、秀忠が「禁中並公家諸法度」の中で、紫衣に限らず上人号《しょうにんごう》や香衣《こうえ》についても、各宗ごとに規制したことに始まった。しかし有名無実のまま、いままでまったく実施されてこなかったのに、十二年もたって突然、「元和元年以降の勅許はすべて無効」と宣告してきたのだ。後にいう紫衣事件である。

後水尾は激怒した。天皇自身、紫衣にかぎらず勅許の乱発については認めざるをえない部分はある。しかし、自分だけでなく歴代の天皇が慣習的にしてきたことだし、それによって多額の寄進を得てきたのも事実である。というより、それ目当ての勅許であり、相身互いの利得なのだ。

だが、それより問題なのは、幕府の意図が、古代の律令《りつりょう》政治の時代から連綿とつづいてきた朝廷と仏教界の連携を分断しようとしていることである。天皇と朝廷のあらゆる権限を剝奪《はくだつ》し、権威を踏みにじり、地に落とそうとしている。しかも、すでに発した勅許まで取り消せというのだ。これ以上の恥辱があるか。

いままでも、天皇と公家を政治権力から遠ざけ、学問諸芸の檻《おり》に封じ込めた。それを誇示したのが、天皇の 政《まつりごと》の場である紫宸殿《ししいでん》の前庭にでんと造らせた能舞台だ。そこで秀忠と並んで能を観《み》た日の屈辱を、後水尾はいまも忘れていない。それでも、歯嚙みしつつ忍従してきた。

それなのに、なおも幕府だけがすべての権力と権威をもち、天皇をただの飾りものに堕さんと謀《はか》ってくるとは、どういう了見か。これを不敬といわずしてなんというか。

しかも、金地院崇伝が起草して幕府が送りつけた命令の内容は、あまりにも現実離れした無理難題だった。臨済宗の大刹《たいさつ》の大徳寺や妙心寺はたちまち恐慌《きょうこう》におちいり、恭順派と反対派が真っ二つに分裂。強硬反対派の大徳寺の沢庵宗彭《たくあんそうほう》、玉室宗珀《ぎょくしつそうはく》、江月宗玩《こうげつそうがん》の三人の高僧はついに、今年三月、幕府に抗議書を提出したのだった。むろん、後水尾が激怒しているのをふまえてだが、その激しい幕府批判が問題になり、幕府は所司代を通じて三人の処罰をほのめかしてきている。

後水尾は腸《はらわた》が煮えくり返る思いを、皇子の病状悪化もあって、じっと我慢していたのだが、その皇子に死なれ、ぎりぎり張りつめていた糸がぷっつり切れて、もちだしたのが女一宮への譲位だったのだ。

和子も後水尾の気持がわからぬではない。最後の砦《とりで》を奪われる屈辱に激高しているのも知っている。だが、いまここで夫帝と幕府の関係が悪くなるのだけは、どうあっても避けねばならない。

父に宛てて手紙を書いた。自分の感情は交えず、後水尾の言葉を忠実に記し、中宮附の武士を下向させた。

これに対して秀忠は、「いまだおそからぬ御事」、時期尚早と答えてきた。家光も同様の返答だった。幕府としてはここで早急に結論を出して事を荒立てるのは得策ではない。とにかく和子の出産を待ち、生まれてくるのが男皇子か姫宮かによって再考するという意味である。

もっともな答え、と和子は思った。自分ならずとも、誰でもそう考える。だが後水尾が納得していないのは、そのことを話題にするのを避けていることからも明らかだ。

煩悶《はんもん》のなか、和子は九月二十七日、無事に赤子を産み落とした。

今度も若宮、死んだ高仁親王に代わって帝位を継ぐべき、待望の男皇子である。吉報を受けた秀忠は狂喜してすぐさま祝儀《しゅうぎ》の使者を発《た》たせたが、奇《く》しくも同日、皇子は後水尾の叔父である八条宮智仁《としひと》親王の養子分とされた。出産前からすでに内々に決まっていたことである。高仁親王の死を深く嘆いた中和門院が、豊臣家の例を持ち出して懇願したのだ。晩年になってようやく世継の実子にめぐまれた秀吉は、だが、その子に死なれてしまい、次いで生まれた第二子の男児を城外に捨て、すぐに拾子として拾わせた。捨子はよく育つという巷説《こうせつ》にすがったのだが、事実、その赤子は無事に成長した。のちの秀頼である。

「ですから、捨子ではなく養子として外に出す。そういうことにするのです」

——魔物に奪われてしまわぬよう、実の子ではないと欺《あざむ》く。

何人もの子を失った母親である女院の必死の懇願を、後水尾も和子も「くだらぬ迷信」と黙殺する気にはなれなかった。加えて後水尾の内心は、女一宮に早急に譲位する決心が、この赤子の誕生でくじかれるのを恐れる気持が強くなっていた。

第一皇子のときのような、誕生の儀式は一切おこなわなかった。後水尾が赤子の顔を見るために中宮御所へやってくることもなく、和子のほうも産後の肥立ちがはかばかしくないため、若宮から引き離された。

だが、若宮はあっけなく死んでしまった。たった十日の短い命だった。

実をいえば、生まれたときの産声《うぶごえ》がひどくか細く、しなびた未熟児のような状態で、医師たちや梅らはひそかに危ぶんでいたのである。和子から引き離したのも、ひとつはそれが理由だった。

「中宮さまには、いましばらく内密に」

皆で示し合わせ、和子はふた月ほど後まで、わが子の死を知らずにいた。

翌寛永六年(一六二九)、和子は二十三歳になった。

わずか一年の間にふたりのわが子を失い、悲嘆のうちに年が明け、素足で踏む床板のちぎれるような冷たさも、軒に垂れ下がるつららが朝陽にきらめくさまも、何も感じず、何も見えず過ごした。

気をまぎらわそうと物語本や絵巻を広げるのに、文字が頭に入ってこない。絵の意味がつかめない。ただぼんやり眺めていると、幼い娘たちが側にやってきた。

ふたりは母の両手を片方ずつそっと握り、おずおずと母の顔を見つめた。七歳になった女一宮はそろそろ状況がわかり始めている。おしゃまで気分屋で、その分神経質なところがあり、周囲のこともよく観察している子だ。

「母さま、大丈夫？　あたしが読んであげようか？」

母の目を避けるようにして言うと、二歳下の妹のほうは、

「いい子だから泣かないのよ。いい子、いい子ね」

母の頭をそっと撫で、自分で照れたか、いきなり抱きついてきた。甘ったれの泣き虫で、和子や乳母たちにしょっちゅうそう言われている。

はっとした。娘たちの前で涙を見せたことはないのに、涙はとうに涸《か》れてしまったのに、そんなにつらそうな顔をしているのか。

これではいけない。この子たちまで悲しませては、不甲斐《ふがい》なさすぎる母親だ。

「大丈夫ですよ。母さまは大丈夫。そうね、一緒に盤双六《すごろく》をしましょう。それか、お絵描き？」

声を励まし、にっこり笑ってみせた。

それだけで子らはぱっと顔を輝かせる。心底安心した表情になる。子供は敏感だ。大人が思うよりずっと、周囲のことによく気づき、大人の気持を察して、胸を痛めているのだ。

――子供たちに涙を見せない。いつも笑っている。明るい母でいる。

そう肝に銘じてきたが、それがはたしていいことか。子らは疎外感《そがいかん》をもち、寂しい

思いを抱え込む。なにもできない自分は役立たずだと悩むのではないか。悲しむ母、苦しむ母を見せることも、子にとっては母と寄り添い、共感する絆《きずな》になるのかもしれない。初めてそう思った。

それでもやはり、子らの前で手放しに自分の感情を見せてしまえば、自分自身がそれに溺《おぼ》れてしまいそうで怖い。

ほととぎすが鳴き始めた初夏四月、また身ごもったのを知った和子は、二皇子と江戸の亡き母の追福のため、内密に相国寺《しょうこくじ》衆に施食《せじき》をした。懐妊は五度目だからお産そのものに不安はないが、子に死なれる怖さと苦痛をいやというほど味わった。それを、自分を奮い立たせて乗り越え、区切りをつけて前へ進むために、何かせずにいられなかった。

後水尾はいたわってくれる。和歌の添削をしてくれたり、禁裏の花苑《はなぞの》から牡丹や紫陽花《あじさい》を届けさせてくれたりもする。だが、紫衣問題をめぐって江戸の秀忠に不満をつのらせていることは、言葉にされずともわかる。和子のほうからそれとなくもちだすと、「そなたは案じずともよい」とそっけなくかわされてしまう。本心を明かしてくれない。冷え冷えとした寂しさを自分の胸に納め、腹の子を無事に産むことだけを考えるしかなかった。

翌五月になると、後水尾はとうとう行動に出た。自身の腫物の治療と養生を理由に、生母中和門院を通じて公卿《くぎょう》たちに、あらためて女一宮への譲位を諮問《しもん》したのである。

「またあらたに男皇子が誕生する可能性はある。しかし、その皇子へ譲位できるのを待っておっては、治療が遅れる。それまで待てぬ。わかってくれるよう」

腫物はここ数年来患《わずら》っている。場所は背中と陰部。くわえて痔疾《じしつ》もある。たちの悪い腫物には癰《よう》と疽《そ》があり、毛嚢《もうのう》に雑菌が入って周囲が腫れあがり、強い痛みをともなう。治りにくく、長引くうえに、ことに疽は根が深くて命にかかわる重病で、先帝後陽成がこの病で崩御し、ひと月前、叔父の八条宮智仁親王もおなじ病で薨《こう》じた。

父と叔父の命を奪った病に自分も冒されているかもしれない、不安をつのらせている天皇に反対できる者はいなかった。

医師が灸治療を提案したが、刃物による切開や鍼《はり》、それに跡が残る灸は玉体に傷をつけると固く禁じられている。譲位してからでないとできないのである。

「でも、お上、お命にかかわることにございます。どうか、いま一度、お考え直しください。退位してからなどとおっしゃらず、いますぐお灸でも鍼でも、なんでもなさってください」

和子も懸命に勧めたが、後水尾は頑として首を縦に振らない。

「できぬ。かような前例がない」

「前例がなければ、つくればようございます。お上が前例におなりになればよいだけのことにございます」

「軽々しく申すでない。千年守り続けてきた決まり事なのじゃぞ」

しかし実のところは、後陽成天皇が在位中、疽に苦しんだ際、灸治療を受けたのである。後水尾はむろんそれを知っている。知っていながら、前例がないと言い張り、和子の進言を拒否したのだ。その心底に、父帝との確執の心の傷がいまだ癒《い》えておらず、父帝の例にならうのを潔《いさぎよ》しとしない、強いわだかまりがあることを、和子はやがて知ることになった。

もう一つ和子にとって衝撃だったのは、女一宮への譲位もやむなしとの公家衆の決定を受けて、後水尾がただちに正式の勅使を江戸へ下らせたことである。

一年前の譲位の意向の際には、真っ先に和子に打ち明け、和子から幕府に伝えさせたのに、今回は、女院と公家衆への諮問、幕府への正式の勅使。和子には何一つ告げず、相談もなかった。

（お上は本気なのだ。今度こそ本気で譲位しようとしておられるのだ）

前回のような内々の打診ではない。朝廷の決定を幕府は受け入れよ、と要求しているのである。

だが、和子は、幕府がそれに素直に応じるとはどうしても思えなかった。

女帝は、古代から奈良朝に何人も存在した。推古、皇極・斉明、持統、元明、元正、孝謙・称徳。先例という点においては、朝廷にとってなんら問題はない。

しかし徳川にとっては違う。女帝は天皇もしくは皇太子の未亡人、もしくは生涯未婚が大前提、それが問題なのである。現にどの女帝も例外なくそうだった。推古、皇極・斉明、持統、元明の四人は、いずれも天皇あるいは皇太子の未亡人で、子や孫が即位するまでの中継ぎとして即位した。元正女帝は未婚で即位し、甥《おい》の聖武《しょうむ》天皇へ譲位して、退位後も結婚しなかった。孝謙・称徳の場合も同様、未婚で即位し、退位後も結婚せず、生涯子をもうけることはなかった。

つまり、仮に女一宮が即位したとしても、未婚のまま在位し、退位後も結婚できない。子孫を残せず、一代限りで徳川の血は絶える。その後の皇統に引き継がれていくことはないのである。

それでは意味がない。あくまで徳川の血が向後末長く天皇家に浸透して続いていくのが目的であり、それこそが平氏、源氏、足利氏、豊臣家と、実権を掌握しながらも、ついにどの武門もなしえなかった宿願、亡き家康と大御所秀忠の宿願なのである。

はたして、幕府は前回同様、決定承認を引き延ばしにかかった。

あと三月もすれば和子が出産する。三人目の男皇子の誕生に望みを託す。その男皇子に後水尾から直接帝位を渡してもらう。後水尾はまだ三十四歳なのだから、病をなだめつつ、いま少し在位していてもらわねば――。そう考えるのはしごく自然なことであった。

だが、後水尾が江戸へ送った譲位の勅使には、実はもう一つ、別の要求があった。

紫衣の勅許取り消しに猛抗議した沢庵和尚《おしょう》ら大徳寺の高僧三人が江戸へ召喚されたまま、処罰保留になっている。それを赦免してほしいということである。

――譲位か、それとも、三人の赦免か。

後水尾は幕府が譲位を慰留するのは百も承知で、虚々実々のかけひきを仕掛けたのだ。

だが、幕府はその手に乗らなかった。譲位の件は返答を避けたまま、そしらぬ顔で三人の処罰を決定したのである。玉室宗珀は陸奥国《むつのくに》棚倉へ、沢庵宗彭は出羽上ノ山《かみのやま》へ、それぞれ配流。江月宗玩だけは抗議書に署名加判しただけという理由で処罰を免れた。

その他、妙心寺の二名も陸奥津軽と出羽由利へ配流。

そのうえ、和子の出産が間近に迫った八月、あらためて大御所秀忠と将軍家光がそれぞれ後水尾に親書を送り、譲位延期を求めた。

どちらの目的も拒否された後水尾は憤《いきどお》りに身を震わせ、和子に向かって吐き捨てた。

「どこまで朕をないがしろにするつもりや。将軍家といえども立場は臣下、朕の臣やぞ。臣が宸意《しんい》に歯向《つ》かえば朝敵ぞ。わかっておるのか」

血走った目を吊り上げ、頬を引きつらせているのを見て、和子は震えあがった。

後水尾が「朝敵」という剣呑《けんのん》な言葉を発したのは初めてだ。

「お上に盾つくなど、滅相もございません。父も兄もただ、いましばらくお待ちくださいとお願いしておりますのです。せめてこの腹の子が生まれてからと」

「沢庵らをさっさと処罰してのけながら、出産を待てじゃと？　どこまで手前勝手な都合ばかり言うんや。それにな中宮。仮に皇子が生まれたとしても、また死んでしまうかもしれんやないか。二度も死なれたのを忘れたんか」

最後はさすがに言い過ぎたと思ったか、顔をそむけ、和子の顔を見ようとしなかった。

「お言葉ですが、お上」

和子は肩を震わせ、夫帝の顔をまっすぐ見据えると、声を絞り出した。

「わたくしは、一日たりとも忘れたことはございません。わが子の死を忘れる母親がどこにおりましょうや。死ぬまで、絶対に忘れはいたしません」

「うむ……」

顔をそむけたまま、ちいさくうなずいた後水尾から、和子は視線を外そうとしなかった。

「どうか、亡き皇子たちの母に免じて、江戸の不敬をお見逃しください。いましばらく、わたくしに時間をくださいますよう」

食いしばった歯の間から軋《きし》んだ声を発しながら、母の言葉を思い出していた。たとえ落城の炎の中であろうが、肉親の骸《むくろ》を見ながらであろうが、立派に産んでのける。それが武家女の、将軍家の女の意気地。怯《ひる》んではなりません。

断じて引き下がるわけにはいかない。なんとしてもお心を変えていただかねば。

「わかった、中宮」

やっと和子の顔を見て言った後水尾の顔には、たじろぎの色が浮かんでいた。

「そなたがそないに言うなら、とにかく、出産が無事にすむまでは……それまでは、待つ」

それで文句はあるまいとばかり口元をゆがめ、あとはもう口を開こうとしなかった。

顎が襟につくほどうなだれて中宮御所にもどった和子は、梅ら侍女たちを下がらせて、居間で独り、香を焚《た》いた。

ゆるゆると立ちのぼる薫香を掌《て》で覆《おお》い、目を閉じてゆっくり吸い込むと、頭の中が少しずつ透明になっていく。強張《こわば》っていた肩の力が抜け、呼吸が楽になる。

鈍く痛むこめかみを揉《も》みながら、ようやく思い当たった。

真っ向から夫帝に逆らったのは初めてだ。感情を高ぶらせて激しい言葉を吐き出した。必死な思いが伝わったと思いたいが、屈辱を味わわせてしまったのではないか。あのたじろぎは、思いもかけず反撃に出た和子に衝撃を受けられたせいではないか。

——そなたもか。そなたはやっぱり江戸の者なんやな。わしの味方ではないんやな。

あの歪《ゆが》んだ笑みは、そういう意味だったのではあるまいか。

ふと気づくと、いつの間にか夕闇《ゆうやみ》が室内に忍び込んできている。西陽があたって白々としていた障子が灰色にくすみ、襖戸《ふすまど》の金泥《きんでい》も鈍く澱《よど》んでいる。

女童《めのわらわ》が紙燭《ししょく》に火を入れようと炭壺《すみつぼ》を掲げ持ってきたが、かぶりを振って下がらせた。

自分でも気づかぬうちに涙を流していた。わたしが守ろうとしたのは、なんだったのか。腹の子か。徳川の家か。それとも夫帝か。

もしも、生まれてくるのが男皇子だったら、夫帝は譲位を思いとどまってくださるのか。姫宮だったら、事態はいまとなんら変わらない。いや、ますます悪くなる。男皇子がひとりもいない以上、夫帝はどうなさるおつもりなのか。せめて流罪の沢庵らを赦免してやれば、お気持を鎮めてくださるのか。

秋の気配が障子を通して忍び込んでくる。最後の薫香がかすかに揺らぐ。からだを冷やしては腹の子に障る。そうわかりながら、女童に命じて障子を開け放たせた。

このところ植木の世話はほとんど庭師任せだ。身重で屈《かが》むのがつらいこともあるが、それより気持が入らないせいだ。ろくに庭に降りて観てもやれないでいる。夏の間は旺盛《おうせい》に繁《しげ》って暑苦しいばかりに鮮やかな朱赤の花をつけていた凌霄花《のうぜんかずら》の枝葉が生気を失い、代わって鉢植えの菊が背丈を伸ばしている。季節は知らぬ間に移り変わる。人を置き去りにして、急いで行ってしまう。

八月二十七日の夜中、幕府も朝廷も固唾《かたず》をのんで見守る中、和子は出産のときを迎えた。

頼みの綱の男皇子ではなく、姫宮だった。

女三宮と名づけられたその赤子は、丸々と肥え、健やかそのものだ。さいわい前回と違ってお産が軽かったから、和子の体力はすぐ快復した。

姉宮たちは、指しゃぶりして寝入る赤子の乳臭い頬をそっと突ついたり、やわやわした産毛に頬ずりして、乳母たちにたしなめられている。妹の誕生を無邪気に喜ぶ様子を見つつ、和子の気持はますます沈んだ。

この子にはなんの罪もない。たまたま女児に生まれついた。それだけだ。この子に罪はない。頭ではわかっているのに、喜べない。見るたびにつらい。抱いてやる気持にもなれず、無心の笑みを浮かべて母の顔を見つめる赤子を、ただうわの空で眺めては、江戸の落胆と、後水尾が今後どういう行動に出るか。和子の心は重苦しい不安と焦燥にかき乱されている。

五

しかし、事態は和子が思ってもみなかった方向へ進んだ。

「あのおふくが上洛《じょうらく》してきていると？」

産後の忌明けもまだの九月半ば、家光の乳母のおふくが上洛し、対面を求めてきたのである。

今年の春、家光が大病した。初めは腹痛とひきつけ、高熱、癇癪《かんしゃく》、それに不眠の症状が出て、子供がよく罹《かか》る虫気ではないかと疑われ、数日間は食事がまったくとれないほど重篤だった。万が一を案じた大御所秀忠が本丸へ駆けつけ、江戸詰めの諸大名は連日、登城を命じられるほど緊迫した。そのとき、おふくは、自分が病気になっても一切服薬しないと神仏に誓約し、家光の快復と今後の息災を立願したのだった。

朝廷は見舞いの勅使を派遣し、和子はじめ、親王、摂関家、門跡らもそれぞれ見舞いの使者を送った。

そのうちに顔中に発疹が出て、疱瘡《ほうそう》と判明。投薬治療の甲斐あって次第に快方に向かい、ふた月後には全快。四月半ばには崇拝する祖父家康の墓所を拝するため、日光へ出かけた。病中に家康が枕元《まくらもと》に立つ霊夢を見たおかげで治ったと信じきっているのである。

おふくも御礼参りに江戸からわざわざやってきて伊勢と山城の愛宕社《あたごしゃ》へ参拝し、その帰りに上洛したというのである。

江戸を発つ前から決まっていたことなのであろうが、和子は知らされていなかった。

かつての家光をめぐる母とおふくの確執を思うと、好んで会いたい相手ではないが、兄の様子が知りたい。全快したと聞いたが、もともとあまり丈夫ではない兄だし、少年の頃から気を滅入《めい》らせて落ち込んだり、反対にひどく快活になったり、精神的に不安定なところがあったから、またそうなっていなければいいが。

九年ぶりに再会したおふくは、ほとんど白髪になっていたが、以前よりさらにかさ高く肥え、えらが張ったいかつい顔は頬骨がますます突き出して、まさに威風堂々というふうだ。

「久しゅうありますの。いくつにおなりじゃ？」

「五十を一つ超えてございます。上様にお仕えして、早や二十五年になりました」

家光とのつながりをことさら強調するあたり、お江与亡《な》きあと、大奥の権勢を独占し、将軍生母のつもりにでもなっているのではないか。和子はさすがにいい気持がしないが、おふくは、

「上様は痘痕面《あばたづら》におなりじゃが、なに、それがいかほどのことか。かえって男ぶりが上がって、この婆《ばば》の目にはえろう頼もしゅう映りましてなあ」

相好を崩して笑いほどけるのである。

「あとは、一日でも早くお世継をもうけていただかねば。この婆はまだ役目がございまして」

家光は二十六歳にもなるのに、いまだ一人も子がない。お江与の肝煎《きもい》りで京から迎えた御台所《みだいどころ》鷹司孝子《たかつかさたかこ》との不和はとうに決定的で、孝子は西の丸で別居している。今回の大病で幕府が緊迫したのも世継がないからで、おふくは側室探しに躍起になっているのである。

「して、おふく、今回の上洛は、兄上のお指図か？」

なんのためにやってきたのか。まさか、ただ和子の御機嫌伺いというわけではあるまい。おふくは和子のお産の前に江戸を発ったそうだから、産まれたのが姫宮だったこととは関係ないのか。疑いながら訊いた和子だったが、

「実は、ぜひともお上にお目にかかりとうございまして」

おふくは目を光らせ、肉厚の頬をさらに高くして、声に力をこめて言ってのけた。

「中宮さまからお計らいいただきたく」

「なんですと？」

驚きのあまり、しばらく声が出なかった。

「……そなたが、禁裏に参内して、お上に拝謁《はいえつ》したいじゃと？」

——気は確かか？

そう言ってやりたかった。

参内は禁裏に仕える者なら可能だが、昇殿は五位以上に限られる。まして天皇との対面は、三位以上の公卿に相当する者しか許されない。将軍の乳母とはいえ、無位無官の地下《じげ》の武家女に叶うことではない。それを知らぬほど無知なはずはないのに、どういうつもりか。

「なにか不都合がございましょうか。上様の思《おぼ》し召《め》しにございますれば」

「兄上が？」

耳を疑った。家光がそんな非常識を命じるとは考えられない。この女の一存ではないのか。

「まことか？　ほんとうに、将軍家の御命と？」

おふくは曖昧《あいまい》にうなずくと、薄ら笑いを浮かべた。それがどうしたと？　このふくは上様のご意向を察してのこと。なにか問題がありますのか？　薄い唇が声なき声でそう言っている。

「そのために、こたびわざわざ三条西《さんじょうにし》家と縁組いたしましたので」

明智光秀《あけちみつひで》の重臣斎藤利三《さいとうとしみつ》の娘に生まれたおふくは、本能寺の変後の山崎の合戦で捕えられた父が刑死して家が滅んだ際、母方の遠縁である公家《くげ》の三条西家に身を寄せた。そこで行儀作法と書や和歌を仕込まれ、稲葉正成の後妻となったが離縁。その後、先代の所司代板倉勝重の推挙により、いまの家光の乳母に取り立てられたのだった。

今回もちゃっかりそのつてを利用して現当主の猶妹《ゆうまい》の身分を得、名も「藤原福子」とあらためたというのである。三条西家といえば、四代目の三条西実隆《さねたか》が連歌師宗祇《そうぎ》から古今《こきん》伝授を受けて以来、和歌を家業とする中堅の家格だが、八条宮智仁親王から古今伝授を受けた後水尾としては、家格より心情的に近しい。まさかそこまで計算してのことではなかろうが、無理やり参内資格を取りつけたあつかましさに、和子は唖《あ》然《ぜん》とした。

「しかし、仮に参内できたとしても、お上に拝謁することは」

かなわぬぞ――。制する和子を遮り、おふくはにやりと笑って言ってのけた。

「そのために官位を授けていただきたいので。中宮さまのお力添えがあれば、そう難しいことではありますまい」

「なにを言うか。わたくしには、そんな力も権利もありません」

「なんの。公卿方にはすでに、公儀から内々に働きかけておりますので」

有無をいわせぬ口ぶりに、和子は怖気《おぞけ》立った。自分の知らないところでとんでもない計画が進められている。ほとんど謀略だ。いや、こんなことは今回のことだけでないのかもしれない。自分だけが知らされず、もっと大きな陰謀が渦巻いているのではあるまいか。

「おふく、いま一度、訊きます。なんのためにお上に拝謁するのか。目的はなんなのです？　正直に言いなさい。でなければ協力しません」

「ほ、これはこれは」

おふくはにんまり笑った。

「和姫さま、さすがにずいぶんしっかりなさいましたなぁ。いや、江戸におられた頃から、おっとりした見かけによらず機転の利《き》く、聡《さと》いお子であらせられましたが」

「あ……」

瞬時に気づいた。あのときのことだ、家光兄、当時は竹千代だったが、あるとき、こっそり女の着物を引き掛けて化粧しているところを偶然見てしまった。近づいてくる足音に、とっさに兄妹《きょうだい》がふざけ合っているふうを装《よそお》った。そのときから、このおふくは和子を見直し、いや、警戒していたのかもしれない。

「誤魔化すつもりかえ」

「滅相もない。中宮さまに隠しだてなどいたしましょうや」

肉厚の頰をゆがませ、しきりににやついた。

「お上の御気色《みけしき》、本当のところはいかがなものかと。ご譲位なさらねばならぬほどお悪いのか」

それを探りにやってきたというのである。

「中宮さまはお若い。まだまだ頑張っていただき、いま一度、皇子をお産みいただかねば」

それまでなんとしても譲位を引きのばす、という意味だ。

「上様も大御所様も強くお望みになっておられます。そのこと、くれぐれもお忘れなきよう」

吹き抜けていく秋風が、急に、白刃《はくじん》を頬に当てられたように冷たく感じた。

「わかりました。おふくや、くれぐれも粗相のないよう。これだけは言っておきますぞ」

和子は頬を引きつらせて申し渡した。精いっぱい威厳を示したつもりだが、はたしてこの厚顔無恥な女に通じたか。

さっそく中宮御所と所司代が参内の準備を進めた。着用する装束は、是非にと請《こ》われて和子がしぶしぶ用意して与えた。練貫《ねりぬき》の袷《あわせ》の白小袖《しろこそで》に緋《ひ》の袴《はかま》。女官の正装である。

驚いたことに、おふくが自信ありげに言ったとおりになった。板倉所司代が手をまわし、室町時代に前例があるとして「春日局《かすがのつぼね》」という女房名まで得たのである。

六

十月十日の夜、後水尾天皇は母の中和門院を伴い、春日局との対面の場とした禁裏の御学問所へ出御した。

和子は同席させなかった。彼女がどういう顔をしているか、見たくなかったからである。春日局は中宮御所で支度をととのえ、そこから参内した。和子がこの対面を喜び、率先して協力したのか。それとも、強引に押し切られたか。おそらく後者であろうと思っている。だとしたら、同席させたら、さぞつらそうな顔をするであろう。そんな様子を見るのは気が重い。もしも、もしもだ、喜んで得意満面であったら、もっと見たくない。

対面には軽装の小直衣《このうし》で十分と考えた。狩衣直衣《かりぎぬ》ともいい、公家の略服である狩衣よりほんの一段階格が高いだけの、いってみれば武家の大身が参内する際の装束である。だが、そのためにわざわざ着替えるのも業腹《ごうはら》で、結局、昼間から着ていた常着の引直衣のまま出た。

相手はたかが、将軍家とはいえ武家の私的な女中。無位無官の地下女風情《ふぜい》ではないか。なのに、あろうことか女官に化け、局名までつけて乗り込んできた。狐狸《こり》か魑魅《ちみ》魍魎《もうりょう》、いずれ妖怪《ようかい》の類《たぐい》としかいいようがない。ごり押しだの非礼だのといきり立つのも馬鹿《ばか》らしい。

「たかが端下《はした》の新参女房の目通り、そうお考えになればようございます」

母にもそう言われた。場所をごく略式の対面に使う御学問所としたのも同じ理由だ。

下座で平伏しているかさ高い大年増《おおどしま》を見て、おもわず噴き出しそうになった。

（まさに狸《たぬき》。化け大狸）

この田舎臭い姥《うば》が江戸城大奥を牛耳る、将軍の乳母だと？　鼻で嗤《わら》いながら「面《おもて》を上げよ」と声をかけたが、次の瞬間、おもむろに上げたその顔におもわず総毛だった。

緊張のためであろうが、への字に硬く引き結んだ口、てらてらと塗りたてた白粉《おしろい》、剃《そ》り上げた太い男眉《おとこまゆ》、息継ぎに小さく口を開けるたびにちらつく鉄漿《おはぐろ》と、妙に赤い舌。

だが、それよりもっとぞっとしたのは、紙燭のほの暗い光にもかかわらず、その目が炯々《けいけい》と光っていることだった。ぎらついている。獲物を狙《ねら》う猛禽《もうきん》の目、獰猛《どうもう》な獣の目だ。

「さ、お上」

母にうながされ、伺候《しこう》の女官が酌をした酒盃《しゅはい》に口をつけた。

その盃《さかずき》を女官が春日局にまわし、局は自分の前の三方の上に置かれている土器《かわらけ》にその酒を移し替えて飲み干した。まずは作法どおりの所作である。

「従《じゅ》三位を授ける」

「はは、恐悦至極に存じたてまつりまする」

そこでうやうやしく平伏して、終わる、はずだった。

だが、春日局はいきなり、

「ところで、お上におかれましては、御身の御様子はいかがでござりましょうや」

じっと後水尾に視線をあてて、言い放ったのである。

「拝見いたしますところ、しごくお健やかとお見受けいたしますが」

にやり、と笑ったように、後水尾には見えた。

錯覚かもしれない。だが、そう感じた。

無言で席を立った。

激怒していた。全身の血が口から噴き出しそうに逆上していた。

中宮御所へは出向かず、和子を呼ぶこともしなかった。顔を合わせれば、ぶちまけてしまう。そなたも承知の上か、承知して、あないな非礼をやらせたんか——。激高して罵《のの》ってしまう。

さらに憤りを増幅させたのは、それから間もなく、春日局が禁裏の内侍所で神楽を奉納したいと申請してきたことだ。

「お上の御息災と、天皇家の安寧が末長く続かんことを祈念いたしたく」

そんな仰々しい口上を伝えてきて、それが実現せぬうちは江戸へ帰らなそうな剣幕である。

「好きにやらせてはいかがでございましょう。このまま居座られるのも面倒にございますれば」

近侍の公家たちが口々に勧めるのに、後水尾は愕然《がくぜん》とした。自分が激怒していることを百も承知しながら、皆たっぷり鼻薬を嗅《か》がされて言うなりになっている。走狗《そうく》に成り下がっている。

(どいつもこいつも、恥知らずめ。ああ、かまわぬとも。好きにするがいい)

腸を煮えくり返らせながら許した。

こういうときこそ和子と会って話したいと心底思う。彼女は心にないことはけっして言わない。わからないことはわからないと言い、真剣に考える。自分が悪い、間違っていたと思えば、正直に謝る。信じられぬほど率直で、信じられぬほどまっすぐだ。

だからこそ、いまは会えない。会えば苦しめることになる。

なにごともなく平穏な時は、一緒に過ごすのが楽しい。歌を添削してやったり、草花の育て方を教え合ったり、古典や漢籍を教えてやることもある。好奇心旺盛というか、学ぶことが好きで面白いとみえる。もっともっと、と求めてくるから、先へ導いてやりたくなる。わかったときの嬉《うれ》しげな顔、わからぬときの眉を寄せて考え込む顔。自分が育てていると思うことがある。

入内《じゅだい》してきた最初の頃は、自分がまさかこんなふうに思うようになるとは考えてもみなかった。九年間の歳月で培《つち》かってきた関係だ。五人の子をなしたことより、そのことのほうが、実は確かな絆だと思う。なぜか不思議とそう思う。

(どうしておるか。気苦労しておるやろ。独り悶々《もんもん》と悩んでおるやろ)

それでも、会えない。意地でも会わない。

(朕《ちん》は、つくづく心の狭い、依怙地《いこじ》な男や。和子なら、そないなつまらぬこだわりなんぞ、楽々と飛び越えてしまいよるやろうに)

和子が一条家に金平糖を与えたときのことを思い出した。その率直さにひどく驚かされた。眦《まなじり》を裂《さ》いて、わが子に死なれたことを忘れる母親がいるものか、とくってかかったときもだ。あれが和子だ。人を疑わぬ天真爛漫《てんしんらんまん》と、揺らぐことのない芯《しん》の強さ。そのふたつが共存している。それが和子という女だ。

会いたい。会わない。揺れ動く気持を後水尾は必死に抑えている。

春日局との対面から半月後、吉日を選んで十月二十四日、春日局が要請した神楽奉納がおこなわれた。

後水尾は出御しなかった。常御殿に引きこもり、近臣たちと香会をして過ごした。常御殿と内侍所はさほど遠くない。風に乗って流れてくる神楽の楽の音を聞きながら決心した。こんな屈辱はもうたくさんだ。もう耐えられぬ。

(そっちがその気なら、真っ向から歯向かってやる。目に物みせてやる)

力ずくの恫喝《どうかつ》に唯々諾々《いいだくだく》と従う天皇であってはならない。天皇と朝廷の尊厳を踏みにじる行為だ。断じて赦《ゆる》せぬ。たとえその結果が決裂になったとしても、断じて赦さぬ。

千年続いてきた天皇と朝廷だぞ。つぶせるものならつぶすがいい。朝敵になってみるがいい。その鉄面皮、いやというほど引き剝《は》がしてくれる。

憤怒《ふんぬ》に煮えたぎりながら、能面のような無表情で平然としているふうを装った。近臣たちにもこの先の行動を気取られてはまずい。公儀に後水尾や公家衆の情報を売っている者がいる。

（敵を欺くには、まず味方からや。さあ、どう欺いてやるか。いまに見ておるがい
い）

闘争心を燃え立たせ、ちいさく笑いを漏らした。もしもこの内心を覗《のぞ》き込む者がい
たら、修羅の顔に戦慄《せんりつ》するであろう。いや、憎悪《ぞうお》と憤怒にわが身を焼きながらほくそ
笑む、天魔の顔に卒倒するであろう。

七

後水尾天皇が姉の清子内親王の准三后《じゅさんごう》宣下を、武家伝奏を通じて所司代に諮《はか》ったと
聞いたとき、和子はかすかな違和感をおぼえた。

鷹司信尚《のぶひさ》に嫁いで嫡子《ちゃくし》の教平《のりひら》をもうけた清子は、後水尾にとって数多い兄弟姉妹の
中でもことに親しい三歳上の同母姉である。夫の信尚は、後水尾が帝位に就いた最初
の頃、関白、左大臣を歴任したが、八年前に若死にしてしまった。以来、清子が女手
一つで教平を育てている。温厚なやさしい女人で、生母の中和門院にとってはよき相
談相手だし、同母弟三人とその妻子についてもよく面倒をみてくれている。いってみ
れば天皇家と摂関家の和合を受け持っている存在である。

その労に報いてやりたいという後水尾の気持はよくわかる。しかし、なぜ、いま急に、准三后にする必要があるのか。

准三后は、平安時代からある、皇族や上級公卿を、太皇太后、皇太后、皇后に准《じゅん》じて俸禄《ほうろく》を給付する待遇だが、とうに形式だけの名目になっている。後水尾としては、決して豊かではない鷹司家の経済状況を見かねて、准三后を復活させることで支援してやるつもりなのか。

諮られた所司代は、「御意のままに」と承認した。徳川家にとっても、家光の御台所の孝子は鷹司信尚の妹という縁故があり、その義姉の身分を引き上げるのに異存はなかった。

和子が違和感をおぼえたのは、清子の准三后宣下と同時に、女一宮の内親王宣下がおこなわれ、興子《おきこ》内親王と名づけられたことである。

腹を痛めたわが娘が内親王になるのは、むろん嬉しい。女一宮は七歳。ちょうどい い時期でもある。赤子から幼児期は死亡率がきわめて高く、半分は神仏のものであって完全にこの世の者ではないと考えられている。名前も仮の呼び名のままにし、亡くなっても葬儀はおこなわない。神仏が愛《いと》おしんで早々にお召しになったのだ、そう思うことで少しでも悲痛を軽減させ、諦めをつけるためである。現に和子も、わが子ふたりに死なれたとき、自分にそう言い聞かせて耐えた。

それが七歳頃になるとやっと無事に育つ見通しがつき、ほっとする。ようやく人間の子供として扱うようになるのである。

だから、内親王宣下は、後水尾が父親として女一宮の無事な成長を喜び、先々の身分保障を考えてくれてのことだと感謝しつつ、しかし、なぜいまなのか。事前に自分に一切相談がなかったのはどうしてなのか。それが不可解でならないのである。

数日後、久々に禁裏の常御殿へお召しがあった。

顔を合わせるなり、後水尾は近々と顔を寄せ、小声でつぶやいた。

「そなたしか頼める者はおらぬのや」

――どういうことにございましょうか？

訊《き》き返そうとした和子は、後水尾の次の言葉にはっとした。

「興子にはかわいそうなことになるが」

「え？」

「赦してたもれ。そなただけは、承知しておいてたもれ」

堪忍《かんにん》え、頼むえ――。陰鬱《いんうつ》な声音で囁《ささや》くと、後水尾はそのまますっと席を立ち、部屋を出て行ってしまった。呆然《ぼうぜん》と見送る和子の目に、夫帝の横顔が引きつっていたことだけが焼きついた。

それから十日ほどたった十一月八日、事は突然起こった。

辰《たつ》の刻（朝八時）、

――全員、束帯を着用して参内すべし。

公家衆に対して触れが出された。

彼らが禁裏に集合したのが巳《み》の刻（十時頃）。

「いつになく急なお召し、いったい何事か」

誰もなんのために呼び出されたのかわからず不審の顔を見合わせていると、片節会《かたせちえ》をおこなう、すみやかに清涼殿に参集せよ、と命じられた。

五節日の節会は天皇が群臣に酒饌《しゅせん》を賜るならわしだが、片節会はそれ以外の臨時の節会のことである。いよいよ妙なはなしだ。皆ますます首を傾《かし》げながら清涼殿に集まり、居並んだ。

儀式を指揮する上卿《しょうけい》は、つい先日、内大臣から右大臣へ昇進したばかりの二条康道《やすみち》と、即位式や節会の際、事務をとりしきる外弁《げべん》の日野資勝《すけかつ》。後水尾天皇は出御しなかった。

緊張しきって頰をひきつらせた両名が座に着くと、奉行役がひときわ声を張り上げて宣言した。

「御譲位である」

皆、一様に息を呑《の》んで固まり、殿内は異様に静まり返った。

「お上におかれては、興子内親王にご譲位あそばされる」

「お、お待ちくだされ」

誰かがたまりかねた声を発した。

「そのこと、所司代は了解しておられますのか」

上卿ふたりと奉行役はそれには一言も答えず退席し、儀式はそのまま散会となった。膳《ぜん》が運ばれ、引きつづいて節会の宴になったが、後水尾はやはり出御しなかった。

その日のうちに上皇となる後水尾に仕える院司衆《いんじしゅう》が任命され、仙洞御所が完成するまで中宮御所を仮御所とすることも発表された。

そのてまわしのよさに、誰もがようやく、激情にかられての衝動的な行動などではなく、熟考の上の決行と知ったのだった。

中院通村《なかのいんみちむら》や土御門泰重《つちみかどやすしげ》ら側近中の側近は、かねがね後水尾から譲位の手順や所司代との折衝について相談されていたが、決行の日時までは知らされていなかった。

——なるべく混乱のないよう、穏便にすませたい。

後水尾はそう言っていたが、それにしてはあまりにも強硬なやりかたである。

だが考えてみれば、八月末、右大臣一条兼遐《かねとお》を右大臣から左大臣に引き上げ、内大臣二条康道を右大臣に昇格させたのをはじめとする大幅な人事も、実はそのための布石だった。皆いまようやくそう気づいて愕然とした。

あとでわかったことだが、事前に天皇から知らされていたのは二条康道と院執事となる中御《なかみ》門宣衡《かどのりひら》の両名だけで、日野資勝でさえ参内してから初めて二条康道に教えられたほど、秘密裡《り》の強行だった。

突然の譲位を事前に察知できなかった所司代板倉重宗は激怒し、ただちに早飛脚を江戸へ立たせ、中宮御所へも報《しら》せた。

そのとき和子は、上の娘たちにせがまれて庭に面した日当たりのいい広縁で髪を櫛《くし》で梳《す》いてやっていた。

「ふたりともきれいな髪。ずいぶん長くなったわね」

褒めてやると、女一宮興子は肩を揺らして喜ぶ。まだ七歳なのにおしゃまで、女の子らしく着飾るのが大好きな子だ。ただ少し神経質で、気分が不安定なところがある。

片や次女の二宮のほうは、まだまるきり幼児というか無邪気そのもので、姉と並んで梅に髪を梳かれると、くすぐったがって身をよじって笑い転げてばかりいる。

不思議なものだ。おなじ姉妹なのに、気質も容姿もまるで違う。自分や姉たちもそれぞれこんなに違っていたのだろうか。勝姫姉は勝気で負けず嫌い。長姉の千姫はやさしくおだやかだが芯は強い。いまはどうなっているかわからないが、勝姉は目鼻だちのくっきりした美少女だったし、千姉は母のお江与によく似た細面の美形で、長く仕えている老侍女は祖母のお市の方ゆずりの織田家の血と誉《ほ》めそやしていた。

自分はそのどちらにもほとんど似ていない。丸顔で、色白だけが取柄のいたって平凡な容姿である。あとのふたりの姉はそれぞれ、加賀の前田家と若狭の京極家に行っていたから、性格はおろか顔も知らない。

絹綿入りのおくるみごと乳母に抱かれてすやすや寝入っている三女は、はたしてどんな子になるやら。いまはただ、無事に育ってくれるよう願うしかない。

小春日和《こはるびより》の暖かな昼前、広くはない中庭だがちょうど菊が見ごろで、臙脂《えんじ》や黄の小菊が風に吹かれて、さざ波のように揺れている。毎年丹精して育て、やっとコツがつかめてきたところだが、今年は、出産、春日局の参内、女一宮の内親王宣下、とたてつづけで、ろくに世話してやれなかったのに、よく咲いてくれた。

整然と並んだ畝《うね》を見ながら、とりとめなく考えた。来年はその配列をもっと工夫して植えたら、図案のようで面白くなるか。たとえば石畳文様とか、段替《だんがわり》とか、まるで着物の柄のようにだ。このところ、後水尾は立花に凝って、しょっちゅう稽古《けいこ》しているから、その材料に供するために栽培しているのだが、菊畑そのものを鑑賞できるようにしたら、もっと喜んでいただけよう。

(亭主の好きな赤烏帽子《あかえぼし》……)

胸の中でつぶやき、ちいさく笑った。

一家の主《あるじ》の好きなものは、たとえそれが異様なことや滑稽なことでも、家族は従うようになるという。自分も夫帝と好みが似てきた気がする。花木の栽培も、後水尾はむろん立場上、自分でやることはなく庭師に指示するだけだが、和子は自分の手で世話して育てる。その違いだが、帝《みかど》は泥まみれの和子を見て、羨《うらや》ましげな顔をする。たぶん本当に羨ましいのであろう。

「ご無礼つかまつりますっ」

中宮御所を仕切る天野長信《ながのぶ》が血相を変えて駆け込んできたのは、そのときだ。

「帝がご譲位あそばされました。ご譲位です」

和子は手にしていた櫛を思わず取り落とした。

譲位？　譲位と？

頭の中でくり返しながら、なぜか、自分がそれを予期していたような気がした。

梅に命じ、娘たちを下がらせた。

背中を押すようにして部屋から連れ出されながら、興子は不安げに母の顔をじっと見つめた。まだ自分の身に関係あることとわかっているわけではないが、ただならぬ事態と察しているのだ。その顔に、大丈夫よ、と笑ってうなずいてみせながら、頭の中は混乱しきっている。

これからどうなるのか。後水尾からも禁裏からもなにも言ってこない。どういうつもりなのか。

やきもきするばかりでなにも手に着かないでいると、禁中から後水尾の使者が興子を迎えにやってきた。

「ただちに禁中へお渡りあるべし」

別れを惜しむ間も与えられず、興子は女官たちに守られて禁裏へ移った。

ついては、当面禁裏内の中宮御殿を上皇の仮の院御所とし、後日、中宮御所を正式に院御所とすると伝えられた。

翌九日午前、所司代板倉重宗は中宮御所の門を閉ざし、和子が使いを出して後水尾と接触できないようにし、後水尾からの使いも来られないよう人の出入りを厳しく制限すると、自ら乗り込んできた。

「こたびのこと、まことにもって言語道断。断じて容認するわけにはまいりませぬ」

「板倉、どうするというのです。江戸へはもう報せを出したのでしょう」

「むろんです。昨夜遅く、内密に践祚《せんそ》の儀がおこなわれたらしいと公家のひとりが言ってきました」

それを確かめるまではと江戸への報を控えていたが、さきほど早馬を出立させたという。

「それでは、もう……」

和子は顔色を変え、唇を噛《か》んだ。もう践祚までしたということか。

帝位の空白は許されない。次帝となる儲君《もうけのきみ》が禁裏に入り、今上天皇から帝位の象徴である剣璽《けんじ》の移譲がなされれば禅譲が成立し、即位の儀を待つまでもなく、新帝誕生となる。

「内々のことですから、まだどうとでもなりますが」

板倉は苦々しい顔で吐き捨てた。幕府の力でなかったことにもできると言っているのだ。

「江戸から返事が返ってくるまでは、これ以上なにか起こさぬよう、穏便にしておか

ねばなりませぬ。中宮さまもどうか、そのこと、くれぐれもご承知おきを」

「まるで、わたくしを見張るために来た、そう聞こえますのう」

「そうは申しませんが、しかし中宮さま、まさかご存じだったのではありますまい

な」

「いいえ、わたくしはなにも。知っていれば、なんとかできたかもしれませんけれ

ど」

和子は喉《のど》の奥からきしんだ声をしぼり出したが、板倉はなおも疑わしげにじろじろ

見やり、口の端をゆがめて言葉を継いだ。

「近衛さまも同じようなことをおっしゃっておられましたな」

何度問い詰めても、知らぬ存ぜぬの一点張りだったというのである。後水尾は本当

に、もっとも信用している実弟にさえ打ち明けなかったのか。それとも近衛信尋《のぶひろ》がし

らを切り通したか。和子にはどちらとも判断できなかった。

「上つ方ときたら、煮ても焼いても食えぬお人ばかり。いっかな腹の底を見せぬ。中

宮さままで似てこられたなどというのは、勘弁していただきますぞ」

腹立ちのあまりとはいえ板倉の無礼な捨てぜりふに、和子は怒りに震えた。

「下がりなさい。いずれにせよ、江戸の沙汰《さた》を待つしかありません。なんならあなたも自分で江戸へ下って策を講じたらいいでしょう。しかし、綸言《りんげん》汗の如《ごと》しです。いまさら覆《くつがえ》すことができるとは思いません。われらも覚悟しておかねば」

いつになく厳しい言葉に、板倉は驚愕の面持ちになり、

「武家伝奏をきつく問い詰めねば。あやつも知っておって加担しよったか」

鬱憤の矛先を中院通村に向け、足音荒く退出していった。

公家のなかから二名任命される武家伝奏は、公儀の要請を天皇に奏上する役職である。そのひとり中院通村は、言いにくいことも歯に衣《きぬ》着せず言ってのける、公家らしからぬ剛毅《ごうき》な性格で、そのうえ和歌や古典に造詣《ぞうけい》が深いので、ことのほか後水尾と気が合い、信任されている。所司代ともうまくつきあってつつがなく仲介役を務めているのに、今回は事前に天皇の動向を報告しなかった。彼でさえ知らなかったのか。それとも故意に伏せていたか。

後水尾は公卿《くぎょう》たちを召集してしきりに密談している。なかでも通村はほとんど居続けだと和子の耳にも伝わってきた。

「江戸へ手紙を書きます。急いで」

震える手を押さえながら、父への文をしたためた。

――かくなる上は、ご譲位を認め、くれぐれも穏便に対処してくださいますよう、お頼み申します。この和子に免じて、どうか何卒《なにとぞ》。

書きながら、過日の後水尾の言葉を思い出した。このことだったのだ。女一宮を内親王にしたのも、そのための布石だった。姉の准三后宣下を目くらましにしての巧妙なやり口に、さしもの板倉ら幕府方も公家衆も誰ひとり気づけなかった。ただ、和子が感じた違和感は間違っていなかったのだ。だから、聞かされた瞬間、予期していたと勘違いした。

その日の午後、後水尾は院参衆《いんざんしゅう》と諮って和子の女院号制定をおこない、「東福門院《とうふくもんいん》」と定めた。ただし、中和門院が健在のため、当面はいままでどおり中宮と呼称し、新帝の生母なので「国母《こくも》」と併称する。

その宣旨はさっそく和子のもとに伝えられた。

「もうそんなことまで……」

和子は言葉を失った。抜く手も見せず一方的に事を進め、さっさと既成事実にしてしまおうとしているとしか思えない。

(国母。天皇の母……)

その重さに、自分は耐えられるか。責任を果たしていけるか。

だが、いまは考えたくない。考えられない。

和子は書状を天野に託し、すぐさま出発させた。

「着いたら即刻、大御所さまのところへ参上して、なんとしても直接、お渡しするのです。いいですか。他の者には絶対に渡してはなりませんよ」

もしも先に老中らの手に入れば、そこで留め置かれて、父の手に渡るのが遅くなるかもしれない。なんとしても板倉の急報より先に読んでほしいが、半日の遅れがどう響くか。

その夜、だいぶ更《ふ》けてから、後水尾は和子の待つ中宮御所へ渡御した。

「世話をかけてすまぬが、あんじょう頼む」

まだ緊張をみなぎらせた表情に和子は声をつまらせ、やっとのことで喉の奥からしぼり出した。

「なぜ、わたくしにはっきりおっしゃってくださらなかったのです。なぜです」

憔悴《しょうすい》して赤く濁った眼を夫帝にじっと据え、声を押し殺してゆっくり言った。

「わたくしは、それほど、信用できませんか」

「いや、そうではない。言いたかった。何度も打ち明けようとした」

「では、どうして」

いつになく執拗《しつよう》に食い下がった和子だが、後水尾が眉根をきつく寄せて痛みをこらえるような表情になったのを見て、思わず息を呑んだ。

「中宮よ、もしも相談されれば、そなたは自分の胸一つに収めておけたか？」

「それは……」

「板倉に告げるか、江戸へ直接書状を送るか、何かせずにおられなんだであろう。なんとかせねばと焦《あせ》って行動した。違うか？」

「もちろんです。できることはなんでもしました。それがいけないと？　わたくしがお上の邪魔をすると？　だから黙っていたと？」

和子の声は消え入りそうにちいさくなった。自分は江戸の回し者としか思われていないのか。やっと寄り添えるようになったと感じていたのに、独りよがりにすぎなかったのか。

「勘違いするな」

後水尾は深々と和子の顔を覗き込んだ。

「責めておるのではない。朕の身を案じ、公儀との決裂を恐れて、そなたはそうする。そなたは追い込まれる。朕はそんなことになってほしくなかった」

「だからおっしゃらなかったと？　わたくしのことを案じてだと？」

「いや、本音をいえばそうではない。公儀がそなたの善意と俠気《きょうき》につけ込むのが目に見える。そなたはあちらがどれだけ狡猾《こうかつ》で非道か、知らぬのだ」

吐き捨てるように言うと、ぷいと横を向き、あとはもう何を聞いてもこたえようとしなかった。

その顔を見つめて和子は愕然とした。自分が知らぬことが、外にもまだ何かあるというのか？

重い沈黙の後、和子はようやく、からからに乾いた喉から声をしぼり出した。

「興子はどうしておりますか？」

「昨夜は、母さまのところへ帰りたいとひどく泣いたが、いまはおとなしくしておる」

後水尾はさすがに気まずげに和子の視線を避けた。

「諦《あきら》めてくれよったんやろ」

七歳の子をどう説得したと？　諦めさせたと？　思わず気色ばみ、後水尾の横顔を睨《にら》みすえた。

いますぐにでも禁裏へ行って、抱きしめてやりたい。心配しなくていいと言ってやりたい。だが、それができる状況ではない。

「さて、公儀はどう出よるか？　首を洗って待つことにしようぞ。もとより覚悟の上じゃ」

後水尾はわざと凄《すご》んでみせたが、和子にはそれが虚勢としか思えなかった。

これからどうなるのか。後水尾のいうとおり、公儀の出方次第で、このまま無事にはすまないかもしれない。

第一、これから後水尾が上皇として居住する院御所もないのである。高仁《すけひと》親王への譲位を目指して建設していた院御所の工事は、親王の死去により、中断したままになっている。幕府の了解を得ぬまま退位した以上、先の見通しはまったく立たない。もしも幕府が激怒して御料を停止でもしたら、院御所の新造どころか、宮廷の経済はたちまちたちゆかなくなる。

「誰が乗り込んでくるかの。まさかまた、例の春日局とやらではなかろうな」

口では冗談めかして笑いながら言ったその顔が心底嫌そうな表情だったから、和子はまともに見られなかった。

「それまで腫物《はれもの》の鍼灸《しんきゅう》治療をして待っておることにするか。ようやっと玉体云々《うんぬん》は考えずにやれるからの」

その顔に和子は無理やり笑いかけた。

「そうなさいまし。わたくしはお上とおなじところで暮らせて嬉しゅうございます」

考えてみれば、入内以来ずっと別居生活だった。それが宮中のしきたりだから不満に思ったことはないが、いまこうして思いもかけない事態で同居することになった。

「それまでは、皆で心安らかにすごしましょう」

せめて、という言葉は無理やり喉の奥に押し込んだ。

八

江戸まで昼夜、早馬を飛ばせば、五日ほどで着く。往復でも半月もあれば帰ってこられるはずなのに、十一月末になっても、和子が使者として送り出した天野長信はもどってこない。

所司代のほうにも指示はきていないとみえて、板倉は焦《じ》れきっている。中院通村と土御門泰重を呼びつけて詰問《きつもん》した。土御門家は陰陽師《おんみょうじ》安倍晴明《あべのせいめい》の末裔《まつえい》で、天文・陰陽道・暦法を家業としているので、泰重は後水尾から事前に譲位の吉日を諮られていたと疑われたのである。

ふたりからそう聞かされた後水尾も焦れている。

おもてむきは院参衆らを召集して歌会や管弦、酒盛りとのどかにやっているし、娘たちと一緒に遊ぶのも思いのほか楽しい。それなのに、夜、眠れない。紙燭《ししょく》の黄ばんだ光が隙間風《すきまかぜ》に揺らめき、垂れ廻《めぐ》らした几帳《きちょう》がかすかにはためくのを横になったままぼんやり見つめていると、部屋の隅の暗がりから妖魔がぬっと現れ、覆《おお》いかぶさってきそうな気がする。

そんな子供じみた恐怖心を自分で嗤《わら》い、嗤いながら、離れた別の殿舎で休んでいる和子を呼びたてたくなる。これではまるで母親にすがる幼子のようではないか。

やっと浅い眠りに落ちると、夢を見る。いつも決まった夢だ。父上皇が亡くなったとき、枕元《まくらもと》に駆けつけて手を握ろうとすると激しく振り払われた。そなたの顔など見とうない。そう言われた。そのときの記憶が夢になって出てくる。

夢の中の父はひどく冷たい目でじっと睨んでいる。傷ついた心を抱えて長い渡廊で見上げた、刃のような細い月も出てくる。あれから十二年もたったのに、憤《いきどお》りとも悲しみともつかぬ感情とともに甦《よみがえ》る。

（なんや、意気地のない。真っ向から歯向かう覚悟のはずやろうが）

自分を叱咤《しった》し、ようやく思い当たった。

譲位の強行は復讐《ふくしゅう》だった。父に代わってやる復讐。幕府への宣戦布告だ。譲位の時期を幕府が決めるなどという、天皇の権威を踏みにじる無法がまかり通ってはならない。父帝は家康に何度も反抗し、挑み、ついに果たせなかった。激高と落ち込みをくり返し、わが子まで憎悪しぬいて、周囲に気が変になってしまわれたと持て余されるほど、苦しい孤独な闘いだった。

そのあげく、絶望のうちに亡くなった。その無念を、自分が晴らす。父が果たせなかったことを、自分がやり遂げる。それが本当の目的だったのだ。

秀忠は家康以上に陰湿で強硬だ。神聖な紫宸殿《ししいでん》の南庭に造らせた能舞台。――天皇も、公家も、おとなしく芸能と学問だけしておればよい。飼い殺しにしてくれる。

悪意を見せつけたのだ。そして、紫衣《しえ》事件、春日局のごり押しの参内。屈辱に歯噛みさせられどおしだった。

今回はどういう報復をしかけてくるか。拳《こぶし》を握り締めながら、日毎《ひごと》に不安がつのる。なにゆえ、何も言ってこないのか。虎視《こし》眈々《たんたん》と刃《やいば》を研いでいるのか？

不気味な沈黙にたまりかね、中院通村と土御門泰重を召して問い詰めた。

「世間はどう噂《うわさ》しておるか」

大名家や幕府御用の儒者らは、鵜《う》の目鷹《たか》の目であれこれ詮索《せんさく》しているであろう。「板倉が言うには、林羅山が、女帝となると先例がはっきりしない、と申しておるそうで」

土御門泰重がしきりに首をひねった。

「先例がわからぬと？」

林羅山ともあろう大学者が、古代に何人も女帝が存在したことを知らぬわけはない。たしかに古代以降は絶えてないが、明らかになにごとも先例ありきの宮中に対する揶《や》揄《ゆ》である。

それとも、故事に疎《うと》い廷臣や女たちを動揺させ、内部から反対させようとの魂胆か。

現に、中和門院がふたりを呼び出して問い質《ただ》したという。

譲位の日、洛外《らくがい》の別邸で静養していた母は、驚いて翌日すぐさま帰京した。女院御所に来て説明するよう何度も使いを寄こしたのにあえて避けているから、さぞ気を揉《も》んでいよう。申し訳ないと思うが、今後どうなるかわからぬ状況ではかえって混乱させるだけだ。先帝の譲位の際、幕府との対立にさんざん心労した母をまた巻き込んでしまうのだけは、どうあっても避けたい。

それにしても、こちらの弱いところに狙いをつけて衝《つ》いてきた狡猾さはどうだ。

「もう一つ、幕府碁所の安井家の者が急に上洛しまして。天文と暦学を修学せよと命じられたと」

土御門泰重は顔を曇らせた。土御門家の天文と暦学を学ぶために派遣されたというのは不思議ではないし、拒否する筋でもないが、時期が時期だ。不自然な感は否《いな》めない。

「その者が漏らしたのですが、大御所は激怒し、お上を島流しにすると息巻いておるそうで。いえ、まさか、いくらなんでも、本気でそのような不敬を考えておるとは」

泰重は真冬なのに額や首筋から汗を噴き出させ、息を喘《あえ》がせた。

「いや、まんざら口だけではなかろうよ。現に、以前もそういうことがあった」

和子の入内前のことだが、後水尾が他の女に子を産ませたとき、家康の頃からの側近藤堂高虎が乗り込んできて、「流罪《るざい》にしてやる」と恫喝した。

事実、鎌倉時代の承久の乱のとき、鎌倉幕府は後鳥羽、土御門、順徳の三上皇を島流しにした。高虎の恫喝はけっして口先だけの脅しではなかった。

幕府は今度こそ、それを実行しようとしているのではあるまいか。後水尾を島流しにし、言いなりになる天皇を立てる。あるいは、天皇と朝廷そのものを、「もはや無用の長物」と切り捨ててのける気か。

「お上、こうなったら、こちらも策を立てておかねばなりますまい」

一言も発さず後水尾と泰重のやりとりをじっと聞いていた中院通村が、おもむろに切り出した。

「万が一そういう事態に追い詰められそうになったら、その前に、いち早く先手を打つのです」

「どうすると？」

後水尾と泰重は膝《ひざ》を乗り出した。知恵者の通村のことだ。起死回生の策があると？

「復位なさるのです」

「なんじゃと？」

後水尾と泰重は顔を見合わせ、絶句した。

「ふたたび帝位に就いてしまうのです。あちらが言い出す前に、すばやく」

掌《てのひら》を返すしぐさをしながら、通村はにやりと笑った。

奇策も奇策。一発逆転である。さしもの幕府も天皇を島流しにはできない。もしもそんなことをすれば、たちまち朝敵になる。そのうえで、薩摩の島津や加賀の前田、長州の毛利といった有力大名に朝敵討伐の勅命を出しでもすれば、幕府を揺るがす非常事態になる。

「力には力。こちらは、武力はなくとも権威という力だけはございます。幕府もまさか朝敵になりたくはないでしょうよ」

幕府にはこちらにないものがもう一つある。財力だ。それゆえ、屈辱に耐えて幕府の庇《ひ》護《ご》をあてにせねばならないのだが、もしもいまの江戸幕府が倒されて次の幕府ができたら、そのときはそちらを頼る。神輿《みこし》を乗り換えるだけのことだ。

いたちごっこといえばそれまでだが、平家、鎌倉幕府、足利幕府、と武家政権に担《かつ》がれて存続してきたのが朝廷と天皇家の歴史なのだ。天皇親政、朝廷政治を目指した天皇は、後鳥羽上皇も後醍醐《ごだいご》天皇も無残に完敗した。それにひきかえいまは、なにも倒幕をもくろんでいるわけではない。「錦《にしき》の御旗《みはた》」を有効に使おうというだけのことだ。中院通村はそう言っているのである。

それはわかる。だが、まさか復位とは考えてもなかった。

「いや、ならぬ。それはせぬ」

強張《こわば》った顔で後水尾はくり返した。

「そんなあさましいことができるか。埒《らち》もないことを申すと承知せぬぞっ」

凄《すさ》まじい剣幕に泰重はおろおろしたが、通村は平然と言ってのけた。

「そうおっしゃると思いました。お上はそういうお方ではない。ご無礼お赦しあれ。

しかし、それとなく匂《にお》わせるという手もございますれば」

「おのれ、まだ申すかっ」

怒鳴りつけてふたりを下がらせたが、後水尾にはわかっていた。通村は板倉重宗にそっと耳打ちして江戸へ伝えさせる。復位の可能性があるとなれば、幕府は手荒な処断はできなくなる。

（おのれ、通村のやつめ）

胸の中でつぶやきながら思った。こちらは武力も財力もないが、権威と才知がある。知略で翻弄《ほんろう》してやる。久々に腹の底から笑った。

はたして、通村がどう告げたか、板倉重宗は江戸へ内密の使者を送った。

気分転換の必要もあり、懸案の鍼《はり》治療をすることになった。

まず最初に医師らが診察して薬について相談し、その後、玉体に直接触れることができない医師らを下がらせ、側近たちだけ残って鍼の心得がある四辻季継《よつつじすえつぐ》が打った。

その直後、異変が起こった。後水尾が急にがたがた震え始めたのである。

「お上っ、お上っ」

「しっかりなさってくださいましっ」

動転した側近たちが口々に呼びかけたが、後水尾はこたえることもできず、歯の根が合わぬほど激しく震えるばかりだ。

「失礼いたしますぞ」

とっさに中院通村が後水尾の素足を自分の懐《ふところ》に入れて温め、その間に機転を利《き》かせた女房が手桶《ておけ》に塩湯を運んできて、足を浸させて温めた。

「お上、お気を確かに」

からだごと抱きかかえるようにして懸命に背中をさする女房に、

「およつ、案ずるな。大事ない」

うなずきかけ、じっと目をつぶっていると、そのまま意識が遠のきそうになる。

しばらくすると、やっと震えが止まった。

「もう大丈夫だ。心配かけた」

「急な刺激のせいで、おからだが驚いてしまったのでしょうか。万が一とりかえしのつかぬことにでもなったらと、肝が凍えました」

「もう鍼は止《や》めにいたしましょう。危険すぎます」

安堵《あんど》のあまり涙声で訴える側近たちに、

「なんの、これしきのことで死ぬものか。皆、大げさすぎるぞ」

笑い飛ばして見せたが、実は後水尾自身、このまま死ぬのかと一瞬思った。

「およつ、久々の対面がとんだことになってしもうたな」

もっとよう顔を見せてたもれ。手をとらんばかりに引き寄せようとすると、相手は身をよじって避けた。

「恥ずかしゅうございます。すっかり歳《とし》をとりましたので」

「なにを言うか。忘れたことはない。どうしているか、ずっと気になっておった」

後水尾にとって、およつは最初の女である。五歳で亡《な》くなってしまった第一皇子の賀茂宮、今年十一歳になっている第一皇女の梅宮、ふたりの子までなしながら、和子の入内時、幕府をはばかって兄の四辻季継ら側近たちが後水尾に内緒で退《さが》らせてしまった。

あれから九年になる。後水尾より二つ三つ年上。さすがに老《ふ》けて髪にはちらほら白髪が混じっているし、目尻《めじり》や口元に皺《しわ》を刻んでいるが、仕えていたとき同様、つつみ込むようなやわらかな笑顔は変わらない。

「のう、およつ、また仕えてくれぬか。もう帝位を降りたのだ、さし障《さわ》りはない」

この女を側妾《そくしょう》にしたとしても、幕府がいまさら神経を尖《とが》らすことはあるまい。

「おたわむれを。どうか、わたくしのかわりに、姪《めい》を可愛《かわい》がってやってくださいまし」

およつは、兄の娘が後水尾の後宮に上がることになったため、今日はその付き添いでたまたまやってきていたのである。そういえば、朝方、顔見せの挨拶《あいさつ》に出てきたその娘は、若い頃のおよつに瓜《うり》二つで驚かされたのだった。

「ああ、そうじゃな。いまや上皇ゆえ、禁裏より堅苦しくはなかろう。怖い思いもせずにすむだろうから、安心するよう伝えてくれ」

言いながら、和子の顔が脳裏に浮かび、あわてて打ち消した。

これからどうなるかもわからぬ状況で、中宮御所に居候《いそうろう》の身。それなのに夜伽《よとぎ》の女を増やそうというのだから、いまさら和子が怒るとは考えられないが、われながら滑稽としかいいようがない。

譲位からすでにひと月近く過ぎたのに、いまだ江戸からはなんの音沙汰もない。和子がさしむけた天野ももどってきておらず、このぶんでは年内は無理かもしれぬという声も聞こえてくる。

焦らしてこちらの不安をあおるのがむこうの作戦なのだ。ここはじっと辛抱。へたに動かず、泰然自若を装《よそお》っていろ。理性はそう命じるのに、心は日々、怯《おび》えの度を増す。その揺れを気取られたくないがゆえ、極力、和子と顔を合わせないようにしている。

九

天野長信がようやくもどってきたのは、寛永六年（一六二九）もいよいよ残り少なくなった十二月二十六日夜。翌日さっそく和子に対面して大御所の返事を伝えた。

「あまりに唐突で驚いたが、叡慮《えいりょ》次第とする」

譲位を容認し、興子の即位を認めるということである。中断している仙洞御所と和子の女院御所の工事も再開する。即位式は明年のうちにとりおこなう。どちらも幕府の全面的な資金援助なしには不可能なことである。

「そうですか。では、お上に対してお咎《とが》めはなしということですね？」

安堵の吐息をついた和子だったが、天野は疲れきった顔でつけくわえた。

「ここだけの話にしてくださいまし。実際は、大御所さまは驚いたどころではなく、お上と側近衆を島流しにしてやると激怒なさり、将軍家が中宮さまのお立場をお考えくださいとお宥《なだ》めして、ようやっとお気持を納められたと老中方から聞きました。いや、そこに行きつくまでの長かったこと。生きた心地がいたしませんでした」

天野は大御所に宛《あ》てた和子の手紙を取り上げられ、一ヶ月余も秀忠との対面を許されないまま、待機させられた。板倉の使者も下ってきて、連日、老中たちや金地院崇伝と膝詰めで協議がなされていたというのである。

「崇伝ですと？」

和子は眉《まゆ》をひそめた。金地院崇伝といえば、豊臣秀頼と淀殿が建立《こんりゅう》した方広寺の梵《ぼん》鐘《しょう》の銘文に家康を呪詛《じゅそ》する文言がふくまれていると難癖をつけて豊臣家を追い込んだ策士で、「黒衣の宰相」と恐れられている。半年前の紫衣事件を仕組んだのも彼のしわざと囁かれており、宮中にもしばしば出入りして、それで得た情報を幕府にはけっして良いように報告しない、と警戒されている人物なのである。

それにしても、板倉は何を報告したのか。幕府はまた何かいいがかりをつけてこようとしているのではないか。不安がつのった。

だが、幕府が提示してきた条件は、もっと衝撃的なものだった。

「新天皇は、幼いうえに女帝であるから、摂政《せっしょう》と摂関家が朝廷運営の全責任を負うべし」

後水尾が興子の代理で政《まつりごと》をみる「院政」を禁ずるということである。自分の我儘《わがまま》で勝手に譲位したからには、権限は一切認めぬ。仙洞御所でおとなしくしておれ。いま一度和子に皇子を産ませる、そのことにのみ励め。そういう意味である。

年が明けた寛永七年(一六三〇)、元日の早暁《そうぎょう》に天皇が四方に向かって拝礼して国土と万民の安寧を祈念する四方拝《しほうはい》と、その後の公卿と殿上人が天皇に拝謁《はいえつ》する小朝拝《こちょうはい》の儀はとりおこなわれなかった。どちらも天皇の権威の象徴というべき最重要儀礼なのに、政の全責任を命じられた公卿たちは幕府を憚《はば》かって中止したのである。

(これでは天皇はないも同然。朝廷はもはや完全に公儀の手に握られてしまった)

和子は、父の陰湿な執念を感じずにはいられなかった。


まだ残暑が厳しい初秋七月、悲しい出来事があった。二月に別邸で倒れた中和門院が亡くなったのである。譲位の件で心労を募らせたのが病の原因になった。側仕えの者たちに不眠と食欲不振を訴えていたが、後水尾と和子には一切伏せられていた。四月からは女院御所に還御して療養するも、病状は徐々に悪化。六月に見舞いに訪れた後水尾に、和子を大事に、と遺言して逝《い》った。

「国母の役割はとても重い。でも、あなたなら大丈夫。安心して委《ゆだ》ねられます」

亡くなった後、後水尾から伝えられた姑《しゅうとめ》の言葉に、和子は号泣した。

入内《じゅだい》当初から息子との間を取りもち、細やかに配慮してくれた姑である。その陽気な気性に何度救われたか。頼りにしきっていた。五十六歳。まだまだ元気でいてくれると思っていた。せめて興子の即位式を見届けていただきたかった。

即位式は九月十二日。紫宸殿の南庭でおこなわれた。幕府年寄の土井利勝と酒井忠世、お抱え儒者の林羅山らが上洛し、金地院崇伝も早々に帰京していた。土井と酒井は内々に儀式を見届け、終了後、大御所秀忠と将軍家光の名代として参内し、祝辞を言上した。

ところが二日後、土井と酒井、板倉、崇伝の四人は院の側近たちを呼びつけ、武家伝奏中院通村の更迭《こうてつ》を要求し、後任に幕府昵近《じっきん》衆の日野資勝を任命するよう強請した。理由は、四年も前の二条城行幸の頃から通村の振舞に問題があり、幕府との相口《あいくち》が悪いというものだが、具体的なことは示されず、事実上、譲位の一件の責任を取らせたのである。

「なに、これで済んだのは勿怪《もっけ》の幸い。もともと幕府の顔色を窺《うかが》って機嫌取りに汲々《きゅうきゅう》とするのは性にあいませぬゆえ」

通村はさばさばしたものだが、江戸へ召喚されて厳しく詮議されるという噂もある。そのまま拘禁される可能性もなくはないとあって、後水尾院はひどく落胆している。

和子は、院が手足をもがれた心地なのであろうと胸を痛めた。心底信頼して本音を言える相手は彼しかいない。聞きたくないことも、彼だけは率直に言う。ときに院以上の過激な言動で煽《あお》ってみせることで、逆に院の怒りを鎮静させる。

「おのれ、通村のやつめ、ふざけたことをいよる」そう吐き捨てるときの院の表情は、心なし嬉《うれ》しげに見える。

自分と梅の関係のようなものなのだろうとも想像している。

(院は、孤独になってしまわれたのだ)

自分がもしも梅を失ったらと想像すると、心細くていたたまれない気持になる。誰にも心を閉ざし、たった独りで耐えねばならないのはどれほど過酷なことか。

(でも……)

いまの自分は、通村の代わりにはなれない。ただじっと見守ることしかできない。おのれの無力さ、情けなさにうなだれるしかないのである。

寛永七年十月、藤堂高虎が死に、戦国の名残が消えた。

第四章　国の母と治天の君

一

和子《まさこ》の娘興子《おきこ》内親王（明正《めいしょう》天皇）の即位式から三月後の寛永七年（一六三〇）十二月、後水尾上皇の仙洞御所と、東福門院となった和子の女院御所。その両御所が完成した。

場所は禁裏の東南、広さ約二万三千百五十坪。その敷地を対角線で分け、東南側が仙洞御所、西北側が女院御所。建物の面積は女院御所のほうが少し大きい。仙洞御所が天皇の禁裏より大きく立派にならないようにとの幕府の意図によるもので、あくまで後水尾は隠居の身と釘《くぎ》を刺すためでもある。

公家衆《くげぐぶ》が供奉するものものしい行列を連ねてそれぞれの新居に渡御し、昨年末からほぼ一年つづいた夫婦・親子同居が終わった。

「また別々の生活に逆戻りやな。なんや名残惜しいわ」

前夜、まんざら嘘《うそ》でも世辞でもなさそうな面持ちで言った後水尾に、和子は笑ってこたえた。

「なんの。これからは形式ばらず気軽に行き来できるようになりましょうから」

天皇は正式な行幸以外、禁裏から出ることはできないが、上皇や女院は比較的自由に外出できる。それに、今度の各々《おのおの》の住まいは隣り合わせだから、いちいち車輿《くるまごし》に乗って外門を出て威儀をととのえる御幸《みゆき》行列の必要はなく、内塀に設けられた内門を通って行き来できる。いずれ両所の間に広い庭園を造り、そこで落ち合うこともできるようにしたいと、和子は設計段階から幕府の作事奉行である小堀遠州に要望を伝えている。

笑顔でこたえながらも和子の心を重くしているのは、晴れて上皇が自分の御所で寵《ちょう》愛《あい》する局《つぼね》衆を大勢抱えるであろうことである。まだ三十五歳の男盛りなのだから、行い澄まして愛妾《あいしょう》を持つなというほうが無理だ。それは重々承知しながらも、夫のからだに沁《し》みついた他の女の匂《にお》いを嗅《か》いでしまうのは耐えがたい。

それにも増して、胸の中に棘《とげ》のように引っかかって離れないままのことがある。はっきり確かめなくてはと思いつつ、知るのが恐ろしくて、誰にも聞けずに自分の胸にしまいこんでいたのだが、これからの後水尾と自分の関係を考えると、もう避けては通れない。

訊《き》けるのはやはり梅しかいなかった。

「のう肥後局、いえ、梅や。教えておくれ。どうして他のお局衆に子がないのか。わたしには次々に子ができたのに、おかしいと思わぬか」

入内《じゅだい》以来、子を産んだのは和子だけだ。考えてみればなんとも不自然である。自分が他の女たちより愛されている。そう喜び、愚かにもいい気になっていただけなのではないか。

「おまえは、なにか知っているのではないか。わたしが知らずにきてしまったことを」

譲位騒動のとき、後水尾が、公儀がいかに非道かそなたは知らぬのだ、と吐き捨てた。公儀が何をしたというのか。愛妾たちに子が生まれていない事実と、何か関係があるのではないか。

「それは……」

梅はみるみる青ざめ、膝《ひざ》の上に揃《そろ》えた両手をきつく握り合わせてもみしだいた。

「妙に思うことはしばしばあったのだ。寵愛を受けている女が急に姿を消したり、死んだと聞かされた。この中宮御所にお上がおられたときも、何度も泣き叫ぶ女の声を聞いた」

刺すような憎悪《ぞうお》のまなざしを向けられるのはしょっちゅうだ。嫉妬《しっと》と偏見のせいと気にしないように自分に言い聞かせてきたが、いま思えばそれだけではなかったのではないか。

「もう知らぬではすまされぬ。本当のことを話しておくれ」

「できることなら、ずっと知らずにいていただきたい。そう思ってまいりましたが……」

もう隠してはおけない。観念したように梅は洗いざらい話した。

寵愛の女が身ごもると、公儀の手の者が押さえつけ腹を踏みつけて流産させたり、無理やり堕胎薬を飲ませた。一人や二人ではない。何度もそうやって始末してきた。それがもとで死んだ女もいる。そのうちに、お手がつくと親があわてて宿下がりさせて隠してしまうようになったというのである。

「そんなむごいことを、ようも……」

和子は顔色を変えて肩を震わせ、膝に置いた拳《こぶし》を白くなるほどきつく握り合わせた。

「信じられぬ。すべて江戸の指図だと？」

梅は顎《あご》が襟につきそうなほどうなだれ、ちいさく肯《うなず》いた。

「すべて、このわたしのためだと？　わたしのためにやったことだと？」

「姫さま以外にお上のお子を産ませてはならぬと、入内のとき、大御所さまの厳命があったそうです。お医師たちは命じられて堕胎薬を調合し……」

そういえば、中宮御所の医師たちはたいてい一年か二年で交代する。発覚を防ぐため早々に江戸にもどし、新しい医師を送り込んできたのであろう。なかには、いま思えば、陰謀に加担している罪悪感に耐えかねてであろうか、心を病んでしまう者もいた。

「皆、いつ中宮さまに知られてしまうかと戦々恐々としておりました。でも、わたくしは、お知りになったらどんなにお心を痛められるか、ご自分をお責めになるか、それが恐ろしくて、気づかぬふりを通してまいりました。お局たちに申し訳ないと思いながら、心を鬼にしてきました。ああ、なんてひどいことを……。お赦《ゆる》しくださいまし。どうか、どうか」

梅は顔を覆《おお》って嗚咽《おえつ》をしぼり出した。

「どんなこともありのままお伝えし、ご自身で判断していただく。そう心がけてやってまいりましたのに、でも、このことだけはどうしても、どうしても打ち明けられませなんだ。わたくしが心弱いせいで……」

終《しま》いまで言わせず、和子は冷たく吐き捨てた。

「もうよい。梅、おまえの顔は見とうない。金輪際、見とうない」

生まれたときから一緒で、一日も離れたことがない梅だ。ただの侍女ではない、かけがえのない存在だ。だからこそ赦せない。突き上げる憤《いきどお》りを止めることができない。

「退《さ》がりなさい。二度とわたしの前に現れないで」

「お咎《とが》めは覚悟しております。どうか、江戸へ帰らせてくださいまし」

「いえ、それは許しません。江戸へ帰るのは、断じて許しません」

江戸へ帰せば、責任感の強い梅のことだ、自害しかねない。

「滝川に嫁ぎなさい。辞退は許しません」

滝川作兵衛《さくべえ》は、一年前、和子が女院になった際の組織再編にともなって江戸から派遣されてきた、天野の下役である。四十がらみの温厚な男で、柔らかな物言いと態度で姫宮や女中たちに慕われている。妻を病で失った寡夫《かふ》の身軽さもあり、誰より長い時間、御所に詰めている働き者だ。

その滝川が梅を気に入り、後添いにいただきたいと天野を通じて申し出たが、梅は固辞した。悪い話ではないと和子も勧めたのに、こんな三十過ぎた大年増《おおどしま》にもったいない、誰にも嫁ぐ気はございません、と頑《かたく》なに首を横に振るばかりだった。和子から離れたくないのが本心とわかっているから、それ以上強く勧められずにいたが、この機に嫁がせる。相手が滝川なら梅を粗末にすることはないであろうし、彼を通じて様子も聞ける。

顔も見たくない、でも、手放したくない。矛盾した感情に揉《も》みたてられ、和子は奥歯を喰いしばって顔をそむけ、あとはもう梅を見ようとしなかった。

二日後、梅はごくささやかな祝言《しゅうげん》を挙げて滝川に嫁いでいった。長年の奉公の報償として過分なほどの祝儀の金品を与えたが、別れの挨拶《あいさつ》は許さなかった。夫婦は女院御所のすぐ外側の役宅に住む。高い築地塀《ついじべい》がふたりを隔てる。

翌日、和子は天野を呼びつけた。

「江戸へ下って、父上に報告しなさい。わたくしが知ってしまったと、父上にお伝えするのです。向後もしもまた、かようなことがあったら、ただではおきません。わたくしにも覚悟がある。この命に代えて、お上にお詫《わ》びいたします。そう申し上げなさい」

顔面蒼白《そうはく》になった天野を冷たく見据え、言い放った。

「天野、そなたらが腹を切って事をすませようなどと考えぬよう。くれぐれも言っておきますよ。お医師たちもです。よいか。もしもそんなことにでもなったら、公武は今度こそ決裂。わたくしは、この東福門院は、天皇家の人間です。父上にそう……」

最後は、不覚にも声が震えて言葉にならなかった。

二

――自分は天皇家の人間。

そう言いきった和子だが、徳川の者であることを放棄できはしない。この先も男皇子を産むことを期待されている。明正女帝の次に帝位に就く子だ。上皇の愛妾たちとの競争はまだまだ続く。院御所には新しい局衆が次々に増えていると聞く。若く美しい女たちとの競争に、二十四歳になっている自分がたちうちできるか。

――まだ二十四、もう二十四。

国母《こくも》と崇《あが》められ、「後宮の主《あるじ》」となっても、これはただの女としての闘いだ。

だが、和子の使命は男皇子を産むことだけではない。宮中における幕府の名代としての役割も担《にな》っている。重い役目だ。自分にしかできない仕事だ。

新女院御所への渡御の半月後、さっそくその役目を果たすことになった。

実姉の勝姫が越前の松平忠直との間にもうけた娘の亀姫《かめ》が、祖父である大御所秀忠の養女となって、院の実弟高松宮好仁親王《たかまつのみやよしひと》に嫁ぐことになったのである。

――和子につづく第二の公武合体。

もしも万が一、和子にこのまま男皇子ができない事態になったら、高松宮と亀姫の間の男子を後水尾の養子にして帝位を継がせる。大御所や幕閣はそうもくろんでいるのではないか。勘繰りすぎと思いつつ、和子は疑わずにいられなかった。

ひと月ほど前に上洛《じょうらく》して二条城で待機していた亀姫は、女院御所に移ってきた。ここから高松宮家へ嫁ぐことになり、和子が婚儀の仕切り一切と持参する衣服や調度の支度を任された。

「母上さまは息災でいらっしゃる？　此度《こたび》のご縁組、さぞお喜びでしょうね」

勝気で負けず嫌いの姉は、妹の和子と自分の境遇の差に歯嚙《はが》みして悔しがっていると、兄の忠長が上洛した際、冗談交じりに話していた。四年前、二条城行幸のときのことだ。

今回、娘が宮家に嫁ぐことになり、どんなに喜んでいるか。自尊心を満足させられているであろう。そう思ったのだが、姉からは手紙一本よこさない。娘をよろしくとか頼りにしているとか、別にありがたがってくれというわけではないけれど、娘を嫁がせる母親の気持がこもった言葉すら伝えたくないのか。

亀姫は十四歳。くっきりした面立ちは記憶のなかの姉に似ているような気がするが、気性はだいぶ違うのか、

「はい、あの……」

おずおずと何か聞きたげに言いかけ、口ごもった。

「母は、おまえは大御所さまの孫で将軍家の姪《めい》、相手が宮家であろうが侮《あなど》られてはなりませんと、それればかり申します。宮さまに対しても周囲にも、大威張りでいろと。でも、わたしは怖くて」

「そう。そうでしょうね」

その気持はよくわかる。怖いのがあたりまえだ。御附の侍女たちも一緒に宮家に入るが、それで安心できるものではない。この娘には、梅のような侍女がついていてくれるのだろうか。本心をさらけ出して泣ける相手がいてくれればいいのだが。

それにしても、威張っていろとは、姉はなんということを言うのか。娘を安心させるためだとしても、それで夫婦仲がうまくいくと思っているのか。母の言葉を信じてそういう態度をとったら、夫婦仲はたちまちこじれる。娘が宮家と宮廷社会で孤立して不幸になるのが目に見えているのに、それくらいの想像力もないのか。実家と出自を笠《かさ》に着た姉の傲慢《ごうまん》さ、思慮のなさに、和子は心のなかで深々と溜息《ためいき》をついた。

だが、亀姫の次の言葉に、おや？と思った。

「京はきっと盆地のせいですね、ひどく湿っぽいし、宮中や宮家は武家とはしきたりも言葉も食べものも、なにもかも違うのでしょう？　現にわたし、水が合わないのか、京へ来てから肌がかぶれて、もう痒《かゆ》くて痒くて、掻《か》きむしりたいほど」

袖《そで》をまくり、二の腕の内側の柔らかいところが赤く爛《ただ》れているのを示して見せた。

「おやまあ、大変だこと。でも、からだが慣れれば治りますから、大丈夫ですよ。しきたりや言葉もじきに慣れます。むやみに怖がる必要はないし、先入観で嫌って拒否しては駄目ですよ」

それよりなにより、人前で二の腕を見せるなんてお行儀が悪い、とたしなめながら、和子は安堵《あんど》した。案外、自分の気持を率直に出せる娘らしい。これなら、最初はぶつかったり陰口を叩《たた》かれて泣くことも多かろうが、やがて乗り越えられる。自分も嫁ぐ前、体調を崩して入内が延期になった。重圧と恐怖で心身ともに弱った。それと比べれば、この娘は強い。少なくとも、怖いと言いつつ、文句を言う元気がある。

色があさ黒く、太い男眉《おとこまゆ》に丸っこいだんご鼻、いかついからだつきで、お世辞にも容貌《ようぼう》にめぐまれた娘ではないが、不幸な家庭環境に育って悲しいことも多かったろうに、暗い雰囲気がない。黒目勝ちの大きな双眸《そうぼう》が表情豊かで、なにより愛嬌《あいきょう》がある。

相手の高松宮好仁親王は二十八歳、いたっておとなしい性格で、同母の兄弟たちが誘い合わせて参内して後水尾と遊ぶときも、ほとんど出てこない。生母の中和門院《ちゅうかもんいん》も彼の人見知りを心配し、引っ張り出そうと躍起になっていたが、しまいには根負けしたらしい。あの子は一人で日がな一日書をやっていれば満足なの。本人がそれでしあわせならしかたないけど、いまだに妃《きさき》がないなんて。一日も早く娶《めと》らせたい。よく溜息交じりにそう言っていた。

この縁組はその中和門院のたっての願いで実現したのに、この七月に亡《な》くなってしまった。あと五ヶ月お待ちくだされば安心されたろうに。

亀姫が亡き姑《しゅうとめ》の思いを汲《く》み取り、夫の気持を明るく引き立てることができれば、寡黙な夫に元気でおしゃべり好きな妻の組み合わせは、かえってうまくいく。沈みがちな家の中もなごやかになろう。家の雰囲気は妻がつくる。さりげなく諭して、そう仕向けてやるのが自分の役目だ。

「気負わず、あなたらしく、宮さまをお援《たす》けするのですよ。おおいに笑わせてさしあげなさい」

「はい。わたし、そういうの得意です。滑稽話《こっけいばなし》とか狂言とか大好き。物真似《ものまね》してよく叱《しか》られましたけど、大声で笑えば、いやなことは全部忘れてしまえますから」

照れ笑いしながらうなずいた娘は、まじまじと叔母を見つめ、真剣な顔になって言った。

「女院さまは、わたくしなどよりもっともっと、重苦しいお気持で入内なさったのだと思います。さぞ大変な思いをなさってこられたことと」

思いがけない言葉に、和子は驚いた。この娘は想像力がある。人の思い、心の痛みを察しようとする思慮深さがある。

「わたくしが至らないことは、どうか厳しくお叱りください。耳が痛いことも、痛すぎて泣きたくなるようなことも」

肩をすぼめてしょんぼりするふうをしてみせ、自分の芝居がかったしぐさに照れて、肩を揺らして笑いだした。

「そうね。そうしましょうね」

和子もつられて笑い、ふと、涙ぐみたいような気持に襲われた。この娘は大丈夫。人はどんな境遇にあっても、天性の資質と考え方次第で、自分を救うことができるのだ。

十二月半ば、京ならではの湿った重い雪が降りしきる日、亀姫は嫁いでいった。輿に乗り込む彼女の頬がしもやけと緊張で真っ赤になっているのを、和子は傷《いた》ましくもほほえましくも眺めて見送った。

さらに婚儀がつづいた。半年後の翌寛永八年（一六三一）七月、後水尾の長女梅宮が鷹司教平《たかつかさのりひら》に嫁いだ。教平の生母は後水尾の実姉の清子内親王だから、ふたりは従兄《い と》妹《こ》同士。梅宮十三歳、教平は十歳年上で権大納言《ごんだいなごん》兼左大将。

梅宮はずっと日陰の存在だった。兄の賀茂宮が五歳で死んでしまってからは宮中で女官たちに育てられ、その後、生母およつ御寮人の実家四辻家でひっそり養育されていた。宮中にいた頃も、行事や遊びに出てくることはほとんどなく、和子が気にかけて誘い出そうとしても御附の女官が断ってきた。賑《にぎ》やかな場がお嫌いですので。お風邪を召しておられますので。見え透いた口実と思いつつ、その頑なさに悪意を感じた。幼い少女ながら自分に向けてくる視線の冷たさにたじろぎ、母や兄を不幸にしたと憎まれていると思った。身にまとわりつかせている陰気な気配が不気味でもあった。

およつには一度も会ったことがないから嫉妬の感情はないが、後水尾にとっては初恋の相手で、無理やり引き離されたのをいまでも悔やんでいると感じると、さすがにいい気持はしない。これもやはり嫉妬かとも思う。

この結婚で梅宮もおよつもやっと日の当たるところに出られる。和子はほっとしたし、周囲もいい組み合わせと祝福している。教平は明るく陽気な性格だから、梅宮の心をほぐしてやれるであろうし、母の清子内親王も懐《ふところ》の広い気さくな人柄だ。かねてこの不遇な姪を不憫《ふびん》に思い、明正の即位式が終わるのを待って、息子の嫁に、と申し出てくれたのである。

梅宮に限らず皇女の進む道は、摂関家に嫁ぐか、出家して比丘尼《びくに》御所に入るかの二つしかない。摂関家の子弟でも、素行の悪い者や過去に何度も結婚した者は除かれるから、適当な者がおらず、半ば無理やり出家の道へ入らされることが多いのである。

「やっと肩の荷が下りる心地や。なんやあの子だけ可哀《かわい》そうでならなんだゆえ」

後水尾院も和子にもらした。和子所生の姫宮たちと比べて、と口にしたわけではないが、

「あんじょう頼むえ」

というのは、暗に、母親代わりに十分な降嫁《こうか》支度をしてやってくれ、という意味だ。和子に「天皇家の家刀自《いえとじ》」、一家の束ねである主婦の役割を求めているのである。

「お任せください。梅宮さまにふさわしい立派なお仕度で送り出してさしあげます」

婚礼道具、家具調度、新郎の分も含めてこの先十年は不自由しないだけの衣服と生活費、それらをすべて、和子が幕府から支給されている所持金から出す。そのことに

和子自身、不満や理不尽さを感じることはない。自分の金が役に立つならいくらでも出す。もしも足りなければ、江戸の父に頼んで出させる。

（いままで父上がなさったことを思えば、それくらい当然。そうでありましょう？父上）

父の顔を思い浮べながら、復讐《ふくしゅう》に似た苦い気持で思うのである。

だが、肝心の梅宮はなぜか少しも喜ぶふうはなく、笑顔一つ見せないまま嫁いでいった。

三

高松宮と亀姫の婚儀により、公武のせめぎあいはとりあえず鎮静した。後水尾上皇の生活もようやく落ち着きを取りもどし、譲位前から熱心にやっていた立花をふたたび楽しむ余裕もできた。

譲位直前の寛永六年（一六二九）などは月に七、八日、正月からの半年の間に実に三十数回も宮中で立花の会を催していた。公家衆はそれぞれ花材を持参して後水尾の御前で活《い》け、順位がつけられる。審査は後水尾自身と、その指南役を務める二代目池坊専好である。

室町時代の書院の床の間飾りとしての「たてばな」は、初代と二代の専好が登場して一瓶で独立した芸術として鑑賞の対象となる色彩豊かで豪華な「立花《りっか》」へと発展した。凝り性の後水尾のことだから、面白いとなると異常なほど熱中し、いまや和歌や学問以上にのめり込んでいる。

ことに、寛永六年五月半ばと七月の七夕の日におこなわれた会は、「宮中大立花」と呼ばれて語りぐさになっている。五月のときは三十人、七月七日はなんと四十九人、一人一瓶が一堂に並んだ盛大な会で、公家衆はもとより僧侶《そうりょ》や町人、寺の坊官や小姓まで心得のある者が選ばれ、こぞって参加した。地下の者もこのときばかりは大手を振って禁裏に出入りできる。

身分の垣根を超えて参加した催しといえば、誰もが思い出すのは、天正十五年（一五八七）十月に豊臣秀吉が北野天満宮でおこなった「北野大茶会」である。

――茶事をする者はこぞって参加せよ。

参加せぬと、向後、茶の湯をすることをかたく禁ずる、という脅しじみた命令であったが、武家・公家・僧侶・町人、それぞれ自慢の茶器を持参し、工夫を凝らした茶席をしつらえて参加した。関白秀吉はじめ千利休、津田宗及、今井宗久の三人の茶頭の点前《てまえ》を誰もが並んで参加できた。それは戦国の世の自由さそのものであり、秀吉の気風でもあった。

　ところが徳川の世になると、宮中と公家は「禁中並公家諸法度《しょはっと》」で行動が規制され、幕府の警備が厳重になって、禁裏は塀の中に押し込められてしまった。御所の中を町人たちが近道して通り抜けたり、祭行列が繰り込んできたりという、ざっくばらんな雰囲気はもはや失われている。和子が入内した元和の頃はまだ、気さくな中和門院が自分の御所に近隣の村の祭踊りや芸人らを呼び入れて内々に見物させてくれたりしたが、いまはそれもなくなり、宮中の空気は余裕のない窮屈なものになっている。

　後水尾はその流れに逆らいたいのである。学問諸芸が天皇の「仕事」というなら、それを世の中に広めるのも天皇の仕事だ。文句があるなら言うがいい。現に、板倉重宗ら所司代の主だった者たちも、宮中の茶会や立花会に喜んで参加しているではないか。その交遊のなかで互いに気心を通じ、打ち解けて、角突き合わせる事態をやんわり回避する。紫宸殿の前庭に能舞台を造って威嚇《いかく》するような、陰湿な恫喝《どうかつ》で支配できると思ったら大間違いだ。こちらはもっと洗練されたやり方で対抗してやる。

　そういう気持でいた後水尾だったが、紫衣《しえ》事件や春日局の強引な参内に激怒し、突然の譲位となったのだった。その嵐《あらし》がようやく収まり、やっと立花を江戸に対する誇示や駆け引きではなく、純粋に楽しみとしてやれるようになった。

「しかしながら、お上の場合はすでに好きだの熱中だのの域を超えて、立花狂いですな。それが公家たちに伝染して、いささか度を過ぎているきらいがございます。困ったことで」

生真面目《きまじめ》な一条兼遐《かねとお》にたしなめられる始末である。

現に、ただ活けるだけでなく、自ら花材を求めて郊外の山野へ出かけて採取してきたり、特別注文で好みの花瓶を作らせたり、古物屋から高値で買い求める者までいる。足利義政《あしかがよしまさ》公愛玩《あいがん》の東山名物だの、その倣《なら》いものだの、いちいち自慢の種にもやっかみの種にもなる。かつての戦国大名たちの茶道具の収集熱に似て、妄執や愛憎の原因にもなるが、しかし、戦功の報償として城や領地の代わりにするわけでなし、罪はないと後水尾は見切っている。

なかでも、後水尾もそうだが、珍しい椿《つばき》に熱狂して「椿狂い」と揶揄《やゆ》される者が増えている。たとえば、誓願寺竹林院の住持安楽庵策伝《あんらくあんさくでん》は、茶の湯や狂歌をたしなんで豊臣秀吉や板倉重宗らと近く、板倉の求めで『醒睡笑《せいすいしょう》』という笑話集をものした説経僧だが、その彼も大の椿狂いで、最近、珍種の椿を紹介した『百椿集《ひゃくちんしゅう》』なる一書を著した。

後水尾もさっそく近衛信尋に取り寄せさせて読んでみたが、そのなかに、安芸《あき》国広島の薄屋宗善という町人が千里を厭《いと》わず珍種を探し求める話があった。その宗善がつくりだした大薄色なる新種は絶賛されているという。

策伝も宗善も、自分とおなじ椿狂い。執心に身を焦《こ》がす、愚かにして愛すべき人間たちだ。しかしながら、損得関係なく夢中になれるものがあるのは幸せ、というべきだと思う。

だが、兼遐の舌鋒《ぜっぽう》はおさまらず、横目で兄たちを見やると、

「この京でも、自邸で品種改良を重ねて新種づくりに熱を上げている者が少なくない由《よし》。日野など、すでに椿の新種をこしらえたそうで」

わざとらしく嘆息してみせたから、後水尾と信尋はそっと首をすくめた。

武家伝奏の日野資勝《すけかつ》が自邸の庭に椿園をつくって三十三種も栽培し、苦心の末に完成させた新種は「日野椿」と呼ばれて噂《うわさ》になっている。後水尾と信尋はそれを聞きつけ、接木《つぎき》して献上するよう命じたばかりなのだ。

「ほう、それは知らなんだ。のう？」

信尋に助けを求めると、正直者の信尋は困惑顔であわててうなずいた。

後水尾自身、仙洞御所の花苑《はなぞの》で花材を栽培している。つい先日も、茶人の金森宗和

が椿の接木をさせたいので職人を仙洞御所の花畑に入れてもいいか尋ねてきたと信尋が伝えてきた。すでに宗和のところに職人たちが来ているというので、いつでも入ってよいと返事してやった。

宗和は武家の出だが、大仰なきわぎわしさのないたおやかな茶風で、公家方や女性たちに人気がある。その宗和が茶席の床飾りに椿を好んで使うのは、凛《りん》としながらも清楚《せいそ》で華やかな風情《ふぜい》が気に入ってのことであろう。熱心に栽培しているというから、彼もそうとうな椿狂い。同好の士なのだ。

「お上、病膏肓《こうこう》に入るという言葉をどうぞお忘れなく。ものごとには限度がございます。近衛の兄上もですぞ」

末弟の手厳しい言葉に、ふたりの兄は気まずい顔でうなずき、

「しかし、金森は和子が女院御所に呼んで茶事を習っておるわけじゃし」

後水尾はいわずもがなの失言までして、信尋に目顔で制される始末である。

和子の点前はしごく筋がいい、と宗和が褒めていると信尋から聞かされている。きりっとした部分としとやかな部分が調和しており、茶道具の選び方やしつらえも趣味がよくて気が利《き》いているというのだ。世辞も入っていようが、いかにも和子らしいと思う。そう聞いて嬉《うれ》しい気持になったのは、さすがに体裁悪くて弟たちにも言えはし

ないが。

考えてみれば、自分がこれほど花卉《かき》の栽培に熱心になったのは和子の影響だとあらためて思い当たる。御所内にはもともと花園があったし、亡き母の御所でも菊を作っていたが、九月の重陽の節句の菊酒をつくるために育てていたにすぎない。むろん専門の植木職人に任せきりで、自ら苗木から育てたり世話しようなど、宮中の誰も考えたことすらなかった。

それなのに、和子は半袴《はんばかま》姿で泥まみれになってやり始めた。育ってくれるのが嬉しゅうございます。手をかけ愛情を注げば応《こた》えてくれます。雨風や雪、夏の炎天、それに虫害からどうやって守るか。命を育てていると思います。子育てとおなじ。心を通わせるという意味で、人とのつき合いにも通じます。そんなことを目を輝かせて言うのを、最初は、もの好きどころか粗野きわまりないと呆《あき》れていたのに、いまや自分もおなじことを思い、人に言ったりしている。

さすがに立場上、自身が土いじりをするわけにはいかないが、それがもどかしいと思うのだから、変われば変わった。一緒にやれたら楽しかろう。あれこれ相談し合い、肩を並べて枝伐《えだき》りや草むしりする自分の姿を思い浮かべ、そんな自分に驚くのである。

自分の仙洞御所と和子の女院御所の間に広い庭園を造る計画があるが、なぜか一向に進捗《しんちょく》しない。幕府の資金に頼るしかないことだからしかたないが、待ち遠しい。花卉の栽培もいいが、やはり庭園を造るほうがおもしろいし、やり甲斐《がい》がある。

かつて二条城行幸のとき、将軍家はそれまでの武家好みの豪壮な苑池を大幅に造り変え、東山の山並を借景に取り込んだ優美な庭にした。それまでの巨岩が縦にそそり立つ石組を横にして並べ替え、なだらかでやさしい石組に仕立て直す大工事だったと聞いた。植栽や築山《つきやま》も一変し、行幸御殿《みゆき》の縁先に座って眺めるのにまことにけっこうだった。

その工事を采配《さいはい》したのは小堀遠州という伏見奉行を務めている男で、和子の母方である近江《おうみ》の浅井家の旧臣と聞いた。かつて自分を島流しにすると恫喝した藤堂高虎の娘婿《むすめむこ》と聞いていやな気がしたが、しかし、あの男はこと造園にかけては才がある。古田織部《おりべ》に師事した茶人ということだから、独自の美意識をもっているのであろう。金森宗和といい、小堀といい、武家だからといって無骨で粗野な人間ばかりではないということか。それとも、戦国の世から平和な時代に移り変わり、武家そのものが変わったということか。

そんなことをつらつら考えながらも、力ずくで支配してくる幕府と、大御所秀忠のしれしれとした顔を思い浮かべ、赦してはならぬ、屈するものか、と後水尾は肩をそびやかしている。

四

新造の仙洞御所に移ってひと月足らずの寛永八年正月二日、後水尾上皇に仕える女官が宿下がりしていた実家で上皇の子を産んだ。

それを知った和子は、江戸の父がやっと非道なことをやめてくれたと安堵した。生まれたのは女児で、八重宮《やえのみや》と名づけられた。もしも男皇子であったらとひやりとしつつ、複雑な感情をおぼえずにいられなかった。その女は、上皇が中宮御所にいる間に懐妊したのである。しかも上皇は、懐妊の事実も、間もなく臨月であることも、和子に一言も告げなかった。知れると危険と用心してか、それとも、あらためて言わねばならぬ義理はないと考えてか。

いずれにしても、裏切られたようでたまらなく寂しい。心が通じ合っていると思っていたのに、そうではなかったのか。自分のひとりよがりだったのか。そう思うとたまらなく虚《むな》しい。

その女は後水尾の在位中から仕えている御匣局《みくしげのつぼね》という勾当内侍《こうとうのないし》で、禁裏のとりしきりと天皇の身のまわりの世話という職掌柄、和子も比較的よく顔を合わせる。美人ではないがしっかりした女で、信任されているのはわかっていたし、愛妾の一人であることも知っていたが、局が二十八歳という年齢で自分より年上であることに、敗北感を感じた。

入内から九十年、自分以外の女が子を産んだのはこれが初めてだ。覚悟していたことなのに、やはり動揺した。これからも次々に生まれるであろう。誰がいちばん先に男皇子を挙げるか。熾烈《しれつ》で過酷な女の戦だ。身分や立場は関係ない。女と女の闘いだ。

梅と話したい。侍女や女官は大勢いても、こんな気持を訴えられるのは梅しかない。呼び返してまた仕えさせよう。いや、だめだ。やはり赦せない。顔を合わせれば、怒りが再燃してしまう。

揺れ動く自分の気持に苛立《いらだ》ち、鬱々《うつうつ》とするなか、梅が身ごもったと夫の滝川作兵衛が報告してきた。三十一歳の高齢の懐妊で初産《ういざん》のためつわりが重く、やつれきって寝込んでいると聞き、諦《あきら》めるしかないとようやくふっきった。

それから間もなく、江戸の秀忠が病に倒れたと報《しら》された。数年前から胸にできていた腫物《はれもの》の痛みを抑えるための灸《きゅう》治療が合わず、ろくに食事ができなくなった。その後、薬が効いて痛みが引き、食も進むようになったが、これも数年前から患《わずら》っていた持病が悪化して片方の目が見えなくなった。虫気か癪《しゃく》の病だという。

将軍家光は毎日のように秀忠が住む西の丸へ見舞いに訪れ、和子にも内密の書状を送ってくれた。それによると、父の発病は忠長の度重なる不行状に激怒したのが原因だという。

「ほとほと見下げ果てた。もう庇《かば》ってやるには及ばぬ」そう吐き捨て、あれほど夫婦そろって偏愛して育ててきたのに、ついに匙《さじ》を投げたというのだ。

忠長の常軌を逸した言動が目立つようになったのは一年ほど前からで、領国の駿府で深夜城を抜け出して辻斬《つじぎ》りしたり、江戸でも家臣や出入りの町人を斬り殺すなどの不祥事が相次ぎ、見かねた家光がしばしば忠告した。忠長はそのときは反省の色をみせるものの行状はおさまらず、ついに秀忠の知るところになり、出仕を禁じられた。

最初こそ忠長の乱行は酒癖の悪さのせいと軽くみていた諸大名や幕閣だったが、ここに至るや、このままではかつての家康の息子松平忠輝《ただてる》や越前の松平忠直のように処罰されるのでは、と噂するようになった。家光はそれでも忠長を庇い、江戸城内北の丸の屋敷で謹慎させたのに、忠長は禿《かむろ》を唐犬にかみ殺させたり、女中を酒責めで殺したりと乱行の度を増し、たまりかねた秀忠と家光はついに、駿府から甲斐《かい》へお預け、蟄居《ちっきょ》処分としたのだった。

和子には少年時代の忠長のあっけらかんとした明るい顔しか思い浮かばない。人なつっこく陽気で、両親や養育係の者たちだけでなく城内の皆から愛されていた。愛されることに馴《な》れきった者特有の無神経さも見えたが、ただ、二条城行幸で上洛して会いに来たときの忠長は、兄に対する敵愾心《てきがいしん》をむきだしにした。妹の前だから安心してであろうが、片や将軍、自分は臣下、大きくついてしまった格差に憤る姿はまるで、兄の玩具《おもちゃ》を欲しがって駄々をこねる幼児さながらだった。

それでも、皇子を産めずに苦しんでいる和子を、おおらかな口調でなぐさめてくれた。焦《あせ》ることはない。のんびりかまえておればよいのじゃ。そう言って屈託なく笑ってみせてくれた。

忠長の最愛の母、最大の庇護者《ひごしゃ》の母が急死したのはその直後。そしていまや、父にまで見放されてしまったというのだ。

(自業自得《じごうじとく》とはいえ、おかわいそうに。父上もさぞご心痛であろう。間に立っている兄上も)

忠長、秀忠、家光、三人のそれぞれの心情を思うと複雑なものがある。江戸の城で家族そろって暮らしていた頃のことがしきりに思い出され、胸がしめつけられる。

血がつながっているからこそ、情愛と憎悪の狭間《はざま》でがんじがらめになる。人間というのはなんと哀《かな》しいきものか。

かつての後水尾と後陽成の確執は父帝が崩じるまでつづいた。後水尾はその心の傷をいまも胸底に抱えていると、ふとした言葉の端々に感じる。むかし母は、天子も雲上人もわれらとおなじ、と言った。どんな家のどんな家族にも、多かれ少なかれ骨肉の愛憎がある。身分や立場があればあるほど、修復できないまま永別せざるをえなかったりする。死なれて悔やみ、その後悔と自責の念は深く沈殿して、消えることはないのである。和子自身、父に対して嫌悪《けんお》とわだかまりを抱えたまま、吐き出すすべがないでいる。このまま父に死なれたらと考えると、震えるほど怖い。

秀忠は夏には小康状態に回復して周囲を安心させたが、七月半ば、江戸城内紅葉山の東照宮参拝の後、一気に悪化、ふたたび病臥《びょうが》してしまった。

病状は一進一退をくり返していたが、閏《うるう》十月下旬からは悪化の一途をたどり、明くる寛永九年（一六三二）一月二十四日、江戸城西の丸で生涯を閉じた。

五十四歳。家康の七十五歳の長生にかんがみれば、誰の目にもその大御所時代はまだ、ゆうに十年やそこらは継続するものと映っていた。

「だが和子、気を落としてはならぬぞ。大事な身なのだからな」

後水尾の言葉が悲嘆の和子を奮い立たせた。妊月五ヶ月の懐妊中で着帯の儀をすませたばかり、あと五ヶ月もすれば出産を迎える。

――今度こそ男皇子を。頼むぞ、和子。わしの唯一《ゆいいつ》の心残りじゃ。

父の声が聞こえる気がする。

秀忠の院号は、天海、崇伝、林羅山らが協議したが決められず、羅山が上洛して朝廷に奏請し、「台徳院《たいとくいん》」と決まった。さらに正一位が追贈され、現天皇の祖父として位人臣《くらいじんしん》を極めたのである。

さらに家光は、墓所である増上寺内に御影堂《みえいどう》を建立《こんりゅう》することにし、そこに掲げる扁《へん》額《がく》に上皇の宸筆《しんぴつ》を求めてきたが、後水尾はすぐには応じなかった。和子は、上皇の内心はやはり、亡き秀忠から受けた数々の屈辱を忘れることができずにいるのであろうと察した。

「お上、お断りなさってもようございます。兄もわかってくれます」

兄にすれば、いままでは将軍といっても実権はあくまで大御所にあったが、これからはいよいよ独り立ちである。そのためにも十分すぎるほど父を顕彰しておきたいのであろう。その思いはわかるが、後水尾の気持を無視してごり押しすれば、これからの両者の関係にわだかまりを生じてしまうことになりかねない。

かつて和子に、おまえだけはお上によりそってさしあげろと忠告してくれた兄だ。秀忠時代の朝幕の緊張関係の二の舞になってほしくない。

「そやけどなぁ」

いつになく煮え切らないのは、後水尾もそれを案じているからである。

後水尾の耳にも、家光が弟忠長の処遇に手を焼いていることが入っている。幕臣や諸大名は「忠長卿《きょう》はすでに常軌を逸している」「気が狂った」とまで噂しているという。和子の目には、両親に溺愛《できあい》され、兄より自分のほうが将軍にふさわしいと周囲にちやほやされて育って増上慢になった忠長は、犠牲者だとも思う。父や母のことを悪く思いたくないが、親の愛が子をゆがめてしまうこともあるのだと、子を持つ母親として恐ろしくなる。

後水尾は結局、家光の望みどおり宸筆を与えた。そうすることで彼自身、過去の桎《しっ》梏《こく》から自分を解き放ってくれたのであればよいが、と和子は思った。

和子には父の遺産分けとして、大判金二千枚、白銀一万枚が贈られた。

――宮中で力をふるうために使え。そのための軍資金だ。

父の声が聞こえる気がした。

――今度こそ男皇子を産め。その子を天皇に。徳川の天皇に。

それが父の最後の願い。ついに果たせなかった宿願である。

六月五日、真夏の明け方、和子は六人目の子を産んだ。今度も女の子だった。

女五宮と名づけられたその赤子を後水尾はなぜか溺愛したが、和子は失意の底に沈んだ。

五

春日局が上洛してきたのは、ひと月半後の七月下旬。

産後の忌がようやく明けたばかりの和子はできれば会いたくなかったが、将軍の名代で姫宮誕生の祝儀《しゅうぎ》のためにやって来たといわれれば、拒絶するわけにはいかなかった。

春日局は面やつれの目立つ和子を傷ましげに見つめ、いきなり切り出した。

「皇子でなくとも一向にかまいませぬよ」

「そなた、なにが言いたいのです」

「ですから、姫宮でもかまわぬと。女院さまはまだお若い。これから先いずれ皇子がおできになりましょう。さいわいお局衆にもまだひとりも皇子はできていない。焦ることはございませぬ」

「それはおふく、そなたの意見ですか？　それとも将軍家の？　幕府がそう言えと？」

「さて、そんなことはどうでもよろしいでしょう。それより女院さま」

春日局は和子の顔をじっと凝視し、言い放った。

「ご自分が産んだわが子でなくては、愛《いと》おしいと思えませぬか？　可愛《かわい》がって育てることはできませぬか？」

「どういう意味です」

「このふくは、僭越《せんえつ》ながら、将軍家を実の子と思うてお育ていたしました。わが子以上に愛《いつく》しみ、全身全霊でお育てしました」

「わかっています。兄上にとってもそなたのおかげで救われた部分が大きい。わかっています」

両親に疎外《そがい》された家光は自害を図った。紅白粉《べにおしろい》を塗りたくって女ものの着物を着ているのを和子自身、目撃した。あの頃よりもいまのほうが、兄の悲しみと悔しさがよくわかる。それを抱きとめて救ったのはこの乳母だ。

しかし、春日局はなぜいまさら、そんなことを言い出したのか。

真意をつかみかねて和子が黙り込むと、春日局は静かに言葉を継いだ。

「この先、お局衆の腹から男皇子が生まれましたら、あなたさまの養子になされればよろしいのです。血のつながりなどいかほどのものか。それより心の絆《きずな》のほうが、ずっと強いのですぞ」

「他の女が産んだ子を養子にせよと？」

耳を疑った。徳川の血にこだわる必要はないというのか？

「あなたさまはすでに国母。国の母なのですから」

「それは、わが娘が今上天皇だからというだけのこと。次の天皇になる皇子の母には、いまだなれず……」

最後は不覚にも声が震え、視線を泳がせかかったが、春日局は和子の顔をひたと見据え、声をあらためた。

「いえ、勘違いなさいますな。このふくは、名目やお立場のことを言っているのではありませぬ。天皇家全体の母御におなりくださいと、そう申し上げておるのです」

「天皇家の母親……。お上のどのお子も、わたしの子……」

茫然《ぼうぜん》とした。そんなふうに考えたことは一度もなかった。

「たとえ腹を痛めた子でなくとも、養子にして心から慈《いつく》しんでお育てになれば、実の子となんの違いがありましょう。まぎれもなく東福門院さまのお子、徳川の皇子でありますよ」

「わたしが産んだ子でなくともいいと？　そういうことか？」

徳川の血にがんじがらめになっていたのは、実は、自分自身だったのか？

「あなたさまが養母になれば、それは徳川の血統を引く皇子ということです。将軍家の庇護を受け、何不自由なくお育ちになれます」

「徳川の皇子……わたしの子……」

まだ混乱した頭のままつぶやき、障子を開け放った庭に視線を漂わせた。

広縁のすぐ先の花畑が見える。菊、桔梗《ききょう》、女郎花《おみなえし》、秋の花たちが競い合って咲いている。草花は心を込めて世話すれば応えてくれる。

「そのために使う金子なら、将軍家は惜しみなく出します。宮方や公家衆《くげ》はけっして裕福とはいえぬそうでありますの。なかには町方からの借金で首がまわらなくなり、泣く泣く娘を色街やいかがわしい茶屋に売ることも少なくないやに聞きました」

春日局は前回の上洛時とおなじく豪商後藤家の屋敷に逗留《とうりゅう》している。その関係で裕福な町人層や近江の多賀社の社僧らとも交流があり、また京在勤の大名重臣や公家衆も、江戸城大奥を牛耳る将軍家の御乳母さまになんとか誼《よしみ》を通じようと躍起になって訪ねてくるということで、そこから世事の情報を仕入れているらしい。

「いまや町方のほうがはるかに裕福。暮らしぶりも豪奢《ごうしゃ》と見ました。流行《はや》りものは皆、そういう町方から出てくるそうでありますのう」

よほど贅沢《ぜいたく》な接待を受けたか、しきりにやついて言い、目を光らせた。

「公家方は、たとえ摂関家などでもひどく困窮しておりますそうで、屋根の雨漏りの修繕もままならず、家具調度も塗が剝《は》げ、几帳《きちょう》の垂れは色褪《いろあ》せて、急な来客には慌《あわ》てふためくとか」

なにやらおもしろげに薄ら笑いを浮かべている春日局に、和子もしぶしぶうなずいた。

春日局はなおもにやついて言葉を継いだ。

「おなご衆は、擦り切れるまで着古して洗いざらした着物を後生大事に着ており、なかには、古物屋から買ったか、どこぞの城から落城のどさくさに紛れて盗み出してきた血のついた打掛を切り継ぎしてもたせているとか。さぞかし、みじめにございましょうなあ。気も滅入《めい》りましょうよ」

さも気の毒という顔でかぶりを振り、ですから、とじっと和子の顔を見つめて言い放った。

「ですから、あなたさまの養子になり、幕府の庇護のもとで育てられるほうが、お子もしあわせというもの。生母やその実家にとっても、願ったり叶《かな》ったりのありがたい話でありましょうよ」

公家方、徳川方、どちらにとっても損はないのだから、上皇も文句はあるまいというのである。

しかし本当にそうか。夫の心底が見えない。それに、自分がそういう状況に耐えられるか。

考え込む和子の耳に、おふくの声がやわらかく入ってきた。

「あなたさまは、ふところが広い。できるはずです。いえ、間違いなくおできになります」

「簡単に言うでない」

春日局を睨《にら》み据えた。気持はそうそう割り切れるものではない。

だが、この女が自分のことをそんなふうに見ていると初めて知った。将軍家の威勢を笠に着る傲岸で無礼な女と身構えて警戒していたが、実はそれだけではない慧眼《けいがん》なのかもしれない。それとも、まんまと丸め込もうとしての甘言か。

だが、失意の底でもがき苦しんでいるいまの和子は、温かい手でそっとすくい取ってもらったような気がした。

「わかりました。考えておきます」

ありがとう、とはさすがに言えなかった。

決心しかねたまま八ヶ月が過ぎた翌寛永十年（一六三三）三月、後水尾の愛妾《あいしょう》京《きょう》極局《ごくのつぼね》が男皇子を産んだ。

素鵞宮《すがのみや》と名づけられたその赤子は母方の実家である園家で育てられることになった。上皇の唯一の男皇子だから、このまま無事に育つ見通しが立てば、院御所に引き取られて親王宣下ということになろう。そうなれば儲君《もうけのきみ》、すなわち世継とみなされる。さらに、先に皇女を産んだもうひとりの愛妾御匣局《みくしげのつぼね》もまた懐妊中だ。今後も次々に上皇の子が生まれるであろう。

恐れていたことが現実のものとなり、いよいよ追い詰められた和子だが、自身、また懐妊中の身で、男皇子誕生の可能性に賭《か》ける気持がまさった。

手もとの三人の娘たちはさいわい健やかに育ってくれている。女二宮九歳、女三宮五歳、女五宮二歳。この女院御所はたえず幼女たちと侍女らの賑やかな笑い声に満ちている。母親としての充足感に浸りつつ、その裏側で、

（今度こそ。今度こそは）

歯噛みする思いで念じた。

だが、半年後の九月、生まれてきたのはまたしても姫宮だった。

（どうして、こんな……）

裏目にばかり出てしまうのか。何かに呪《のろ》われてでもいるのか。

赤子は、後水尾の姉である清子内親王が名づけ親になってくれ、重陽の節句にちなんで菊宮《きくのみや》。

──清明な秋の空気のように、さわやかな姫宮に育ってくれるように。菊の花のように、愛らしく気品のある姫宮になってくれるように。

後水尾を通じて、そう伝えられた。

さいわい乳もよく呑《の》んで元気だが、和子のほうはいままでいちばんお産がきつかったせいもあり、産後の肥立が悪かった。なかなか体力が回復せず、床上げする気力が出ない。中庭をはさんで聞こえてくる赤子の泣き声や姫たちの笑い声すら、癇《かん》に障《さわ》って耳を塞《ふさ》ぎたくなる。

つい声を荒げてしまいそうになるのを必死にこらえ、気晴らしに庭へ出てみると、花苑がどことなく荒れているのに愕然《がくぜん》とさせられた。いや、庭師たちが枝打ちや下草刈りなど怠らず手入れしてくれている。にもかかわらず、和子の目には荒れているように見える。

（心を込めてやっていなかったせいだ）

朝な夕なに出て歩きまわり、目を配る。虫がついていないか、水が不足してないか、枝が伸びすぎてないか。毎日見ていてこそ、些細《ささい》な変化にも気づく。折れた細枝を取り除き、枯れた葉を摘み取る。そろそろ霜よけの藁《わら》掛けをしてやらねばとか、堆肥《たいひ》を足してやればもっと強い根が張るだろうと庭師たちに相談すると、肥料や水のやりすぎは根腐れの原因になるし虫がつく、と顔をしかめられたりする。

甘やかしすぎては駄目だし、ほったらかしも駄目。子供を育てるのとおなじだ。あたりまえにそう考えられるようになっていたのに、そのいちばん肝心なことをおざなりにしてしまっていた。自分自身の傷心にかまけていたせいだ。

姫宮たちにも寂しい思いをさせてしまっている。そういえば、朝と夜、母の居間にやってきて挨拶《あいさつ》する娘たちは、いつものように甘えかかることもなく、どことなくおどおどして、上目遣いに母の顔色を窺《うかが》う。お母さまはまだご病気なの？　あたしたちがいると治らないの？　天真爛漫《てんしんらんまん》な女二宮は話しかけたくてうずうずしているのをじっとこらえ、繊細で気がまわる女三宮はまだ五歳の幼さなのに痛みをこらえてでもい

るような顔で目を伏せてしまう。それに気づいても、胸に抱き取って背中をたたいて安心させてやるのも億劫《おっくう》で、

「もういいからお下がり、いい子にしているのですよ」

そう言うのが精いっぱいなのだ。

（なんと不甲斐ない母親か）

子供たちの心を傷つけ、それがわかっていながら、八つ当たりしてしまう。自己嫌悪にさいなまれ、薬湯の椀《わん》を持つ手が震えるほどいらだつ。

耐えきれなくなると、庭園の細道を侍女も従えずひたすら歩く。唇を嚙みしめ、頬を硬く引きつらせ、この顔を誰かが見れば、まるで夜叉《やしゃ》のような、と目を伏せるであろう、そう思いながら、まっすぐ前だけ見て歩く。

いまはとにかく体力を回復する。それが先決だ。からだが健やかになれば、心も前向きになる。悲観的なことばかり考えないようになる。念じるように自分に言い聞かせながら、はたして心はからだに同調するのか、追いつけるのか、疑っている。

院に会いたい。和子の体を気づかってか、院はほとんど顔を見せない。院御所へのお召しもない。たまに早う元気になれと文をくださるが、こんなときにこそ、寄り添ってほしいのに、期待するほうが無理なのか。皇子を産めない和子に失望し、見限っ

てしまわれたのか。会いたい。でも会うのが怖い。

仲冬十一月の午後の黄ばんだ陽光が池面に金色のさざ波を描いている。冷たい風が目に沁《し》みる。

誰かに叱ってほしい。しっかりなさいませ。あなたさまらしゅうありませぬ。そう叱ってほしい。大丈夫、わたしがついています。大丈夫。そう言って背中を撫《な》でてほしい。

(誰か、誰か)

暗闇《くらやみ》で必死に手を伸ばすような思いで考えても、梅の顔しか思い浮かばない。長く仕えてくれている古参の女官は他にもいるが、梅にしか本心はさらけ出せない。梅の前でしか泣けない。

だが、激昂《げっこう》して追い出すように嫁がせてしまった。さいわい夫の滝川と夫婦仲はよく、重いつわりと流産の危機を乗り越えて、難産の末やっと娘を産んだと聞いている。虚弱な赤子とも聞いた。頼れる親兄弟や親族が誰もいない京でひとり、必死に子育てしているであろう。こちらのことなど考える余裕はなかろう。彼女にとって和子に仕えていた時代は、すでに過去でしかなくなっているかもしれない。しかたないことだ。誰だって「いま」を生きるのに必死なのだ。

溜息をつき、また唇を噛みしめたとき、ふと、すでに花が散った萩《はぎ》の繁《しげ》みにうずくまっている女のうしろ姿が目に入った。粗末な黒っぽい小袖、腰に汚れ除《よ》けの腰巻をつけ、白髪まじりの頭に手ぬぐいをかぶっている。厨《くりや》の下働きの女のようななりだ。

(そんな者がどうして、この庭に?)

こちらの視線から逃れるように背を向け、頭を垂れたまま、じっと動かない。草むしりに没頭しているのか?　どうみても庭師やその手伝いではなさそうだが。

訝《いぶか》しさに目が離せずにいると、背後から声を掛けられた。

「女院さま、そろそろ御殿におもどりくださいまし。陽が翳《かげ》って、風が冷とうなってまいりました。お風邪を召しましては」

若い侍女たちを従えた大納言局が、もう一刻近く庭にいる和子を案じて迎えにきたのだった。

「わかった。そうするよ」

そういえば、寒気がするし、ひどい倦怠感《けんたいかん》がある。冷えたせいか首筋から背中にかけて硬く強張《こわば》り、草履履きの素足が痺《しび》れている。

侍女たちに両側から支えられてもどる途中、ふり返ってみると、もうあの女の姿は消えていた。

六

その夜から和子は熱を出して寝込んだ。

風邪ではなかった。翌日には頬や首筋に赤い発疹《ほっしん》が出て、疱瘡《ほうそう》と診断された。以前、家光もかかった、命にかかわる疫病《えきびょう》である。人から人へ感染し、ことに体力のない子供はあっという間に死に至ると聞かされ、和子自ら医師に、離れの小舎《こや》に自分を隔離するよう命じた。建物そのものを封鎖し、

「けっして誰も近づかぬよう。ことに姫宮たちに接する女官や乳母たちは、渡廊までも来てはならぬ」

板戸を隔てた隣室に医師らが交代で詰めるほかは、人の出入りをいっさい禁じた。

古来、赤いものは疱瘡除けに効果があるとされ、赤布に綿を詰めてこしらえた小鬼や張子の赤牛を戸口に吊《つ》るす風習がある。紅絹《もみ》の寝間着に、紅絹の布団《ふとん》。隙間風《すきまかぜ》除けと明るすぎて神経に障らぬよう、寝床の四方をぐるりと垂れまわした几帳や屏風《びょうぶ》も赤。

目に入るものすべて濃紅の世界に閉ざされ、昼も夜もはっきりしないまま、七転八倒した。嵐の海の荒波に翻弄《ほんろう》されて溺《おぼ》れている夢を見、巨大な赤い繭《まゆ》に封じ込められ

て窒息しかかっている夢も見た。夢ではなく、熱に浮かされての幻覚かもしれない。母胎の中にいるような感覚もした。

頭が割れそうに痛む。発疹はえんどう豆ほどの大きさの水疱《すいほう》になり、頭皮から顔、首、胸、手足にまで広がった。それが熱を持って腫れあがり、やわらかい布で擦れるだけで突き刺すような激痛に襲われる。悲鳴をあげまいと歯を食いしばってこらえ、こらえきれず嚙《か》み締めた唇が切れて、血がにじむ。ただでさえ熱のせいで乾きひび割れた唇は腫れあがり、たえず疼痛《とうつう》がある。

ときおり、隣室からくぐもった話し声が聞こえる。何を話しているのかまではわからないが、押し殺した声で何か言い争ってでもいるような、緊迫した様子が板戸ごしに伝わってくる。

ぼんやりした頭のまま、じっと耳をそばだてていると、話し声がふっと止《や》み、何人か出て行ったとみえて、人の気配が消える。

聞こえるのは、隣室で薬湯を煎《せん》じているのであろう鉄瓶の蓋《ふた》がコトコト鳴る音に、湯気のシューシューという音だけになる。

深い孤独を感じた。この世界に自分ひとり、自分の意識だけが灰色の虚空《こくう》をさまよっている。

薬湯に神経を鎮《しず》める成分も入っているのか、泥沼に引きずり込まれでもするように眠くなる。

夢の狭間を漂った。いくつもの光景が浮かんでは流れ、消えていく。江戸にいた頃、城の濠《ほり》の土手から眺めた建設途上の街。上洛《じょうらく》の旅で見た富士山、きらめく海、険しい峠道。入内《じゅだい》の夜初めて見た、夫となる人の顔。二条城行幸のとき、牛車《ぎっしゃ》の中から覗《のぞ》き見た見物の民たちの楽しげな姿。

亡《な》き母の顔、父の顔、死なせてしまったふたりのわが子。手を伸ばして胸に抱き取るのに、顔を覗き込もうとすると消えてしまう。

夢うつつのなかでふと、額に人の手を感じた。水で濡《ぬ》らした柔らかい絹布《けんぷ》で、腫れて火照《ほて》った顔をそっと拭《ぬぐ》ってくれている。その冷たさが痛みをやわらげてくれる。

誰だろう。いつものお医師ではない。目を開けて見ようとするのに、瞼《まぶた》が重くて開かない。目脂《めやに》が目の縁と睫毛《まつげ》に張りついてしまっているらしい。

すると、濡らした布を巻いた指が睫毛に沿ってなぞるようにして拭ってくれた。触れるか触れぬかのやさしい指だ。

ねばつく瞼をやっと少しだけこじ開けたが、薄目しか開かない。目脂は眼球も覆《おお》っているのか、ぼんやり靄《もや》がかかった人影が見えるだけだ。

「まだもう少しお休みを」

女の静かな声がそう言った。

「ここにおりますから」

その声に誘われ、また眠りに墜《お》ちた。

半月ほどすると、水疱が乾いてきて、ようやく快方に向かった。

「もう大丈夫にございます。峠は越えました」

口元を白布で覆った医師が安堵《あんど》の表情を見せたが、かさぶたの下にはまだ膿《うみ》があり、掻《か》きむしりたいほどの痒《かゆ》みと乾いたかさぶたが割れ裂ける痛みで、かえって夜も眠れない苦しさに襲われるようになった。

からだの奥はまだ熱がこもり、腕があげられないほどだるい。支えられて上半身を起こして薬湯と粥《かゆ》をすすり込むのがやっとで、すむと力つきてそのまま横になる。目を開けているのもつらい。うつらうつら眠り、ふっと目覚め、すぐにまた意識が遠のく。

昼か夜かも判然としない朦朧《もうろう》とする頭で何度も、軟膏《なんこう》を塗り込み、包帯を替えてくれる女の手を感じた。

（誰だろう。一言もしゃべらないけれど）

下の世話をしてくれるのもその女だ。その手に身をゆだねていると、なんの羞恥《しゅうち》も感じず、なんともいえぬ安心感がある。

（あと少し、もう少し……）

あともう少しの辛抱――。もの言わぬ女の手の温みに励まされ、

（大丈夫、きっと大丈夫）

念じながら、また眠りに墜ちていくのである。

病臥からおよそひと月で全快。さいわい疱瘡としては軽くすんだほうだった。

十二月半ば吉日をもって床上げにこぎつけ、公武諸家から続々と祝儀の樽酒《たるざけ》と肴《さかな》が進上された。大事をとって、姫宮たちとの対面はもうひと月待った。

ふた月ぶりに母と会えた姫宮たちは競うようにまとわりつき、離れようとしない。

「お母さま、もう痛くない？ お熱下がった？」

母の額に掌《てのひら》を当て、頬にそっと触れ、心配げに顔を覗き込んでくる娘たちを抱き寄せ、

「ええ、もう大丈夫。たんと食べて、もとどおり元気になりますからね」

ともに食膳《しょくぜん》につき、食欲がもどったことを示してみせた。

さいわい痘痕《あばた》は残らなかったが、髪がだいぶ抜けて、地肌が見えるほど薄くなってしまった。少しずつ伸びてきてはいるが、硬くて太いまっすぐな髪だったのに、髪質が変わったのか、やわやわとうねる柔らかい毛が生えてくる。

「お母さまのおつむ、赤《やや》さんの菊宮ちゃんみたい」

娘たちが慈しむようにそっと撫でてくれ、和子は涙した。

「そうね。菊宮とおなじね」

死の淵《ふち》まで行き、そこから赤子になって帰ってきた気がする。まるで胎内にいるような幻覚はその暗示だったか。

考えてみれば、お産の時以外、一度も大病して寝ついたことはなかった。入内の直前に体調を崩したときは、気持が原因だった。今度も落胆という心の隙に病魔がつけ込んだのかもしれない。

病臥の間、ひっきりなしに梶井《かじい》門跡による加持祈禱《かじきとう》がおこなわれたと聞いた。後水尾も内々に加持の場に出御して祈ったとも聞かされた。

「ずっと精進潔斎なさっておられたそうで」

寵愛《ちょうあい》の局らをいっさい近づけなかったというのだが、ありがたいと思いつつ、信じられなかった。

ひとつ気にかかっているのは、看護してくれた女のことだ。女官たちには近づかぬよう何度も厳命したから、その者たちではない。では、誰だったのか。

（もしや、梅？）

そんなはずはない。彼女はいま、病弱な幼児をかかえている。疱瘡患者のところへやってくるのは危険すぎる。そういえば、梅の夫である滝川の姿が見えない。職務で江戸へ下ってでもいるのか。出てきたら訊《き》いてみようと思いつつ、年末になっても彼の姿を見ることはなかった。

寛永十一年（一六三四）の年初恒例の儀礼は大事をとってほとんど臨席を控えたが、二月になって春の気配が濃くなってくるにつれて少しずつ体力が回復し、それにともなって気力ももどったのを感じた。

兄の忠長が自害したことを所司代板倉重宗から告げられたのは、それを見計らってのことだったのであろう。

自害したのは去年の十二月六日。大御所秀忠がまだ存命中、家光と諮《はか》って忠長に甲斐蟄居を命じた。その後、たびたび忠長から金地院崇伝や天海僧正を通じて幕閣の老臣たちに、自分の赦免と父の見舞いに江戸へ出府したいと懇願したが、秀忠も家光もそれを許すことはなかった。

秀忠の死去から九ヶ月後の寛永九年（一六三二）十月、家光は江戸在府の諸大名を残らず江戸城に集め、忠長の上野《こうずけ》国高崎での謹慎と、忠長の所領である駿府と甲斐の没収を申し渡したのだった。それは大御所の下からいよいよ独り立ちという緊張状態のなか、政権掌握と幕府の組織大改革の断行にともなってであったが、万が一、忠長に同調して謀反《むほん》を企てるやもしれぬ反対勢力を一掃する、断固とした姿勢だった。

それから一年余、忠長は高崎で果てたのだ。幕閣や諸大名は「ここに至るも、ついに乱心治まらず」と冷めた反応を示していると和子は聞き、ふたりの兄の心中を思った。

忠長兄はおのれの狂気を自覚していたか。自覚しつつ、すでに自分ではどうしようもないところにまでおちいっていたのか。最後の最後、高崎で正気にもどり、後悔することはなかったのか。もとのおおらかで誰からも愛された彼にもどることはなかったのか。

忠長は自害を強要されたのか。それとも殺害されたか。もしもそうだとしても、家光はけっして平然と命じたわけではなかろう。家光は今秋上洛することになっている。すでに昨年五月に決まり、八年ぶりの再会を楽しみにしていると手紙が来た。和子としては、忠長も当然随行してくるだろうとふたりの兄に会うのを心待ちにしていたのだが。

（どんな顔をして会えばいいか）

家光はいまや名実ともに治世者。天皇の伯父でもある。以前の彼とはすでに違うのかもしれない。朝廷や後水尾に対しても、支配力をはっきり示して抑えつけようとしてくるのかもしれない。

後水尾がそれに反発したら？　かつての秀忠との冷たい関係の二の舞になる。そのとき、自分はどちらの側につくべきか。考えれば考えるほど不安がつのる。

七

二月の末、鷹司教平《たかつかさのりひら》に嫁いだ梅宮が突然、侍女をひとり連れただけで仙洞御所に参内してきたと知らされたとき、後水尾はひどく胸騒ぎがした。

いや、父のもとを訪ねるのになんの不自然がある。お父さまお久しゅうございます。ご機嫌伺いにまいりました。そういうことであろう。嫁いで二年半。梅宮にとっては伯母であり姑《しゅうとめ》でもある清子からときおり、若夫婦が平穏に暮らしていると聞かされているが、梅宮自身は手紙一つよこさないし、一度も会いに来なかった。音沙汰《おとさた》がないのは無事な証拠。もともと明るいとか人なつっこい気性ではないし、感情を表に出さないたちだ。だがその分、実年齢より落ち着いておとなびており、うわついたところがない子だ。

（いや、もしや、懐妊したとか？）

嫁いだときは十三歳で、まだ子供っぽかったが、もう十六歳。十分ありうる。真っ先にお父さまにじかにご報告しとうて。そういうことかもしれない。うむ、きっとそうだ。

にわかに気持が浮きたち、公《おおやけ》の対面所ではなく御学問所に通させた。奥まったそこなら、余人を交えず、ふたりきりで話せる。もしも何かねだることなら言いやすかろう。

そう思ったのだが、ほの暗い室内に入っていって娘の顔を見るなり、吐胸《とむね》を衝《つ》かれた。

南側の障子を閉《た》てめぐらしてあるせいではない。ひどくやつれていた。顔色が紙のように青白く、血の気がない。膝《ひざ》の上でそろえた袖口《そでぐち》から覗いている手の甲も、指先も、まるで蜜蠟《みつろう》のように白く、筋張っている。

いったいどうした？　そんなに瘦《や》せて。何があった。喉《のど》から出かかった言葉を、やっとのことで飲み込んだ。ここできつく問い詰めでもしたら、娘は殻に閉じこもって何も話さなくなる。幼い頃からそういう子だった。自分から言い出すまで待つしかない。黙って待つしかない。

女官に菓子と茶を持ってくるよう命じて下がらせ、わざとくつろいだふうに胡坐《あぐら》になり、向かい合って座った。

「今年は桜が遅い。冬の寒さがいつもより厳しかったせいじゃろうが、開花が遅いと、その分長持ちするというから」

とりとめなくつぶやき、北側の中庭に視線をただよわせた。

隅のほうにこぶりな枝垂桜《しだれざくら》が一本ある。内塀の築地《ついじ》の漆喰の白を背景に、山桜の花より濃い紅色の花枝が垂れさがる風情はなんともいえない。

和子も気に入っていて、花が咲くとふたりでここから眺める。昨冬彼女が病臥したときも、「春にはまた、ここでふたりして」という歌を送った。律儀《りちぎ》な和子なのに返歌をよこさず、それほど重篤《じゅうとく》なのかと気をもんだが、快方に向かった頃、「待ちどおしゅうございます」と言伝《ことづて》があり、どれほどほっとしたか。

「お願いが、ございます」

しぼり出すような声がして、はっと視線をもどすと、張り裂けんばかりに見開いてこちらを凝視する眼とぶつかった。

「話してごらん。ゆっくりでいい。ああ、ゆっくりな」

幼な子をあやすようにうながすと、たちまち梅宮の目からどっと涙が溢《あふ》れ出した。

「離縁しとうございます。もう鷹司の家にはもどりません」

意を決し、着の身着のまま出てきたというのだ。

よほどのことだ。降嫁《こうか》した姫宮の離縁など聞いたことがない。前代未聞《ぜんだいみもん》であろう。本人も重々承知し、覚悟して嫁いだはずなのだが。

「そうか。それほど嫌ならしかたあるまい。ここへもどってくるがいい」

わざと軽い調子でうなずいてみせた。理由は後で教平を呼びつけて訊くしかない。

母親の清子内親王は聡明《そうめい》な女性だ。姪《めい》でもある嫁を虐《いじ》めるはずがないし、教平は父を早くに失《な》くしたわりに、母の薫陶《くんとう》のおかげでおおらかな明るい気性で、頭も悪くない。梅宮との婚姻の翌年、内大臣に引き上げ、さらに右大臣に任じた。いずれ機を見て左大臣に引き上げようと考えてもいる。夫婦や男女の関係は余人には計り知れぬ、と自分の経験から重々承知してはいるが、それにしても何が原因なのか。

「まあよい。まずはここで落ち着くことだ。先のことはおいおい考えればよい」

梅宮は涙を拭おうともせず、頑《かたく》なにかぶりをふった。

「いえ、いえ、いえ」

「四辻《よつつじ》の家に行かせてください。ここにはいたくありません。絶対に嫌です」

言いつのると、あとはもう口をきつく引き結んで一言もしゃべろうとしなかった。

後水尾は胸の中で深々と嘆息した。この娘はちいさいときから陰気なわりに我が強い子だった。人とうち解けず、禁裏にいる頃は年中行事や楽しい催しにもほとんど出ず引きこもっていた。和子の周囲がにぎやかに明るくなればなるほど、暗い影で覆われる。まさに光と影だ。周囲の女官たちの和子憎しの感情を刷り込まれて育ったせいもある。

四辻家には生母のおよつがいる。体調がよくないと聞いているが、母のもとで暮らせば落ち着くであろう。先々のことはその後だ。

そう思って許した後水尾だったが、事は予想もしていなかった方向に発展した。夫の教平がたびたび四辻家に押しかけ、梅宮を返せと強硬に主張するようになったのである。昼夜なく逆上の態で乗り込んできてわめきたてる異様さに、四辻家は音を上げた。

教平は、自宅でも浴びるように酒を飲み、酔って暴れたかとおもえば、ふさぎ込んで自室に何日も閉じこもり、夜具を引きかぶって震えているという。元来、陽気で明るい気性なのに、まるで人が変わってしまい、このままでは気鬱の病になってしまうと、母の清子は口に出して批難こそしないが、暗に梅宮のせいだと訴えている。

困り果てた後水尾が相談できる相手は、やはり和子しかいなかった。

「そちらで預かってもらえまいか。いや、落ち着くまでだ。若いのだから、じきに立ち直る。それまで頼む」

それから先の事は、いまは考えたくない。和子にゆだねて先延ばしにしようとする自分の不甲斐《ふがい》なさとずるさを自覚しつつ、無理やり押し殺した。

和子は了承した。女院御所は姫宮たちや女童《めのわらわ》たちが大勢いて、いつもにぎやかだ。子らを楽しませる遊びや習い事も多い。姫宮たちは梅宮に対して悪意も反発も持っていないから、屈託なく受け入れるであろう。最初はいやいやでも、毎日変化のある生活をしていれば、たいがいの鬱屈は晴れる。気持がほぐれれば、先のことも落ち着いて考えられる。

「承知いたしました」

こちらはいつからでも、とうなずきつつ、和子は顔を曇らせた。

「梅宮さまはわたくしを嫌っておられます。わだかまりが消えてくれていればよいのですが」

でなければ、たとえ父上皇からの命令であっても拒むであろうと案じているのだ。

はたして、梅宮は頑として受け入れようとせず、やむなく仙洞御所で暮らさせることになった。その頑なさが彼女自身の人生を狭め、暗いものにしてしまうであろう。父親として娘の行く末を思うと暗澹《あんたん》とせずにいられなかった。

八

まだ残暑がつづく七月十一日、将軍家光が上洛して二条城に入った。

供奉《ぐぶ》の員数は実に三十万七千余。関ヶ原の戦いのときの東軍・西軍合わせた軍勢の約二倍。大坂冬の陣の両軍総数三十万をも超え、過去の家康と秀忠のどの上洛時の随員もはるかにしのぐ。

京の寺社はどこも幕閣や諸大名の家臣群の宿舎に借り上げられて満杯になり、盛り場は連日盛況に沸いている。戦時のようにものものしく武装していない武士の大集団は、京の者にとっては嬉《うれ》しいお客、言い換えれば「いい鴨《かも》」なのだ。町衆だけではない。公家や宮中にとっても、葱《ねぎ》ならぬお宝を背負って押し寄せた、丸々と肥えた鴨の大群である。公家たちはそれぞれ、学問や諸芸の指南でつきあいのある大名諸家から多額の金品を贈られて大喜びしている。

だが後水尾は、家光がそれほど威勢を見せつける真意を疑った。世間に「御代替」を周知させるのが目的であろうが、それにしても大仰すぎやしないか。

(まさか、先代以上に厳しく締めつけるゆえ、くれぐれもそのおつもりで。そう言わんがためでは?)

だとすればまさしく恫喝《どうかつ》だ。もしも幕府に逆らおうものなら、この三十万余がいっせいに武装して禁裏に押し寄せるぞ。それでもよろしいか。そう脅しているのだ。

かつて後水尾が幕府に無断で譲位したとき、激怒した秀忠は島流しにしてくれると息巻いたという。紫衣《しえ》事件も秀忠。紫宸殿《ししいでん》の前庭に能舞台を出現させたのも秀忠だ。そのやり方は陰湿で執拗《しつよう》だった。いままでは家光が父をなだめて穏便にすませてくれたと所司代の板倉から聞かされている。だが、これからはそういうわけにはいかぬぞ。

そういうことか。

威嚇《いかく》するならするがいい。こちらは、秀忠に院政を許されず手足をもがれた木偶《でく》の坊《ぼう》だ。子をつくるだけが能の隠居の身だ。そう侮《あなど》っておるがいい。

奇《く》しくも家光入京の十日前、御水尾の側妾の御匣局が女の子を産んだ。緋宮《あけのみや》と名づけた。局は三年前に姫宮の八重宮を産み、昨年にも男皇子を産んだが生後間もなく死なれて、今回が三度目の出産である。やはり昨年男皇子素鵞宮を挙げたもうひとりの愛妾京極局も、腹が空く間もなく身ごもり、来月には出産を迎える。目下のところ、明正女帝をのぞいても、姫宮七人、男皇子が一人の都合八人。三十九歳の男盛りだ、まだまだ増えるであろう。和子所生の子ら以外は自腹で養育するのだから、院御料のわずか三千石の財政を圧迫することになるのは明らかだ。喜んでばかりはいられぬと嘆息しているのである。ここで将軍家と揉《も》めて決裂するのだけは、なんとしても避けねばならない。

家光上洛から四日目の七月十五日、和子は悲嘆の底に突き落とされた。末娘の菊宮死去。わずか生後十一ヶ月のはかない命だった。

その日、朝廷は家光に太政《だじょう》大臣推任を内命したが、家光は丁重に辞退。十七日にも重ねて内命したものの、ふたたび固辞。

翌十八日、家光は二百余名の諸大名や幕閣重臣を引き連れて参内し、禁裏清涼殿の常御所で明正女帝に拝謁《はいえつ》した後、院御所で後水尾と対面した。

「どうあっても太政大臣になる気はないのか？」

のっけから後水尾は険しい声を発した。朝廷の内命を重ねて固辞した理由は、「いまだ年若いゆえ」ということだが、なにか他にふくむところがあるのか。

「将軍家は天皇の伯父、外戚《がいせき》として不足はあるまいに」

「不足などと滅相もございませぬ。光栄至極に存じますが、しかし、それがしにはまだまだ荷が重うございますゆえ、かような極官をいただくのはふさわしゅうないと存じまして、ご辞退いたしました次第にございます」

「ほう、荷が重いとな」

後水尾はわざとらしく鼻を鳴らしてみせた。朝廷に対する崇敬と謙譲とみせかけ、その実、自分が辞退することで、それに続いて諸大名が朝廷から高位高官を与えられるのを阻止するのが目的、そう見抜いていた。かつて家康が同じ手を使ったことがある。家光は父秀忠より祖父家康に心酔しきっていると聞いている。

秀忠の執拗さに腸《はらわた》が煮えくり返る思いをさせられてきたが、この家光という男、どうやらそれとは違うらしい。ならば違うつき合い方をする必要がある。和子とは子供の頃から仲がいいということだから、彼女を介するやり方が得策やもしれぬ。腹の底でそう考えながら、家光がひどく深刻な顔をしていることに初めて気がついた。

「年若いと申せば、お上はまだ鬢曾木《びんそぎ》もすまされぬご幼少」

鬢曾木は、頭の左右側面の髪の先を切り削《そ》ぐ女子の成人儀礼の一つで、十六歳の六月十六日におこなうのがしきたりである。

後水尾はその言葉に、和子の鬢曾木の儀のことを思い出した。あのときの和子は痛々しいほど幼かったのに、明正はそれよりもっと幼い当年十二歳。そう思いあたるとさすがに胸が痛んだ。娘に過酷な人生を強いたのは、ほかならぬこの父なのだ。

家光は深刻な面持ちのまま、つぶやくように言葉を継いだ。

「まだ当分は、政務も祭祀《さいし》もご自身でなさるのは無理でしょう。摂家衆と武家伝奏が万事とりはからうしかございませんな」

明正は現に、即位以来まだ一度も、天皇のもっとも重要な役割である四方拝《しほうはい》や節会《せちえ》などの儀礼の場に出御していない。

歴史的にはわずか三歳かそこらで即位した帝《みかど》もいるが、その場合はかならず上皇が院政を布《し》いて天皇は飾りものでもよかった。だが、後水尾は秀忠に院政を禁じられて朝廷運営に関われず、娘を助けてやることができない立場にある。

後水尾の弟一条兼遐《かねとお》が摂政《せっしょう》を務めており、生真面目《きまじめ》な男だから遺漏はないが、気苦労が絶えぬ激務にそろそろ辞任したいと漏らしている。あらためてその事実を突きつけられた気がしたが、意地でも不快を面《おもて》に出すまいと話を変えた。

「沢庵和尚《たくあんおしょう》を赦免してくれたそうじゃな。礼を言うが」

紫衣事件で秀忠の逆鱗《げきりん》に触れて出羽国上ノ山《かみやま》へ流罪《るざい》にされた沢庵宗彭《そうほう》を、秀忠の死去後間もなく、家光が赦免して江戸へ呼びもどしたのである。だが、そのまま古巣の大徳寺へ帰ってこられるかと期待していたのに、なぜか江戸に留め置かれたままになっている。

早く帰してやってくれ。そう言いたかったのだが、家光はにこりと笑った。

「実はそれがし、和尚と何度か対面し、高潔さと気骨にすこぶる感銘いたしました。ぜひとも教えを請《こ》いとうございますので、いましばらくお貸しいただきたく」

「江戸に留め置くと？」

「はい、それがしのほかにも帰依《きえ》したいと請うておる者もおりますので」

家光の叔父にあたる水戸徳川家初代の徳川頼房《よりふさ》、幕府剣術指南役の柳生宗矩《やぎゅうむねのり》といった歴々も心酔しきっているというのだ。驚いたことに和尚自身、流罪を遺恨とせず、彼らと快くつきあっているというのである。

「それは困る。和尚は朕《ちん》の大事な宝じゃ。返してくれねば困る」

困る、困る、とくり返しながら、われながら子供の駄々こねじみた態度に、後水尾はとうとう噴き出した。

「ほんに困るのじゃ」

すると、家光もこらえきれぬというふうに噴き出した。

「さようにあらせられますか。それは困りましたな。いやはや」

なおもしきりににやつくと、

「沢庵和尚は天下に二つとない重宝中の重宝なれば、独り占めはよろしくないと、そういうことにしてはいかがでしょうかな」

江戸と京を自由に行き来してもらい、双方が教えを受けることにしてはどうか、と家光は言うのである。

「ふむ、そうするしかないかの」

しぶしぶうなずきながら後水尾は、家光の意外なふところの広さに驚いていた。力ずくで強要せんとするたちではないらしい。その分、かえって手ごわいやもしれぬが。そう思いつつ、ひょっとすると腹を割って話せる相手やもしれぬ、と期待が湧《わ》いた。

「和子に会って、慰めてやってくりゃれ」

兄になら、素直に悲嘆を訴えることもできよう。

「はい、そのつもりにございます。お心遣い、まことにありがたく」

家光は妹思いの兄の顔になってうなずいた。義理の兄と弟。和子が結んだ縁がわれらふたりを繋《つな》ぎ合わせている。後水尾は急に涙ぐむような気持になっていた。

九

和子は家光に会いたくなかった。

わが子に死なれてわずか三日。温みがまだ手に残っている。服喪を理由に対面を断ろうと思ったが、七歳に満たぬ幼児や赤子の場合は、葬儀もその後の法要も一切しないのが宮中のしきたりで、喪中には該当しない。だから明正天皇や後水尾上皇も対面をはばからなかったのである。

会えば忠長兄のことも避けては通れない。だが、ためらいつつ、やはり兄に会いたい気持がまさった。会うのは八年ぶり。二条城行幸の時以来である。あのときは第一皇子の高仁《すけひと》を身ごもっていて、皇子出産の期待より不安のほうが大きかった。家光兄も、忠長兄も、それぞれ自分の言葉でいたわってくれた。

あれからいろいろなことがあった。高仁が次の帝位に内定してほっとしたのもつかの間、生後一年半余で死に、つづいて生まれた第二皇子もわずか生後十日で死んでしまった。それからは三人の姫宮が生まれ、夫帝の突然の退位と娘明正の即位。国母《こくも》となり、東福門院となった。そして、つい数日前、生後一年足らずの菊宮を失った。二十歳だった自分がいまや二十八歳。幸不幸の間をめまぐるしく行き来した八年間だ。

兄もまた激動の八年間だった。母、父、弟、三人の家族を失い、いま独り立ちのときを迎えている。父が大御所として君臨していたときは、将軍職を継いではいても実際は世子の立場だったが、いまは先代からの重臣たちをその手で束ねていかねばならない。子供の頃から才気煥発《かんぱつ》な忠長に期待し、家光を愚鈍と侮る者たちが少なくなかったから、そういう連中をどう御《ぎょ》していくか。日々苦闘しているのであろう。今回の大仰な上洛もその一環なのだろうが、朝廷への威嚇行為と受け止められるのも承知のうえであろう。

随臣たちの挨拶をすますと、兄を私的な対面所に招き入れ、侍女や近習らをすべて遠ざけて、ふたりきりで向かい合った。

「やあ、和子、久しいの」

兄は人前とはうって変わってくだけた口調で言い、やおら胡坐にすわりなおすと、

「ずっとしゃっちょこばっておったから、もう窮屈で窮屈で、肩が凝ってかなわん」

かまわんじゃろ、と目顔で言い、にっと笑った。

それだけで、その一瞬で、気持が通じ合った。家光は悔みの言葉は口にしなかった。かえって妹を傷つけるとわかっているのだ。

「皆さまはお変わりありませんか？　千姉上さまと勝姉上さまは息災でおられましょうか？」

和子も菊宮のことはあえて触れず、そう尋ねた。

「ああ、千姉上から、これをと」

家光は懐《ふところ》から半紙にくるんだ螺鈿《らでん》細工の小匣《こばこ》を取り出し、膝でいざり寄ってくると、和子の掌の上にそっと置いた。

蓋を開けてみると、真っ白な絹にくるまれて三寸ほどの木彫りの地蔵菩薩《じぞうぼさつ》像が出てきた。

「姉上が手ずから彫られたそうだ」

地蔵菩薩は子供の成長を見守ってくださる守護仏で、姉は生まれてくる子のためにこしらえてくれたのである。地蔵菩薩はまた、子が死ぬと三途《さんず》の川へ連れて行って、やさしくあの世へ渡してくれるという。まさかそうなってしまうとは思ってもみなかったであろうが。

「見様見真似《みようみまね》の手慰みだから不細工で恥ずかしいが、とおっしゃっておられた」

なるほど、四苦八苦してやっとのことでかたちにしたという風情《ふぜい》だが、ただお顔だけは丹念に彫られていて、和子は目を奪われた。まるで八つかそこらの童女のような丸々としたお顔に、満面の笑みが広がっている。にっと口角が上がった口元、弓なりに細めた両目、ぷっくりした鼻先、それに、両頰のぽっちりした笑窪《えくぼ》。

「ああ、それはな、おまえの顔を思い出したら、自然と刻んでしまったのだと」

兄は妹の頰を指さしておかしそうに笑った。

「姉上は、いまだにおまえはこれくらいの小さい子だと思っておられるらしいな」

千姫が大坂城から救出されて江戸へ帰還して一緒に過ごせた頃、和子はちょうどそれくらいの年齢だった。千姫は間もなく桑名の本多忠刻《ただとき》に再嫁してしまったから、それ以来、会っていないのだ。忠刻とは仲睦《むつ》まじく、一男一女にめぐまれたが、息子と忠刻を相次いで亡くし、娘を連れて江戸へもどり、出家して天樹院《てんじゅいん》と号している。その娘も六年前、鳥取藩主だった池田光政《みつまさ》のもとに嫁ぎ、いまは竹橋御殿でひとり暮らしている。

「お寂しいでしょうね。お気の毒に」

二度の結婚、夫を二人亡くし、息子も亡くし、たった一人の娘とも離れ離れの暮らしだ。

「ああ、そうだな。だが、天秀尼《てんしゅうに》の後見になっておられる。なかなか手ごわいが、頼もしい」

天秀尼は豊臣秀頼が側室に産ませた娘で、豊臣方滅亡の折、殺されるはずだったのを、なさぬ仲の義理の母である千姫が家康に直訴して命を救い、自分の養女として鎌倉の東慶寺《とうけいじ》という尼寺に入れた。忠長の旧邸の建物を東慶寺に寄進させたのも、千姫が家光に直《じか》談判して、忠長の菩提《ぼだい》を弔うためにしたことだという。

「勝姉上さまもおひとりになられて、お寂しいことでしょうね」

勝姫の下の娘の鶴《つる》姫は、年子の姉の亀《かめ》姫につづき、一昨年、家光の養女として九条道房に嫁いだ。和子は亀姫のとき同様、上洛から婚儀まで女院御所で世話し、婚儀をとりしきった。

道房の母はもとの名を豊臣完子《さだこ》といい、お江与が二番目の夫である豊臣秀勝《ひでかつ》との間に産んだ娘だから、和子や家光、勝姫にとっては父親の違う姉にあたる。お江与が徳川秀忠と三度目の結婚をさせられたため、伯母の淀殿に養育され、淀殿が仕切って九条忠栄《ただひで》に嫁がせた。忠栄は後水尾の元服の折の加冠の役を務めたし、長男で二条家を継いだ康道は、いまや左大臣として後水尾の側近中の側近。後水尾にとっても、和子にとっても、身内同然の一家である。

ことに完子は、和子とは十五歳も年が離れているが、入内のときから助けてくれた。公家《くげ》の世界や宮中の複雑なしきたりをひとつひとつ丁寧に教えてくれ、彼らとうまくつき合っていく方法を自らの経験から伝授してくれた。

いまでも忘れられないのは、ときには厚顔無恥のふりをしろ、と言われたことだ。

「相手は、武家は野卑で礼儀知らずと端《はな》から馬鹿《ばか》にして見下しているのだから、あえてそれを逆手にとるのです。図太くかまえてね。気持で負けないこと」

持ち前の明るさでそう励ましてくれた。母方の織田・浅井と父方の豊臣の血を受け継いだ生粋の武家女が、宮中という価値観も倫理観もまったく違う異界で生き抜いてきた知恵。そのすべてを授けてくれた。

「和子さん、あなたのその天衣無縫と素直さが武器なのですよ。槍刀《やりかたな》より鉄砲より強い武器。大丈夫、怖がることはないわ」

その言葉にどれだけ勇気をもらったか。

完子自身、四男三女の七人の子にめぐまれ、九条家の家刀自《いえとじ》として確固たる地歩を築いている。和子が鶴姫の嫁ぎ先に完子の次男道房を薦めたのも、姑が完子なら安心と考えたからである。鶴姫は高松宮家に嫁いだ姉の亀姫よりおとなしく気も弱い娘だから、まさに正解だった。いまや最初に京にやってきて会った頃とは見違えるほど明るくなり、夫婦仲もうまくいっている。

だが、娘ふたりの後見をしてもらっているのに、勝姫は和子のもとに礼状一つ送ってこない。負けず嫌いで気の強い姉のことだから、やってくれて当然と考えているのであろうが、つくづく心の貧しい人だと思ってしまう。

「勝姉上はな、しょっちゅう城に押しかけてきては、無理難題を要求なさる」

家光は溜息《ためいき》まじりに苦笑した。

「わしにいまだ子がないゆえ、自分の息子の光長《みつなが》を養子にして、次の将軍職を譲れと」

「まあ、なんてことを」

勝姫の夫である越前松平忠直が乱心とされて豊後《ぶんご》に流罪になったとき、勝姫はさっさと三人の子を連れて江戸へもどった。越前藩は越後高田藩の藩主だった忠直の弟が継ぎ、それと入れ替わりに息子の光長が高田藩に移された。越前藩とはけた違いの小藩なのが不満なのはわかるが、あろうことか、家光の後継者の座を要求しているというのである。

「父上と生前、そういう話がついていたと言い張ってな。どこまで本当か、わかったものではないわ。わしは父上から聞いたことはないからの」

憮然《ぶぜん》とした面持ちで吐き捨てたが、当年三十一歳の将軍にいまだに息子がないのは由々しき問題であるのは事実である。御台所《みだいどころ》の鷹司孝子とは婚姻当初から不仲で、完全に別居状態にある。乳母の春日局が躍起になって側室候補の女を寝所に送り込もうとしているが、十代の頃から男色趣味の家光が寵愛する女はいまだいないらしい。

「肉親というのはつくづく難しい。血のつながりがいかほどのものか。親子兄弟だろうが、気持が通じ合わねば他人以下。なまじ激しく憎悪《ぞうお》する」

ぼそりとつぶやいた兄の言葉に、和子は吐胸を衝かれた。両親にうとまれて育ち、弟との確執、さらに姉の身勝手に悩まされている兄だ。

「いがみ合う肉親など要らぬと思うが、しかし、会ったことがなければ情愛も湧かぬ。これまた他人も同然だ」

家光も和子も一度も会ったことがない姉が二人いる。次女の珠《たま》姫はわずか三歳で加賀の前田利常に嫁ぎ三男五女をもうけたが、元和八年（一六二二）、二十四歳の若さで亡くなった。四女の初姫は生まれてすぐ伯母にあたるお江与の姉の常高院（お初）に引き取られ、若狭小浜《おばま》の京極家で養育されて京極高次の嫡男《ちゃくなん》忠高の妻になった。だが、夫婦仲が悪く、子にめぐまれぬまま、四年前の寛永七年（一六三〇）、二十九歳でこの世を去った。

この二人の姉たちに対して、和子自身、同胞《はらから》という実感はない。もの心つかぬうちに生家と両親から引き離され、徳川の血だけを背負わされた一生を、彼女たちはどう納得していたのか。親兄弟と一緒に過ごした記憶がある自分は、それだけでしあわせなのだと思う。

「あの頃がなつかしい。千姉上とおまえとわし、三人でいるときがいちばんほっとできた。素の自分でいられた。心底笑えた」

その言葉に、和子が涙ぐみそうな思いでうなずくと、家光は頬を引き締めて言葉を継いだ。

「お上に拝謁したが、もう十二歳になられたか。めっきりおとなびられたな」

七歳で即位して、早や五年。十二歳といえば女子は成人になる年齢で、ふつうならそろそろ結婚話が出るころだが、禁裏の中で完全に外界と隔絶して暮らし、和子ともめったに会えない。

「そうですか。久々に伯父上にお会いできて、とても喜んでおりましたでしょう。もともと人なつっこい気性ですし、徳川の家風が好きな子ですから」

かつて二条城行幸の折、行幸御殿《みゆきごてん》の豪華絢爛《けんらん》さと、金銀ずくめの派手な接待、山盛りの山海の珍味に、大喜びしてはしゃいでいたのが興子《おきこ》だった。家光や忠長にも、伯父さま、伯父さま、とまとわりついて、後水尾が顔をしかめたほどだった。即位当初はときおり徳川の後ろ盾を笠《かさ》に着た言動があり、中院通村《なかのいんみちむら》にたしなめられもしたが、まだ幼いのだからしかたない、と和子は気にしなかった。いずれ成長すれば、自分の立場を理解する。人なつっこく気さくな性格は、周囲に愛され慕われる、娘の美点と考えている。

ところが、兄の次の言葉はまるで意外なものだった。

「しかし、こちらが何を申し上げても眉《まゆ》ひとつ動かさぬ無表情で、発したお言葉といえば『よしなに』、それっきりじゃ。ひどく不気味じゃった。ただ行儀よう坐《すわ》っておられるだけ。あれではまるで血の通わぬ人形じゃ」

「兄上……」

兄の言葉に衝撃をうけて絶句した和子を、家光はじっと見つめて言った。

「聞けば、践祚《せんそ》以来まだ一度も、院御所にもこちらにも里帰りしておらぬというではないか。何百里も離れた遠方ならともかく、たかが数町の近さなのに、親兄弟とゆっくり睦み合うこともできぬのか。宮中というところは」

馬鹿馬鹿しいといわんばかりだが、家光とて知らぬわけではないのである。

天皇の行幸となれば、数ヶ月ときには半年一年も前から朝廷内で是非を検討し、所司代の許可をとりつけたうえで、陰陽《おんみょう》博士が吉凶を占って日時を奏上し、ようやく決定となる。当日は当日で、随行の摂政や女官らが長々と車駕《しゃが》を連ね、公卿《くぎょう》衆や護衛の武官ら数百名が供奉してのものものしい大行列になる。天皇の象徴たる三種の神器はもとより、天皇が使用する食器や調度類まで運ばねばならない。気が遠くなるほど面倒なことなのだ。

むろん、後水尾や和子が姫宮たちを連れて禁裏に参内して面会するのは年に一、二度はあるが、家光が言うように明正自身が里帰りして何日間か家族とゆっくり過ごすことは、即位して五年もたつのに一度もできていない。

「つくづくむごいことをなされたな。院は」

自身の幕府への腹いせのために、七歳の娘を「感情のない人形」にしてしまったと家光は言外に非難しているのだ。

「兄上、それは……」

この自分にも責任がある、後水尾だけのせいではない。そう言おうとしたとき、

「お上はわが姪じゃ。これ以上、不気味なお方にしたくない」

家光は苦渋に満ちた面持ちでつぶやいた。

ふたり向かい合ったまま、言葉もなく黙りこくっていると、後水尾上皇が渡御して

きて、「姫宮たちも出てくるように」と命じた。

それぞれ侍女につき添われて三人の姫宮が出てくると、家光はたちまち相好を崩し、

「おお、おお、いずれもなんと可愛《かわい》らしい姫宮さま方じゃ。もそっと近うお寄りなされ。この伯父にお顔をよう見せてくだされ」

手をとらんばかりに引き寄せ、喜色満面で菓子を手渡したりして、しきりに機嫌をとった。いちばん上の女二宮は明正より二歳年下の十歳。後水尾が退位した年に生まれた女三宮が六歳。女五宮はよちよち歩きがようやくしっかりしてきた三歳。二宮は家光の前回の上洛時に会ったが、まだ二歳だったからむろん記憶はない。それ以外の娘たちは初めての対面である。

上のふたりは昨日、末妹が死んでしまったことを和子から教えられて大泣きした。母の見慣れぬ江戸の伯父に気後れしてもじもじしつつ、しきりに母を気にしている。母の悲嘆を気遣っているのだ。それでも人見知りしない性格の女二宮がなんとか愛想をふりまき、女三宮がいまにも泣き出しそうな顔でそれを見つめているのを、和子はあちこち歩きまわろうとする女五宮を抱き寄せながら、いたたまれない気持で見守った。

「もうええやろ。そなたらは下がりやし」

後水尾が姫宮たちを下がらせたのは、和子の表情に気づいたからであったろう。

「ところで、上皇さま」

姫宮たちを名残惜しげに見送った家光は、やおら後水尾に視線を移して切り出した。

「あとひと月ほどでお局方《つぼね》にまたお子がお生まれになる由《よし》。いやいや、お咎《とが》めしておるわけではございませぬ。ただ、ついてはぜひに、お願い申し上げたきことが」

「願いと？」

「もしも皇子さまであらせられましたら、そのときには、そのお子をいただきとうございます」

「ほう、ほしい、とな？」

意外な申し出に、和子と後水尾は顔を見合わせた。

「はて、なにゆえじゃ」

「ゆくゆくは江戸の寛永寺と日光山輪王寺《りんのうじ》にお迎えし、門跡寺にしたく存じます」

「なんと」

日光山輪王寺は、家康の墓所である日光東照宮の神宮寺で、江戸上野にある徳川家菩提寺の東叡山《とうえいざん》寛永寺の本坊でもある。そこに天皇あるいは上皇の子で出家した法親《ほっしん》王《のう》を迎えて、門跡寺院にしたい。皇子が生まれたら、ぜひともというのである。

祖父家康を信奉しきっている家光らしい思いつき、と和子は腑《ふ》に落ちたが、まだ生まれてもいないのにあまりにも早計だし、第一、徳川の菩提寺を門跡寺院にしようということ自体、僭越《せんえつ》すぎはしないか。

「ついては、女院さまに養育をお願いしたく」

兄の言葉に、和子は、あっ、と声をあげそうになった。兄の目的はそれなのか？　ふたりの男皇子に死なれ、いままた娘を失って失意のどん底にいる妹に、他の女が産んだ子を育てさせようというのか。おふくが言った「他のお局衆の子も養子にすればいい」という言葉とも重なる。

それが妹の気力をよみがえらせようという思いやりなのか、それとも、そういう名目でいちはやく側妾腹の男皇子を徳川の手中に取り込んでしまおうという計算か。兄の心底を測りかねた和子だが、後水尾の言葉にさらに驚かされた。

「よかろう。男児であれば、東福門院の養子にし、養育を託す」

後水尾はしごくあっさり了承したのだ。

約束は現実になった。一ヶ月後の閏《うるう》七月、京極局が産み落としたのは男皇子だったのだ。

その見返りか、家光は後水尾の院御料を新たに七千石献じ、三千石から一挙に一万石に加増。財政難に苦しむ院御所を援助し、さらに、

「官位昇叙以下の朝政、何事も院のお計らいたるべきよし」
と申し入れた。無断の譲位に激怒した秀忠が固く禁じた「院政」を容認したのである。

家光の上方滞在は、七月初旬から閏七月を挟んで丸二ヶ月。

その間、観光や静養の暇を惜しんで精力的に活動した。まず京内の各町から二名ずつ計千人を二条城の二の丸の白洲《しらす》へ招くと、祝儀として銀五千貫を京内の全戸に下賜《かし》すると発表した。その数三万五千余とも七千余ともいい、一戸当たり五石、米俵にして十二俵余にもあたる。この異例の大盤振る舞いに京雀《きょうすずめ》たちは驚喜し、瞬《また》く間に噂《うわさ》が広がった。

さらに大坂へも下り、そこで、大坂、堺、奈良の地子銭《ちしせん》を免除したから、「徳川将軍」の存在を西国の民たちに誇示する目的はみごとに図に当たった。

それだけではない。家光は随行の諸大名を二条城に呼びつけ、領知替とそれを安堵《あんど》する朱印状改めを発した。転封と石高の増減、つまり転勤と人事異動である。いわば大名支配の根幹を江戸ではなく上方でおこなったのは、かつて秀忠が上洛《じょうらく》時にやったのを踏襲し、西国の外様大大名たちに領知権掌握を改めて示すためである。

家光が江戸へ帰るため京を発《た》った日、今宮《いまのみや》と名づけられた赤子は正式に和子の養子になった。

「和子、おまえの役割はこれからますます大きくなるぞ。からだを労《ねぎ》ろうて達者で暮らせ」

所司代を通じて伝えられた兄の言葉に、和子は千姉の地蔵菩薩像をそっと掌に包んで胸を熱くした。

（このお地蔵さまが、子らとわたくしを守ってくださいましょう。ありがたいこと）

家光は以後、十七年後に亡《な》くなるまで上洛する機はなく、兄と妹は今生でふたたび相まみえることはなかった。

江戸へもどった家光を待っていたのは、江戸城本丸の焼失と再建、九州島原でキリシタンと農民らが起こした一揆《いっき》の鎮圧、ポルトガル船の長崎出島での隔離から完全鎖国政策へ、とまさに多事多難の連続だった。そのなかで諸大名に天下普請《ぶしん》を命じて日光東照宮の大造替を強引に進めたのは、「神君家康公」が幕府体制のよりどころであり、彼の支えだったからである。

和子には家光の言葉でもう一つ、胸に深く突き刺さったままのことがある。明正のことである。

——不気味な
と形容されたわが娘をなんとかしてやらねば。ただでさえ十二歳という微妙な年齢である。このままあの子を生気のない人形にさせてはならない。妹たちと他愛のないおしゃべりに興じ、ともに食事し、夜は枕《まくら》を並べて寝る。そんなどこにでもある家族のふれあいを味わわせてやらねば。

これは天皇と国母という立場の問題ではない。母親としての自分の責任だ。

決心すると行動は早い。さっそく所司代に諮って院御所への行幸の計画を一年がかりで進めさせ、翌寛永十二年九月、明正女帝は践祚から実に六年後に初めて里帰りし、両親や妹たちと水入らずの数日間を過ごした。

あらためて一緒に過ごしてみると、たしかに明正は、能や技芸に関してまったく興味を示さず、和子や側仕えの女官らが楽しんでいる刺繡《ししゅう》や押絵などの手芸も、やってみたいという気はないらしい。禁じられているせいではない。本人が心を動かさないのだ。

以前の彼女は、多少神経質なところはあるものの、おしゃまで好奇心旺盛《おうせい》、表情豊かな少女だったのに、なんという変わりようか。愕然《がくぜん》とした。自分は母親なのに何も見ていなかった。知ろうともしていなかった。

それを一瞬で見抜いた家光は、宮中という異界を外から眺められる立場のせいか。それとも、人としてまっとうな感覚なのか。和子はあらためて深く反省させられたし、後水尾にもそう訴えずにいられなかった。

「そやなぁ。男帝ならば朕の後継として勉学諸芸を仕込むところじゃし、いずれ女御《にょうご》や側妾を入れて男の楽しみもできようが、あの子には何もない。せめて退位後も打ち込める何かを見つけさせてやらねばのう」

後水尾も深く感じるところがあったとみえる。手始めに管弦をと、行幸の土産に、後水尾は自分の愛用の琵琶《びわ》と手本を、和子は箏《こと》を贈り、師をつけて習わせるようにと側近らに命じた。

「そなたの手が上ったら、皆で合奏しようぞ。楽しみにしておるからな。よく励むんやぞ」

父親らしい少しばかり強引な激励に、娘が発奮してくれればと和子は願っている。

第五章　花鳥繚乱《りょうらん》

一

娘を初めて嫁がせる母親の気持はこういうものか。

正装に身を包んだ女二宮を目を細めて見つめ、和子《まさこ》は喜びと寂しさを同時に味わった。朱色の唐衣《からぎぬ》に、萌黄《もえぎ》色《いろ》の表着《うわぎ》。内着の五衣《いつつぎぬ》は、日増しに寒さがつのる仲冬の末だがあえて早春の梅襲《うめがさね》。それに緋《ひ》色《いろ》の張袴《はりばかま》、後ろ腰に長く引く白い裳《も》、手にした長い房のついた檜扇《ひおうぎ》。装束一式、和子が心を込めて選び誂《あつら》えた。

（よう似合うてる。よかった）

女二宮の顔が明るく照り映え、上気しているように見える。

女院御所の正殿は連ねた紙燭《しそく》の光で昼間のように照らし出されている。

寛永十三年（一六三六）十一月二十三日。女二宮と近衛尚嗣《ひさつぐ》の婚儀の夜である。

婚礼は葬式とおなじく夜におこなうのが、宮中・民間を問わず古来の慣習である。女にとって嫁入りは、生家でのそれまでの自分がいったん死に、婚家であらたにまっさらな自分に生まれ変わると考えられている。

新郎新婦の席は、上段の間の東側、向かって右の格上のほうが女二宮、西方の左側が尚嗣。新婦のほうが身分が高いからである。

ふたりが並んで坐《ざ》すと、下段の間で陪席を許された近衛家の家礼の公家衆《くげ》から、いっせいにどよめきが上がった。十二歳と十五歳の花嫁花婿《はなむこ》はみるからに初々《ういうい》しく、まさに似合いの一対だ。

尚嗣は後水尾の実弟近衛信尋《のぶひろ》の嫡子《ちゃくし》だから、ふたりは従兄妹《いとこ》同士。幼い頃から宮中の七夕や花見の会などでよく顔を合わせ、たがいに気心が知れている。女二宮は緊張する様子もなく、周囲を見渡して笑顔をふりまき、ときおり新郎のほうを見やっては、なにやら小声でささやきかけている。緊張しなくても大丈夫よ。そんなに膝《ひざ》を揺すらないで。ほら、また。駄目だってば。姉さまぶって、そんなことをたしなめているのだろう。

この分なら仲睦《むつ》まじくやってくれるであろう。おとなしく生真面目《きまじめ》な夫に、無邪気で明るい妻。いい組み合わせだ。なにより、言いたいことを率直に言い合える夫婦になってくれたらいい。

梅宮のことを思い出さずにいられなかった。結婚生活が破綻《はたん》した梅宮は、二年たったいまも父上皇のもとでひっそり暮らし、一時期は心を病んで狂乱した元夫の鷹司教平《のりひら》は最近、側妻を迎え、子の誕生が待たれている。どちらが悪いというものではない。夫婦のことは傍にはうかがい知れぬものだし、やってみなければわからないことだが、せめてこの娘は平穏に添い遂げてほしい。

厳粛ななかにもなごやかな雰囲気で固めの盃《さかずき》を交わし、お色直しのためいったん席を外したふたりがもどると、三三九度にあたる式三献の儀。花嫁のお色直しの衣服は近衛家が献上したもので、唐衣は濃緋の地色に、武家では幸菱《さいわいびし》ともいう先間菱《せんけんびし》の紋、五衣は本格的な春の樺桜《かばざくら》の襲《かさね》。こちらも、ふくよかな丸顔で目鼻立ちのくっきりした女二宮によく似合っている。

――早春から、猛《たけ》りの春へ。

諮《はか》ったわけではないのに、近衛家は和子の心情を汲《く》み取ってくれた。

「お母さま、どうしてそんなお顔してらっしゃるの？」

横に坐した女三宮が不思議そうに和子の顔を覗《のぞ》き込んで訊《き》いた。敏感な子だ。まだ八歳なのに、母の複雑な心中を感じ取っている。

「なんでもないのよ。ただ、お父さまにも見ていただきたいと思っただけ」

後水尾上皇の姿はここにはない。降嫁《こうか》する姫宮の婚儀には出御しないのがしきたりだからである。宮中の人になって早十六年。煩雑《はんざつ》でときにはくだらないとしか思えなかったしきたりにも慣れ、たいがいのことはおとなしく受け入れる和子だが、これればかりは娘の門出を見守ることもできないのかと釈然としないし、憤懣《ふんまん》すらおぼえる。それでも後水尾は、せめて信尋には見せてやりたいと御簾《みす》の中から見るよう命じた。信尋は和子らの背後の控えの間から見守っている。

そもそも婚礼の儀を女院御所で盛大にとりおこなうのも、和子がこの縁談を主導し費用もすべて出したからで、ふつうは婚礼儀式を宮中でやることはなく、輿入《こしい》れするだけである。幕府は婚礼に先だって女二宮に知行三千石を進上しており、近衛家がこの先困窮することはなくなる。

婚儀がつつがなくすむと、この日はそれでお開きとなり、尚嗣と近衛家の者たちは近衛家へもどり、五日後にあらためて女院御所で内々の饗宴《きょうえん》がおこなわれた。

実際の輿入れは半月後の十二月十一日、二十人の公卿《くぎょう》と殿上人、それに北面の武士全員が供奉《ぐぶ》、行列の前後を所司代の郎党が警護して、女二宮が乗る輿は女院御所から出ていった。その輿入れも、木枯らしが吹きすさぶ凍《い》てつく冬夜だった。

二

それから一年後の寛永十四年（一六三七）十二月、後水尾上皇は九歳になった女三宮に内親王宣下し、昭子《あきこ》内親王と名づけた。上のふたりの娘を手放した和子の寂しさを察し、降嫁も出家もさせず手元に置けるよう計らったのである。利発で聡明《そうめい》なこの娘を、後水尾自身、どの子供より可愛《かわい》がり、手放したくなかったせいもある。

「この子はあまりからだが丈夫ではないゆえ」

親鳥が雛《ひな》を羽の下に庇《かば》い守るような過保護ぶりをわれながら苦笑しつつ、頭を離れないのはやはり梅宮のことである。

おなじ院御所にいながら、梅宮は父親の常御殿とは離れた別棟にこもりきりで、呼んでも出てこようとしない。御附の女官たちが管弦や物語を読んだり和歌を作ったりの楽しみごとをいくら勧めても、かぶりを振るばかりで、和子から贈られた美しい衣装も広げてみようとすらしない。日がな一日、仏典の類《たぐい》を読み耽《ふけ》っていると聞き、仏教にそれほど関心があるなら、と禅僧一糸文守《いっしぶんしゅ》の法話に出席するよう勧めた。

一糸文守はかの沢庵和尚の弟子で、沢庵が出羽に配流《はいる》された際、つき従っていった。

一年後に師の命令によって帰京した後は、近衛信尋の帰依《きえ》を受け、その影響で後水尾もしばしば院御所に招いて教えを請《こ》うているのである。

ひとまわりも年下の、まだ三十そこそこの若僧に後水尾が心酔するようになったのは、縁があったとしかいいようがない。一糸はもともと公家の岩倉家の出で、八歳から十四歳まで後水尾と信尋兄弟の母である中和門院《ちゅうかもんいん》に童《わらわ》小姓として仕えており、その頃から顔なじみだった。

当時の、美少年なうえに目立って聡明だった印象はいまも変わらず、おっとりした柔和さの中に禅僧らしい峻厳《しゅんげん》さが加わって、みるからに清々《すがすが》しい雰囲気をたたえている。

梅宮はそんな一糸の法話の席だけは欠かさず出席するようになり、京の喧騒《けんそう》を嫌って丹波の人里離れた寒村に隠棲《いんせい》した一糸と文のやりとりもするようになった。彼が病になったときには、梅宮に頼まれて後水尾が薬を送らせ、さらに、丹波からしばしば呼び寄せるには遠すぎるのと、一糸の健康状態を案じ、西賀茂の地に庵居《あんきょ》を設けて住まわせるようにした。

こうして一糸との交流が深まるにつれ、梅宮は出家を強く望むようになった。生母のおよつが実家の四辻家でひっそり亡《な》くなったことも、その気持をつのらせることになったか。

これでよかったのだと後水尾は思う。考えてみれば、生まれたときから和子の陰で暗い運命を背負わされてきた娘である。その境遇を僻《ひが》み、さらに陰気な方向へ、固い殻の中へと自分自身を追いつめていったこれまでだ。それが仏道に傾倒するきっかけであったろうし、一糸と出会ったことで自分の心を冷静に見つめることを学び、誰もが目を瞠《みは》るほど、やわらかく、明るくなった。自ら殻を破ることができたのだ。これが彼女の本来なのかもしれない、と父親としてしみじみ安堵《あんど》する思いである。あとの気がかりは、明正天皇興子のことと、その後を誰に継がせるか、次の帝位のことである。

興子は十六歳になり、女の成人儀礼である鬢曾木《びんそぎ》の儀をすませた。七歳での践祚《せんそ》から早くも足掛け十年。背が伸び、からだつきもふっくらして、年頃の娘らしくなった。しかし、和子がときおり、遠慮がちに、だが思いつめた表情でもらすのは、興子が何かに関心を持つことがほとんどないということである。先年、後水尾と和子が箏《こと》や琵琶《びわ》を与えて習うよう勧めて始めたのにすぐにやめてしまったし、和子が、このごろ熱心にやっている押絵を一緒にどうかと水を向けても、まるで反応しないという。後水尾も、せめて和歌を、と禁裏に出向いて手ほどきしているのに、それも不承不承という態で、からきし進歩がない。

それだけならまだしも、何か些細《ささい》なことでも自分の思うようにならないと、将軍家に言いつけてやる、と周囲の者を脅してこずらせると聞き、暗澹《あんたん》とした。たかが幕府のうしろ盾をかさに着てのたわいない驕慢《きょうまん》、と見過ごしにできることではない。それこそ天皇の権威を貶《おとし》める所業だ。

けっして知恵が遅れているとか、頭が悪いというようなことではないのである。少しばかり神経質なところがあるにせよ、利発さは人並み以上なのに、彼女にとって帝位は、自身を閉じ込め、感性を鈍麻させる固い殻なのだろう。後水尾はそうさせてしまった自分に忸怩《じくじ》たる思いがある。

（そろそろ解放してやりたい。退位させてやりたい）

そう思いつつためらっているのは、まだ次に帝位に就く後嗣《こうし》が決まっていないからである。いまのところ男皇子は四人。京極局所生の素鵞宮《すがのみや》六歳、同母弟の今宮五歳、御匣局《みくしげのつぼね》所生の秀宮《ひでのみや》二歳。それに、下級女官の水無瀬《みなせ》氏所生の男宮二歳。

今宮は生後すぐ、幕府の懇望により和子が養子にして手元で養育しており、いずれ早いうちに出家させ、ゆくゆくは江戸の寛永寺と日光山輪王寺座主《ざす》に据えることが決まっている。

秀宮は、生後三ヶ月で内々に近衛信尋の猶子《ゆうし》にした。末の水無瀬氏の子は未熟児で産まれ、成長が遅れており、無事に育つかどうか危ぶんでいる。仮に育ったとしても、いずれ出家させることになろう。

いずれにせよ、どこの子も側妾《そくしょう》所生で、しかも弱年。まだ帝王としての器量を判断できる段階ではなく、実際は後水尾が院政するにしても、すぐに帝位に即《つ》けられる年齢ではない。

加えて、和子の五年ぶりの懐妊が判明したところである。幕府はむろん、男皇子の誕生を切望している。その男皇子を明正の次に即位させ、女帝では不可能な後嗣をもうけさせる。今度こそ徳川の血をもつ男子が天皇になり、子をもうけ、徳川の血が天皇家の中で未来永劫《えいごう》引き継がれていく。家康以来の徳川の宿願である。

しかし、もしも和子が無事に男皇子を産んだとしても、即位にこぎつけるまで、どうしたって十年やそこらはかかる。

（かわいそうだが、まだ当分は興子に我慢を強いるしかない。赦《ゆる》してくれよ、興子）

もとはといえば、後水尾自身の早すぎる突然の退位が引き起こしたことだ。そのために娘を犠牲にしてしまったと思うと、激情に駆られての短慮を悔いるしかない。

そしてあらためて突きつけられているのは、男皇子のいずれを儲君《もうけのきみ》にするにしても、幕府の援助なしには譲位も即位もできない現実である。

しかし、和子にいままで以上の重圧がかかっていることまでは、後水尾は思いいたらなかった。和子のことだ、今度も無事に産んでくれる、そう安心しきっていた。

三

だが、その年が終わり、翌寛永十六年（一六三九）の春とはいえ厳寒の頃、和子は流産してしまった。

妊娠も八度目ともなれば、自分のからだの状態はたいていわかる。だから、これまでとはなにか違うと感じていた。三十三歳のからだに負担が大きすぎるのか、無事に出産までこぎつけられるか、不安をつのらせ、細心の注意を払って養生し、安定期に入って、和子自身も周囲もやっと安堵した矢先、前触れなく突然、流れてしまったのである。

（どうして、こんな目に……。今度こそ、今度こそ。そればかり念じてきたのに。まさか何かに祟《たた》られて？）

考えたくないが、かつて身ごもった局《つぼね》たちが無理やり流産させられたことが頭から離れない。その非道の報《むく》いを受けているのではないか。神仏の怒りか、それとも女たちの恨みか。そんなことばかり脳裏を駆けめぐる。心が砕けてしまいそうなのに、涙は出ない。泣くこともできない。

周囲がどう勧めても食べ物を受けつけず、寝込むことが多くなった。襖戸《ふすまど》を締め切った薄暗い寝所で、医師が気持を楽にする薬湯を服用させるせいもあろうが、焦点の定まらない目を開けてぼんやり天井を見つめているか、うつらうつら眠ってばかりいる。目に映るものすべて、まるで薄い膜を隔てているようで、現実感がない。

(こんなことではいけない。しっかりしなければ)

気力をふりしぼって半身を起こすと、はげしい眩暈《めまい》に襲われた。

ゆらっ、と仰向けに倒れそうになるのを、背後から誰かの手が抱き留めた。

「急にお起きになってはいけません。まだ安静になさらねば。お休みください。安心なさって」

「梅？　梅かえ？」

思ってもいなかった言葉が口を衝《つ》いて出た。

「おまえだね。おまえがついていてくれたのだね。ずっと」

不意に思いあたった。疱瘡《ほうそう》の高熱で苦しんでいたとき、そばにいてくれたのもこの梅だ。

「どうかお赦しくださいまし。お許しも得ず、上がらせていただきました」

涙をふくんだ声が和子の背を包み込んだ。

「わたしは、おなかの子を死なせてしまった。産んでやれなかった」

ふり返らないまま、和子は嗚咽《おえつ》した。ほとばしるように涙があふれ出す。

「どうしたらいい。教えておくれ。梅、わたしはどうしたらいい?」

声を放って泣きじゃくる背をやさしい手がさすり、褥《しとね》ごとつつみ込んでやわらかく抱き留めた。

「ご自分を責めてはなりません。あなたさまのせいではございません」

何度もくり返す梅の声に身をゆだねているうちに、和子は眠りに落ちた。

どれくらいたったか、ふと目を醒《さ》ますと、梅がまだ見守ってくれていた。

「そなた、子は元気でおるのか?」

和子の命令でこの女院御所の勘定方に勤める滝川に嫁いだ梅は、三十過ぎの高齢で難産の末、女児を産んだ。滝川は三年前、流行《はや》り病であっけなくこの世を去ってしまい、寡婦《かふ》となった梅はひとりでその子を育てている、と滝川のもとの上役から聞いている。

和子の許しをもらって江戸にもどってはどうかとその上役は勧めたが、梅は、女院さまが江戸に帰るのは断じて許さぬとおっしゃいましたから、と頑《かたく》なに拒んだという。お仕えできなくともお側にいとうございます。そう言ったとも聞いた。梅らしい筋の通し方と苦笑しつつ、自分が許すと言いさえすればと迷いながら、そのきっかけがつかめずにいたのである。

娘はもうだいぶ大きくなったはずだ。六つか七つ、女手ひとつで育てるのはさぞ苦労が多かろう。からだもきつかろう。

「いえ……」

口ごもって目をそらした梅の顔は以前より十も十五も老《ふ》け込んでいて、和子は吐胸を衝かれた。

「もしや……死んでしまったのか？」

「はい、夫のすぐ後にございました。もともと虚弱に生まれつきましたので」

「そうか……」

それしか言葉が出なかった。

黙りこくっていると、梅が笑顔をつくって言った。

「早くお元気になられて、お庭にお出ましなされませ」

「庭に？」

「あなたさまはお庭を歩かれるのがいちばんの養生。そうでございましょう？」

「でも」

側仕えの女官や医師らは皆、外に出てはいけません、お庭を歩いて万が一怪我《けが》でもなさっては、と口をそろえて禁じる。

庭の小道を歩きまわるのがなにより鬱屈《うっくつ》を晴らせる。心の苦痛に悲鳴をあげそうなとき、嫉妬《しっと》の焔《ほのお》に焼き尽くされそうなとき、重い決断を迫られて悩み迷っているとき、自分の心の内を覗き込みながら何刻もひたすら歩けば、考えがまとまる。自分を強いて速足でずんずん歩けば、気が晴れる。風の音、陽の光、空の色、木漏れ陽の揺らぎ、水面のきらめき、言葉なき言葉がささやきかけてくれる。それを知っているのは、子供の頃からずっと傍にいて一緒に歩いた梅だけだ。

「花木を見てやらねばなりませんでしょう？　庭師たちが丹精しておりますけれど、やはり女院さまのお目がいちばん確かだと申しております。そろそろ花芽を摘んでおかねばならぬ時季ですし、植え替えのご指示もいただきたいと」

「土いじりなどもってのほか、そう叱《しか》られるのだよ。侍女たちもお医師も許してくれないのだよ。わたしがどう頼んでも、駄目だとばかり」

いつの間にか甘えた口調になっていた。ばつの悪い思いをしながら、ふと気づいた。梅を去らせた後、ひとりで庭に出ると、ときおり、こちらに背を向けて草むしりしている女を見かけた。その様子が和子の視線を避けているようで気になった。下働きの水汲み女めいた粗末な小袖《こそで》に腰巻姿で、手ぬぐいを頭にかぶり、たすき掛け。手腕を泥だらけにして菊や牡丹《ぼたん》の鉢の植え替えをしているときもあった。ひょっとしたら、あれは梅だったのでは？

「かまやしません。止められてもなさるのがあなたさま。お好きなようにおふるまいになればよろしゅうございます」

「そなた、悪うなったのう。そんな無茶を焚《た》きつけることなど、以前はなかったに」

思わず笑みがこぼれた。顔を見合わせ、目と目で共犯者めいたうなずきを交わすと、それだけで胸が弾む。いたずらを思いついた子供の頃のように、わくわくする。

だが、梅はかぶりをふり、生真面目な声音で言った。

「そうではございません。あなたさまのご判断は信じられるからです」

「信じられる？」

「はい、……ですが、もしも……」

梅は言いよどんだが、その頬から笑みは消えなかった。

「なんえ？」

和子の頬にも自然と笑みが浮かんだ。

「言うておくれ」

「はい。わたくしが申し上げたいのは、たとえ間違ったとしてもいいではないかということです。間違いとわかったら、考え直して改める。それでよいのではございませんか？　どれほど真剣に思い悩んで決めても、間違うことはございます。どんなに後悔してもしきれぬこともございましょう。そんなことをくり返して変えていく。変わっていく。あなたさまはそういうお方です。信じられると申し上げたのは、そういうあなたさまだからです」

「そうか……。それがわたししか……」

梅の言葉が和子の胸になだれ込んできた。それは温かい湯水のようで、胸の中をいっぱいに満たし、ゆるゆると全身に浸《し》み入っていく。

「梅」

泣き出したいような気持で、そっと呼びかけた。

「はい、和姫《なごひめ》さま」

子供のころの呼び名で応《こた》えた梅の顔は涙で濡《ぬ》れていた。

「梅や、また仕えておくれ。そなたがいてくれると安心できる。側にいておくれ」

言いたかった言葉がやっと言えた。和子の目からも涙があふれ出した。

四

寛永十七年（一六四〇）、幕府はいよいよ決断を迫られた。

三十四歳になった東福門院がこの先、無事に男皇子を出産するのは望み薄になった。

――もはや局衆所生の皇子を儲君に立てるしかない。

そう判断すると、新天皇の禁裏御所の新造の準備に取りかかった。

春日局がまた上洛《じょうらく》してきたのはそんな折。

八年ぶりに対面したおふくは、ますます嵩《かさ》高く肥えて、いかつい老婆《ろうば》になっていた。

「齢《よわい》六十二にもなるこの婆《ばば》が、老骨に鞭《むち》打ってはるばるやってまいりました。理由は、女院さま、とうにおわかりでいらっしゃいましょうな」

表向きの理由は、東福門院へ金三千両はじめ、徳川家ゆかりの女人たちへの経済援助である。九条完子《さだこ》や、勝姫のふたりの娘である亀姫・高松宮妃寧子《やすこ》と九条家に嫁いだ鶴姫・長子に、それぞれ銀二百枚。そのほか禁裏、院御所、女院御所の上級女房らにかなりの銀子を贈った。

「女院さまがすでに、折々に金品をお与えなさって援《たす》けておられるのは、将軍家もよう承知しておりまするよ。ことに喜ばれるのが小袖や反物だそうですな。女院さまご贔屓《ひいき》の雁金屋《かりがねや》の意匠は、それはもう華やかで、洒落《しゃれ》ておって、女性《にょしょう》方がなにより喜ぶそうな」

そう言うと、にやりと笑った。

「まことにけっこうなことで。おなごというのは上つかたも下々の者も、ただでさえ乏しい家計から自分の着物を、まして贅沢《ぜいたく》なものを誂えるなど、気が引けてなかなかできやしませぬでな」

田舎武士の妻だったかつての自分の経験をふまえてか、心得顔でうなずくと、

「女院さまからのご下賜《かし》とあれば、気兼ねのう着られる。さぞありがたいでしょうな。宮廷や公家方のみならず、富裕な町方までこぞって真似《まね》ておると聞き及んでおりますぞ。御母君の御台所《みだいどころ》さまも毎年、雁金屋に大量の小袖を注文なさって大奥の女中どもにお与えなされましたが、そういえば、雁金屋の祖はご実家の浅井家の旧臣であったそうですの」

長々と褒めつつ最後は、お江与が江戸城大奥の風紀を過度に華美にした、しかもお

江与と和子ともども浅井家ゆかりの雁金屋への過剰な贔屓、と暗に非難しているのだ。

「はっきりおっしゃい。それだけではないでしょう。そなたがわざわざやってきた理由は」

「ほっ、やはりおわかりでしたな」

肉厚の頬をにやりとゆがめ、膝を乗り出した。

「よもやお忘れではありますまい。前にお目もじの折、この婆が申し上げたこと」

局衆が産んだ男皇子をできるかぎり和子の養子にするというはなしだ。

忘れるどころか、あれから日々、考えている。言われたときには少なからず驚いたし、「自分の子以外愛せないのか」という言葉にひどく心乱され、怒りもおぼえた。

その後、生後間もない今宮を、将軍家の要請で和子の養子にした。

最初は不安だったが、実際に育ててみて、日々ともに暮らしてははぐくまれていく情愛を実感しているところである。自分の実の子である姫宮たちとなんら違いなく可愛い。叱るときはきちんと叱り、愛情を注いで育てている。

内気で引っ込み思案な子だから、少しでも人馴《ひとな》れさせようと、和子が禁裏や仙洞御所を訪れるときには姫宮たちと一緒に連れていく。女三宮昭子も女五宮も、実の弟という気持で可愛がっている。やさしい昭子はそっと庇い、やんちゃ盛りの女五宮は手下扱いで連れまわして喜んでいる。

血統や血のつながりはないがしろにできるものではないが、心のつながりで家族になることができるのだとつくづく思う。幕府も今宮を和子所生の皇子として遇し、知行を与えている。

徳川の血にこだわる必要はない。それより和子の子であることのほうが、幕府にとっても朝廷にとっても重要なのだという理屈も、納得できる。それに、子とその生母、ひいては父親である後水尾にとっても、和子の養子になれば幕府の庇護《ひご》を得られる。悪いはなしではない。

「さようにございます。三方得。これほどけっこうなことはありますまい」

おふくはこれ以上できないほどにこやかに笑ってみせてから、頬を引き締めて言葉を継いだ。

「肝心なのは、あなたさまがご自分から申し出られること。公儀の意向でも、上皇さまのご意思でもなく、あなたさまご自身の、国母《こくも》としての強いご意思であるとはっきり示されることとです」

それによって、和子の「母」の立場が盤石になるというのである。

春日局のしたたかさに驚愕《きょうがく》しつつ、国母の権威の大きさと責任の重さにたじろいだ。

「ようわかりました。こうなったらわたくしも、腹を据えてかかりましょう」

口に出すと、もう迷いはなかった。

さっそく所司代を通じて幕府に意向を示した。

あえて後水尾には相談しなかった。上皇が背後で糸を引いていると周囲に勘ぐらせないためだが、彼が大喜びするのを見たくない気持も心のどこかにあった。

幕府はすでに待ちかまえていたのであろう、さっそく、新禁裏の概要と工事の進行過程をまとめ、工事を開始。名目は明正今上天皇の禁裏だが、実際は次の天皇のための新禁裏である。

同時に、工事期間中、明正天皇が暮らす仮内裏は、かつて中和門院御所のあった場所に、和子の中宮御所の建物を移築修理してあてることになり、約二ヶ月の工事を経て正式に渡御となった。

新禁裏造営の作事総奉行は、また小堀遠江守政一《とおとうみのかみまさかず》である。かつて二条城行幸の折、苑池《えんち》の石組を大改造して、武家好みの豪壮な庭園から公家好みの優美な庭園に造り変えてみせた小堀遠州。現在の仙洞御所と苑池の造営でも手腕を発揮し、ことに苑池の斬新《ざんしん》さは後水尾も気に入っている。

約一年半かけて、寛永十九年（一六四二）に新禁裏は完成した。明正が還御すると、東福門院の意向として、後水尾の皇子たちの中で最年長の素鵞宮十歳を儲君とすることが発表され、つづいて和子の養子となることが正式に決まった。

(これでいい。やれることはやった)

素鵞宮が即位して新天皇になっても、「徳川の天皇」ということになり、和子は引きつづき「天皇の母・国母」の立場を維持できる。

「素鵞宮を引き取り、手元で育てさせていただきとうございます」

これまではたまに会うだけで、どんな子かもよく知らない。いまのうちから、母と子、親子の絆《きずな》を結んでおきたい。後水尾に申し出ると、即座に許しが出た。

「あんじょう頼むえ。そなたが育ててくれたら、立派な子になってくれるやろ」

なにやら面映ゆげな顔をしたのが少しばかり気になったが、お世辞であろうとそれ以上深くは考えなかった。今宮の同母の兄なのだから、きっと気質も似ているであろうし、兄弟が初めて一緒に暮らせるのだから、ふたりとも喜ぶ。男の子たちが元気に遊ぶ姿を想像すると、死んでしまった自分の息子たちを思い出して、涙ぐみそうな感傷がこみあげてもくる。

とにかくやっと肩の荷を下ろせた。事は順調に進んでいる。

そう安堵しつつ、新禁裏の造営に引きつづいて明正が退位後に暮らす新居の造営が始まってみると、にわかに寂しさがつのった。退位しても母や妹たちと一緒に暮らすことは許されない。自由の身にしてやりたくて退位に賛同したのに、それすらかなわないのか。

さらに幕府は、退位後の明正の生活に関して、おそろしく細かな規則を申し渡してきた。

――新院御所での能や舞などの観覧は無用。ただし、禁裏や仙洞御所、女院御所での家族一同そろっての観覧は可。

――兄弟姉妹との対面は年始に限り、それ以外は摂関家であっても対面禁止。

――仙洞御所と女院御所への御幸《みゆき》は可。禁裏や妹の女二宮の近衛邸へは、上皇や女院と同行するのであれば可。ただし、頻繁な御幸は控え、御幸の際はかならず院参の公卿が供奉すること。

二十歳かそこらの若い明正がはめを外して放埒《ほうらつ》になり、威厳を損なうのを警戒して、神経を尖《とが》らせているのである。

むろん結婚は絶対に許されない。この先死ぬまで、生涯独身のまま身を律し、孤独に生きていかねばならないのか。そう思うと、幕府の監視の厳しさと宮廷の息苦しさがあらためて和子の心に重くのしかかってくる。

だが、そのことを悩んでばかりはいられない状況になった。

素鵞宮が親王宣下されて紹仁《つぐひと》親王となり、女院御所に引き取ると、たちまちてんやわんやの大騒動になった。紹仁はそらおそろしいほどのやんちゃ坊主《ぼうず》だったのだ。いたずらの激しさときたら、侍女のうしろ襟に毛虫を放り込んで悲鳴をあげさせるわ、柿《かき》の木に登って熟果を御殿の縁に投げつけるわ、金箔《きんぱく》の障壁画に釘《くぎ》でひっかき傷をつけるわ、習字をさせれば畳に書きなぐるわ、やりたい放題、手のつけられぬ有様で、警護の武士が、「これがわが子であったら、容赦なく打ち据えて灸《きゅう》をすえてやるものを」と声をひそめて吐き捨てるほどである。

和子も頭をかかえつつ、侍女たちに向かって、

「ほんとに困ったものだねえ。でも、犬猫を虐待《ぎゃくたい》したり、弱い者いじめや鳥や魚の殺生《せっしょう》はしないのだから、まだ救いがある。性根が曲がっているとか、生来の悪性というわけではないのだからね。院が天皇となる心構えを教え込んでくだされば、そのうちにおとなしくなるであろうから、どうか辛抱しておくれ」

なんとかなだめたが、紹仁の気性の荒さは後水尾譲りなのではないかと疑った。今宮とは正反対で、同母兄弟なのにこうも違うかと新鮮でもある。自分が産んだ高仁親王もその下の弟皇子も、この年齢まで生きていられなかったから、男児を育てるのは

初めてで、その面白さもある。

「毎日はらはらさせられて肝を冷やすのも、後々になれば、いい笑い話になるであろうよ。そう思えば、かえって面白いではないか」

いかにも楽しげな笑顔で言ってのけ、侍女たちを呆《あき》れさせるのである。

しかし、その一方で、親王附の武士や教育係の公家たちには、

「もしも、人として赦しがたい悪さをしでかしたら、遠慮はいらぬ。柱に縛りつけるなり、納戸《なんど》に押し込めるなり、いかようにもきつく仕置きせよ。泣こうがわめこうが、心底反省するまで絶対に赦してはならぬ。いちいち院やわたしに許しを求める必要はない。そなたらの判断で厳しく躾《しつ》けよ。よいな、この母の命令じゃぞ」

きっぱり言い放ち、「さすがは武家の棟梁《とうりょう》たる将軍家の姫君」と感嘆させるのである。

五

明正天皇の譲位の日は、寛永二十年（一六四三）十月三日。

まだ夜も明けぬ寅《とら》の刻（午前四時）、まず、紹仁親王が女院御所から禁裏へ渡御。車

には後水尾と和子が同乗した。

松明《たいまつ》を掲げた殿上人が先導し、御所の侍らと所司代の手の者が供奉して、車はしごくゆっくり進んだ。距離にすればほんの数町。塀沿いの砂利が敷き詰められた道を踏みしめるザクザクという音が、夜明け前にいっそう深くなる闇《やみ》の静寂を破っている。しかも、いつもは自由に出入りできる禁中の馬場を昨夜のうちから通行止めにしたから、当てが外れた群衆が右往左往している。

「ほれ、もう見物がぎょうさん集まってきとるで。やれやれ、大儀なこっちゃ」

御簾の隙間《すきま》から興味津々《しんしん》の顔つきで外を透かし見ていた後水尾が和子に、そなたも見てみい、とうながしたが、和子はそれどころではなかった。

深夜子《ね》の刻（午前零時）前にたたき起こされて身支度させられた紹仁は、まだ眠気が醒めず目をこすって欠伸《あくび》を連発して、まるで緊張感がない。まだ十一歳。体格こそ人並み以上によくても、眠たい盛りの少年だ。無理はないが、今日がどれだけ大事な日かという自覚はないのか。

父上皇も父上皇だ。

「鳳林和尚《ほうりんおしょう》も大勢引き連れて見物にくり出すと張りきっておったが、勧修寺の家で見るんやろ」

鹿苑寺《ろくおんじ》の鳳林和尚は公家の勧修寺家の出で、後水尾とは昵懇《じっこん》の仲である。上皇同様、好奇心旺盛《おうせい》でいたって物見高い人物だから、茶の湯や立花の仲間や寺の関係者、北野社家や医者といった友人知人、京や奈良の富裕な町衆や武士、寺侍、果てはかかりつけの鍼《はり》医者まで三十人ほども誘ったと和子も聞いている。勧修寺邸は禁裏西門への通り道にあり、格好の場所である。現に、そこを通りかかると門の前や塀沿いに桟敷《さじき》が設けられ、すでに柵《さく》からはみ出さんばかりに人が群がっていた。

「おお、おるわおるわ。今日一日、夜中まで茶だ連歌だと酒をやりながら楽しむんやろな」

羨《うらや》ましげに言うのだから、聞いて呆れる。

「今上はどうしておられましょうなあ。もうお仕度はできたでしょうか」

あてつけるわけではないが、和子は溜息《ためいき》をもらした。

東宮が禁裏に入ると、次は、夜が明ける卯《う》の刻（午前六時）から明正が新院御所へ移る行幸の儀がおこなわれ、辰《たつ》の刻（午前八時）頃いよいよ渡御。九十四年暮らした禁裏を出るのである。

「いまごろどんなお気持でおられましょうか」

まるで拉致《らち》されるように母や妹たちから引き離され、禁裏へ移らされたあの夜のことを、思い出さずにいられないであろう。

「そやな。そりゃ、いろいろ思うところはあるやろな」

とってつけたようにこたえた後水尾に、憮然《ぶぜん》とした。思うところはあるだろう、とは、なんという言いぐさか。わが娘の気持をまるで思いやっていないように聞こえる。それとも、口にしないだけだと？　言わなくとも察しろと？

これが父親と母親の違いか。それとも気性の違いか。二十三年連れ添った夫婦であっても、完全に気持が通じるわけではない。いまだに入内《じゅだい》当時のとげとげしさを思い出して、胸が冷えることがある。

「せめてこれからは、できるだけ一緒にいられるようにしてやりとうございます。お上もさようにお思いでございましょう」

つい、尖《とが》った声音を発したのは、気づいてほしかったからだ。

「そやなあ。一緒にどこぞへ遊びに出かけるのもええなあ。そうしようなあ」

気のない返事でも、しないよりはましか。

「母上、腹が空《す》きました。御所に着いたら、すぐ何か食べさせてください」

ようやく眠気がさめた親王が、腹を押さえて訴えた。

「腹の虫がうるさく催促して、どうにも我慢できません。芋でも粥《かゆ》でもけっこうですから、何か入れてやらんと」

眠気盛りは食べ盛りでもある。

「紹仁、はしたないぞ。少しは自分の立場をわきまえよ」

さすがに父上皇が苦虫を嚙《か》み潰《つぶ》した面持ちでたしなめた。

明正は、帝位の象徴である剣璽《けんじ》とともに、これから彼女の住まいとなる新院御所へ行幸し、後水尾と和子は別の車に同乗して付き添っていった。

巳《み》の刻（午前十時）、新院御所で譲位の儀がおこなわれ、引きつづいて、譲位の節会《せちえ》。群臣が参集しての饗宴である。

「お上、あと、もう少しですからね」

そっと励ましたのは、いつもとおなじように無表情のままじっと端座している娘の姿が不憫《ふびん》で、涙が抑えきれなくなったからである。

剣璽がふたたび禁裏にもどったのは申《さる》の下刻（午後五時）近く。初冬の日はすでに最後の残照が西の空にわずかに残るのみで、薄闇の中、松明の光に伴われて東宮紹仁のもとに無事に到着。

こうして紹仁が皇位を継承した。後に後光明《ごこうみょう》天皇と諡《おくりな》される十一歳の少年天皇である。

明正は後日、太上天皇宣下を受けて、上皇となった。これからは、父上皇と区別して、「新院」と呼ばれることになる。

「よう勤めてくれました。長い間、苦労をかけました」

娘の手を握って頭を下げた和子に、明正は頰をこわばらせて言いつのった。

「わたくしはもう用済みなのですね。ただの用なし」

その顔に、怒りとも哀《かな》しみともつかぬ、青黒い陰が浮かんでいる。

「何をおっしゃるのです。そなたはこれからも大事な御身なのですよ」

「お母さま、そんなおためごかしはもう沢山。帝位を退いても、いままでとちっとも変わりはない。いえ、いままでだって、天皇の勤めは何一つやらせてもらえなかった。わたくしはただおとなしく坐《すわ》っていただけ。これからだって同じなのでしょう? わかっています。お父さまにとっても、お母さまにとっても、わたくしの価値はそれだけ。いままでも、これからもです」

激しい言葉を吐き出し、明正は涙を噴き出させた。

その姿に愕然としながらも、和子にはどこかほっとする部分があった。娘はやっと感情を吐き出せる立場になったのだ。兄が「無表情すぎて不気味」「まるで心のない人形」と難じたこの子が、これからは人間らしく生きられるか。泣き、笑い、悲しみ、怒る、生身の人間にもどれるか。

そうさせてやらねばならない。最初はいろいろ摩擦があろう、周囲を戸惑わせることも多かろうが、受け止めてやるのが母親の役目だ。いき過ぎたときには叱り、泣くときは一緒に泣いてやる。

春日局のことを思い出した。彼女は半月前、六十五歳で亡くなった。家光からの知らせによれば、病に伏した春日局は家光がどう勧めても薬を拒絶したという。かつて家光が疱瘡に罹《かか》ったとき、自分は今後一切、薬も治療も絶つから家光の命を救ってくれ、と神仏に誓った。その誓いは断じて破れぬと言い張ってのことだという。兄の悲嘆が溢《あふ》れ出しそうな書簡に、和子も涙した。

思えば、「血のつながりにこだわる必要はない。局衆の産んだ子であろうが、自分の子として育てればいい。なさぬ仲でも母になれる」。春日のその言葉が、和子を重荷から解放してくれた。それはそのまま、家光と春日の絆であったろう。

いま、実の娘のかわりに養子が帝位に就く。世の中のめぐり合わせは不思議なものだとあらためて思わされる。

とした。

紹仁の即位の儀は、十八日後の十月二十一日。

高御座《たかみくら》に就いて、めずらしく神妙にしている少年天皇を見やり、ようやくほっとした後水尾と和子だったが、後になって鳳林和尚から当日の外の様子を聞かされ、愕然とした。

鳳林和尚はその日もまた見物に出かけたのに、禁中の諸門が所司代の手ですべて固く閉ざされ、外周の道も立ち入り禁止になっていて、いっさい見物できなかったというのだ。「前代未聞《ぜんだいみもん》の不敬」とまで和尚が憤慨したのは、禁中の行事や催しは従来、閉ざされたものではなく、公家のみならず僧侶《そうりょ》や町人たちにも公開されているのに、幕府がその宮中のしきたりを平然と破ってのけたからである。王法が踏みにじられた。それも禁裏に了解を取ることも通告すらなく、である。

民たちを締め出して、禁裏を世間から隔絶させる気か？

和子も後水尾も憤《いきどお》りとともに不安を感じずにはいられなかった。若い新天皇を封じ込めんとする第一歩なのではあるまいか。恫喝《どうかつ》ではあるまいか。

気性の荒い若き天皇が、はたして辛抱できるか。

もしも耐えきれず暴発することにでもなったら……。才気あふれる息子に期待し、成長を楽しみにしているのに、自分たちが抑え込まねばならぬことになる。

以前、和子が不安をもらしたとき、適当に受け流して本気で諫《いさ》めなかったのを、後水尾はいまになって臍《ほぞ》を嚙む思いなのであろう、

「わしが甘かったんやろかなあ。それにしても、公儀はどこまでひつこいんか」

重い吐息をつく後水尾を、和子は正視できない気持でいた。

六

後光明天皇即位から丸一年たった寛永二十一年（一六四四）十月、和子の四女・十三歳の女五宮が内親王宣下されて、賀子《よしこ》内親王となった。

同日、十一歳の今宮も親王宣下され、幸教《たかのり》親王と名づけられた。生後すぐ引きとり、実の娘たちとへだてなく慈《いつく》しんで育ててきた子である。半月後には門跡寺院の青蓮院《しょうれんいん》に入室し、その日のうちに得度。法名尊敬《そんきょう》となった。

何年かしたら江戸へ下ることになる。家族と引き離され、風土も慣習も違う地で生涯、一人で生きていかねばならない。そう思うと、和子は不憫でたまらなくなる。

「母親の甘さ」と自戒し、出家者とは本来そういうものだと頭では理解しているのに、感情がついていかない。

その年の暮れ、寛永から正保《しょうほう》と改元され、年が明けて間もない正保二年一月、賀子内親王と内大臣二条光平《みつひら》の縁組が成立し、「御簾入りの儀」がおこなわれた。内親王の降嫁に際し、正式の輿入れ前に夫となる男が内親王の御所に一泊する、宮中独特のしきたりである。

光平は二条康道と後水尾の妹貞子内親王の息子で、二十二歳。

父の康道は和子の異父姉豊臣完子《さだこ》の子だから、和子には同い年の甥《おい》にあたる。明正が帝位に在った間、ずっと摂政《せっしょう》の重任を務め、紹仁親王の元服の際にも加冠の役を務めた。息子の光平も内大臣として後光明の側に仕えている。父子ともに温厚な人柄だし、祖母の完子はしっかり者で気配りに長《た》けているから、心配はない。

賀子自身も、近衛尚嗣《ひさつぐ》に嫁いだ姉の女二宮とよく似た明るく陽気な性格だから、その点でも安心だが、少しばかり病弱なのが唯一《ゆいいつ》の気がかりだ。

「お母さま、心配なさらないで。賀子は大丈夫。それより、三宮姉さまとおふたりきりになってしまうからお寂しいでしょ。しょっちゅう甘えに参りますからね」

ちゃっかりしたことを言い、十四歳の花嫁は意気揚々と嫁いでいった。

甘えん坊の末っ子らしいと苦笑しながらも、賀子が案じたことはすぐ現実となって和子にふりかかった。

女三宮昭子は生来おとなしく、口数も少ない。後水尾も和子もそんな娘がいとおしくて降嫁させるのがしのびなく、昭子は未婚のまま十七歳を迎えている。思慮深く、年齢よりおとなびていて落ち着きがあるから、和子にとってはなにかと相談相手になってくれる頼もしい存在だが、しばらく前から異母姉の文智《ぶんち》女王、もとの梅宮の影響を受けて、仏道に傾倒するようになっている。文智とは頻繁に手紙のやりとりをし、会って話す機を心待ちにしている。

文智は寛永十七年（一六四〇）八月、二十二歳で一糸を師として落飾、法号を大通《だいつう》文智と称するようになった。数年前から、京の東北、比叡山西麓《せいろく》の修学院《しゅがくいん》村に庵居を構え、そこで暮らしている。師である一糸文守には、洛中にほど近いそこでは俗塵《ぞくじん》を避けるのは難しい、もっと遠方へ移って修行に専念せよ、と強く勧められているのだが、父上皇や彼女を慕う昭子らに対する情に引かされて、思いとどまっているらしい。

「昭子や、お願いだから、そなたは間違っても出家したいなどと考えておくれでないよ。いいかえ。この母のためと思って、約束しておくれ」

愚痴めいた口調で言い聞かせずにいられない。

ものごとを深く考え、真摯《しんし》に生きようとするこの娘を誇りに思う。その反面、文智のようになってほしくないと思うのは、親の利己心である。それは重々自覚しているが、昭子まで離れていってしまうのは耐えがたい。

「ずっとこの母のもとにいておくれ。お父さまもそうお望みなのだから、失望させてはいけないよ。いいね、わかっておくれ。わかっておくれだね」

後水尾まで引き合いに出して訴える母に、昭子は寂しげな面持ちでうなずいてみせるのである。

子らを次々に手放した和子は、安堵と空虚感の両方を痛いほど味わっている。子は成長して親から離れていく。それが子の幸福だ。母親はとり残され、理性と感情の狭《はざ》間《ま》に落ち込んで苦しむ。

(わたしはこれから一体、何を……)

悶々《もんもん》と思い悩む和子に、梅は江戸の長姉千姫に相談してはどうかと勧めた。

「天樹院さまでしたら、きっとお気持をわかってくださいます」

そう言ったのは、天樹院が息子を失い、一人娘も嫁がせて、独りきりになった母親だからだ。

「そうだね。千姉さまなら、きっと叱ってくださる」

すがるような思いで和子は江戸へ手紙を送った。

折り返し届いた返事は、思ったとおり、手厳しい叱責《しっせき》だった。

「見損ないましたよ。なんという不甲斐《ふがい》ないことをおっしゃるのです。あなたは天皇家の主婦、家刀自《いえとじ》なのですよ。上皇さまのお子方はもとより、ご兄弟姉妹方、血縁の方々、朝廷の公家《くげ》衆、その家族、禁裏、仙洞御所、明正上皇の新院御所、それにあなたの女院御所、その四御所に仕える女官や武士たち、そのすべての人々の面倒を見るのがあなたの役目。しっかりなさい。やることがないどころのはなしですか」

その口調には、むかし、和子が江戸城にいた子供の頃、折々に諭してくれたのとおなじやさしさが根底にある。考えてみれば、あの頃の千姫はまだ二十歳かそこらで、大坂城から救い出されて帰ってきて、自責の念に苦しんでいたときだ。亡夫秀頼が側妾に産ませた女児を庇護したのは、豊臣家の嫁としての責任感からであったろう。両親に愛されず、世嗣《せし》の座も危ぶまれて卑屈になっている家光を励ましたのも、千姫だった。家光は以来、彼女に全幅の信頼を置いており、昨年生まれた次男を託して養育してもらっている。姉の寂しさを察してのことであろうと和子は思っている。

「やることがない」というのは、そのままかつての姉自身の心境だったのではないか、とも思う。

「梅や、おまえはわかっていたのだね。姉上に言われるのが、わたしはいちばんこたえると」

「いえ、そんな滅相もない、わたくしなどが。ですが、あなたさまご自身がお心の内でわかっておられた。叱ってほしいと思っておられたではありませんか」

「叱ってくれる人がいるのは本当にありがたいことだね。わたしも誰かにとってそういう存在になれればと思うけれど」

「なれますとも。春日局さまはそう見込んでおられたのです。多くの皇子方の御母になり、温かく見守って導き、非があれば厳しく叱ってやれる、それだけの度量がおありだと。いえ、春日局さまだけではございません。将軍家も、上皇さまや公家の方々も、それにわれらお側でお仕えしている者たちもです。皆そう信頼申し上げておりますす。ですから、あなたさまももっと、ご自分をお信じにならなければ。ええええ、なれますとも。かならずおなりになれます。しっかりなさいませ。しっかり！」

梅のいつになく強い言葉に、頬を打たれたような気持にさせられた和子だったが、それでも空虚感は晴れてくれなかった。心にぽっかり穴が空いたような、そこを冷たい風が吹き抜けていくような、どうしようもない心細さと虚《むな》しさで、何を見ても心が動かない。おもてむきの平穏さのなか、季節だけが静かに流れていく。

沈み込んで日々を過ごす和子に、思いがけないところから救いの手が差し伸べられた。

七

ある日、女院御所にやってきた後水尾が和子の顔をつくづく見つめて言ったのである。

「そなた、ひどく生気のない顔をしとるの。朕《ちん》と違うて、いっつも楽しげな顔をしておる。それがそなたではないか。庭を歩きまわり、手が傷だらけになるのも厭《いと》わず、自ら庭木の世話をする。食べかけの菓子を人にくれてやり、おまけに、口に合わなんだら返せ、とあっけらかんと言ってのける。それがそなたではないか。最初はわしも公家どもも、粗野な武家女と呆れかえったえ。虐《いじ》め抜いてやろうとほくそ笑んだ。実際、虐め甲斐があった」

「お上、なにがおっしゃりたいのです」

「まあ、黙って聞きや」

後水尾は肉厚の手をひらひら振って制した。

「ところがそなたは、予想を裏切ってくれよった。公儀がわれら天皇家や公家に学問諸芸しか許さぬと知るや、自分も懸命に学び出した。歌、書画、古典、茶の湯、立花、わしのやることは何でも食いついた。正直言えば、なんたる小癪《こしゃく》、身の程知らず、と片腹痛う思ったえ」

後水尾だけではない。宮中の者が皆、そう馬鹿《ばか》にしていたのを、和子自身、痛いほど感じていた。

「ところがどうじゃ。いつの間にか、よう精進しよると驚かされるようになった。いまや、それが家業の公家たちがじきに教えることが無うなると嘆くほどや」

「なにやら気味が悪うございます。褒め殺しになさるおつもりですか」

言いながら、自分の言葉に首を傾《かし》げた。いつからこんな無遠慮な口がきけるようになったか。嫁いで二十五年、最初の頃はいつも緊張して身構えていた。一つ寝床で同《どう》衾《きん》しても、夫帝がけっして心を許していないことが肌から伝わってきた。こちらを見つめる目に敵意を感じることがしょっちゅうだった。

次々に子が生まれても、心底喜んでくれているか、確信できなかった。表面的にはなごやかに笑い合いながら、腹をさぐり合い、慎重に言葉を選ぶ。そうやって、やっとのことで決裂を免れて、それがあたりまえと観念していたのに、いつから思ったことをそのまま口にできるようになったのか。

これが長年連れ添った夫婦の馴《な》れ合いというものか。やっと普通の夫婦になれたということか。

「そなたはようやった。そなたは自分の力で、公儀の威光ではなく自身の努力で、宮中で自分の居場所を築いたんや。正直、ここまでになるとはなぁ」

後水尾はやれやれといわんばかりにかぶりを振った。

負けず嫌いの夫だ。本心は「してやられた」と悔しがる気持があるのであろう。笑いが込み上げそうになり、和子は顔を伏せてこらえた。

「そやけどな、和子。もうそないに肩肘《かたひじ》張らずともよいではないか。ひけをとるのは恥だの、誰より巧みであらねば、などと思うな」

「お上、わたくしはなにも、そんな」

顔を伏せたまま、消え入るような声で反駁《はんぱく》した。

痛いところを衝かれた。そんなふうに考えて努力したわけではないが、言われてみれば、無意識に宮中の人たちや、彼らが誇る文化や素養に対抗心を燃やしていたのかもしれない。馬鹿にされたくない。自分だってやれる。いっぱしになってみせる。見返してやる。そう拳《こぶし》を握り締めていたのかもしれない。

この女院御所で、後水尾や皇族、門跡衆、公卿衆《くぎょう》を一堂に招いて盛大な歌会や茶会を主催したり、芸人を呼んで踊らせたり、能を演じさせ、京内の町方や村人の祭踊りをやらせるのも、宮中や公家の女子供らを喜ばせてやることで機嫌を取りたいのと、自分の力を誇示したいという下心があったからだ。

そう思い当たると、ますます顔が上げられない。自分の頬が紅潮しているのがわかった。

だが、後水尾の次の言葉で、はっ、と顔を上げた。

「和子、それより、そなた自身が楽しめばよいのじゃ。歌も芸事も、しょせんはただの楽しみ事。人と競い合うものではない。皆で楽しみを共有する。それだけでよいではないか」

「上達せずともよいと？」

やるからには成果を出す。極めるところまではいけなくとも、最大限の努力をする。その過程が大事なのだと信じていたし、子らにもそう教えてきた。それが間違っていたというのか。

うなだれた和子に、後水尾の声が降ってきた。

「そなたはすぐ、そないにきしきし考えよるのやなあ」

からかうような口ぶりだ。

「そなたの悪い癖やで。もちっとゆるゆるしとったらええんや。そのほうが周りも気が楽なんやで。親しみがもてるんやで」

和子はその夜、寝床に入ってもなかなか寝つけなかった。闇の中で知らず知らずに呻《うめ》き声をあげ、何度も寝返りをうちながら悶々と考えた。

自分のその声にはっと身をすくめる。

隣室にいる宿直《とのい》の侍女に聞かれやしなかったか。何事かとおろおろしてやいないか。

それが梅ならば、眠れないからとこの部屋へ呼び、思いきってなにもかも洗いざらい聞いてもらうのだが、あいにくまだ入ったばかりの若い侍女だ。

「大丈夫です。ちょっと寝つけないだけ。心配にはおよびませんよ」

そっと声をかけると、安堵《あんど》してうなずく気配が返ってきた。

「さすがに眠くなってきたわ。そなたも休みなさい。いいこと？」

「はい、かしこまりました。お休みなさいませ」

こたえて横になる気配がし、すぐに軽い寝息が聞こえてきた。

若いのだ。精神的な緊張より、からだの疲労が勝つ。悩みごとがあっても、横になれば眠れる。自分もむかしはそうだった。四十歳が目前になり、心も、からだも、もう若くない。平安時代なら四十歳は初老の祝いをする年齢だ。体力も気力も衰えてきている。

（しようのないことなんや。そう思わな。なのに、それができへんから苦しいんや）

十一歳年上の後水尾はもっと自分の年齢を感じているはずなのに、どうやって折り合いをつけているのか。一度じっくりお訊《き》きしよう。でも、負けず嫌いの上皇のことだ。きっとはぐらかされるのがおちだろうが。そんなことをぼんやり考えているうちに眠りに墜《お》ちた。

ようやくうとうとすると、すぐ朝になった。

どうやら熟睡したらしい。不思議なほど気持が軽くなっていた。

（怖いお方や、お上は。ちぃとも観《み》ておられんふりしはって、ちゃんと見抜いておられるんやから。かなわんなあ）

いつのまにか、京ことばで考えるほうが自然になっている。

（お上の言わはるとおりや。生真面目《きまじめ》なだけが能ではあらへんのやな）

楽しめばいい。気をまぎらわせるためだけであってもいい。簡単なことなのだ。

その日から趣味に没頭した。書、茶の湯、立花。絵は生半可ではだめだといままであえて手を出さずにいたが、思いきって始めてみれば、案外おもしろい。巧《うま》くなろうとするより、自分なりにおもしろさを見つければよいのだと思える。

茶人の金森宗和、千利休の孫の宗旦《そうたん》、後水尾の立花の仲間である池坊専好にも指導してもらうようになった。

金森宗和の茶は、点前《てまえ》も道具立ても、武家の茶の湯と違って、重厚さや派手さより上品さとおだやかさがあり、宮中の雰囲気によく合う。優美で女人好みでもある。

自分好みの茶道具を揃《そろ》える楽しみもおぼえた。ことに、「爪紅《つまぐれ》」の塗りものが、あでやかさの中に新鮮味があって気に入っている。爪紅は女児がたわむれに鳳仙花《ほうせんか》の花びらのしぼり汁で指爪《ゆびづめ》を染めて楽しむことで、「つまくれない」ともいう。それにちなんで、紅漆の上に青漆を重ねて塗り、縁にだけわずかに紅色を覗《のぞ》かせる塗りをそう呼ぶのである。

初釜《はつがま》にその爪紅の台子《だいす》を使うと、早春の風情《ふぜい》が匂《にお》い立つようで、華やいだ気分になる。あまりしょっちゅう使うものだから、茶人の間で「女院さま好み」と名がつき、裕福な町衆の間でも流行しはじめていると聞かされた。

わび茶から外れてしまっているのではないか、と気になって宗旦に訊くと、

「いえいえ、なんの。決まり事などお気になさらず、お好きなようになさればようご

ざいます。いや、わび茶など辛気臭《しんきくそ》うて、女院さまには似合いません。気が滅入《めい》るばかりにございます」

利休のわび茶を生涯かけて追求して広めんとしている彼がこともなげに言ってのけ、そばで聞いていた小堀遠州までが、いかにも愉快げに大笑いしてうなずくのである。

絵は、俵屋宗達《そうたつ》と、江戸からやってきた絵師の山本友我《ゆうが》を招いて、手ほどきしてもらっている。明正も誘って一緒に絵筆を動かしていると、気持が落ち着く。無心になれる。おや、巧く描けましたね。そなたは筋がいい。あら、お母さまこそ。わたくしはお手本を真似しているだけ。素質がないのです。いいえ、なんでも最初は真似からですよ。そんな他愛のない会話で笑い合える。

なかでも和子が熱中しているのは押絵である。絵の人物の衣装や絵柄のかたちに合わせて厚紙を切って作った台紙の上に、薄く延ばした綿を置き、さらに絹の小裂《こぎれ》でくるんで、台紙ごと下絵の上に布海苔《ふのり》で貼《は》りつける。ふっくらした立体感がふつうの絵より奥行を出し、微妙な陰影になる。

王朝時代の優美な姫君や貴公子、能の一場面、『源氏物語』の光源氏や紫の上、薫《かおる》君、明石君、それぞれの人物像に似つかわしい衣装にするのが工夫の凝らしどころだ。有職故実《ゆうそくこじつ》にのっとった奥ゆかしい装束、花鳥や宝尽くし。次から次にこしらえたいものが浮かぶ。

小袖を仕立てた余り布が手元に腐るほどある。次に誂《あつら》える反物の見本にするため取っておいてある小裂類で、いままではときおり見て楽しんだり、姫宮たちの人形の着物をこしらえさせたりするだけだったが、色柄も季節感も、実に多彩だ。切りすぎぬよう神経を使って切ったり、針目が不ぞろいにならぬよう縫い締めたり、ちまちました針仕事だから肩が凝るが、夢中になれる。

裂《きれ》の取り合わせや、その人物や場面にふさわしいように、とあれこれ考えるのも楽しい。時間を忘れる。土台の人物の顔や姿、それに背景などは、絵師に描かせることもあるし、自分で描くこともある。拙《つた》なくてもよいのだと思えば、気楽にやれる。

「ほう、なかなかええやないか。そなたは趣味がええ。微妙な美ちゅうもんがわかるんやなあ。人に教えられてなるもんやない。天性のもんやな」

後水尾はまんざらお世辞ではなさそうな口ぶりで褒めてくれる。

「これなら、誰かにくれてやると喜ばれるやろ。そうや、まず千宗旦にくれてやったらどうや」

下賜してやれ、とけしかける始末である。

「お上、勘弁なさってくださいまし」

慌《あわ》てた。そんな美意識に一家言ある相手にとんでもない。

「ほんの手慰み、人にさし上げられるようなものではございません」

むろん東福門院手製の作を下賜されれば、身に余る光栄と喜ぼうが、家宝にでもされて子々孫々伝わるかもしれないと想像すると、気恥ずかしくて死にそうになる。

だが、あまりにしつこく勧めるし、拒めばまた自意識過剰とからかわれそうで、断りきれず、しぶしぶ与えた。それが予想以上に喜ばれ、たちまち周囲に広がって、鹿苑寺の鳳林和尚や所司代の板倉重宗にまで、自分もぜひいただきたいとねだられて、和子は大いに困惑した。

「お上のせいにございますよ。どうしてくださるのです」

恨みごとを言いながらも、それが励みになる。次は何をつくろうか、絵柄は、衣装は、とあれこれ思案し、贈る相手にふさわしい題材を考える。

（おやおや、わたしときたら）

いつの間にか鬱屈《うっくつ》をすっかり忘れている。まんまと後水尾の策略にはまったことにようやく気づいて、自分で驚くのである。

「女院さま、雁金屋が御衣裳《おいしょう》の雛形《ひながた》絵を持参してまいりました。かならずやお好みに適《かな》うはずと、なにやらえろう自信ありげにございまして」

梅が笑いをこらえている面持ちで漆匣《うるしばこ》を差し出すと、侍女たちがいっせいに顔を輝かせて集まってきた。

「女院さま、早うご覧くださいまし。わたくしたちも拝見しとうございます」

「そうねえ。今年も姫宮さま方や女三宮にさし上げるものを選びましょう。もちろん、皆にも新調してしんぜましょうな」

さっそく絵形の束を広げ、一枚ずつ観ていく。小袖《こそで》の背中側と両前裾《すそ》を広げて絵柄がわかるようになっている。右肩から左裾へと目の覚めるような大柄が全面に描かれているもの、小花や宝尽くしの絵柄を段替わりで接《つ》いだ大胆な意匠。一枚めくるごとに女たちの目が輝き、歓声が湧《わ》く。

「まあ、なんてきれいなんでしょう。うっとりしてしまいます」

絵形は一枚ずつ丹念に彩色され、それ自体がさながら一幅の絵画のようで、見飽きない。春の野の花々、夏の涼やかな水流、秋草散らし、薬玉《くすだま》に宝船、御所車。金糸銀糸の縫い取り。摺箔《すりはく》。段替わりに、片身替わり。

どれを見ても、豪奢《ごうしゃ》で、派手やかで、そのくせ、品がいい。慶長の頃の武家好みの派手さとはまた違い、大胆さのなかにすっきり整理された秩序と調和がある。雁金屋の主人尾形宗謙《そうけん》の美的感覚に驚かされる。これが時代の空気というようなものか、とも思う。

次に描く絵はこれを真似てみようか。こういう構図もいい。色だけ変えても、まったく違う雰囲気になる、とあれこれ思いめぐらすのも楽しい。

「これはあの子に。こちらはあの方に」

それぞれに似合いそうなものを選び、取り合わせる帯や裏地を決めていく。女たちの期待に満ちたまなざしにこたえてやるのも喜びだ。

後で思えば、寛永の末から正保、そして慶安のこの頃が、生涯でいちばん平穏な時期であった。

それにひきかえ、後水尾のほうはなにか思い悩むことを抱えている風情である。

八

後水尾の屈託の原因は若き後光明天皇である。

大のやんちゃ坊主だった彼は、成長するにしたがい、おとなしくなるどころか、ますます気性が激烈になってきている。

あいかわらず刀や槍《やり》を振りまわしたがるので、和子は厳しく叱《しか》った。

「天皇は武力で国を治めるものではありません。たとえ身を守るためであっても、刃物をお手にしてはなりません」

「ならば母上、万が一、曲者《くせもの》に襲われて殺されそうになったら、どうすればいいのです。むざむざ殺されろと？　そんなのごめんです」

反抗的に言いつのる少年にどう答えればいいのか、思い悩んで打ち明けられた後水尾は、

「そうや。殺されてやるんや。しかたないやないか。わしらはわしらの闘いかたで勝つ。それしかないやないか」

あっさり言ってのけ、本人にもそう諭した。

困ったものだとこぼしつつ後水尾は、そういう気性が自分と似ていると嬉《うれ》しい気持があるのか、強く諫められないのである。だが、和子が、以前の父秀忠と後水尾同様、公儀と激しくぶつかり合うようになるのではないかと心配しているのも、痛いほどわかる。

その後も天皇の剣術好きはいっこうにおさまらず、内庭で北面の武士相手に稽古《けいこ》に励んでいる始末だ。所司代の板倉重宗も、「天皇にあるまじきこと」と強く諫止《かんし》し、

「どうしてもやめていただけなければ、それがしは責任上、切腹いたします」

と迫ったが、天皇は、

「朕はまだ一度も武家の切腹は見たことがない。南殿《なでん》（紫宸殿《ししいでん》）に壇をこしらえるから、そこで切腹してみせよ」

と言ってのけ、殿上人らにも見物させるとまで公言して、板倉を辟易《へきえき》させた。

またあるとき、禁中の番所がひどく賑《にぎ》やかなのを天皇が聞きつけ、小姓のヤス丸に何事か見に行かせた。ヤス丸がもどってきて、若公家たちが唐橋といういささか鈍重な者に陀羅尼舞《だらにまい》をやってみろと無理難題を仕掛けてなぶりものにしていると報告するや、天皇はにわかに色をなし「それならヤス丸、おまえが知っているといって舞ってこい」と命じた。ヤス丸は自分はそんな舞いは知りませんと困り果てたが、天皇は「でたらめでもなんでもいい。とにかく舞え」ときつく命じた。やむなくヤス丸が公家衆の前でやけくそで踊ってみせると、皆すっかり興ざめした。

後水尾はこの顚末《てんまつ》を後日、天皇の近習から聞かされた。

「お上の思《おぼ》し召《め》しは総じてかようなふうでございまして、そのときも、いたぶり虐められておる者を憐憫《れんびん》あそばされ、心なき者たちをこらしめられたのです。ただ……」

口ごもった近習を、後水尾は遠慮なく言ってみようながした。

「はい。こう申しては畏《おそ》れ多うございますが、そのあそばされかたが、いささか激烈と申しますか、御気色《みけしき》のおもむかれるまま、まわりが驚き慌てることをおっしゃられまして」

「困らせるというのじゃな」

「あ、いえ、曲がったことは見過ごしにおできにならぬ、まっすぐなご気性とご尊敬申し上げておりますのですが」

「いささか直情径行がすぎると？」

「あ、いえ、さようなことはけっして。けっして……」

懸命に抗弁する様子が気の毒になり、それ以上は問い詰められなかったが、周囲の者たちは皆はらはらしつつも、天皇の行動力を好ましく思っているらしい。

「そうか。そうなんか」

深々と吐息をつきながら、後水尾自身うなずく部分がある。癇癪《かんしゃく》をおこして怒鳴りつけるのはしばしばだが、さっぱりしているから後に残らない。やりすぎたと思えば、自分のほうから謝る度量の広さもある。勉学好きで、頭も悪くない。意志も強い。

（まさに帝王にふさわしい器やないか。英王になれる逸材や）

父親としては誇らしい。自慢の息子である。

だが、天皇を導いていく上皇の立場からすると、困ることもある。好悪《こうお》がはっきりしすぎていて妥協できない。頭から拒絶してしまうのである。

現に彼は、管弦や和歌は大嫌いで見向きもしないのだ。

「なかでも和歌こそ、わが国の芸道の最たるもの。天皇たる者のお家芸なのじゃぞ」

後水尾が叔父である八条宮智仁《としひと》親王から受け継いだ古今《こきん》伝授を彼に引き継がせるため、よくよく励めと熱心に勧めれば勧めるほど、

「お言葉ながら上皇さま、古今、志ある天皇で和歌や和学をよくした人など稀《まれ》ではありませんか。それより国を治めるのに必要なのは漢学であると朕は確信しております。漢学こそ、奈良朝の律令《りつりょう》政治の世から、わが国の政《まつりごと》と学問の根本中の根本。ですから、天皇たる朕にとって、和歌よりも漢詩のほうがはるかに大事だと」

公家や側近たちの前で声高に言ってのけ、皆を青ざめさせる始末なのだ。

しかし、彼が和歌がまったく不得手なのかといえば、一晩で百首もの和歌を詠《よ》んで仙洞御所へ送りつけてよこすし、後水尾の和歌に対して返歌のかわりに漢詩でこたえ、

「これほどの力量ならば、和歌はやらずともよいか」とまで驚愕《きょうがく》させるのである。

後光明が毛嫌いしているのは和歌だけではない。

「そもそも朝廷がこれほどまで衰微してしまったのは、『源氏物語』のせいではあり

ませんか。あれはすこぶる淫乱《いんらん》の書。人を軟弱にして堕落させる元凶です」

毛嫌いして決して読もうとしないし、周囲の者たちが読むのも禁じてしまった。

「それより儒学を学ぶように。宮中でもっと講義を増やして奨励する」

もともと儒学好きで、最近は市井《しせい》で評判の儒者をしばしば禁中に招いて講義させている。

問題は、ことに朱子学に傾倒していることである。

（なにも儒学があかんというわけではないが、しかし、こと朱子学は……）

幕府と朝廷とでは「臣君」の解釈が異なる。

――将軍家は天皇の臣下
という朱子学の基本理念を天皇が信奉していると知れたら、幕府ははたしてどう考えるか。天皇と朝廷を上から支配している現実を非とし、不満を感じていると警戒を強めるであろう。

後水尾のもうひとつの心配は、後光明の酒癖である。後水尾同様なかなかの酒豪で、しばしば度を超す。もともと賑やか好きだから、側近や小姓たち相手に大酒を飲んで陽気に騒ぎ、翌日は二日酔いで大事な儀式に出御しないこともある。

酒とおなじくらい女色を好むようになっているのも、頭が痛い。十八歳のとき早くも側仕えの女官に姫宮を産ませたし、その他に何人も寵愛《ちょうあい》の女を侍《はべ》らせている。若盛りなのだからしかたない部分はあるが、漁色が過ぎて次々に子ができるようでは、ののちのち面倒なことになる。

早いところ正式の女御《にょうご》を迎えれば、落ち着いてくれるであろう。和子とも相談して人選を始めようとしているが、公家の娘から選ぶか、幕府の肝煎《きもい》りで武家の娘を入内させるか。なかなかむずかしい。幕府としては和子とおなじく将軍の実の娘を入内させようともくろんでいるのかもしれないが、家光の娘は一人きりで、その千代姫は誕生の翌年、早々に尾張徳川家の義直《よしなお》の嫡男光友《ちゃくなんみつとも》との婚姻が決まり、三歳で嫁いでいる。徳川連枝《れんし》のなかから家光の養女として送り込んでくる可能性はあるが、しかし後水尾自身が一方的に押しつけられるのはまっぴらごめんという気があるし、和子のほうもむかしの自分の苦労を思うと、積極的に進める気になれずにいる。

「ここは慎重にせなあかんな。まだもちっと先でもよかろうよ」

「はい。お上は好き嫌いがはっきりしておられますから、無理にあてがっても、うまくはまいりませんでしょうから」

こたえながら和子は、それより幕府はいま、それどころではなかろうと案じている。

九

肝心の家光の健康状態がよくないのである。

子供のころからからだが丈夫ではなく、これまでもしばしば体調を崩している。二十六歳のときの疱瘡《ほうそう》にはじまり、忠長の処遇に苦しんでいた三十歳の冬にも大病。父精神的な重圧が要因であったろうが、恢復《かいふく》した後は「武家諸法度《はっと》」の改定、参勤交代制、鎖国の強化と矢継ぎ早に導入して幕府の支配体制を強化、同時に、寺社奉行、勘定奉行を将軍直轄《ちょっかつ》にして、精力的に政務をこなした。上洛《じょうらく》したときは自信に満ち溢れており、心身ともに充実しきっている様子で、和子は目を瞠《みは》ったのだが、それから二年半後の寛永十四年（一六三七）になると、年明けから虫気に悩まされ、ほぼ一年半にわたって苦しめられた。その間、島原の乱、全国的な飢饉《ききん》と難題が相次ぎ、心身ともに疲弊していった。好きな酒を断ち、運動と気晴らしのため頻繁に鷹狩《たかがり》に出るなど、もっぱら養生に努めていると、天樹院からの書状で知らされ、生真面目な兄らしいとむしろほほえましく思っていた。

家康公の廟所《びょうしょ》である日光東照宮を大々的に造営し、自らしばしば参拝したのも、「大権現様《だいごんげんさま》と我とは一心同体」とまで崇《あが》め敬っていた祖父に力をもらい、自身を鼓舞するためであろう。

天樹院は、春日局と天海僧正を相次いで失った後の家光にとって、最大の理解者であり、愚痴もこぼせる相手である。前厄である四十一歳のときに生まれた次男長松《ちょうまつ》を彼女に託したのも、信頼の証《あかし》だ。まだ生母お夏の方の胎内にいるときから、母ともども江戸城三の丸内の天樹院邸が引き取り、そこで誕生。祖父秀忠の幼名をつけたのも、その三年前にやっと得た長子を自身と家康の幼名である竹千代と名づけたのに次ぐ大事な男子と、姉弟が相談のうえ決めたのだった。

次男長松誕生の翌年には三男亀松《かめまつ》、さらにその翌年、四男徳松、三年後には五男鶴《つる》松《まつ》が生まれ、悩みの種だった子の問題は解消した。長子竹千代をわずか四歳の幼さで早々に元服させて家綱としたのも、のちのち後継をめぐって諍《いさか》いが起こるのを避けるための決断、と和子は思っている。自身それでさんざん苦しめられた家光である。同じ轍《てつ》を踏むまいとしてのことだ。

失意もあった。三男亀松と五男鶴松は三歳と生後半年で夭折《ようせつ》。わが子を失う苦しみを味わった。

その後の家光の健康状態は、ときおり小さく体調を崩すことはあっても長く病みつくまでにはいたらなかったが、本人は「病者ゆえはかばかしく政事することかなわず」と自覚し、将軍独裁から老中の合議制へと転換させていった。

だが、慶安三年（一六五〇）、それまで一度も欠かすことがなかった元旦《がんたん》の礼を取りやめ、代わって家綱が諸大名の拝賀を受けるまでは、周囲は皆、まさか重病になるとは考えていなかった。まだ四十七歳、いままで度々の病を克服してきたのだし、生来病弱の身を抱えながらも、気力まで弱ることはなかった家光である。

ただ、天樹院だけは、弟が幼い頃から精神的に不安定なところが多々あり、それを懸命に押し隠して強気にふるまっているのを知っていたから、その気力がいつか切れてしまうのではないかと案じ、和子にも内々に不安を伝えてきた。

「強く張り詰めすぎた糸はもろい。いま少し緩めてはどうかと勧めておるのですが」

さいわい難事は収束し、幕政は落ち着きを取りもどしている。ここで無理する必要はない、もっとご自分を大事に、とくり返し説いたが、家光は姉の言葉に嬉しげにうなずきながらも、家綱が成長して将軍職を譲り渡せるようになるまではと、受け入れようとしなかった。

和子からも見舞いの品を送り、どうか姉上のお言葉に従ってほしいと書き送ったが、帰ってくる返事といえばきまって、「案ずるな、大権現様が夢に出てきて力づけてくださる」というものだった。

その言葉にすがりつくような思いで恢復を祈っていると、家光は半年ほどでほぼ快癒した。八月一日の八朔《はっさく》の日には久々に表に出て諸大名の拝礼を受けたと聞き、ようやく安堵していたのに、翌慶安四年（一六五一）が明けるとふたたび病状が悪化。二月も半ばを過ぎる頃には、ほとんど表に出ることはできなくなり、諸礼は家綱が代行した。

家光重篤《じゅうとく》の報は京にも伝えられ、朝廷は三月二十三日、石清水八幡宮《いわしみずはちまんぐう》に奉幣使を送って平癒祈願の祈禱《きとう》をさせた。

「大丈夫や。石清水の御神は武家の守護神。武神やさかい、将軍家を守ってくださる」

後水尾は力強く請け合ったが、和子はいてもたってもいられず、宮中内侍所《ないしどころ》で明正上皇とともに臨時神楽《かぐら》を奏させ、その祈禱札と榊《さかき》、神前に供えた御奠《ごてん》を江戸へ届けさせた。

病床で受け取った家光は、床の上に起き上がって深々と拝礼し、萎《しな》びかけた榊の枝葉を愛《いと》おしげに撫《な》で、枕元《まくらもと》に詰めている天樹院に向かって、

「できることなら、いま一度会いとうござったと、姉上からお伝えくだされ」

そうつぶやいたと後で聞かされた。

三代将軍徳川家光、慶安四年四月二十日申《さる》の刻（午後四時）、永眠。享年《きょうねん》四十八。

十

悲嘆を押し殺して弔問客の応対に追われている和子を、さらに打ちのめす事件が起こった。

後水尾上皇が五月六日の夜、仙洞御所で突然、出家したのである。相国寺《しょうこくじ》の高僧を招いて戒師を務めさせたが、臨席する公卿は一人もおらず、前摂政二条康道だけが立ち会った。甥の近衛尚嗣でさえ後になって知らされた。にわかに、しかも隠密裡《り》におこなったのだ。

後水尾は、頭髪を剃《そ》り落とし、俗世の装束を仏門に入った者の僧衣と袈裟《けさ》に替え、手に数珠《じゅず》を巻きつけて、法皇と呼ばれる身になった。

和子はなにも知らされていなかった。

所司代の板倉重宗は烈火のごとく怒りくるって女院御所に乗り込んできた。

「女院さまは、ご存じだったのではありますまいな」

「いいえ、わたくしはなにも知らされず、いまだご報告もありません」

板倉を正面から見据えて言いきったが、言い終わると唇をきつく嚙《か》み締めた。

その様子に板倉は虚を衝《つ》かれた面持ちで一瞬絶句したが、すぐに怒りを再燃させ、声を荒げて言いつのった。

「それにしても、将軍家ご逝去《せいきょ》からまだ半月たらず。なんと身勝手なおふるまいか。意趣返しとしか思えませぬ。あのお方はいつもそうだ。たえず腹に刃《やいば》を隠し持ち、いつ出すか狙《ねら》いすましておられる。突然斬《き》りつけてこられる」

思い当たることがあるというのである。

しかも二つ。一つは、京に家光の死が報《しら》された数日後、方違《かたたが》えのため白川へ御幸《みゆき》したいと言い出した後水尾に、板倉は将軍家逝去後間もないのを理由に供奉《ぐぶ》を断り、中止になったこと。二つ目は、朝廷から派遣する弔問の勅使の位が高すぎると後水尾が難色を示したこと。これは後光明天皇が、家光は明正の実伯父であり、徳川家は外戚《がいせき》であるから、となだめて事を収めたが、後水尾は当然、面白くなかろうと板倉はいうのである。

「板倉、そのほうは、お上がそんなことを根に持って落飾するようなお方とお思いか」

声音を強めて言い返した和子だが、心ならずも声が震えた。

「お言葉ですが、女院さま、ご譲位の際のことをお忘れですか。あのときも、われらはもとより公卿衆にも内密で、突然おやりなされた。お上はちっとも変っておられぬ。かようなやりかたは、武家からすると、背後からいきなり斬りつけるようなもの。卑《ひ》怯《きょう》と謗《そし》られても……」

「板倉！」

鋭くさえぎった。

「言葉を慎みなさい。聞き捨てなりませんぞ」

今度こそ震えた。

「はっ。このとおり、伏してお詫《わ》び申します」

大仰に平伏してみせた板倉の顔にはあからさまに不満がにじみ出していた。

「理由はわたくしがよくよくお尋ねしておきますが、よほどのご決心と、得心しておくように。ゆめゆめお上を非難するようなことはせぬよう。他の者たちにも徹底させなさい。よろしいか」

自分を励まして毅《き》然《ぜん》と申し渡して下がらせたが、侍女たちも遠ざけて梅とふたりきりになると、涙が噴き出した。

「わたしはまだ、お上が心許せる者ではないということか。いまだに、信用できぬとお考えか」

連れ添ってすでに三十一年。四十五歳と五十六歳の老夫婦だ。三人は死なれてしまったが、七人もの子をなした。最初の頃の相克を乗り越え、いまでは心通じる関係になれていると思っていたのに、自分の独りよがりだったのか。

「女院さま、ご自分をお疑いになりますな。疑えば疑うほど、おつらくなるだけです」

「わかっておる。わかっておるが、口惜しい……」

袖の中に隠した拳を、爪がくい込むほど強く握り締めた。

「お会いしたら、きつくとっちめてさし上げねば。いついらっしゃる？　使いは？」

「はい、まだなにも。仙洞御所もてんやわんやなのでございましょう」

譲位のとき同様、近臣にも事前に打ち明けず突然の挙行だったというから、公卿衆は皆さぞ動揺しているに違いない。

「そのうちに参られよう。お待ちしておるしかあるまいが」

和子を刺激しないよう、わざと時間稼ぎしているにきまっている。

「身に覚えがおありなのだよ。うしろめたいのだよ」

うっそりと笑いながら、和子は縁先に出て、庭の先の塀越しに覗いている法皇の仙洞御所の大屋根を睨《にら》みつけた。

後水尾は翌日、内々に女院御所へやってきた。

頭を剃り上げ若緑色の僧衣に袈裟までつけた夫の姿に、和子は思わず笑みをうかべ、それからちいさく嘆息した。

「おかしいかえ？」

「いいえ、法皇さま、案外しっくり似合っておられます。馬子にも衣装と」

「どうせ、俄《にわ》か坊主《ぼうず》と言いたいのであろう？」

「事実そうでありましょう。俄かも俄か、なりを変えただけで出家など、子供でも信じません」

笑いながらこたえつつ、内心首をひねった。きつく問い詰め、独断専行をなじってやりたいと眦《まなじり》を決して待ちかまえていたのに、なぜ、こんな軽い会話になってしまうのか。

見れば相手もおなじとみえて、照れくさそうに笑いながら席に着き、向かい合うと、視線をそらしてつぶやくように言った。

「すまぬ。驚かしてしもうたな。そなたには先に言うておこうと思うたのじゃが」

「なんの。驚きはいたしません。お上がかねて出家をお望みだったことは、この和子、重々承知しておりますから」

きっかけは心酔していた一糸文守の死である。五年前の正保三年三月、三十九歳の若さで亡《な》くなり、後水尾はひどく落胆した。さらにその三年半後、文守との縁をつなぎ、ともに教えを請《こ》うていた実弟の近衛信尋《のぶひろ》にまで死なれてしまったのだ。信尋が文守の死の一年前、念願の出家を遂げて応山と号したのを、先を越されたとひどく羨《うらや》ましがっていた矢先だった。

「お上のご出家のお望み、わが兄家光が反対しておりました」

後水尾にはまだまだ少年天皇を支えて院政をしてもらわねばならぬ。仏道にのめり込んで政務をないがしろにされては困る。家光は後水尾を信頼しきっていた。だからこそ、かつて秀忠が禁じた後水尾の院政を容認したのだ。

——どうか、その信頼を裏切ってくださるな。

和子を通じてそんなやりとりがあり、後水尾も納得して、その言に従っていたのである。

それともう一つ、後水尾と家光には共感しあう部分があるのではないか、と和子は思っていた。

彼らはともに子供の頃、実の父親に愛されず、うとまれた。心の傷と孤独を抱え、歯を食いしばって成長した。その思いは体験した者にしか理解できぬであろう。和子は兄がむかし、「おまえはあのお方をわかってやれ」と言ったのをいまでもよく憶《おぼ》えている。後水尾のほうも、家光上洛の折、ふたりきりで酒盃《しゅはい》を交わしながら語り合い、家光の生い立ちに触れたのであろう。ふたりにだけ通じる気持のつながりのようなものが、存在していたのであろうと思う。

だから、板倉や女院御所附の武士たちが憎々しげに口にするように、反対する家光が亡くなったからすかさず出家してのけた、というようなことではけっしてないと信じている。

「案ずるな。院としての務めはいままでどおり、ちゃんと務めるさかい」

「はい、承知しておりますとも。わが背の君は、政務を投げ出したいがために落飾なさるような、そんな不甲斐ないお方ではございません」

「不甲斐ない、か。そなたらしい言いようじゃ」

「武家女らしいと？」

「あ、いや、兄者にそっくりじゃと、将軍家はそういう男であったろう？」

後水尾の声は震えていた。その様子に和子は、家光の死を悼《いた》む気持を強く感じた。板倉にはむろんそんなことを漏らしはしなかったが、板倉は板倉で考えたのであろう、大老の酒井忠勝《ただかつ》と諮《はか》り、「院のご出家は、将軍家への弔意をあらわすため」と公表した。事を穏便に収めるための方便だが、酒井と板倉らしい慧眼《けいがん》といえなくもない。江戸では、十一歳の第四代将軍家綱を補佐して体制を安定させていくのに懸命になっている最中である。ここで朝廷と摩擦を起こす余裕はない。それを見越しての収拾策なのだ。

「板倉め、さすがやな。落としどころをちゃんと心得ておるわ」

「板倉も案外、お上のお心を察してのことでありましょう。酒井のほうも、あるいは、亡き将軍家から内々に聞かされていたのやもしれません。しかしながら、お上のほうから事前にお諮りがありませなんだので」

「ほほ、あいかわらず自分勝手とな？」

まるで他人事《ひとごと》のように含み笑いをもらした後水尾に、和子は唖然《あぜん》とさせられた。

「お上、なにとぞお聞きください。お上をお庇《かば》いしておりました家光はもうおりません。そのことをようお考えくださいまし」

家光の後を継ぐ新将軍家綱は、まだ自分で判断できる年齢ではない。これからの幕府は、大老や老中を中心とする幕閣の合議制で政務をおこなうことになる。組織政治である。

そのなかで熾烈《しれつ》な権力争いがくり広げられ、それぞれが責任回避と保身に汲々《きゅうきゅう》とする。組織とはそういうものだ。たとえば、規模こそ違うが、この女院御所の中でもそれはある。見たくないと思っても見えてしまう。

和子が不安に感じているのは、後水尾や宮中が幕府内の権力争いにまきこまれたり、とばっちりをうけるのではないかということである。いままでは、よくも悪くも人間対人間だった。秀忠、家光、それぞれとの葛藤《かっとう》であり、かけひきであり、協調だった。

だが、これからは違う。

(でも、お上は……)

後水尾は、即位したときから、唯一《ゆいいつ》絶対の存在である。宮中の絶対的帝王なのだ。組織内の葛藤など見る必要はないし、見てもいないのである。

なのに、どう理解しろというのか。

(おわかりにならない……)

まして若い後光明に、どうわかれというのか。

「どうか、いままで以上に、慎重に、たとえ些細《ささい》なことでも難癖をつけられぬよう、くれぐれもお気をつけください。お上にもそのこと、どうかお教えくださいまし」

そう訴えるのが精いっぱいだった。

十一

後水尾上皇の落飾から九日。

和子は近衛家からの突然の知らせに耳を疑った。

「女二宮が、死んだ？　あの子が？」

何度聞き返しても信じられない。

「あんなに元気だったのに、どういうことじゃ」

近衛尚嗣《ひさつぐ》に嫁いだ女二宮は、和子の四人の娘の中でもいちばん明るい元気者で、幼少時から病気らしい病気ひとつせず、健康そのものだった。幼馴染《おさななじみ》の夫との夫婦仲もよく、輿入《こしい》れから五年後には女児をもうけた。和子にとっては初孫で、盛大に祝った。

よくその娘好君《よしぎみ》を連れて和子の御所にやってきては陽気にしゃべり、和子や女三宮を喜ばせてくれるし、明正の御所へも、譲位の際の幕府からの命令で姉妹の交際を規制されているにもかかわらず、おかまいなしによく訪れる。末妹の女五宮が二条家へ嫁ぐと、そこへもよく行き、妹夫婦のよき相談相手になっている。「関白近衛家の政所《まんどころ》さま」といえば、家族をはじめ宮中全体の潤滑油のような存在なのだ。

早く後継ぎの男子をと皆に望まれ、本人も欲しいと口癖のように言うのに懐妊せず、夫が家女房に男児を産ませたが、その継子《ままこ》も可愛《かわい》がって育てている。

そんな娘がひと月ほど前から体調を崩した。梅雨寒で引いた風邪をこじらせただけでたいしたことはない、すぐに元気になってまた参上しますから、と手紙をよこしたから心配していなかった。それなのに、急に容態が悪くなり、あっという間に亡くなったというのである。

「なにゆえ、もっと早く知らせてくれなんだ。せめて最期《さいご》に一目だけでも会いたかった。葬儀にも出てやりたかったに」

実の母といえど、降嫁《こうか》した娘の葬儀に出ることはかなわない。頭ではわかっていても、感情がついていかない。どうしても受け入れられない。

まだ二十七歳。一粒種の好君は十一歳。そろそろ嫁ぎ先を考えてほしいと頼まれていたのに、誰がいいか相談する暇もなかった。

見送ってやることもできなかったから、実感がわかないまま茫然《ぼうぜん》としているところへ、やってきた夫の近衛尚嗣の言葉に、さらに衝撃を受けた。

「実は、隠していたことがございます」

女二宮は娘を産んだ一年ほど後から、実はすでに体調を崩していたというのである。下腹の痛みから始まり、やがて不正出血があるようになった。ひそかに漢方薬や鍼灸《しんきゅう》治療を受けたが効果はなく、慢性的な貧血にも悩まされた。もはや懐妊は無理と悟り、家女房に子をもうけさせたのも彼女の強い意志だったというのだ。

「でも、病のようにはまるで……」

見えなかった。頰がふっくらして、痩《や》せたりはしていなかったし、声にも張りがあった。なにより、よく笑った。

「女院さま、政所の気性はご存じであらせられましょう？　どんなに具合が悪くても、けっして人には見せない。どうあっても隠しつづける。そう申しました」

「なにゆえそんな……。なんのために」

「女院さまや法皇さま、いえお母上とお父上、ご姉妹、それに当家の父を苦しめたくない。その一心としか」

尚嗣は声をつまらせた。

「自分はいつも誰より元気で、皆の気持を明るくさせる。それが役目だと」

「そんな……」

絶句して涙を噴き出させた和子だが、胸の中でうなずいてもいた。

（あの娘《こ》らしい……）

小さいときからそうだった。皆を笑わせ、楽しませる。あの娘は最後の最後まで、自分らしく生き、自分らしく死んでいったのだ。

「礼を言います。ようあの娘の願いどおりにしてくれました」

傍で見ている夫はどれほどつらかったか。

なのに、そぶりすら見せなかった。おとなしすぎて頼りないと女二宮は常々こぼしていたが、実は芯《しん》が強い男と信頼していたのであろう。信じ合える夫婦だったのだ。

「これからは、宮に代わってわたくしが好君と若君を守ります。娘にとっては子らの成長を見届けられなかったのが、返す返すも無念でありましたろう。その無念を消してやるのが、この母がしてやれる唯一の供養《くよう》。それしかできないのが悲しゅうございますけれど」

「ありがたいお言葉。政所はさぞ喜びましょう。安心して眠れましょう」

こらえきれず涙ぐんだ尚嗣の憔悴《しょうすい》しきった姿を見つめながら、ふいに、彼らの婚礼の夜の光景が脳裏に浮かんだ。あのとき、若いふたりは灯火に照らされて輝いていた。

誰が夫婦の明るい未来を疑ったろう。

「さあ、もう泣くのはやめましょう。あの娘に叱られます。明るく笑っている宮だけを思い出すことにいたしましょう」

第六章　乱雲の峰

一

幕府から改元の申し入れがあったのは、三代将軍徳川家光死去の翌慶安五年（一六五二）二月。

家光の死から三月後の慶安四年七月、嫡子《ちゃくし》家綱への将軍宣下がまだ行われていないとき、幕府転覆を狙《ねら》った変事が起こった。「慶安の変」、いわゆる由井正雪《ゆいしょうせつ》の変である。駿河《するが》国由比生まれの正雪は南朝の忠臣楠木正成《くすのきまさしげ》に傾倒して末裔《まつえい》を名乗り、江戸に出て旗本や大名家家臣らに軍学を教えて五千人もの門人を集めていた。幕閣への批判と困窮する旗本救済を掲げて浪人丸橋忠弥《まるばしちゅうや》らと謀《はか》り、江戸・駿府、京・大坂で一斉蜂起《いっせいほうき》せんとするも、事前に発覚。久能山《くのうざん》の家康の埋蔵金の奪取を狙ったとか、背後に紀伊徳川家の頼宣《よりのぶ》や備前藩主池田光政などの大物がいたとの噂《うわさ》があったが、幕府としては真偽を明らかにしないまま幕引きするしかなかった。

江戸市中でも、旗本奴《はたもとやっこ》や町奴《まちやっこ》といった無頼の徒がしばしば衝突して騒動を起こしている。開幕から五十年が過ぎ、家光によって幕藩体制と支配が強固になるにつけ、そこからはみ出した者たちの鬱屈《うっくつ》が渦巻いているのである。

いつまた同様の事件が起きるか。新将軍のもと、なんとしても不穏な世情を払拭《ふっしょく》し、新しい時代を喧伝《けんでん》する必要がある。そのための改元である。

申し入れをうけた朝廷はさっそく大臣公卿《くぎょう》と学者らが元号案の策定にとりかかり、漢籍から「承応」「文嘉」「享応」「承禄」「承延」の五案を後光明天皇に奏上した。

天皇は「五案では多すぎる。三案に絞り込め」と指示。立案者らがあらためて、承応・文嘉・享応の三号を奏上すると、天皇はこれを了承し、後水尾法皇の意向を伺うよう命じた。

（ほう、なかなかのもんや）

後水尾は息子のやり方に感心した。自身の意見をはっきり示し、そのうえで抜かりなく法皇の了解をとりつけて、自分の独断ではないと周知させる。賢い判断だ。

後水尾は「異存はない」とこたえた。天皇に全面的に従うとの意思表示である。朝廷は幕府側にその三案を提示し、幕府は「承応《じょうおう》」を選んで、その年の九月、改元がおこなわれた。

後光明が即位してからこれで三度目の改元である。最初は即位にともなって寛永から正保へ。二度目はその四年後、正保の読みが「焼亡」を連想させて不吉との批判が多かったため、「しょうほう」と読み変えたが不安は収まらず、慶安に改元。その二度は後光明自身は年弱のため関与せず、後水尾と公卿とでおこなった。

此度《こたび》は二十歳。いよいよ自分の意思を明確に述べることができるようになった。十一歳で即位して九年。いつの間にかしっかり一人前になっている。

片や新将軍の家綱はといえば、やっと十二歳。保科正之《ほしなまさゆき》、酒井忠勝、阿部忠秋《あべただあき》、松平信綱《のぶつな》ら家光時代からの重臣が政務をおこない、まだ飾りものの将軍でしかない。

将軍宣下に際しても、朝廷から勅使を送っただけで、家綱自身は上洛《じょうらく》しなかった。父家光の喪中だったためだが、江戸から帰ってきた勅使は、家綱が年齢より小柄で華奢《きゃしゃ》、十歳くらいにしか見えなかったと報告した。声音もか細く、いかにもおとなしそうだった。側近や女中たちが認めたわけではないが、生来病弱なのではないかと思ったというのである。

それを聞いて後水尾はひそかにほくそ笑んだ。

(この先どれほどの人物に成長していくか、まだわからんが)

少なくともいまは、後光明のほうに一日の長がある。

なにも幕府と事をかまえようとか、ましてや敵対せんというわけではない。だが奇《く》しくも、ともに年若の盟主を戴《いただ》くことになった。宮中と幕府それぞれ、若い盟主を支える地盤と人の力量、その多寡《たか》、それに当の盟主の器量がものをいう。

（ぜひとも、その家綱なる若者、この目でじかに確かめてみたいもんや）

一年の喪が明けたら、これまでの歴代将軍にならって、朝廷への挨拶《あいさつ》に上洛してくるか。

そう思いながら、家光の将軍宣下の上洛時のことを思い起こした。あれからもう二十九年になる。あのときの家光は、父秀忠に伴われてだが、大軍勢を率いて乗り込んできて、宮中は戦々恐々とした。当時の幕府は諸大名の支配を徹底し、ことに西国の大大名を圧する必要があったから、ここぞとばかり威勢を誇示してみせたのだ。

今回はまさかそんなことにはなるまい。それより、新将軍が八歳年上の後光明天皇を兄のように慕う、そういう関係になってくれれば、今後多少の摩擦があっても、大きな問題にまで発展せずにすむであろう。おだやかに協調関係を保てる。

かつて自分と家光は、いざ直接対面すると、言葉に出さずとも気心が通じるところがあった。和子《まさこ》を通じて思いを交わせた。これからも和子がその役目をはたしてくれるであろう。甥《おい》と養子を結びつけ、やわらかく包み込んでくれるはずだ。そう思うと、あらためて和子の存在の大きさを感じる。彼女がこの宮中でどれだけ大きな存在になっているか、いまさらながら実感する。

（しかし、しかしだ。それで安心しきっていて、はたして大丈夫か？）

どうしても不安がぬぐえないのである。

後光明の成長ぶりがかえって幕府を刺激することになりはしないか？　優れていればいるほど恐れられ、警戒される。幕府につけ込まれぬよう、重々、注意を怠らぬようにしなければ。

しかし、幕府の規制に従って学問と芸能だけしておれば安全かといえば、そう単純なことではない。学問とひと言に言っても、その中身、ことに思想的な部分が問題なのだ。

後光明は、あいかわらず和歌や古典文学といった日本的なものより漢詩や儒学のほうを好み、熱心に学んでいる。しかも、ことにかつて藤原惺窩《ふじわらせいか》が提唱した朱子学に傾倒している。惺窩の晩年の弟子である朝山意林庵《あさやまいりんあん》を禁中に招聘《しょうへい》して『中庸《ちゅうよう》』を進講させ、関白近衛尚嗣、前摂政《せっしょう》二条康道はじめ、公卿衆や門跡上人《しょうにん》ら、後光明の勉学仲間の若者たちにも聴聞《ちょうもん》させたし、その後も市井《しせい》の儒者をしきりに招いて講義させ、ますますのめり込んでいる。

（もしもそのことが、禁裏附武士を通じて幕府の知るところになったら）

考えるだに、ぞっと身震いする。

朱子学は、人間は不純な欲望である「気」を、本来の理想のありかたである「理」に変化させるべく自己修養すべきだとする。それを達成した人物が統治者となることで天下泰平が実現し、社会道徳や秩序が保たれるとし、明《ミン》国では正学とされて重んじられた。

かつて、下剋上《げこくじょう》の世を終わらせた徳川家康はこれに飛びついた。藤原惺窩に弟子の林羅山を推挙させて侍講《じこう》に取り立て、朱子学を幕府の官学としたのである。羅山は「上下定分《じょうげていぶん》」を提唱し、いまも御用儒官として重きをなしている。

その「上下定分の理」とは、

――天は尊く、地は卑《いや》しい。天は高く、地は低い。この上下差別とおなじく、人間もまた、君は生まれながらに尊く、臣は生まれながらに卑しい。天地がひっくり返ることがないのと同様、君と臣の上下関係が逆転することはあり得ない。

というものである。君は、将軍家および幕府。臣は、諸大名および幕臣。将軍の絶対統治の理論である。いわば幕府にとって「伝家の宝刀」なのだ。

しかし後水尾は、後光明天皇がこの「上下定分」の理に傾倒することに強い危惧《きぐ》を抱いている。「上下定分」はこと天皇や朝廷からすれば、君は天皇、臣は将軍および幕府ということになり、天皇こそが絶対統治者にほかならない。幕府の伝家の宝刀は、実はわが身を傷つけかねぬ諸刃《もろは》の剣なのだ。

若い天皇はただ、高邁《こうまい》な哲学理念に心酔し、自己修養に励まんとしているだけなのであろうが、幕府はそうは思うまい。

かつて後醍醐《ごだいご》天皇は、君主絶対、天皇親政の大義名分を掲げて鎌倉幕府を滅ぼし、「建武《けんむ》の新政」をおこなった。北畠親房《きたばたけちかふさ》は『神皇正統記《じんのうしょうとうき》』を著して後醍醐の南朝の正統性を主張した。

（もしも、天皇が血気に逸《はや》ってそれを手本に幕府に盾突こうとしていると勘ぐられでもしたら）

それが恐ろしいのである。覇気はいい。だが、才気に任せての迂闊《うかつ》な言動は、若気の至りではすまなくなる。現に、幕府との関係をなんとか穏便に保とうと腐心している後水尾の院政を、歯がゆいと不満を抱いているらしいことも、側近たちからちらほら耳に入ってくる。

以前、和子からも忠告された。

——家光亡《な》き向後、幕府はいままで以上に神経を尖《とが》らせて宮中の動向を見張る。法皇と天皇を、絶えず警戒の目で見るようになる。

その言葉を漫然と聞き流したわけではなかったが、

「ですから、どうかくれぐれもご自重を。お上にそうお諭しくださいまし」

和子はいつになく焦《じ》れた面持ちでそう言った。不安に揺れる目で訴えた。

その心配が現実のものになっているのを、後水尾自身、ひしひしと感じる。後光明の言動がますます過激になってきている。二十歳の元気盛りのうえ、自身の判断力に自信をつけてきてもいる。

「わしもむかしはああやったんかいな。周りの者たちはさぞ気苦労やったやろ」

思わず声に出してつぶやいては、首をすくめるのである。

(なんとかせねば。このまま増長しよったら、たいへんなことになってしまう)

自分の若い頃も、周囲に諫《いさ》められれば頭に血を昇らせて反発した。ますます自分の思いどおりにやってやろうと拳《こぶし》を握った。その結果、痛い目に遭い、さんざん屈辱を味わわされた。

(そんな挫折《ざせつ》はさせとうない。断じてだ)

誰よりも息子の才気を愛している。英王と讃《たた》えられるだけのものをもっている。だからこそ、問題を起こしてほしくない。

あと数年で六十一歳の還暦を迎える後水尾は最近、体調を崩すことが増えている。さいわい風邪や腫物《はれもの》程度で、長く寝つくことはないが、老いが迫ってきているのを感じる。いつ病魔が襲いかかってくるか、大病で倒れるか。ときおり不安でいたたまれない気持になる。

(いまのうちに。まだ元気でいられる、いまのうちに)

正しい方向へ導いてやらねば。でないと、後でかならず後悔することになる。

(どうか、聞き分けてくれ。この父を助けると思うて、どうか)

歯嚙《はが》みする思いで息子への訓戒書をしたためた。

「むかしは何事も天皇の決定に叛《そむ》くことはなかったが、今の世はすっかり変わってしまった。武家が権威をほしいままにする時世だから、天皇の仰《おお》せに従わぬことも多く、朝廷の重臣たちでさえ、ややもすれば勅命とても軽くみるばかりである。道徳が失われた末世である澆季《ぎょうき》の世、あさましいかぎりだが、しかたのない是非なきことである。さすれば、御驕心《ごきょうしん》は今の世にはとりわけ深く慎まねばならぬ」

「ことに短慮は深く慎むべきである。驕心あれば、誰かが意見がましきことを言うと、出すぎていると腹が立つ。ものごとは総じて、怒り恨む瞋恚《しんに》の念が深いほど、事態が悪くなり、こちらが傷つき損うことになる。誰しも怒りが起こる時は常の覚悟の心を失い、言ってはならぬ言葉を荒く吐き捨ててしまったりもするが、いざ怒りが鎮まった時、後悔しないためしはない。こういうことは、そなたさまがもっと齢《よわい》を重ねれば、自然とわかるようになる」

深々と溜息《ためいき》をつきながら、筆を進める。

「とにかく柔和であれ。延喜の御代《みよ》の聖王たる醍醐の帝《みかど》は、そのお顔は常にほほ笑んでおられるように見えたという。理由は下の者がものを申しやすいようにとのお気持からである。かえすがえすも、帝王たる者、内面も外見も柔和の相こそがふさわしいのである」

後光明は癇癪《かんしゃく》持ちで怒りっぽい。何か気に入らぬことがあると、あたりかまわず怒鳴り散らす。若い頃の自分もそうだった。周りの者が身をすくませて震えていたのをあとで思い出しては、しまった、やりすぎた、と後悔と自己嫌悪《けんお》にさいなまれたが、一度でもそんなことがあると、その者も周囲も率直にものを言わなくなり、こちらにとって都合が悪いが大事なことが耳に入ってこなくなった。結果、事態は悪化し、はては修復できぬところまで追い込まれてしまう。そんなことが幾度あったことか。

蚊帳《かや》の外に置かれて知らぬままでいて、あとで聞かされる無念さ。悔やんでも悔やみきれぬ無念さに何度、夜、床の中でひとり身悶《みもだ》えたか。いま思い出しても歯嚙みする。胸がきりきり痛む。

若い息子はそんなことになってほしくない。同じ轍《てつ》を踏ませたくない。

「近頃は、宮中の武士や所司代のみならず、街中にも幕府の横目《よこめ》なる目付があまた潜伏していると聞く。たとえ民が道ばたで面白半分に噂する程度の事であっても、その横目から幕府に伝わり、悪く勘ぐられて大事になるか、わかったものではないのだ」

「何事も御身一つのことではなく、御身を頼りにしている者たちが、宮中や公家《くげ》の家々に男女数多《あまた》おることを忘れてはならぬ。そなたさまの言動如何《いかん》でその者たちが難儀し、迷惑をこうむり、身の浮沈にまでなるのである。然《しか》れば、大勢の憂喜苦楽がすべて御身のお心一つに任されていることをくれぐれも肝に銘じ、日々の行状をよくよく分別なさらねばならぬ」

「琴や笛などの管弦は、お好みのものを稽古《けいこ》なさるように。ただし、篳篥《ひちりき》は天皇にふさわしくないから、即刻お止《や》めになるよう」

わざわざそう念を押したのは、後光明がなぜかひどく篳篥を好んでおり、たえず愛用のそれを懐《ふところ》に忍ばせ、閑《ひま》さえあれば吹き鳴らしていると聞いたからである。

「現に、いまだかつて天皇がそれを所作した例はないのである」

本当にそうか、実をいえば後水尾自身、知っているわけではないのである。ただ、古来、そう言われているだけだ。だが、

――前例があるか、ないか。

宮中ではそれがすべてなのである。

理由は二の次三の次。前例があれば是《ぜ》。前例がなければ非、禁忌をさす。

篳篥は長さ六寸ほどのごく小ぶりな縦笛だが、小ささゆえか、よほど熟練者でないと音程が安定せず、ひどく耳障《みみざわ》りな音色になる。しかも音が大きくて騒がしく聞こえるせいか。それとも、息を吹き込むため頬を大きく膨らませるのが見良《よ》いものではないせいか。いずれもなるほどと思うし、なにより優雅ではないような気がして、後水尾自身、手を出したことは一度もない。

しかし、息子のことだ。理不尽な仰せ、納得できませぬ。そうつっかかってくるだろうと思いながらも、言わずにいられないのである。

「また、碁や将棋に熱中して朝晩多くの時間を費すようでは、学問の妨げになる。まったく無益と考えよ」

うるさがられるとわかっていても、そんなことまでこましたことまで注意せずにいられ

ない。

頼む。息子よ、頼む。老いていくこの父を失望させんでくれ。

祈るような気持で筆を擱《お》いた。

二

かつて「焼亡」の難を避けるために元号の読みまで変えて用心していたのに、結局、災禍を逃れることはできなかった。

承応二年（一六五三）六月二十三日の昼、禁裏の御清所《おきよどころ》、天皇の食事をつくる台所から出火。後光明天皇の即位にともなって新造された禁裏は、わずか十一年でほぼ全域焼け落ちてしまった。

後光明天皇は父法皇の仙洞御所に避難し、その広御所を仮内裏とした。

「なんということじゃ。よりにもよって、昼日中に火の不始末とは。風紀がゆるみきっておるせいじゃ。断じて赦《ゆる》せん。厳しく罰してくれる」

拳を震わせて激昂《げっこう》する後光明をなだめつつ、後水尾は思いがけず息子と同居することになったのを、ひそかに喜んでもいた。

後光明がここ仙洞御所に行幸したのは、これまで二年前の一度きり。四泊したが、舞楽観覧、神楽《かぐら》観覧、歌会、花見、能観覧、公家衆ともどもの公式な晩餐《ばんさん》や酒宴、と目白押しで、父子がゆっくり会話する時間はほとんどとれなかった。後水尾が禁裏を訪れても、側近や女官たちが大勢侍《はべ》っているなかでの対面だし、時間も限られているから、水入らずで話せる機会はほとんどない。

この仙洞御所でなら、いろいろ話せる。余人には聞かせたくない本音も聞きだせる。そう思うと、つい頬がゆるむ。

むろん禁裏の再建はまた、全面的に幕府に頼るしかない。まだ少年の将軍家綱が判断できるはずはないから、幕閣たちが決定することになろうが、しかし、御所の造営を幾度も手掛けてこちらの意向と好みを知悉《ちしつ》する小堀遠州はすでに六年前に死去している。今度は誰が総指揮を執ることになるのか。規模は、費用は、いつ完成するのか、あれこれ考えると不安になる。

つい和子にこぼすと、彼女はけろりとしたもので、

「わたくしは、ここ仙洞御所なら今上に会いに来やすうて、かえって嬉《うれ》しゅうございます。まあ、のんびり待っておりましょう」

そうのたまい、彼女がいちばん肝っ玉が据《すわ》っていると苦笑させられた。

ひと月半後、仙洞御所内にあらたに仮殿が完成し、後光明天皇はそこへ移ったが、庭伝いにいつでも行き来できる。

和子の言葉どおり、息子との同居生活は楽しかった。昼間は天皇としての政務があり、廷臣たちが参集してくるため、同席を求められないかぎり遠慮するが、夜は食事や酒をともにできる。息子もさすがに父親の前では深酒を控えるし、小姓や側近らと馬鹿《ばか》騒ぎもしない。しごく品行方正で、神妙な面持ちで父の若い頃の失敗談を聞かせてほしいとせがんだりする。

「それにしても、法皇さまときたら、いまも愛妾《あいしょう》を幾人もおもちで、お盛んなことですね。これからもまだわが弟や妹が増えましょう」

などと親をからかったりするのには閉口させられるが、早急に女御《にょうご》を入れてやらねばとあらためて考えている。正妃をもって、後継ぎとなる子ができれば、落ち着きがでる。男は自分の血統を継がせる存在を得てはじめて、自身の責任を自覚するようになる。

（近々、和子と相談しよう。いや、彼女のことだ。もうとうに考えておるやろ。彼女が見込んだおなごなら間違いはない。天皇もいやとは言うまいて）

和子に任せておけばいいと安心している。

宮家や摂関家の女ならむろん問題はないが、それより、徳川一門から入れるほうが得策か。和子につづく公武合体。二重の姻戚《いんせき》関係になれば、幕府は安心する。生まれる男児を帝位に就け、和子が果たせなかった徳川の天皇にする望みができるのだから。いずれにせよ、早いところ新しい禁裏を造営してもらわねば。そのために、せいぜい徳川から女御を入れる件をちらつかせておくとするか。したたかにそう計算してもいる。

禁裏の新造は翌春三月から始められ、八月下旬には内侍所《ないしどころ》等の他の建物の立柱まで進んだ。

あとは完成を待つばかり、というある日、夜も更《ふ》けて、後水尾がそろそろ就寝しようと寝所へ立とうとしていると、後光明がいきなり、小姓も連れず単身、乗り込んできた。

「お上、いかがなさった！ なんや、そのひどいなりは」

目の前に無言で突っ立っている息子の異様な姿に、後水尾は仰天し、おもわず声を荒げた。

普段着の直衣《のうし》が無残に着乱れ、冠がずり落ちそうにひん曲がって傾《かし》ぎ、頭を掻《か》きむしりでもしたかのように髪が乱れている。

「そなた、酔っておるのか」

顔色は蒼白《そうはく》、目だけが血走ってぎらついている。

「酔うてはおりませぬ！　朕《ちん》は、酔うてなど！」

後光明は握りしめた拳を震わせて吠《ほ》えた。

「法皇さまに、いえ、父上さまに、お聞きしたいのです」

「まあ、坐《すわ》りや。ゆっくり聞くから」

女官に、瓶子《へいし》に飲み水と濡《ぬ》れ手ぬぐいを持ってくるよう命じた。

冷たい水を飲んで顔を拭《ふ》けば、気持が落ち着く。話はそのあとだ。

女官たちをすべて下がらせ、ふたりきりで差し向かいに坐《ざ》してからも、後光明はうつむいて黙りこくったままだった。

待つしかない。何かよほどのことなのであろう。黙って待ってやるしかない。

やがて、後光明は意を決したか、顔を上げて父法皇の顔を見据え、言葉をほとばしらせた。

「篳篥は、お諌めに従ってきっぱりやめ、指南させていた楽人を追い出しました。おまえがいるとまたやりたくなると、無理やり」

憤懣《ふんまん》をその者にぶつけてしまったのだ、と後光明は頬を引きつらせた。

「さきほど、その者が首をくくって自死したと聞かされました。生計の道を絶たれ、楽人の誇りも奪われ。しかし、朕への恨み言は一切吐かず、妻子を道づれにして死んだそうです」

「なんと……」

それ以上言葉が出ない。

「ですから、今夜はせめて、存分に篳篥を奏じて、その者らの菩提《ぼだい》を弔ってやりたいのです。法皇さまにもお聴きいただきたく、こうして押しかけました」

狩衣《かりぎぬ》の懐中に忍ばせていた篳篥を取り出すと、いいか、と目で尋ねた。

「ええやろ。それで気がすむなら、わしも聴かせてもらう」

うなずいてやると、後光明はひとつ大きく息を吐き出してから、静かに吹き始めた。

その音色は震え、かすれ、途切れ途切れで、まるですすり泣きのように後水尾には聞こえた。

秋の夜風がときおり板戸を鳴らしている。ゴト、ゴト、とかすかなその音はまるで、死者がためらいながら訪《おとな》いを乞《こ》うているかのようで、後光明もきっとそんなふうに感じているのであろうと、後水尾はひどく厳粛な気持にさせられた。

四半刻《とき》ほどか、しばしば嗚咽《おえつ》をこらえかねて咳《せ》き込みながら吹きつづけると、後光明はようやく箪築を唇から離して膝《ひざ》の前に置き、大きく吐息をついた。

「法皇さまのお諫めのとおりでした。朕ひとりの不行状だの我儘《わがまま》だのですむ問題ではない、余人を苦しめ、死に追いやり、家族の命まで奪ってしまった。ようやっと、自分がどれほど傲慢《ごうまん》か、思い上がっていたか、痛いほど、痛いほど、わかりました」

舌をもつれさせ、嗚咽に噎《む》せながらやっとのことで言うと、涙を噴き出させた。

「加えて、女色に酒、乱痴気騒ぎと数々の放埓《ほうらつ》。愚かというのも羞《は》ずかしい。今度こそ懲《こ》りました。これからは自分を厳しく律します。後ろ指さされるようなことは、もう断じて」

頬を朱に染めて力強く言いきった息子の顔を、後水尾は痛ましくも頼もしくも見つめたが、後光明の次の言葉が胸を突き刺した。

「しかしながら、朕は、法皇さまのようにはなれませぬ。幕府に対しても、唯々諾々《いいだくだく》と従うことは断じて、いたしませぬ。糾《ただ》すべき是非は糾します」

「お上……。そなたは、まだ……」

暗くなった父法皇の表情を確かめると、にわかに、にこり、と笑った。

「ご安心めされ。朕は賢くなります。無用の衝突はけっしてせず、上手に、気長に、粘り強く、真摯《しんし》に向かい合っていきますゆえ。なにとぞ、ご案じなく」

自分に言い聞かせるようにくり返すその顔は自信に満ちていた。

（ああ、すっかり大人になってくれた）

目頭を熱くしながら思った。

これでもう自分の役目は終わった。院政の必要もなくなる。息子を独り立ちさせてやる時だ。

安堵《あんど》の吐息とともに膝に置いたおのれの手の甲を見つめれば、脂気《あぶらけ》が抜けてかさつき、血管がくっきり浮き出して、黒シミがいくつも散っている。すっかり老人の手だ。

再来年には還暦。あとは学問と歌の精進だけの隠居暮らしといこう。和子とともに洛北の山荘でのんびり過ごす。爺《じじ》と婆《ばば》には静かな暮らしがふさわしい。そう思えるしあわせを噛みしめた。

だが、運命は容赦なかった。

それから半月もたたぬ九月十一日、後光明天皇は急に体調を崩し、疱瘡《ほうそう》と診断されたのだ。それでも十七日までは病状は安定しており、伊勢神宮で平癒の太神楽《だいかぐら》を催すことになった。若いし、もともと丈夫だから、無事に乗り越えられる。誰もがそう思ったのに、十九日になると危篤《きとく》に陥り、二十日早朝、息を引き取ってしまった。

（そんな、まさか、そないなこと……）

後水尾も和子も現実を受け入れられなかった。

（これは夢や。悪い夢なんや。じきに、醒《さ》める。じきに……）

和子とふたり手を取り合い、言葉もなく、呆然《ぼうぜん》と坐っているだけだ。

涙も出ない。感情が麻痺《まひ》してしまったのか、何も考えられなかった。

悲嘆はその後、襲ってきた。

三

翌日になっても食事もとれずにいる後水尾に、和子はそっと話しかけた。

「お上、何か召し上がらねばおからだに障ります。白粥《しろがゆ》とお澄まし汁を持ってこさせましょう。昨夜は一睡もなさっておられないのでしょう。少しお休みくださいまし。わたくしがお側におりますから」

後水尾はうっそりと和子の顔を見やり、驚いたようにつぶやいた。

「和子、そなたは強いのう」

「いえ、そんなことは」

和子は昨夜遅くなって自分の女院御所にもどり、ほんの一刻でも休もうとしたが、結局、一睡もできなかった。泣きはらした瞼《まぶた》が腫れ、目の下は落ち窪《くぼ》んで青ずんだ隈《くま》が出ているであろう。それでも真新しい白絹の小袖《こそで》と鈍色《にびいろ》の打掛に着替えた。粥を無理やり喉《のど》に流し込んでから、ふらつく足を励まし踏みしめて、仙洞御所にもどってきたのである。

法皇の憔悴ぶりに、胸が塞《ふさ》がれた。たった一晩で十も二十も老《ふ》け込んだように見える。法皇は自分より十一歳上の五十九歳。老いの黒い影が容赦なくその身を覆《おお》い尽そうとしている。

「これからどないしよ……。誰を帝位に就ければいいんか……」

つぶやいた法皇の顔を、和子ははっと見つめ返した。

後光明の子は、側仕えの女が産んだ当年五歳の姫宮ひとりきり。男皇子はない。後《こう》嗣《し》は決まっていないのである。

帝位は空白のままにはできない。一刻も早く皇嗣を決め、践祚《せんそ》させねばならない。ふたりあらためて愕然《がくぜん》としているところへ、さらに思いもかけないことが起《こ》こった。

後光明天皇の近臣三人が対面を請うてきて、天皇が生前、今年五月に生まれた後水尾の皇子高貴宮《あてのみや》を自分の養子にしたい意思をもっていた、と告げたのである。

「それは、まことか？　まさか、そなたらの作り話ではないんやろうな」

「滅相もございませぬ。お上はわれらをお呼びになり、しかとお告げになられました」

「いつのことや？　病に倒れてからのことか？」

自分の死を予感しての遺言なのか？

しかし、彼らはいっせいにかぶりを振った。後光明は病の兆候もなかった八月中にまず、宮中事務をとりしきる勾当内侍《こうとうのないし》にその意向を告げ、内侍から禁裏附武士団の長官高木守久に申し送った。だが高木は、まだやめておいた方がよいのではないかと答え、内侍からその旨《むね》を天皇に報告して、公表は控えられたというのである。

高木としては、この先女御が入内《じゅだい》し、その正妃から実の皇子が産まれる可能性が高い、女御以外の側妾から男皇子ができる公算も大いにあるのだから、慎重にも慎重を期す必要があると判断した。かつて室町幕府第八代将軍足利義政が実弟の義視《よしみ》を養子にして後嗣とした後、御台所《みだいどころ》の日野富子に男子が産まれ、あとあとまで熾烈《しれつ》な後継者争いになり、応仁の乱の要因にもなった。

高貴宮の生母は後光明の実母の姪《めい》だから、後光明にとって高貴宮は異母弟であり、従姉妹《いとこ》の子でもある。その血の濃さゆえ養子にと望んだのであろうが、あまりに早計というしかない。

しかし後光明はそれでも諦《あきら》められなかったか、彼ら近臣にも同様の意思を伝えたというのだ。

「それがお上の強い意思であったのなら、しかたあるまい」

後水尾はただちに、関白二条光平《みつひら》、前摂政二条康道、所司代板倉重宗らを呼び寄せて協議し、高貴宮を後嗣とすることは合意したが、

「しかし、まだ生後四ヶ月の赤子じゃぞ。無事に育つかどうかもわからぬに。いくらなんでも、すぐに即位というわけには」

「仰せのとおりにございます。第一、公儀が承知いたしますかどうか」

後水尾はじめ誰もが高仁《すけひと》親王のことを思い出していた。

和子が産んだ初めての男皇子高仁は生後わずか十二日で親王宣下され、幕府の待望のもと、事実上儲君《もうけのきみ》と決まった。四歳になったら即位させることになっていたのに、三歳、実質生後一年半余で病没してしまったのである。

その苦い経験があるから、後嗣とすることは認めるとしても、少なくとも七歳、できれば十三、四歳で元服するようになるまでは、即位は論外。幕府ならずとも、そう考える。

「はて、それまでどうするかだが」

後水尾の重い声音に皆、深くうなずいたが、ではどうすればよいのか、見当もつかず顔を見合わせるばかりだった。

「誰ぞ他の者を就けるしかあるまいが」

「しかし、どなたが？　皇子さまのどなたをと？」

皆、言いかけた言葉を飲み込んだ。

後水尾の皇子で生存しているのは、末の高貴宮以外に十一人。上の七人はとうに出家させてそれぞれ門跡寺に入室させており、下の二人はまだ、ともに四歳の幼児である。

残る二人、第八皇子の良仁《ながひと》親王はすでに、もとの高松宮家を花町《はなまちのみや》宮家と名を変えて継いでおり、もうひとりの幸宮《さちのみや》は後光明崩御の直前、八条宮家を継がせるため手放したばかりである。

こうなったら、いま一度、皇位に返り咲いていただくしかないのでは。

——後水尾法皇の重祚《ちょうそ》。

そんな考えが頭をかすめた者がなかったわけではないが、口に出す者はいなかった。

「よくよく考えねばならぬ。いましばらく時間をくりゃれ」

後水尾の言葉にむしろ、自分が言い出して責任を負うことにならずにすんだと皆、安堵していた。

数日後、後水尾はふたたび関白二条光平を呼び、高貴宮が元服できるようになるまでの間、花町宮良仁親王に皇位を継承させると告げた。

「いったん出家させた皇子の誰かを還俗《げんぞく》させてまで帝位に就けるのは、やはり筋が通らぬゆえ」

後水尾の脳裏には、自分のふたりの兄のことがある。

長兄の覚深法親王と次兄の承快法親王は、父帝後陽成天皇に無理やり出家させられ、その結果、三男である自分が帝位を継ぐことになったのである。

ことに、当時、良仁《かたひと》親王といった長兄は、父帝をひどく恨み、泣く泣く仁和寺《にんなじ》に入った。当初は自房に引きこもり、余人を寄せつけようとしなかった。後水尾が会いに行ったときだけは、房の扉を薄く開けて話をしてくれたが、やつれきっていた。そなたは父帝に負けてはならぬ、とぎらつく目で言われた。父帝を呪《のろ》い、自らの運命を呪って生きていく、とも言い放った。

だがその後の彼は、応仁の乱で全焼して荒廃しきっていた仁和寺の復興に邁進《まいしん》し、六年前、六十一歳で遷化《せんげ》した。非情な運命を受け入れ、毅然《きぜん》と生き抜いたのである。

その境地にいたるまでにどれほどの懊悩《おうのう》を克服せねばならなかったか。後水尾はそんな兄を尊敬しているし、いまでも負い目を感じている。

すでに出家させた皇子を還俗させるのをよしとしないのは、たとえ皇位継承の大義であろうが、本人の人生はもとより、周囲の者たちの運命をも翻弄《ほんろう》する非道と思えてならないからである。

高松宮家は後水尾の弟好仁《よしひと》親王を初代として創設された宮家だが、男子に恵まれないまま、早くに死去。正妃の寧子《やすこ》と二人の姫宮が残された。入婿《いりむこ》として宮家を継承させた良仁親王は、当年十八歳。好仁親王と寧子の長女明子女王との間に、今年六月、八百宮《やおのみや》という女児が生まれており、さらに明子はいま懐妊中で、間もなく第二子が生まれる予定である。

奇しくも、読みこそ違え長兄とおなじ「良仁」という名の息子に帝位を継がせるのも、なにかのめぐり合わせであろう。誰にも言いはしないが、そんなふうに思ったりする。

四

後水尾の意向を聞いた和子は、所司代を通じて自分の考えを関白二条光平に伝えさせた。

「まだ一歳の高貴宮が皇位に就くのでは、法皇が院政をなさるにしても、諸事にわたっていままで以上に負担が大きすぎるゆえ、高貴宮が成長するまでの間、良仁親王が継ぐのは賛成です。ただし、重大なことですから、幕府に相談すべきです」

幕府に無断で事をすすめれば、また法皇の独断とみなされて関係がこじれかねない。了解を取りつけておくほうが今後のためにも安全、との判断だった。

和子が朝廷運営に関して自分から進んで考えを示したのはこれが初めてだ。入内して三十四年。四十八歳になって、宮中と幕府を繋《つな》ぐ要《かなめ》としての自分の役割を自覚するようになっている。

法皇も和子の助言を了解し、朝廷から正式に幕府に伝えられた。

高家《こうけ》品川高如《たかゆき》が幕府からの返事を携えて上京してきたのは、十月九日。崩御からすでに二十日近くも過ぎているのに、いまだ葬儀も行われず、帝位は空白のままという異常事態である。

品川を通じて伝えられた幕府の返答は、表向きは、

「将軍家はいまだ若年で、朝廷の事情に詳しくないので、関白二条光平がとりはから

うように」

　というもので、基本的に朝廷の意向を容認するものであった。

　だが、その後、東福門院と対面した品川は、おごそかな口調で「武命」を伝えた。

「将軍家は、良仁親王の性格や能力についてはわかりかねますので、もしも、天皇としてふさわしからぬ言動があると女院さまがお思いになりましたら、その時には、ただちに退位させるように、とのことにございます」

「退位させるですと？」

　和子は耳を疑った。

「そんな剣呑《けんのん》なことを、このわたくしに判断せよと？」

　武命とは、幕府の命令。つまり、それが本当の命令ということである。

「さようにございます。その場合は、高貴宮の元服を待ってというような、しかるべき時期を見計らってということではなく、ただちに、という意味にございます」

「そんな……」

　こんどこそ和子は言葉を失った。幕府の真意は、和子の判断というのはあくまで名目で、和子の名を冠して幕府が自由に「天皇の首」をすげ替えるという意味なのだ。

――天皇の生殺与奪《せいさつよだつ》。

かつて後水尾の突然の譲位で煮え湯を飲まされた幕府は、今度こそ、後水尾や朝廷の意思に振りまわされるのではなく、幕府のほうが決定権を握らんとしているのだ。

「そんな横暴を法皇さまがお認めになると、そなたらは本気でお思いか？」

「お認めになるならぬは、そちらさまのご勝手。ですが、よくよくお考えなされますよう」

ことさらうやうやしく平伏してみせた品川を、和子は無言で睨《にら》み据えた。

その夜は眠れなかった。

誰が考えついたのか知らないが、どう考えても皇位の尊厳を踏みにじる暴挙である。家光が生きていたら、そんな不埒《ふらち》なことは考えもしなかったであろう。おおよそ将軍家綱に代わって政務をきりもりする幕閣連中と御用儒者ら切れ者たちの思いつきにきまっている。しかも、よりにもよって、「和子の名において」という姑息《こそく》な責任逃れまでしてだ。

まさか自分がそんなおぞましい立場にされるとは、考えてもいなかった。身震いがでる。

しかし、幕府の条件を拒絶したら、どうなるか。良仁親王しか候補者はいないのだ。

だが、自分がそんな責任は負えないと逃げれば、幕府はあちらの一存で介入するのではあるまいか。良仁になんの非がなくても、理由などいくらでもでっち上げられる。不行状、健康問題、能力的に不適。いいがかりは幕府の得意技だ。大名家を取り潰《つぶ》すのと違いはないと考える。

良仁親王はそんな理不尽な条件を課せられて帝位に就かねばならないのである。それでも受けるか。践祚に応じるか。

（こうなったら、直接会って、腹を割って話し合わなくては）

意を決し、数日後、極秘に花町宮邸を訪れた。

良仁親王は、驚き慌《あわ》てる様子も怖気《おじけ》づいているふうもなく、ごく自然に迎え入れてくれた。

奥まった客間の上段に和子を坐らせ、茶菓を運んできた侍女を退《さ》がらせると、おだやかな口調で切り出した。

「ようわざわざお運びくださいました。こうして余人を交えずお話しできること、まことにありがたく存じます」

十八歳という年齢のわりに大人びている。四歳も年上の後光明のほうが子供っぽかったと思う。考えてみれば、宮中の儀式や行事以外、顔を合わせることはほとんどない。直接相対して話すのは初めてだ。いたって気さくな人柄で、それが父法皇には軽《けい》佻浮薄《ちょうふはく》と映ることもあるようだが、いや、なかなかどうして、落ち着いた性格らしい。あるいは突然の来訪を予期していたか。

和子は率直に「武命」のことをすべて話した。

「そうですか。将軍家はわたしのことはよく知らぬとおっしゃいますか」

親王はゆったりほほ笑んでみせた。彼は昨年、先帝の名代として江戸へ下り、将軍家綱とも対面したのである。まんざら知らぬわけではあるまいに。そう言いたいのである。

「江戸ではいい経験をさせてもらいました。尊敬兄上《そんきょう》ともお会いして、いろいろお話しできましたし」

尊敬法親王、和子の養子だった今宮はいまでは、徳川家菩提寺である寛永寺と日光山輪王寺に迎えられている。異母兄弟は性格が似ているのか、気が合ったようだ。連れだって庶民が暮らす町筋の料亭へお忍びで出かけ、大川の舟遊びなどもしたらしい。

「わたしは江戸が気に入りました。ことに町場が活気があっていい。できることならずっと、妻や子らと江戸で暮らしたいと思ったほどです。もちろんお祖母《ばあ》さまも一緒に」

祖母とは、明子女王の母である寧子のことである。

「あとでご挨拶に出ましょう。いまごろは、奥ともどもうずうずしておるはず」

またゆったりほほ笑んで、仲のいい家族であることをうかがわせた。

「ところで」

和子は顔を引き締め、言いにくいことを切り出した。

「あなたさまが帝位に就くのは、あくまで高貴宮までの中継ぎということ。これがどういう意味か、おわかりですか？」

「承知しております。いまは姫しかおりませんが、この先男子ができようとも、わたしの子が後を継いで帝位に就くことはけっしてない。そういうことですな」

「それでも、かまわぬと？」

思わず声が震えた。

自分の子が継げないのに、帝位という重責を担《にな》わされる。理不尽だと思わないのか。それより一宮家として、裕福ではないが束縛なく暮らせるほうがしあわせと思わないのか。野心的な人柄とは思えないこの若者が自ら帝位を踏みたいと望んでいるとは、どうしても思えないのに……。

和子がまじまじと顔を見つめていると、花町宮は柔和な表情を引き締めた。

「女院さま、不服であろうがなんであろうが、逃れることはできぬ運命。ならば、受け入れるしかありますまい。あなたさまもそうして入内なされた。人に言えぬご苦労を耐え忍んでこられた。そうでありましょう？」

「それは、そうですけれど」

うなずいた和子の顔をきらりと凝視し、花町宮は言葉を継いだ。

「このわたしにはできぬと、そうお思いですか？」

その言葉の切っ先の鋭さに、思わずたじろいだ和子だったが、花町宮はにこりと笑った。

「帝位に就いたら、わたしはやりたいことがあるのです」

宮廷が何百年来連綿と伝えてきたにもかかわらず、戦乱と困窮によって廃《すた》れてしまった有職故実《ゆうそくこじつ》やしきたりや行事を、復興させたいというのだ。それは後陽成天皇や後水尾法皇が血のにじむような努力を重ねてきたことである。いま一度復興させ、この先何百年何千年までも守り伝えていく。それも、ただ往時のままというのでなく、いまの時代とこれからの時代にふさわしいものに改変することもふくめてである。

「ですから、ただ帝位にすわらされるわけではない。無為に過ごすつもりは毛頭ありません。法皇さまがお元気でおられるうちにお力を貸していただき、古記録を掘り起こし、あらたに書き記して後世に残す。できるだけのことをいまのうちにやっておかねば、散逸してしまうのが目に見えております。それをなんとかくい止めたい。そう考えておるのですよ。それがわたしの役目と」

そうきっぱり言うと、またおだやかにほほ笑んでみせた。

異母兄の後光明と違い、この親王はことに和歌や文学が好きで、歌才もある。幼い頃から熱心に古典や歌論書を読み漁《あさ》っていたとも聞いている。それは、帝位とは無関係のわが人生をなんとか充実させたいという切なる気持からであったろうが、こうなってみれば、「学問と諸芸に専念して、政治に関心をもたぬ天皇」、まさに「幕府が求める天皇」にうってつけではないか。宮自身、いまやそれが自分のためだけでなく、宮廷全体の役にたつことになると自覚しているのである。

「そうですか。安心いたしました」

かならずしも本心ばかりではあるまい。屈辱も怒りもあろう。無理に自分自身を納得させようとしているのであろう。だがいまは、その矜持《きょうじ》に頼るしかない。

「宮さま、あなたにお任せいたしますよ。どうぞ、ご存分になさってくださいまし。法皇さまもさぞお喜びでありましょう」

うしろめたさにさいなまれつつも、肩の荷を降ろせた思いで、ちいさく吐息をついた。

「しかし、考えてみると」

言いかけ、あとの言葉を飲み込んだ。

（人の運命はほんに不思議なものですなあ。思いもかけぬふうに流れ、人間はちっぽけな小舟に乗って、押し流されていくしかない。激流に翻弄されながらも、転覆して溺《おぼ》れ死なぬよう、必死にしがみついて生き抜く。誇りをもって生き抜く。それしかないように思います）

この人だけではない。和子自身も、法皇や無理やり出家させられた兄宮、誰しもがそうなのだ。口にしなくても、この若者はちゃんとわかっている。

（この人でよかった）

涙ぐみたいような安堵感にひたっていると、対屋《たいのや》のほうから幼児の甲高い声がして、渡廊をぱたぱた駆けてくる愛らしい足音と、それを追う大人の足音が重なって近づいてきた。

五

「おやおや、八百宮がとうとう辛抱できなくなったようで。いや、お祖母さまらがけしかけたか」

良仁親王は茶目っ気たっぷりに言い、やさしい声で、入っておいで、とうながした。侍女が襖戸《ふすまど》を開けると、親王の言ったとおりだ。孫娘を抱いた寧子が満面の笑みで立っていた。そのうしろに大きな腹を抱えた明子女王が気恥しげにほほ笑んでいる。

「あらまあ、あいかわらずでいらっしゃること」

和子は思わず声を上げて笑った。

寧子は若い頃から元気で闊達《かったつ》な性格だった。十四歳で秀忠の養女として高松宮家に嫁いだ彼女は、越前の松平忠直に嫁いだ姉の勝姫がもうけたふたりの娘のうちの長女で、当時は亀姫といった。和子にとっては実の姪である。輿入《こしい》れする際、和子が引き取って世話し、女院御所から送り出したから、以来なにかと気にかけてきた。夫宮の高松宮好仁親王は十四歳も年上で、生来病弱だったから心配もしたが、さいわい夫婦仲はしごくうまくいった。

「待ちかねてしまいましたわ。女院さま、お久しゅうございます。ああ、お越しくださるなんて、ほんとうに嬉しいこと」

三十八歳になっている寧子は、若い娘のようにはしゃいで手を打った。

「ご覧くださいまし。女院さまからいただいた打掛を着ましたの。ふだんはもったいなくて、なかなか袖を通せないのですけれど」

渋い灰青色の綸子《りんず》地に、右後肩から左裾《すそ》へと大きく松の幹と枝を流れるように配している。豪壮な雰囲気でありながら、あえて黒松ではなく赤松にしてやわらかな優美さを出した。

「ええ、ええ、憶《おぼ》えておりますよ。ようお似合いだこと」

常緑の松は高松宮家の松であり、寧子の実家である松平家の松でもある。夫宮を失い、娘たちを抱えて孤軍奮闘していた寧子のために、和子が雁金屋《かりがねや》で誂《あつら》えて贈ったものだ。

母親のうしろで恥ずかしげにほほえんでいる明子女王に目をやれば、彼女も和子が贈った打掛をまとっている。浅黄色の地に手鞠《てまり》と御所車をふんだんに散らした若々しくあでやかな柄で、第一子懐妊の祝いに贈った。第二子を身ごもってせりだした腹をふんわり包んでいて、おとなしげな顔立ちを明るく引き立てて、よく似合っている。

「八百宮にもいつもお菓子や玩具《おもちゃ》を頂戴《ちょうだい》いたしまして、感謝しております。それにこの子の産着《うぶぎ》まで。ありがとうございます」

明子は腹をそっと撫《な》でて挨拶《あいさつ》すると、夫宮とそろって深々と頭を下げた。寧子は感慨深げな面持ちで娘夫婦を見守り、和子に向かってそっと目配せした。

なにか内密に言いたいことがあるのか？

察した和子を、はたして寧子は自分の居室に誘うと、床に手をついて深々と頭を下げた。

「聞いていただきたいことがあります」

しぼり出すように訴える寧子の顔を、和子は啞然《あぜん》と見つめた。

「宮が践祚なされば禁裏に入り、家族ばらばらに暮らさねばなりません。明子と孫たちは禁裏の女御御殿で暮らせましょうが、わたしはここにひとり取り残されます」

「それは……」

あなたも一緒に内裏に——とは言えなかった。たとえ実の親子であっても同じ御所で暮らせはしないのが、天皇家の宿命なのだ。和子自身、娘の明正が帝位に在った間も、退位後も、おなじ場所で暮らせないでいる。

「聞き分けのない愚かな繰り言なことは重々わかっております。不敬も不敬、許されぬことと承知しております。ですが、ですが女院さま。この家ではなんでも率直に話し合ってまいりました。亡き夫宮もそういうお人柄でしたし、親王もそうさせてくださっております。こたびのことも、三人で何度も話し合いました。拒むことはできぬとみな了解しております。ですが」

そこまで言うと寧子は、ついにこらえ切れず嗚咽を漏らした。

「わたくしは、本当は、これまでどおり家族とともに暮らしていきたいのです。娘夫婦や孫たちと一緒に、この家でずっと、おだやかに、静かに」

「そう……」

寧子の率直さと、婿親王の思慮深さ、明子の濃《こま》やかなやさしさ。なんと仲睦《むつ》まじい、幸せな家族であろう。それを無残に引き裂いてしまうのだ。

和子が言葉もなく黙りこくってしまうと、寧子は何度もちいさくかぶりを振り、ゆっくり涙をぬぐうと、和子の顔を正面から見つめ、静かな声で言った。

「お赦しください、女院さま。いまのはわたしの身勝手な一存。宮さまも娘もよくよく観念しております。聞いていただいただけで心がしずまりました。愚かな女とおぼしめして、ご放念くださいまし」

自分の思いをためらうことなく吐き出し、それを潔《いさぎよ》くふっきった表情は、清々《すがすが》しくさえあった。

「寧子さん、あなたらしいわ。うらやましいこと」

寧子が築いてきた夫婦関係と親子関係がいかに相互の信頼に満ちたものか。欺瞞《ぎまん》や隠し事のない、なんでも腹蔵なく話し合える関係か、容易に想像できる。それに引きかえ自分と後水尾の関係は、たがいに腹をさぐり合い、信じられると思えば次の瞬間、猜疑心《さいぎしん》にさいなまれる。いまだにそんなことのくり返しではないか。

後日、後水尾に寧子との会話を打ち明けた。願いを叶《かな》えてやれるはずはないが、せめて一家の本音を知っておいてほしかったのだが、黙って聞いた後水尾は意外なことを口にした。

「いずれにせよ、新帝が住まう禁裏がないんやからなあ」

内裏の工事は後光明の崩御で中止され、そのまま中断している。それが完成するまでの間、どこを仮内裏とするか、まだ決まっていないのである。

「当面は、花町宮邸を仮内裏とするしかあるまい。それでどうじゃ？」

政務や儀礼に必要な殿舎をいくつかあらたに増築し、私生活では家族ともども、もとの建物で暮らせばいいというのである。

「そうできれば、さぞ喜びましょう」

「あくまで禁裏が完成するまでの間やが、宮にそなたから伝えてくりゃれ」

和子が新帝の譲位の決定権を持つことは、関白を通じてすでに後水尾にも伝えられているはずだが、どちらも口にしなかった。法皇はどんな気持であろう。おもしろいはずがない。そう思うと和子のほうからは恐ろしくて尋《き》けなかった。

「公儀にも、皇位継承の件を了承してくれたこと、朕も大いに喜悦しておると、伝えておいてんか。くれぐれもよしなにな」

後水尾の言葉に棘《とげ》を感じるのは考えすぎか。怒りを押し殺している表情だ。それでも、皇位継承が無事に進むのをよしとせねばならぬ。ようやく暗闇《くらやみ》の先に光が見えてきたのだ。ここでまた幕府との間に揉《も》め事を起こすようなことになってはならぬ。後水尾は苦渋の思いを飲み込み、腹の底に収めてくれたのだ。そう思うしかなかった。

もう一つ、和子は情けない思いをさせられた。後光明の生母京極局に准后《じゅごう》と院号宣下、つまり身分を引き上げる話が和子に内緒で進められていたのを、後になって聞いたのである。後光明自身が生前その意思があったのに、養母である和子を憚《はばか》って実行できなかったというのだが、実際は、法皇と朝廷が和子と幕府の機嫌を恐れて忖度《そんたく》したのである。京極局の院号宣下の宣旨は、後光明崩御二日前の日付で出された。

(このわたしが臍《へそ》を曲げて反対するとでも？)

裏でこそこそ動くのは宮中の常だからいまさら驚きもしないが、法皇まで隠していたというのが情けない。

(いつまでたっても、わたしはよそ者。そういうことですか)

唇を嚙《か》みしめたが、法皇に直接、言いはしなかった。

ともあれ、新帝に関する武命を法皇が了承したことが所司代を通じて幕府に伝えられ、ようやく禁裏の工事が再開された。完成は一年後の予定だ。それまでの間、寧子は家族と暮らすことができる。それでよしとしてもらうしかない。

践祚は十一月二十八日。後光明の崩御が九月二十日だから、実に二ヶ月以上も空位のままという異例の事態がこれでようやく収束した。

践祚の二日前、良仁親王が東福門院の養子となったことが正式に公表された。和子は、明正、後光明につづく新天皇と三代の天皇の母になり、「国母《こくも》」の地位を保持しつづけることになった。

翌年四月、天皇代替わりの改元がおこなわれ、明暦《めいれき》元年(一六五五)となった。

即位の礼は、翌明暦二年一月二十三日。その年の十一月、ようやく完成した新禁裏に新帝と女御明子、それに八百宮と前年五月に生まれて生後一年半の男宮が入った。

明子から宮邸に残る寧子が門の外まで出て手を振って見送ったと聞いた和子は、その光景が目に浮かぶ気がした。孫たちの顔を覗《のぞ》き込んで頬を撫で、剽軽《ひょうきん》に笑ってみせる寧子の気概を思った。

世情がやっと落ち着きを見せはじめ、和子と後水尾にもやっとおだやかな日々がもどってきた明暦二年だが、その年の暮れ、寂しいことになった。前所司代板倉重宗と茶人の金森宗和、長いつき合いのふたりが相次いでこの世を去ったのである。

板倉は長年、幕府と朝廷の間の関係改善に尽力し、公明正大な裁きで京の民たちにも信頼されていた。後光明のやんちゃぶりに振りまわされ、ときに激怒しつつも、実はいちばん成長を楽しみにしていた人物である。鳳林和尚《ほうりんおしょう》や本阿弥光悦《ほんあみこうえつ》といった文化人の集まりの中心人物でもあった。数年前、三十年余にわたる所司代職を勇退すると、江戸へもどされて大老並みに重用され、下総《しもうさ》関宿藩五万石を与えられたが、長年の激務がからだを蝕《むしば》んでいたか、齢《よわい》七十を迎えるや急速に衰え、病に倒れた。

片や、金森宗和は七十三歳。和子に茶の湯を教えてくれていた。彼の美意識は「姫宗和」と称され、「きれい寂」と評された小堀遠州と並んで、千利休や古田織部の武家好みの茶の湯とは違う、上品なあでやかさが宮中の茶にふさわしかった。

さらに後水尾を落胆させたのは、三年前の承応二年、武家伝奏だった中院通村《なかのいんみちむら》が亡《な》くなったことである。公家《くげ》らしからぬ剛直な気性と、歯に衣着《きぬき》せぬ言動が幕府に睨まれた。ことに後水尾の突然の譲位のときには、事前に知りながら幕府に報告しなかったと咎《とが》められ、江戸に送られて幽閉されたりもしたが、その分、後水尾にとっては肝胆相照らす仲だった。

「みな、先に逝《い》ってまう。置き去りにされた気ぃするわ」

肩を落とす姿の寂しさに、和子は胸を詰まらせた。

法皇も六十一歳。老いは確実にその心身を覆ってきている。若い頃から数々の持病を抱えつつも重病になることはなく、体つきも骨太でがっちりしてはいるが、太腿《ふともも》やふくらはぎや肩まわりの肉が緩み、背も丸くなってきている。

「お上のためにも、まだまだひと踏ん張りしていただかねば」

励ましながら、それがいかに残酷なことか、と和子は唇を噛んだ。

新帝は法皇の学問諸芸を引き継ぎ、和歌の古今伝授を授けられたいと熱望している。政務も引きつづき担わなくてはならない。あと十年、高貴宮が元服して帝位を引き継げるようになるまでは。

まだまだやらねばならぬこと、伝えねばならぬことがある。だが、これから先、それが励みではなく重荷になっていくであろう。法皇より十一歳年下で今年五十歳になった和子でさえ、からだの不調に悩まされることが多くなっているし、気力の衰えを痛感することがしばしばなのだ。

「それにしても、この冬はえろう冷えますこと。新しい仙洞御所には炬燵《こたつ》を造ってもらいまひょうなあ。おみあしが温まればご気分がやわらぎます。ええ、是非そういたしましょう」

宮中のしきたりに炬燵はない。厳寒期でも手あぶりの火鉢でしのぐしかないのである。先例のないことを取り入れるのを、法皇が誰よりよしとしないのは承知のうえで、それでもなんとか彼の気持を引き立たせたくて、強いて明るい声で言ってみせた。

六

それでも後水尾の気分は一向に晴れない。

たえず鬱々《うつうつ》と考え込み、先々のことをあれこれ悲観して、夜もぐっすり眠れない。熱心すぎるほど熱心にやっていた立花や茶の湯も楽しめず、第一やりたい気持にもなれない。和歌や学問は毎日怠らず続けてはいるが、いわば義務と惰性になってしまっている。

からだの調子も悪い。どこが悪いというより、全身だるくて力が出ない。頭痛とめまいもしょっちゅうだ。食欲がないせいか、めっきり痩《や》せてもきた。

「気はこころと申します。お気持がふさぐと血の道もふさがれ、精が滞り……」

あれこれ講釈を並べたてて侍医らが奨《すす》める煎《せん》じ薬や鍼灸《しんきゅう》もいっこうに効はなく、ますます落ち込むのである。

（このままでは、どうなってしまうか……。なんとかせな。なんとか……）

本人がいちばん危機感を抱き、煩悶《はんもん》を重ねた末、決心した。気晴らしの外出すらままならぬ、がんじがらめの生活だ。それを打開する手立ては幕府に求めるしかない。

実をいえば、後光明崩御からふた月ほどたった頃すでに、幕閣のなかで信頼できる大老の酒井讃岐守《さぬきのかみ》忠勝に要請している。法皇としての公式の依頼ではないから、「覚書」というかたちで長文の書状を送ったのである。

「持病がさまざま出て悩まされているが、鬱気が原因だと侍医らは言い、自分もそのとおりだと思う。鍼灸や薬ではもはやどうにもしがたく、御所にこもっているばかりではますます気が滅入《めい》ってしまう。せめて山水の風景を見て気を転じたい。

しかし所司代に頼もうにも、天皇の行幸はもとより上皇の御幸《みゆき》についても、いちいち事前に江戸に許可を求め、当日も大人数を供奉《ぐぶ》させて、おそろしいほど厳重な警護になる。そんなことは京ではめずらしいから、宵でも暁でも河原にまで見物が群集してしまうが、朕としてはけっして本意ではない。

ことにいま、若くして逝った前帝の病気も他生《たしょう》の縁によるとすれば、父たる朕の不徳が原因ではないか。そう自責にさいなまれているのに、人目にたつ御幸などどうしてできようか。ただ、どうしても悩みが鬱積して苦しくてならぬとき、どこの誰ともわからぬよう少人数で、山間《やまあい》の茶屋や、法親王や尼門跡になっているわが子らを訪ねたい。気ままに出かけて野外の空気を吸いたい。ただそれだけのことなのだ。

しかしながら、それがまた幕府との軋轢《あつれき》の原因になってしまうのは、もとより本意ではない。なにも幕府に不都合なことをしでかそうとか、反抗しようなどということではけっしてないのだ。江戸へは後日、報告すればよいのだから、事前に許可を求めなくてはならないというような面倒はなしにして、措置してもらえるとありがたい。

そもそも、徳川の世になるまでは、上皇の御幸はさほど厳格ではなかった。幕府の用心深さからこんな窮屈な仕儀になったのである。万が一、無法者が襲撃してはと危《き》惧《ぐ》してのことと理解しているが、いまだかつてこの京で公家や上皇を害そうとした例など一度もないのだから、まったく心配はない。ものの十人も供を連れれば充分。人目につかぬほうがかえって安全ではないか。

もしも、『太平記』の世の後醍醐天皇のように、宮中をひそかに抜け出して吉野の山奥に潜伏し、幕府転覆を企てるやもしれぬというような心配は、まったくもって無用である。天照大神《あまてらすおおみかみ》、正八幡宮以下の冥慮《めいりょ》に背くようなことはけっしてあるまじきことである」

御幸の自由さえ認めてもらえたら、他の望みはなにもない。くれぐれも朕の真意を理解して配慮していただきたい。そう切々と訴えた。お附の女官に代筆させる女房奉書ではなく、後水尾が自身で認《したた》め「政仁《ことひと》」と署名したのも、決意のほどを示すためだった。

だが、いまだに幕府ははっきり返答してこない。酒井からもなしのつぶてだ。

幕府は以前、家光薨去《こうきょ》の直後の後水尾の突然の出家は、所司代が御幸を禁じたのに激怒してのことと疑ったいきさつがある。ここでまた後水尾の願いを拒絶すれば、世間が幕府の横暴と謗《そし》ることにもなりかねぬ、そう困惑しているのか。法皇にはまだま だ働いてもらわねばならぬ。東福門院の機嫌を損なうのも困る、ということか。

「そうか。黙認するっちゅうこっちゃな」

そう解釈することにした。返事がないのに焦《じ》れて、ますます落ち込んでいるのも馬《ば》鹿馬鹿《かばか》しい。へたにこちらから催促して大事《おおごと》にしてしまうより、黙認されたことにして、そろそろと外出の機を増やしていくほうが賢いのではないか？

和子に相談してみると、はたして彼女はにんまり笑い、

「阿吽《あうん》の呼吸、ということにございますわね。ええ、ええ、是非そうなさいまし。もしもあちらが文句をつけてきたら、わたくしが嚙みついてやりますわ」

逆にそそのかすのである。

「あんじょう頼むで。引きこもってばかりでは黴《かび》が生えそうでかなんわ」

たちまち顔を輝かせたのは、生気が戻ってきた証拠である。

以来、頻繁に外出するようになった。洛北《らくほく》の山荘へもしばしば、和子や側近たちもともなって出かける。洛北には三ヶ所に山荘がある。高野川支流の岩倉川沿いの貴船への道を分け入った長谷《ながたに》にある長谷御殿、その西に位置する岩倉の岩倉御殿、それより少し南の幡枝《はたえだ》村の幡枝御殿。

春は花見、秋は紅葉狩りに松茸《まつたけ》狩り。山間の自然は、御所の作り込んだ庭園とはまったく別物だ。山腹の細道を息を切らしながら登っていき、見晴らしのいい場所に建てた簡素な茶屋で眺望を楽しむ。刻一刻と移り変わる空の色、山並みの緑の濃淡、尾根を吹き渡る風、眼下に広がる京の街並。そういうところに身を置くと、自分がやっ

と、何者でもないただの一個の人間にもどれる気がする。のびのび息ができる。

だが、三ヶ所とも宿泊設備が整っていないから、日帰りかせいぜい一、二泊しかできない。せっかく親しい鹿苑寺《ろくおんじ》の鳳林和尚らを同行させても、彼らは夜帰らなくてはならないのが難点である。それに、長谷御殿はもとは聖護院《しょうごいん》の山荘、岩倉御殿は女三宮の別邸として二条城の建物を移築したから、どちらもすでに建物がある。そこにあらたに増改築するのはやはり限界がある。

最後に造った幡枝御殿は、比叡山のほぼ真西に位置しており、洛中からはいくつもの峰が重なり合って見えて美しい山容とは言いがたいのに、そこからだとゆるやかに裾野を広げて、すっきりした優美な三角錐《さんかくすい》に見える。それを借景にして東向きに庭を造り、気に入っているが、ただ、山に囲まれた平坦地《へいたんち》のため眺望は望めない。背後の小山に四阿《あずまや》を造ってみたりしたが、雄大な見晴らしというには不満が残る。

洛北に理想の山荘を造りたい。もっとゆっくり逗留《とうりゅう》し、時間を忘れてぼんやりし、気の置けぬ者たちと気ままに過ごせる、ちゃんとした山荘を造営したい。できることなら、高台の開けた土地に自分好みの建物を配置し、里山歩きと庭園散策の両方ができるような、野趣あふれる山荘にしたい。そう念願しつづけてきたのである。

そんな折、承応四年（一六五五）の晩春三月、久々に長谷へ御幸する法皇と和子は、行きの途中、かつての梅宮、いまは大通文智尼《だいつうぶんちに》が暮らしている修学院村の円照寺を訪れ、朝粥のもてなしを受けた。

「ようこそ。ちょうど空気が澄んですがすがしい時刻にございます。それがこの山里の馳走《ちそう》とおぼしめして」

文智は摘んできたばかりでまだ露に濡《ぬ》れている野の花を手に、にこやかに迎え入れた。

文智がこの地に庵《いおり》を結んだのは、出家の翌年の寛永十八年、いまから十四年前である。

「やはり、ここから移りたい気持は変わらぬのかえ?」

法皇がそう訊《き》いたのは、娘を遠くへやりたくないからだが、文智は即座にうなずいた。

「文守師が常々、本気で世を捨てる気ならば、ゆくゆくは親族が一人もおらぬところで自分を厳しく律していかねば、とおっしゃいましたから」

ここへ来た当初から師の一糸文守に、もっと都から離れた地に引きこもって修行するよう強く勧められていたが、間もなくその文守が亡くなってしまった。以来、落胆しきっている父法皇を慰めるためしばしば御所を訪れるのと、法皇が近くに隣雲亭《りんうんてい》という簡素な茶屋を建てたこともあって、移転できずにいるのである。

それともうひとつ、彼女がいまや、出家した異母妹や宮廷女性たちを束ね、導く立場になっていることもある。

五年前の慶安三年八月、後陽成院の忌日に法皇が命じて、仙洞御所で彼女らが観音《かんのん》懺法《せんぼう》をおこなった際も、文智が導師を務めた。参集した比丘尼《びくに》衆は十六名。いずれも後水尾や後陽成院ゆかりの女性たちである。宝鏡寺に入っている理昌《りしょう》、幼名八重宮は出家して四年の二十歳。最年少の滋宮《しげのみや》、大聖寺宮元昌《げんしょう》はまだ十四歳で、一年足らずの新尼。経を読むのもたどたどしさが目立ったが、文智に励まされて各自懸命に稽古《けいこ》して臨み、聴聞《ちょうもん》した公卿《くぎょう》らともども法皇と和子はいたく感動した。以来、文智は何度も彼女らを率いて法要を主催している。

「それで、すぐにも移転をと思いつつ、意に反してすっかり馴染《なじ》んでしまいました」

あいかわらず生真面目《きまじめ》な面持ちで、口調もしごくそっけないが、

「あと一年ほどしましたら、いよいよ大和南都の八島《やしま》の地へ移れます」

そう言うと、和子に向かってやわらかな視線を投げた。

一年ほど前、師の法弟からその地を勧められ、伊勢津藩の藤堂家の領地の一部なので、叔父の一乗院宮を通じて、譲ってくれるよう依頼した。藤堂家は家康の側近中の

側近だった高虎以来、朝廷とはかかわり深い家だから異存はなかったが、むろん幕府の許可なしに事が進められるものではなく、和子が所司代を通じて口利《くちき》きしてやったのである。

　文智はそれに感謝し、むかしのようなとげとげしい拒否の態度はなくなっている。仏門に入って心の安寧が得られたからでもあるし、三十七歳の年齢が彼女を成熟させたからでもあろう。

「しかし、ここはええところやのになあ」

　後水尾がまだ未練がましい口調で言ったから、文智と和子は顔を見合わせて笑い声をあげた。

「お上、それほどお気に召しておられるのでしたら、このあたりに山荘をお造りになればよろしゅうございましょう」

　和子が言えば、

「さようですとも。西向きの傾斜地ですから、ことに夕空が美しゅうございます。いつ見ても見飽きません。洛北随一の絶景にございますよ」

　文智も、それだけはここを離れるのが残念だとうなずいた。

七

「文海《ぶんかい》、おまえも一緒に行ってしまうのだね。寂しくなること」

食後の茶を献じに現れた若い尼に、和子はつい本音をもらした。

「いえ、いえ、これからも師のお使いで御所に参上いたします。女三宮さまにもお目にかかってお話しできると思いますので」

愛嬌《あいきょう》のある丸顔をほころばせ、きびきびしたしぐさで法皇と和子の前に煎茶の椀《わん》を置いた。

「うむ、美味《うま》い。たまに煎茶もええもんや。ことに朝は口の中がすっきりするわ」

法皇が喉《のど》を鳴らして飲み干すと、文海尼はにこにこしてすかさず二杯目をさし出す。

「あいかわらずよう気が利く。これなら気難しい師も文句のつけようがなかろうて」

にやりと笑ってからかったから、文智も苦笑いし、また和子と目を合わせてうなずいた。

「法皇さまのおっしゃるとおりにございます。まさに文句のつけようのない弟子。女院さまはまことによき者を下してくださいました」

文海尼は、もとは相模という女房名で和子に仕えていた。上賀茂社の社家松下家の娘で、母親が梅宮の乳母を務めた誼《よしみ》で十一、二の頃から女院御所に出仕し、女童《めのわらわ》として小間使いになった。

おっとりしているわりに骨身を惜しまずくるくる動きまわるので、部下のしつけに厳しい梅がまず気に入り、和子は気性が明るくよく笑うのが気に入っていた。ちょうど、娘たちの中でいちばん元気で和子を喜ばせてくれていた女二宮が嫁いでしまい、御所内がめっきり寂しくなっていたのと、和子自身、最後の懐妊が流産に終わり、徳川の血を引く男子天皇の可能性を断念せざるをえない状況に落ち込んでいたときだったせいもある。

相模は女三宮とよほど気が合うとみえて、実の姉妹のように親しくなった。おとなしくて寡黙《かもく》な昭子《あきこ》と、のんびり屋のわりに機敏な相模。ふたりがころころ笑い合っている姿は、和子をなごませてくれた。

相模が文智に傾倒していったのも、昭子の影響だった。ちょうど文智が念願の出家を遂げて父上皇の御所を出た頃だから、直接の面識はなかったはずだが、昭子の使いで頻繁にこの円照寺を訪れるようになり、ついに二十二歳のとき、出家したいと言い出したのだった。

和子としては、夫もわが子も失って独り身の梅の養女にしてやったらどうかと考えているときだったから、少なからず落胆した。すでに五十歳の坂を二つ越え、宿下がりで自宅でひとり過ごす寂しさをひしひしと感じている梅自身も望んでおり、落胆を隠せなかったが、昭子がひどく喜び、

「相模の発心《ほっしん》、わたくしからもぜひ」

許してやってほしいと懇願したのである。昭子は幼いころから姉妹の中でいちばん内省的な子だった。誰に勧められたわけでもないのに自分から難解な仏典経書を読むようになり、ことに禅の教えに心惹《ひ》かれているのも、和子は気づいている。

それを許さず、嫁がせることもしないまま、手元に置いている母親の身勝手を、昭子はけっして責めはしない。その気持を考えると、和子ははねつけることができなかった。

「文智どののこと、くれぐれも頼みましたよ。精進はけっこうだけど、あまり根を詰めて無理をなさらぬよう、おまえが目を光らせておくれ」

「はい。そのあたりのことは、五年お仕えして重々承知しておりますので」

敬愛のこもったまなざしで十歳年上の師を見やる文海尼に、昭子を思って和子の胸は痛む。

「ほな、そろそろ参ろうかの。あまりゆっくりしておっては、長谷に着く頃には日が暮れてしまうで」

そう言いながらも法皇がなかなか腰をあげようとしないのは、この修学院村の地形と風景をじっくり見ておきたいにちがいないと和子はおかしかった。

明暦二年一月、新天皇の即位の儀が無事に執りおこなわれた。のちに後西《ごさい》天皇と諡《おくりな》される二十歳の若い天皇である。

それからちょうど一年後、明暦も三年目を迎えた正月十八日、江戸の町が未曾有《みぞう》の大火災に見舞われた。

火元は本郷丸山町の本妙寺。施餓鬼供養《せがきくよう》で火に投じた振袖《ふりそで》が折からの強い北風に煽《あお》られて空高く舞いあがり、火の粉を振り落としてたちまち燃え広がった。市中の六割方にあたる日本橋界隈《かいわい》や、大名屋敷が建ち並ぶ城下周辺、約五百町とも八百町ともいう広範囲が次々に火に包まれ、二日にわたって燃えつづけた。死者の数は実に十万余、十一万人に達するともいわれる。天正十八年（一五九〇）に家康が入府して以来六十六年、荒れ果てた寒村から営々と築き上げ、整備されてきた町並と人々の暮らしが瞬時に壊滅してしまったのである。

江戸城も無事ではすまなかった。本丸はじめ大半の殿舎が焼け、天守閣も燃え落ちた。無事だったのは西の丸だけだった。

その報が京にもたらされて間もないある日、女院御所の宿直《とのい》部屋で附武士たちが会話しているのを、和子はふと小耳にはさんだ。

「せっかく新帝のもと、新しい御代《みよ》になったばかりというに、幸先《さいさき》よくないのう」

「明暦の元号が縁起悪いのやもしれぬな」

「法皇さまが決められたということじゃがな」

（なんという、ひどいことを……）

古来、災害や疫病《えきびょう》は、天が為政者の不徳を怒って起こすとされている。今回の大火はそのせいで起こったと、暗に法皇を非難しているのである。

明暦の元号は、法皇が禅の法語から選んだ。

「明歴々露堂々」、歴々と明らかに、堂々と露《あらわ》ると読み、すべての存在が明らかに、すべての物事がはっきり現れ出ているさまで、ありのままの姿のすべてが真理の顕《あら》われであり、仏の顕われであるとの意味である。真理は高尚深遠なところに秘《ひそ》かに存在すると考えられがちであるが、しかし、仏の眼で眺めれば、真理はごく平凡卑近なところに実は少しも隠れることなく存在し、万物万象一木《ぼく》一草《そう》の上に堂々と顕露している。それに気づくことこそが悟り、ということだ。

法皇はその語句に、受け入れがたい後光明の急死を受け入れねばというせっぱつまった思いを込めたのであろうし、新帝は新帝で、その言葉におのれの運命を重ね合わせたのであろう。両者の思いのこもった「明暦」とその時代を、そんなふうに言われる無念さ。

「お上と法皇さまのお耳に入ったら、どれほど悲しまれるか」

梅にこぼすと、公家衆のほうは、将軍家が幕閣や側近の言うなりで徳がないせいだと言い合っているという。武家は天皇と法皇のせいにし、公家は将軍のせいにする。相も変わらず責任のなすりつけ合いをしているのだ。

「振袖火事」と呼ばれるようになったその大火を機に、幕府は江戸の都市構造の大改造に乗り出した。多くの寺社や大名屋敷を市外に移転させ、建物が密集する町場や盛り場に類焼を防ぐ火除地《ひよけち》を設け、さらに、定《じょう》火消と大名火消を組織させて消防体制を徹底したのである。

八

後水尾はいよいよ、修学院村に理想の山荘新造を計画しはじめた。

その一方で、春秋の恒例の御幸以外にも頻繁に岩倉御殿や幡枝御殿に出かけ、幡枝御殿にはあらたに建物を造らせた。本格的に修学院山荘の建造にとりかかる前の試作である。造園に詳しい側近を引き連れて地形を調べさせ、ときには所司代の重職らを伴うのは、幕府への根回し、既成事実にしてしまおうとの魂胆でもある。

(うまくやらな。用意周到、じっくり事を進めなあかん)

それだけ本気なのだ。性急に推し進めすぎて、途中で幕府の横やりが入っては、元も子もない。こんなに真剣になったのは久しぶりのことだとも思う。後光明の急死以来なにもかも虚《むな》しく思えて、なにもする気力が起きなかったのが、ようやく過去のことになった。そんな気がしている。

後水尾が、ぜひとも参考にしたいと考えている山荘が二ヶ所ある。その一つが下桂《しもかつら》村にある八条宮家の別邸である。

明暦四年（一六五八）晩春三月十二日、お忍びで訪れた。

折しも桜が満開、うららかな陽気がつづいており、周囲の山並が山桜の群生で淡淡と霞《かす》んでいる。新緑にはまだ少し早い。初夏になる前の、ほんの数日、春の最後を惜しむにはいましかない。そう思い立つと矢も楯《たて》もたまらなくなり、八条宮家に使いを出し、所司代の許可も待たず、支度もそこそこに出かけていった。

叔父である智仁《としひと》親王がここに別邸をつくったのは、もともと八条宮家の所領が下桂村にあったからだが、桂川西岸の遮るもののない平坦地ゆえ、古来、月見の名所として知られており、それが造営の本当の目的と叔父本人から聞いた。

親王は和歌や古典に造詣《ぞうけい》が深い人で、後水尾は若い頃、この叔父に指導してもらい、ついに、古今伝授を授けられた。教授の場所は御所の北側にある八条宮家の本邸だったが、何度か叔父に招かれて桂にも訪れたことがある。

その折、叔父から、ここはかの藤原道長の別邸「桂殿」があった場所だと聞かされ、ひどく驚愕《きょうがく》した。建物を造る際、地面の下からその遺構が出てきたというのだった。

そのときの叔父の自慢げな表情は、いまもはっきり憶えている。

『源氏物語』の「松風」帖《じょう》に登場する光源氏の「桂殿」、あなたもお読みになってご存じでしょう。それもこの地という設定なのですよ。冷泉帝《れいぜい》が「月のすむ川のをちなる里なれば桂の影はのどけかるらむ」という歌をお詠《よ》みになったと。この地はその頃から優雅な観月の名所であったのです。そもそも桂の地名が唐土《もろこし》の「月桂《げっけい》」の故事からきているのですし、近くに月読《つくよみ》神社もある。まさに月を観《み》るための場所、そうお思いでしょう？

ふだんは自慢めいたことを口にする人ではなかったのに、そのときばかりは隠しきれない喜色が溢《あふ》れ出していた。

――王朝の世の風雅、『源氏物語』、月。

その三つがそろってこその情趣。それを共有できるか否《いな》か、それこそが文化なのだと、叔父は言った。文化は政治権力より長くつづく、とも言った。

後水尾の父の後陽成天皇は、聡明《そうめい》なこの弟を自分の皇嗣《こうし》にしようと望んだが、親王が若い頃、豊臣秀吉の養子になっていた関係で廷臣たちが強く反対し、結局、後水尾が後を継ぐことになった。その自分が、天皇は政治にかかわってはならぬ、学問だけしていろと、がんじがらめにされたとき、憤懣《ふんまん》に爆発しそうになりながらも、それを逆手にとって学問諸芸を極めてやろうと気持を切り替えられたのも、この叔父の生きかたを見ていたおかげだったと、いまさらながら思う。

すでにその叔父は亡く、息子の智忠《としただ》親王が当主になっている。父宮が亡くなったとき、彼はまだ十一歳で、後水尾の養子にして親王宣下して八条宮家を継がせたが、この桂別邸の維持まで手が回らず、父宮の死後わずか二、三年にして荒廃してしまった。惜しい、なんとかならないか、後水尾も気を揉むしかなかったが、それから三十年近くたったいま、むかしより苑池《えんち》が整備され、建物も書院や茶屋があらたに増えて、より見事な別邸に成長している。

「よいお日和《ひより》でようございました。茶屋はどこもすべて、障子や戸を開け放っておきました。いい風が吹き抜けておりますよ」

智忠親王は、満面の笑みで迎えた。

「桜の花びらも吹き込んでまいりましょう」

「それよりまず、古書院の月見台に坐《すわ》らせてもらおうか」

古書院は叔父の親王が真っ先に造った建物である。月の出の方角、東南向きに建てられ、池に面して一丈半四方ほどの竹簀子《たけすのこ》敷きの月見台が張り出している。

ここでむかし、叔父と一緒に酒を酌《く》み交わした。歌のこと、『源氏物語』のこと、彼が古今伝授を受けた細川幽斎のこと、そして後陽成院の懊悩《おうのう》、まだ若い後水尾が知りえなかったことをいろいろ話してくれた。ここでなら、権力闘争やなまぐさい欲まみれの話も、池面を吹き渡る夜風と木々のざわめき、月影にまぎれて、息苦しくなく聞けた。

「なつかしいのう、叔父上がいまもここに、坐っておられるような」

「ええ、わたしもよく、父の姿が見えるような気がいたします。月が明るい夜など、ことに」

「そうや、今日は十二夜の月。満ちきる前の月は満月より風情《ふぜい》がある。叔父上はよく、そうおっしゃっておられた。今宵《こよい》はともども観ることにしようぞ」

月は宵の早い時刻に上がってくる。今日は風もないから、池面に映ってゆらゆらとのどかに揺らめく姿を観られる。

「はい、父もさぞ喜びましょう」

それまでの間、園内の各茶屋をめぐって楽しむことにしようと、ふたりは連れだって築山《つきやま》の小道をたどった。

「本日は妻と子は参っておりませんが、くれぐれもよろしくと」

智忠は面映ゆげに言い、満面の笑みを浮かべた。

智忠親王は、二十四歳のとき、加賀藩二代目前田利常の四女富姫《ふうひめ》を正室に迎えた。富姫は富子と名をあらため、和子の養女になって八条宮家に嫁いだ。富姫の母親は珠《たま》姫といい、秀忠とお江与の間の子で、和子の実の姉なのである。わずか三歳で加賀へ行ったから、和子は一度もこの姉と会うことはなかったが。

家康にすれば、豊臣政権下の五大老のうち家康に次ぐ実力者の前田家と紐帯《ちゅうたい》を結ぶための典型的な政略結婚。前田家からすれば、利常の父利家の後家の芳春院《ほうしゅんいん》を江戸へ人質に差し出したかわりにもらい受けた人質にほかならなかったが、さいわい夫婦仲はよく、珠姫は九年の間に三男五女をもうけた。だが、多産が負担過ぎたか、二十四歳で死亡。幼くして母を失った富姫は、二十二歳になるまでどこへも嫁がず、父のもとで過ごしていた。

上洛して女院御所にやってきた富子を初めて見た和子は、その線の細さに驚かされたと、あとで後水尾にうちあけた。加賀を離れたのがつらそうで、宮家の暮らしになじめるのか心配になる、とも言った。さいわい智忠親王が温和な気性だったから、富子をやさしく包んでくれ、夫婦は平穏に暮らしている。

ただ残念なことに、子にめぐまれず、結婚十年が過ぎた頃、親王は後水尾に皇子の誰かを養子にもらいたいと申し出た。富子の母は多産で命を落としたのに、娘の彼女は子ができず悩んでいる。どちらも悲しい。和子は、どうしてやることもできないもどかしさに嘆息しきりだった。

後水尾は、まだこれから夫婦に実子ができる可能性を考え、そのときは許可しなかった。しかし親王が病いがちのため、内々に後西天皇、当時は良仁親王の同母弟幸《さちの》宮《みや》を養子にすることに決め、幕府の承諾をとったのだった。

そして、幸宮が十二歳になった承応三年（一六五四）九月、智忠親王の養子とし、翌年、親王宣下して穏仁《やすひと》親王とあらため、八条宮家に入れたのだった。

「富子が舐《な》めるようにかわいがっております。あまり甘やかしては本人のためにならぬと諫《いさ》めるのですが、一向に言うことを聞きませぬ。穏仁のほうもよくなついておりますので」

そう言う智忠がまた、かわいくてたまらぬといった顔なのである。

「そうか。女院に言うておこう。彼女《あれ》も喜ぶ」

庭園は、中央に複雑に入り組んだ汀《みぎわ》が目を引く大きな池があり、大小五つの中島に、土橋、石橋、板橋と、それぞれ趣向をこらした橋を渡している。起伏に富んだ築山をめぐる小道を登ったり下ったりして、茶屋へとたどる。ある地点では池はまったく見えなくなり、少し歩くと思いがけないほどの広さで現れる。小道や軒下の石敷がまた、すっきりした切石であったり、自然の丸石を組み合わせてあったりで、変化に富んでいて飽きさせない。

ふたりは松琴亭《しょうきんてい》に向かった。茅葺《かやぶき》の入母屋《いりもや》造り、いちばん格の高い茶屋である。東南以外は池と水路に囲まれており、どちらを見ても風情が異なる。

巨大な切石の石橋を渡る前から、屋根の妻に「松琴」の扁額《へんがく》が見える。後陽成天皇の宸筆《しんぴつ》で、叔父が大事にしていたものだ。

まぶしいばかりの春の陽射《ひざし》に目を細めつつ、扁額を見上げて親王はつぶやいた。

「できることなら、父がやり残したことを、わたしが一つ一つ完成させたいと」

『源氏物語』の世界を彷彿《ほうふつ》させる庭園に仕上げたい。茶屋ももっと増やしたいという。

北の対岸は細かい玉石を敷き詰めた州浜で、明石の浜と名づけた。その手前に細く伸びる砂州には小ぶりな赤松を植え並べ、天橋立の景色を模した。

松琴亭の内部は三畳台目、一の間の床と襖の藍《あい》と白の市松模様に、後水尾は目を瞠《みは》った。大胆で斬新《ざんしん》、それでいて、清々しさがある。

「加賀の紙にございます。金沢から送ってもらいまして」

前田家からの経済援助のおかげで、この桂別業の整備ができるようになった。この市松模様をはじめ、書院や他の茶屋にも、加賀から送られてきた極上の奉書紙をふんだんに使っている。

「見事なもんやなあ。ようもここまで」

後水尾は感嘆の声を上げ、邸《やしき》の主《あるじ》を見やった。少しばかり羨《うらや》ましい。

亭の北側の土廂《どびさし》には竈《かまど》がしつらえられており、すでに美形の侍女が湯を沸かしていた。この竈で粥《かゆ》や汁や懐石を温め、軽い食事ができる。目の前でおこなわれるその支度を見るのも風趣、もてなしというわけだ。ときには智忠自身が粥をよそったり、汁の味見をしてみせたりするという。

「面白い趣向やなぁ、山家で婆《ばば》の手料理を馳走になる気分や」

園内をひととおり見てまわった後水尾は、自分が住んでいる仙洞御所の庭園との違いに気づいた。仙洞御所と女院御所の庭園は、二条城の庭園とおなじく小堀遠州が直接手掛けた。直線と方形や矩《く》形《けい》を駆使した、かっきりした造形を多用している。洗練された雰囲気だが、後水尾はそれを「武家の洗練」と思っている。人工的すぎて窮屈に感じる。

ここは、小堀遠州が育てた庭師たちがたずさわったにもかかわらず、その窮屈さがない。直線や直角、あるいは矩形と、曲線や丸みの造形が違和感なく溶け合っている。武家の美意識と公家の美意識の融合、といえばいいか。王朝の優美な世界を造るという智忠の意思がきちんと反映され、なおかつ、それゆえの脆弱《ぜいじゃく》さや頽廃《たいはい》を免れている。抑制がきいている。

「いや、見事なもんや」

後水尾の賛辞は親王に対してだ。地味で凡庸にもみえるこの従弟《いとこ》は、実は、父宮に勝るとも劣らぬ美意識の持ち主なのだと初めて知った。

うららかな春の一日を堪能《たんのう》した後水尾は、その夜遅く、仙洞御所にもどった。

翌日さっそく女院御所を訪れ、まだ興奮醒《さ》めやらぬ面持ちで言った。

「そなたにも見せたかった。同行させればよかった」

和子を伴わなかったのは、微行《おしのび》ということもあるが、それより、和子の周囲の武士たちの反応が気になったからである。自分の山荘造りの下見だとよ。女院さまに見せて造営費用を出させる気なんだろうよ。また例のおねだり癖か。彼らを通じて幕府の耳にも入る。そう思われるのは業腹《ごうはら》だ。幕府の援助なしにできないのは目に見えているから、なおさらである。

「昨夜は酒《ささ》が過ぎてしもうたゆえ、できなんだが」

いかにも残念そうに口にしたのは、船上での月見のことだった。

「池から水路を通って直接、桂川へ出られるんや。桂川の川面《かわも》に映る月を観る趣向やな。しかも、その小舟の名がな。また、えろう洒落《しゃれ》とるんやで」

さんざんもったいぶって和子を焦らしてから、

「歩月《あゆみづき》というんや。舟に寄り添って川面を歩む月。いや、舟のほうが川面をゆるゆる歩んでゆく月を追うんか」

心底感服した面持ちで言い、書院や茶屋、庭園の様子をこと細かに話してきかせた。

自然をうまく取り入れ、人工的なわざとらしさがない。

――武家の美学に毒されていない。

とはさすがに口にはしなかったが、

「まあ、ずいぶんお気に召したご様子。修学院の山荘の参考になされますわね」

「そやなあ、実はもう一つ取り入れたいことがあるさかい、それとどう組み合わせるかやが、さて」

にわかに思案げな面持ちになった。

後水尾の念頭にあるのは、嵯峨《さが》の大覚寺の庭園である。大覚寺はもともとは嵯峨天皇が皇后 橘 嘉智子《たちばなのかちこ》との成婚の新宮として建立《こんりゅう》した離宮で、北側に山を背負う広大な池は傾斜地に長い堤を築いて造成した人工池なのだ。漢詩で月の名所と讃《たた》えられる唐国の洞庭湖《どうていこ》を模したその大沢池で、天皇は舟遊びを楽しみ、船上の月見を楽しんだと伝えられている。

嵯峨天皇・上皇の治世は四十年にわたり、安定したおだやかな時代だった。宮廷文化を育成し、空海と最澄《さいちょう》を重用して、文治政治をおこなったことでも知られている。嵯峨の離宮はそのための遊興の舞台であったとされているのだ。

だが後水尾は、嵯峨院の意図はもっと他にあったのではないかと考えている。背後の山を霊山に見立て、池はその前に広がる雄大な海。すなわち、俗世と隔絶した仙界境。あるいは、霊域を創《つく》り出すのが真の目的だったのではないか。そのためにそれだけ広大な池が必要だったと思うのである。

退位後の嵯峨院は皇后とともにその離宮に移り住んで御所とし、積極的に息子の仁《にん》明《みょう》天皇の国務を指導した。

——遊興のためだけではない、政治の発信地でもある離宮。

自分の山荘もそれに倣《なら》いたい。和子や側近たちにも明かしてはいないが、それが修学院山荘造営の真の目的なのである。山荘から若い後西天皇を後見する。できることなら、次に高貴宮《あてのみや》が即位して天皇になってからもだ。

嵯峨院はまた、自分の死後はそこを自分と皇后を奉《たてまつ》る寺院にするよう遺言し、大覚寺が創建された。できれば自分の山荘もそうしたい。

その構想が、昨日、桂別邸を見分したことで、脳裏で具体的になりつつある。

「さて、どうするか。楽しゅうなってきよったわ」

法皇の張りきりように、和子は苦笑する思いだった。気鬱がきれいさっぱり晴れたのなら喜ばしいことだが、山荘造営に没頭することで現実から逃避しようとしているようにも見える。

九

ふた月前の一月十六日、高貴宮が正式に和子の養子となり、同月、親王宣下されて識仁《さとひと》親王となった。儲君《もうけのきみ》としての位置づけを明確にするためだが、まだ五歳の幼児だし、後西天皇が即位してまだ四年。いくらなんでも事を急ぎ過ぎではないか。和子は内心そう思わずにいられない。

和子自身は、後光明、後西につづいて、三人目の天皇の養母になる。国母の地位を保持して影響力を継続させんとする幕府の狙《ねら》いだが、重荷を背負わされる身にもなってほしいと思う。

法皇はじめ朝廷は、それで幕府が経済援助を惜しまず継続してくれるなら御の字、という腹なのだ。そのくせ、いやなものはいや、できぬものはできぬ、の一点張りで押し通す。その頑《かたく》なさ、身勝手さにはほとほとうんざりさせられる。

一昨年にも、幕府から後水尾の皇女を将軍家綱の御台所《みだいどころ》に求める要請があり、和子は自分の養女にしている緋宮光子《あけのみやみつこ》内親王をと正式に申し入れたのだが、後水尾と後西天皇が反対して実現しなかった。

緋宮は後西天皇の同母姉で、当時二十三歳。家綱は十六歳だから、七歳も年上である。法皇の皇女なら他に家綱と同い年の柏宮《かしのみや》と一歳年下の品宮《しなのみや》のふたりがおり、年齢的なつり合いからすればそのどちらかのほうがふさわしいのだが、和子は緋宮の資質を見込んでいた。

皇女は摂関家にしか降嫁《こうか》できない決まりがあり、相応の相手がいないことが多いため、早々に出家させて門跡尼寺に入れるのが慣例である。緋宮が二十三歳になるまで内親王のまま、宮中にいるのは異例中の異例である。

緋宮はどことなく大通文智や昭子と似ていると和子は思う。控えめな性格で、思慮深く、聡明。本人が出家を望んでいるのに、親が手放したくないところも似ている。

しかし、後水尾が自分の娘の将軍家への降嫁を許さない理由はそれではない。武家に嫁いだ女は二度と、御前《ごぜん》に出ることも参内もできない等々、もっともらしい理由をあげつらってはいるが、法皇の本音は、これ以上将軍家との婚姻関係をもちたくないのである。

（徳川の家は卑《いや》しいとでも？　天皇家の血が穢《けが》れるとでも？）

そう言いたいのを和子は懸命にこらえた。

結局、将軍家綱の御台所には、伏見宮貞清《さだきよ》親王の第三王女、十八歳の顕子《あきこ》女王を送った。皇女は駄目だが王女ならよいという理屈か、と和子は呆《あき》れたが、伏見宮家は体裁をつくろうためにわざわざ九条家の養女にしてから嫁がせた。実際は大喜びで受けたにもかかわらずである。

現に、公家や宮家は、大大名家や徳川家親族に娘を嫁がせたり嫁に迎えるのを大いに歓迎する。持参金やその後の援助をあてにできるからで、かつて戦国時代には、困窮する中下級公家は正室ではなく側妾《そくしょう》であろうが平気で嫁がせた。まさになりふりかまわぬ身売りだった。

いま、和子のもとには天樹院から、彼女が養育した将軍家綱の次弟綱重《つなしげ》の結婚相手を依頼されているのだが、誰がいいか、悩んでいる。むろん銭金目当ての家から選びたくないし、かといって、格式だの血統だのを誇るだけの女など願い下げだ。

綱重はまだ十五歳の若さながら甲府十五万石の藩主で、度量の広いおおらかな性格のうえ、学問にも秀《ひい》でた若者と聞いている。じっくり見定めて、伴侶《はんりょ》にふさわしい娘を選んでやりたい。少なくとも、家光の御台所になった鷹司孝子のように、不仲のまま夫が死ぬまで別居を強いられ、子もなせなかった不幸な結婚にならないように、と思う。

江戸では昨年の振袖火事の復興もまだ途中なのに、今年一月またしても大火に見舞われたため、幕府は早々に改元の申し入れをしてきている。後光明天皇から後西天皇への代替わりの改元からまだ四年。今度は災害から人心を一新するためである。七月、「万治《まんじ》」と改元。明暦は実質三年三ヶ月で幕を閉じた。

第七章　天空の海

一

万治三年（一六六〇）五月十二日、後水尾と和子《まさこ》は連れだって修学院村の山荘へ出かけた。陽気がよくなるのを待ちかねての久々の御幸《みゆき》である。

「ようやくすべて完成したさかい、やっとそなたに見せてやれるえ」

御殿や一部の茶屋はすでに順次完成し、一年前の四月には鹿苑寺の鳳林和尚と弟の照高院宮法親王、妙法院宮法親王らを招待して披露の宴を催した。舟遊びと茶事で終日もてなし、予想以上に賞賛されてすこぶる気をよくしたが、和子には敢《あ》えて、すべて完成してから驚かせたくて、まだ見せていなかった。

大通文智の庵居《あんきょ》に立ち寄ってこの地が気に入り、十年来探し求めていた新山荘の造営地をここにしようと決心したのが五年前。以来、自分でも驚くほど熱中した。自ら設計したといっても過言ではない。実際に現地を検分しに何度もやってきたし、比叡山の西麓《せいろく》、前山を背負ったかなり急な傾斜地をどう活《い》かすか、試行錯誤を重ねた。八条宮家の桂の別業にも大いに触発されたが、あちらは桂川沿いの平地、こちらは山。しかも西向きの傾斜地。地形がまったく違う。

紙の上の図面ではどうしても立体感覚がつかめず、模型まで造った。粘土で実際の地形をそっくり再現し、そこに池や築山《つきやま》、建物を配置した、いってみれば立体箱庭である。

小石で庭石や石組を模し、あちこち置いてみて、どの位置がいいか確かめた。小道をどう廻《めぐ》らすか。茶屋や建物の中から眺める景観はどうか。陽射《ひざし》の向きはどうか。ひとつ変更すると、全体の調和がたちまち台無しになる。それを改めれば他がおかしくなる。堂々巡りをくり返しながら、少しずつ、これしかない、ここしかない、と決めていった。

側近の平松可心《ひらまつかしん》相手に、あれこれいじくりまわして図面を書き直し、考えあぐねると、たきという若い侍女を呼んだ。八条宮家の桂の別業の庭を造った職人の娘で、子供の頃から父親や兄たちのやることを見憶《みおぼ》え、読み書きもおぼつかぬ無学なのに、仙洞御所の庭のあの石はもっと横向きでないと台無しだの、あの木は邪魔だのと言う。

それがいちいち的を射ているので、試しに仙洞御所の坪庭を造らせてみると、仕丁らを使って石組や植材を巧みに組み合わせ、狭いながらもしごく風情《ふぜい》ある空間を造り上げてみせた。

そこで、たきに修学院村の現地を見に行かせた。身分の低い者なので誰が乗っているかわからぬよう、菰《こも》で四方を包んだ輿《こし》に乗せ、可心を同行させてじっくり検分しに行かせたが、姿を見えなくしたせいで、実は後水尾が乗って出かけていると噂《うわさ》が立ったりした。事実、急な思いつきで矢も楯《たて》もたまらず出かけるときには面倒でその輿を利用したが、近年はたいてい、所司代もいちいち警護をつけることもなく黙認しているから、比較的自由に行動できる。警護に神経を尖《とが》らせるのは、和子や明正が同行して岩倉御殿や長谷と幡枝《はたえだ》の山荘へ御幸するときだけである。

たきのもう一つの特技は、こと庭に関してだけだが、一度見たら絶対に忘れぬ抜群の記憶力で、山の傾斜の角度、尾根の位置、山からの谷川がどう流れ下っているか、どこにどんな木が生えているかまで驚くほど正確に記憶し、帰ってくるとすぐに箱庭を手直しして再現してみせる。地質にも詳しく、このあたりの土ではこの樹木や草花は育たぬとか、ここは苔《こけ》がよく育つと見抜く。

細工も得意で、緑色に染めた綿を棒切れに巻きつけて箱庭に挿し並べ、ここは松の並木だとか言う。横に大きく広がる広葉樹、まっすぐ縦に伸びる針葉樹や竹、樹形や高さまでわかる。朱色や黄色の薄布を重ねたりずらしたりして背後の山肌に貼《は》り付け、秋の紅葉はこのようになりますと言う。群青色《ぐんじょういろ》の布を敷いて池面、白糸の束は谷川の水を引く滝、木切れを削った可愛《かわい》らしい書院や茶屋の模型。たきの手にかかると箱庭はたちまち現実感が増し、いきいきする。実際に目に見えるようで、そのたびに感嘆させられる。

一木一草、大小の石組、踏石、苔、建物の配置、内部の造作、材料、どれもこれもすべて一切妥協しなかった。季節による樹木の変化や積雪、池の深さ、納得するまで試行錯誤して、やっとのことで完成させた。晴れて和子に見せられると思うと感慨深い。

卯《う》の下刻(朝七時頃)、それぞれの御所を別々に出て、先に到着した法皇は、下御茶屋《しものおちゃや》の中心建物寿月観《じゅげつかん》の御輿寄《おこしよせ》の前で和子の到着を待ちうけた。側近たちがしきりに、中でご休憩なされてはと勧めるのを制して外で待ったのは、和子が輿から降り立ったときの最初の反応を見逃したくないからだ。そのためにわざわざ一足先に出立してきたのである。

表惣門《おもてそうもん》からゆるやかな坂を上ると、切妻造茅葺《かやぶき》屋根の御幸門。輿のままそれを潜《くぐ》って白砂を敷き詰めた小道を進む。右手の蓮池《はすいけ》の土橋を渡ると、珍しい形の袖形燈籠《そでがたとうろう》と朝鮮燈籠の二基の石燈籠が迎えてくれる。御簾《みす》の中から目を凝らす和子を思い浮かべ、ひとりにんまりした。

はたして輿から降り立った和子は驚きの表情を浮かべており、法皇を認めると、

「あら、まあ、まあ」

背後をふり返って指さし、法皇を満足させた。

今日は何回、この「あら、まあ」が聞けるか。数えておこう。

下御茶屋は、数寄屋《すきや》風書院造りの寿月観と、従者たちが控える蔵六庵《ぞうろくあん》の大きな二棟と、庭の眺望を楽しむ二階建ての彎曲閣《わんきょくかく》がある。池へとうねるように細い遣水《やりみず》が巡り、その源の白糸の滝と名づけた小さな滝が清冽《せいれつ》な水音を響かせている。

寿月観で休憩と早めの昼餉《ひるげ》をとった。三間続きの広々とした室内は、柿渋色《かきしぶいろ》の土壁が素朴ながら格調高い空間である。十五畳の一の間が法皇の御座所で、床を一段高くした三畳大の上段がしつらえられている。和子は自分の御座所に当てられた三の間に続く南側の茶室に入った。池を掘った土を盛り上げた人の背丈より高い石垣の上にあるので、池と庭全体を上から見下ろせる。

窓外のすぐ目の前に和子がことのほか好きな楓《かえで》の木を数本植えさせたのも、法皇の

指示である。いまは柔らかい新緑の葉が陽射を受けて風に揺らめき、ちかちかと光の粒をまき散らしている。

二度目の「あら、まあ」を発した和子は、法皇をふり返って嬉《うれ》しげに言った。

「これから日毎《ごと》に葉の色が濃くなって、真夏は強い陽射を遮る緑の日除《ひよ》けになってくれましょうねえ。楽しみですこと」

昼餉を終えて、上御茶屋へ向かう。下御茶屋の縁先から降り立ち、小道づたいに細い渓流を覗《のぞ》き込んだりしながらそぞろ歩いて、短い石段を上ると東門の前に出る。

両開きの高い木扉を、法皇は敢えて閉じさせておいた。

「ええか、よう見るんやで」

もったいぶって言い、一気に開け放させた。

意外な光景が目に飛び込んでくる。

「あら、まあ、まあ」

比叡山を背にする前山、御殿山と名づけたこんもりと愛らしい前山の麓《ふもと》に、一面の棚田がのびやかに広がっている。

水を張った棚田は陽射にきらめき、そこかしこで農民たちが田植えに励んでいる。

山荘の敷地内ではなく、もともと地元の農民たちの田んぼで、命じられてやっているのではない。法皇はこれを和子に見せたくて、わざわざこの時期を選んだのである。さいわい天気も味方してくれた。

農民たちは驚きながらも、駆け寄ってきて土下座したりはせず、笠《かさ》を取って会釈《えしゃく》する程度で、そのまま仕事をつづけている。女たちの親しげな笑顔に和子は手を振ってこたえた。

法皇はそこから斜め左の御殿山へゆるゆる登っていく畦道《あぜみち》へと和子をうながした。

和子は用意した輿に乗るのを断り、自分の足で歩いていくと主張した。

「お上はご存じありませんの？　わたくしの自慢は足腰が丈夫なこと。いまも毎日庭歩きと植木の手入れで鍛えておりますから」

最初からそのつもりだったか、寿月観で歩きやすいなりに着替えている。いつもはきらびやかな絹の打掛小袖の裾《すそ》を引いているのに、白麻の帷子《かたびら》の上にやはり麻の薄紫色の帷子を重ね、腰端折《こしはしょり》。素足に白鼻緒の藺草《いぐさ》の草履。汗をかいてもいいようにと考えたのであろうが、いかにも初夏らしい涼しげな配色で、菖蒲《しょうぶ》の花を思わせた。

「さ、まいりましょう」

さっさと先頭に立って歩きだす始末に、侍女や従者たちは苦笑しつつ、皆ぞろぞろ後を追った。

「このあたり、土筆《つくし》や山菜がたくさん出ますわね」

和子は目ざとく杉菜の群生を見つけ、満面の笑みを浮かべた。春の土筆と山菜採り、秋の松茸《まつたけ》狩りを岩倉や幡枝の山荘での何よりの楽しみにしている和子である。ここでもできると期待に胸をふくらませている。

畦道を過ぎてちいさな石橋を渡ると、今度は石段。かなりきつい登りだから、また輿に乗るよう勧めたが、今度も和子はかぶりを振った。石段の左右は小ぶりの赤松に躑躅《つつじ》を直線的に垂直に刈り込んだ大刈込で、周囲の景色が見えないようになっている。

途中、和子はさすがに息を切らし、ときおり立ち止まるようになった。侍女たちが左右から腰を支えようとするより先に、法皇が手を伸ばして取った。

「ほれ、あと少しや。これも使いや。楽やで」

長い木杖《きづえ》をさし出し、自分もついて並んで登りながら、つと顔を寄せて小声でささやいた。

「まるで山家の爺婆《じじばば》やな。仲よう山へ柴刈《しばか》りに行くんやで」

われながらはしゃぎすぎだ、そう思いながら気持が弾むのを抑えられない。

石段を登り切ったところで立ち止まった法皇は和子に、うしろをふり向いてみようとうながした。

視界を遮っていた大刈込がそこで途切れ、突然、見事な眺望が開ける。

こんな高いところに、目を疑うばかりに広大な池。その向こう、近景は、松ヶ崎、宝ヶ池などの山々。遠くは、右手に岩倉、鞍馬《くらま》、貴船の山並みから北山連峰へとつづき、左手は洛中《らくちゅう》から南西に大山崎まで。緑と青の山並が濃淡に霞《かす》んで連なっている。

息を飲んで見つめる和子を、法皇は隣雲亭《りんうんてい》へといざなった。以前、大通文智の庵居の近くに建てた小亭を隣雲亭と呼んでいたのにちなんで、新たに設けた亭である。苑《えん》内《ない》のいちばん高いところにあり、眼下に池とその先の光景が一望できる。まさに雲の隣である。

空に浮かぶ白雲が山並に影を落とし、その部分を暗く染めながらゆっくり流れていく。

亭の北側にもう一つ、三方が建具のない吹き放った板敷のちいさな亭がある。崖上《がけうえ》に張り出したそこは、法皇がすぐそばを流れ落ちる滝音を聞きながら詩歌の想をめぐらすための場所で、洗詩台《せんしだい》と名づけた。

法皇と和子は隣雲亭の一の間に並んで坐《ざ》し、目の前に広がる雄大な光景を飽かず眺めた。

「この池は浴龍池《よくりゅうち》というんや。龍が天空から舞い降りてきて水浴びを楽しむ」

斜面に土塁を築き、山から流れてくる渓流を堰《せ》き止めた人工池だと自慢げに説明した。対岸の西側は西浜と名づけた長大な堤防が一直線に伸びており、その先はほぼ垂直に落ち込む崖。それが視界を切り取り、その先の空間へとつなげている。

橋で結ばれた二つの中島、その一つに方形のこぶりな窮邃亭《きゅうすいてい》。そこは池面に映る月を観《み》るための、月見の建物である。

空はあわあわと霞み、山並の緑の濃淡もやわらかく煙っているように見える。

「あら、まあ」

和子がまたちいさく感嘆のつぶやきを発したが、法皇はもう何度目か数えていなかった。

「池面と空が混然一体、境目がないみたいで、どこまでも広がっているように見えますわ」

西の彼方《かなた》はそのまま空につづき、空と海が溶けあい、茫漠《ぼうばく》と広がっている。現実味のない、まるで夢の中の光景だと法皇は思ったが、和子は夢心地のような表情でうなずきながら、かすかに震える声で「天空の海……」とつぶやいた。

「ほう、天空の海とな。そなたはいつも、わしが思いもよらぬことを言いよる」

あたりにゆったり視線をめぐらした和子が、深い声でつぶやいた。

「子供の頃の江戸城の庭を思い出します。あの頃はまだ手つかずで、武蔵野《むさしの》の雑木林のままでございました。濠《ほり》の土手に上がると、眼下に日比谷入江が見えました」

そこを歩きまわるのが好きだった。京へ来て御所に暮らすようになって、息が詰まる気がして苦しい。無心に歩きまわれる場所がない。ひとりになれる場所がない。むかし和子はそう言った。

江戸に帰りたいのか、と訊《き》くと、和子は一瞬虚を衝《つ》かれた顔になり、それからゆっくりかぶりを振った。あの雑木林がなつかしゅうございます。それだけにございます。

あれはせいいっぱいの強がりだったのだと、あとになって思い当たった。なるべく自然の景観を活かしたこの山荘を造ったのは、口にはしないが和子のためでもある。

「そなたは、実際にその目で海を見たことがあるんやな」

「はい、上洛のとき、東海道の道中でしばしば見ました。それが何よりの楽しみで」

朝靄《あさもや》にかすむ海、夕陽にきらめく海、月明かりに照らされて白銀に光る海、曇天の日の陰鬱《いんうつ》な鉛色の海。

「あのとき、わたくしは十四歳」

海の景色が不安に揺れる少女の心を慰めてくれたであろう。そう思うと、後水尾は涙ぐみたいような気持に襲われた。

「わしは一度もない。羨《うらや》ましゅうてならぬえ。わしも一度でいいから海が見たい」口を尖らせ、駄々っ子のような表情をしてみせた。古代や中世の天皇たちは、しばしば吉野や熊野へ何ヶ月もかかる長旅をしたが、今の天皇や上皇は基本的に都を離れることはできない。ことに徳川幕府の時代になってからは厳重に禁じられてしまった。

「都を離れて、あちこち旅をしたい。紀州や伊勢や東海や難波《なにわ》の海が見たい。ずっとそう思うとった。須磨《すま》の海も、明石の浜も、わしは見たことがないんや」

いままで数限りなく皆の前で『源氏物語』の講釈をして、須磨や明石の帖《じょう》の海の場面を講じながら、実際に自分の目で見たことがないのが口惜しくてならなかった。

「それどころか、琵琶湖すらこの目で見たことがないんやで」

わざとますます口を尖らせて和子を笑わせながら、脳裏に、承久の変で幕府転覆に失敗して隠岐《おき》へ流された後鳥羽院、佐渡へ流された順徳院らのことを思い浮かべていた。

彼らにとって海は自らを閉じ込める檻《おり》であったろう。絶望と諦《あきら》めの果て、海を眺めながらその生涯を閉じたのだ。

誰にも漏らしたことはないが、後水尾自身、若い頃何度も、崇拝する後鳥羽上皇にならって幕府転覆を考えた。和子の入内《じゅだい》をめぐってもめたとき、秀忠が「禁中並公家《くげ》諸法度《しょはっと》」で天皇家と朝廷から実権を取り上げたとき、局《つぼね》たちが身ごもったわが子を何度も闇《やみ》に葬《ほうむ》られたとき、その陰湿な仕打ちに激昂《げっこう》してしばしば考えた。具体的な計画などではなく、ただ胸中で思いめぐらすだけのことだったが、その夢想だけが憤怒《ふんぬ》の焔《ほのお》を慰めるすべだった。

まず和子を人質にして、全国の有力大名に徳川討伐の宣旨を発する。島津、毛利、前田、伊達《だて》。指を折って数えながら、闇の中で歯をむき出し、声は出さず腹の底で哄《こう》笑《しょう》した。

だが、やっと平和な天下になったのに、ふたたび戦乱の世に戻してしまっていいのか。多くの巻き添えの犠牲者を出した後鳥羽院の二の舞になってよいのか。そう考え、腸《はらわた》を煮えたぎらせながら断念し、父帝後陽成のことを思った。徳川への敵愾心《てきがいしん》に凝り固まって朝廷内で孤立し、自分ら息子たちまで憎悪《ぞうお》して、狂気に近いほど追い詰められていった父帝。その総身が凍えるような絶望と孤独を思わずにいられなかった。

「あの頃からもう、四十年もたちましたのね」

和子の声に、はっとわれに返った。

「いまではもう、なんだか信じられないような、そう、まるで夢の中のことだったような」

「そうやな。もう遠いむかしのことやな」

だが、いまだに、もしもそれを実行していたら、と考えることがある。これでよかったと思う反面、いまでもときおり、錐《きり》でえぐられるように胸が痛む。冷静に考えれば、企てが成功したとはとうてい思えない。後鳥羽院らと同じ運命をたどったであろう。それでも、むざむざ挫《ざ》折《せつ》した無念の思いがいまなお、癒《い》えることなく深い傷になって残っている。

人質にとって犠牲にするはずの和子が、逆に、盾になってくれたのだと思い当たる。もしも和子でなかったら、と思う。和子でなかったら、こんなふうに連れ添ってこられたか。頑《かたく》なな心を抱え、冷え冷えとした関係のまま、どうしても必要な儀式のとき以外は顔を合わせることなく、自分は寵愛《ちょうあい》する女を側に置き、和子は孤閨《こけい》に苦しみ、虚《むな》しく年をとって死んでいくだけの生涯になったであろう。

「こうしてお上がまた海を見せてくださいました。これからは何度も見られます。うれしいこと」

和子の夢見るような声音に、後水尾はまた涙ぐみそうになった。癒えぬ傷痕《きずあと》は死ぬまでわが身内に抱えていくしかない。

暮れなずむ夏の陽もようやく傾き始め、陽光が斜めに射し込んで、室内を明るく照らしている。

「さて、そろそろ池のまわりを歩こうやないか。そのために酒はやめておいたんやさかい」

法皇は弾みきった声音で急《せ》かした。いつしか空も池面も茜色《あかねいろ》を帯びている。ふたりはようやく腰をあげ、池の周囲をめぐる小道をたどって一周した。

「どうや。御所の庭とはまるで違うやろ。自然そのままのような景色やろ。ここは武家の庭やない。ようやっと、わしの庭ができた」

後水尾は誇らしげな口調で言い放った。人工的な作為を感じさせない、おおらかで、のどかな、自然の風景そのままのような苑池《えんち》を造りたい。長年持ちつづけていた念願がやっとかなった。

「あ、あそこ。ご覧なさいまし」

和子がそっと指さしたほうを見やれば、いましも白鷺《しらさぎ》が二羽、山のほうから飛んできて、池の中島にふわりと舞い降りた。首を伸ばしてあたりを見やったり、羽を広げて、のんびりと羽づくろいし始めた。

その様子を立ち止まって肩を並べて見守り、後水尾はちいさく吐息をついた。

この天空の海は、葛藤と憎悪にまみれた俗界から心を切り離す結界であり、補陀落《ふだらく》浄土への道。そう考えてつくったが、あらためて口にする必要もない。

池の西北にもかなり大きな建物が見える。その前の岸は船着き場で、白い玉砂利の砂州と芝生の広場になっている。建物の名は止々斎《ししさい》。茶事や酒宴を楽しむための建物である。

船着き場の立石に繫留《けいりゅう》されている小舟を和子は指さし、

「このお舟、なんと名づけられましたの?」

笑いを含んだ顔で訊いた。後水尾が以前、八条宮家の桂の別業の池に浮かべている小舟は「歩月」という名で、船上で月見をする趣向なのだと羨ましげに語ったことがある。和子はそれを憶えていて、この舟もさぞ風雅な名をつけたのでしょうね、と訊いたのである。

「そういえばまだ名をつけとらんな。まあよかろう。じっくり思案してつけることにしよう」

またひとつ楽しみが増えた。

「ええ、そうなさいまし。ゆるゆるお考えなさればようございます」

「そうやな。ゆるゆるやな」

ゆるゆる、ゆるゆる、と口の中でつぶやいて、不意に腹の底から笑いが込み上げた。和子と一緒にいると、時間がゆったり流れる気がする。ゆるゆるゆったり。こちらまで気が長くなる。むかしの自分はいつも急いていた。早くこれをすませて、次はあれ。やらねばならぬことを自分でつくり、自分を急かしてばかりいた。努力と勤勉、克己精進、自分を律して生きること。それがあたりまえで、そうでない人間は赦《ゆる》せなかった。怠惰は弱さ、そう軽蔑《けいべつ》していた。

それがどうだ。いまでは、それがなんだ、と思う。きりきり動きまわるのが大事なことか。先を急ぎ、結論を求めるのが大事なことか。それで真に大切なことを置き去りにしてこなかったか。

六十五歳の自分の命の残り時間はもう、そう長くない。残りの日々は丁寧に、よくよく味わって使わねばならない。心底そう思う。

「そうやな。そないに急《せ》く必要はないんやな」

一つ一つ全身全霊で味わい、心に刻み込む。季節の移ろい、日々の楽しみ、人とのつながり、そして、老いてゆく寂しさまでも、丁寧に味わおう。

「ここでなら、そなたと一緒なら」

ふだんは塀を隔てた別々の御所で暮らしている。これからはここで、何日も泊りがけで、ふたり水入らずで過ごせる。そして、もっと歳《とし》をとったら、嵯峨天皇と橘嘉智子皇后が嵯峨の離宮に移り住んだのにならって、自分たちもここで晩年を過ごそう。これまでの確執やわだかまりや諍《いさか》いを一つ一つほぐし、いたわりあって暮らそう。

二

翌万治四年（一六六一）一月十五日、午後から強風が吹き荒れる、ひどく寒い日だった。

女院御所ではまだ明るいうちから各殿舎の戸という戸をすべて閉め切ったのに、どこからか冷たい風が入り込み、外からも内側からもガタガタとうるさい音を響かせている。

早めの夕餉を済ませた和子は常御殿の居間に几帳《きちょう》を立て廻らせ、その中で若い侍女に『源氏物語』を読ませて聞き入りながら、髪を櫛《くし》で梳《す》かせていた。

昼間、ひと月ぶりに洗髪した。冷えぬよう、侍女たちが数人がかりで髪に火熨《ひ》斗《のし》を当ててくれたのに、まだ生乾きで重い。そのくせ、火熨斗が熱すぎると乾くそばからうねって広がる。年をとって髪が細くなり、腰のないねこっ毛になってきているせいだ。

艶《つや》を出す椿油《つばきあぶら》が欠かせなくなった。量も少なくなった気がする。

「今夜はもうしまいにしよう。皆も寒いであろう、もういいから、片付けてお寝《やす》み」

こんな夜は早寝するに限る。それとも、梅を呼んでともに寝酒としようか。ふたりともたいして飲めはしないが、からだが温まればよく眠れる。

そういえば、梅はいくつになったたか。たしか自分より六歳年上だから、六十一。すっかり白髪になり、腰痛《ようつう》と膝痛《ひざつう》に悩まされている。それでもほとんど休まず出仕し、自宅に帰るのはせいぜい五日に一度。あとはほとんどこの女院御所内の局で寝泊まりしている。帰ってもどうせ誰もおりませんから。女院さまのおそばがわたくしの居場所。それが口癖だ。

思えば、自分が生まれたときから仕えてくれているから、丸五十四年のつきあいになる。途中の数年間、和子が追い出して離れていた時期以外は、ずっと一緒だ。からだがしんどそうなときなど、そろそろ引退させてやらねばと思うが、本人が承知しないであろう。

いよいよ無理となったら、梅のことだ、自分から、お暇《いとま》をと言う。それまではともにいる。ともに歳をとり、老いる寂しさを共有する。いや、寂しいことばかりではない。女の性から解き放たれて、からだも心も軽くなる。それも共有する。

そんなことを考えながら、なんとなくぼんやりしていると、ふと、異様な気配に気づいた。

大勢の男たちが叫びたてながら走りまわっている。女の叫び声もする。

「女院さまっ」

内侍所《ないしどころ》の女官数人が息せき切って駆け込んできた。

「火事です。二条邸から火が出ました」

「風向きがこちらへ向かっております。お逃げください。さ、お急ぎを」

手を引っ張るように急きたてられ、小袖を何枚も重ね掛けられながら、必死に叫んだ。

「二条家の者たちは無事かえ？　賀子《よしこ》夫婦は？　孫たちは？」

「お案じなく。皆さますでに避難なさったそうです」

「仙洞御所は？　新院は？　禁裏は？」

矢継ぎ早に訊きたてながら仙洞御所のほうへ向かおうとして、押しとどめられた。

「ご両所さまともご無事です。法皇さまがこちらを先にとおっしゃいましたが、あちらのほうが火元に近く、先にお逃がせしたそうで」

法皇、明正、後西、皆すでに避難していると聞くと、急に全身から力が抜けて足が萎《な》えた。

「ささ、お乗りを。どうぞ、ご案じなく」

駆けつけてきた手輿に担《かつ》ぎ上げられ、外に出てみると、風が渦を巻いていて、頭から被《かぶ》った小袖が吹き飛ばされそうになる。

「梅っ、梅が局におるはずじゃ。捜してきておくれっ」

叫んだとき、渡廊の局部屋のほうから、小走りに駆けてくる梅の姿が目に入った。

「皆の衆、なにを手間取っておるか。早う、早う女院さまをっ」

頭に鉢巻、小袖の裾をからげ、たすき掛け。厳しい声音で叱咤《しった》する姿は、老いたりといえど、さすが武家女の勇ましさそのものである。

「梅っ、そないに駆けると、また腰を痛めるえ。そなたも輿に乗せておもらい」

そんな言葉が口をついて出たのは、ほっとした証拠だった。

「なんの。この年寄をお見くびりなさいますな」

その間にも、真っ黒い煙が迫ってくる。火の粉が空を舞い、飛びすさっていく。

所司代の武士が駆けつけてきて言った。

「岩倉御殿にお渡りいただきます。だいぶ遠うございますが、あそこなら安全。法皇さまと上皇さまもすでに向かっております」

岩倉御殿は女三宮の別邸である。たまたま彼女は数日前からそこへ行っており、女院御所内の自分の御殿にはいなかった。

「そう、そこで合流できるのですね」

無事だと聞いても、顔を見ないうちは安心できない。

夜どおし輿を急がせ、明け方近くになってようやく岩倉御殿に着いた。法皇と明正はすでに到着しており、疲れきった様子だが、女三宮ともども顔を見合わせ、ようやく安堵《あんど》の吐息をついた。

その夜の大火事は、禁裏、仙洞御所、女院御所、明正上皇の院御所の四御所をすべて焼き尽くした。ことに禁裏は前回の火災で焼失したのが再建され、それからわずか五年で、ふたたび灰燼《かいじん》に帰したのである。

「お上は白川の照高院門跡の邸《やしき》に、識仁《さとひと》は妙法院に入った。二方が無事でなにより、そう考えるしかあるまい」

法皇はため息混じりに言い、がっくり肩を落とした。譲位の翌年から三十年間暮らした仙洞御所で、愛着はひとしおだし、

「文庫もそっくり焼けてしもうた」

御文庫に収蔵してある大量の書籍や写本を失い、意気消沈しきっている。

和子にとっても、女院御所を失った痛手は大きかった。そこで女五宮が生まれ、嫁がせた。菊宮が生まれ、生後わずか十一ヶ月で死んでしまったのもそこだ。いたるところに思い出がある。あの時、あの日。どれもこの手とこの目になじんでいた。几帳や家具調度。襖絵《ふすまえ》、飾り棚、欄間《らんま》の透かし彫り、意匠を凝らした釘《くぎ》隠し。大事にしていた大量の衣装も燃えてしまった。庭園も大半が無残に焼けた。朝晩、日課のように散策した小道、季節ごとに彩《いろど》って目を楽しませてくれた木々。どれもこれもかけがえのない大切なものだ。物そのものより、そこに自分の三十年の歳月が詰まっていた。

「われらはしばらくここにおって、それから落ち着き先へ移ることになろうが」

御所周辺の公卿《くぎょう》や宮家の邸も、火元の二条邸はもとより、花町宮邸、八条宮邸、九条邸、鷹司邸と多くが罹災《りさい》したため、分散して仮り住まいするしかなかった。

ひと月後、まず法皇が伏見宮邸へ、ついで明正上皇が烏丸邸へ、後西天皇と女御《にょうご》明子は近衛邸へ遷幸《せんこう》して、そこを正式の仮内裏とした。法皇はさらに伏見宮邸から一条邸へと移り、識仁が代わって伏見宮邸へ入った。

和子は最後まで岩倉御殿に残った。いましばらく女三宮と水入らずで過ごしたいのと、深夜の避難行で引いた風邪がなかなか抜けず体調がおもわしくなかったからで、焼け出された二条家の女五宮と子らをここへ引き取ってやる目的もあった。

その年の四月二十五日、万治から「寛文《かんぶん》」と改元。それと並行して幕府は御所の再建にとりかかった。

三月末に普《ふ》請《しん》惣奉行を任命、八月には十四の大名家に助役《すけやく》を命じた。人員、材料、経費を負担させる天下普請である。家康から家光の頃までは、この京の御所や日光東照宮の造営、街道の整備等々、大名家の財政を削《そ》ぐためよく行われていた天下普請だが、近年は絶えてなかった。

それでも幕府の持ち出しがないわけではなく、経費節減のため、各御所の指図書を変更して縮小させた。幕府としては、御所だけでなく、焼失した皇族宮家や徳川家の血筋につながる公家には再建費用を援助してやらねばならず、できるだけ出費を抑える必要がある。先代将軍までの幕府の莫大《ばくだい》な資産も、明暦の大火後の江戸大改造につぎ込んだため、目に見えて減っている。そうそう大盤振る舞いはできない状況なのだ。

「なんや渋うなってきよったなぁ。けち臭いやないか」

口さがない町方はそう陰口を叩《たた》いている。かつて家光が上洛した折、京内の全戸に金子を配る大盤振る舞いで喜ばせた。三十年近く前のことなのに、いまでも語りぐさになっており、幕府は金を出してあたりまえ、といまだにかたく信じ込んでいる。

その思い込みの原因は、ちらちら垣間見える和子の派手な生活ぶりとも関係している。広く豪壮な女院御所、和子の贅《ぜい》を尽した豪華な衣装。ことに衣装の色柄や意匠は、制作した呉服商や染物屋から裕福な町方へ伝わり、たちまち評判になる。裕福な町方の女たちが憧《あこが》れ、こぞって真似《まね》する。平穏な世情のおかげで町方はゆとりができ、ともすれば華美を求めるようになっている。競って流行を追い、その発信源が「女院さま」なのである。

幕府の援助の意外な少なさに、公家たちもあからさまに不満を漏らしている。

「こんなんでは、最低限、体裁を保つこともできしまへん。幕府も大名家もあてにならんやったら、町方を頼るしかありまへんわ」

娘を裕福な商家に嫁がせて援助を頼む家が多くなっている。

「現金なこっちゃ。どこまで集《たか》り根性にどっぷり浸《つ》かっておるんや」

苦々しい顔で吐き捨てる法皇に、和子はなにも言えなかった。法皇の心の底には、そうやって生きていくしかなかった天皇家自体の鬱屈が澱《よど》んでいるのである。そもそも和子を迎えたのも幕府の金をあてにしてのことだった。彼は自身に対して憤《いきどお》っているのである。

三

翌寛文二年（一六六二）四月、和子は女五宮賀子内親王の一人娘を将軍家綱の次弟徳川綱重《つなしげ》に嫁がせた。

六年前の明暦二年、将軍家綱の御台所《みだいどころ》に後水尾の第八皇女緋宮光子《あけのみやみつこ》内親王をと求められたとき、後水尾に拒否された。光子は、五歳のとき和子が養女にして内親王宣下を受け、以来和子が実の娘の女三宮昭子の妹分として手塩にかけて育てた子で、素直な性格だし聡明《そうめい》な娘だから、いい縁だと考えたのだが、法皇は頑として許そうとしなかった。内親王は相手が将軍家といえど降嫁《こうか》させられぬ、まして江戸くんだりへはやれぬ、その一点張りだった。しきたりを盾にしての根深い差別意識を見せつけられた。その苦い思いをいまだ忘れてはいないが、

「公武の絆《きずな》が途切れてしまうことのないよう、あなたから是非に」

長姉の天樹院のたっての要望に、意を決して話をまとめた。

綱重は父家光の死去に先立ち、八歳で甲府十五万石の藩主に封じられ、二年後、元服して兄家綱から一字もらって綱重と名乗った。昨年、参議に補任され、さらに十万

石加増されて甲府宰相と呼ばれている。

当年十九歳。養母である天樹院の薫陶《くんとう》のたまものであろう、和子が女院御所附の武士や所司代の誰に訊いても、聡明で度量の広い若者とのことだし、大柄で壮健、武芸に優れているともいう。甲府藩主といっても、将軍家の一員として江戸屋敷に常住しており、嫁ぐ娘もそこで生活することになる。天樹院がすべて面倒をみてくれるであろうから、和子としては安心だ。

だが、意外なことに、母親の賀子が抵抗した。夫の二条光平はむしろ光栄なこととすぐ承諾し、法皇もすんなり了承したのに、賀子は、江戸になどやりたくないの一点張りである。

「お母さまはわたくしから、ひとりきりの娘を取り上げるのですか。あんまりです。江戸へ下ったら最後、二度と生きて会えない。親の死に目にも会えぬというのに。ようもそんな残酷なこと」

頰を引きつらせて言いつのる。その母親が江戸から嫁いできて、現に両親の死に目にも兄たちの死に目にも会えなかったのを知らぬわけではないのに、おもんぱかる余裕もないらしい。

「そなたは、この母がどんな思いで入内し、どんな思いで今日までやってきたか、わかってくれぬのかえ。そなたは幼い頃からこの母をどう見ていたのかえ？　つらい、帰りたいと泣くのを見たことがあったか？」

「それは……」

「ないであろう？　むろん、泣きたいことは山ほどあった。正直に言えば、人に隠れて何度も泣いた。それでもね、賀子や。母はなんとかやってきた。そう思ってはくれぬのかえ？」

「お母さま……」

賀子の目から涙が溢《あふ》れ出した。

「わたしが京へやってきたのは十四のときだった。そなたの娘は今年十五。もう立派なおとなだ」

言いながら、母お江与のことを思い出していた。和子の入内が決まったとき、皆が宮中は恐ろしいところと心配しきりなのに、母だけは、魔でも鬼でもあるまいし、と笑い飛ばした。いよいよ出立のときには、二度と帰ってこられぬ、死に目にも会えぬと覚悟しろ、と叱咤した。その気丈さに背中を押されて、これまでやってこられたと、いまでも思っている。

「それに」

和子は、賀子とその横に硬い面持ちで坐している少女を交互に見つめてから、にこりと笑った。

「そなたが案じているより、この子はずっとしっかりしているよ」

短い間だったが岩倉御殿で同居していたとき、じっくり観察した。ふたりだけで話をし、おとなしいが自分の意思がはっきりしている子だと確信できた。しかもそれを上手に口に出せる。

「あの頃のわたしよりも強いし、賢い娘だよ。だから大丈夫、自分でちゃんとやっていける。それとも、そなたはわが子を信じられぬというのかえ？」

信じているから手放せる。突き放すこともできる。そういう愛もあるのだ。羽の下に庇《かば》い込むだけが母親の愛ではない。

うつむいてしまった母親の横で、当の娘が目を潤《うる》ませてうなずいている。

彼女はきっと、この瞬間を一生忘れないであろう。それを糧《かて》にして耐えられるであろう。そう思えた。そう思いながら、胸が痛んだ。

その夜、梅に訴えた。大勢の侍女たちがいて、十年二十年と仕えてくれている者たちも少なくないが、本音をこぼせるのはやはり梅しかいない。

「ひどい祖母だろうかねえ、わたしは」

梅はちいさくほほ笑んだまま、なにもこたえなかった。

孫娘が江戸へと発《た》っていって間もない五月一日、京はまたしても大災害に見舞われた。寛文二年の大地震である。

後西天皇はじめ後水尾、和子、明正の三人は避難騒ぎになったがさいわい無事で、それぞれの仮御所に帰り、昨年焼失した禁裏と三御所の造営工事は一時中断されたものの、すぐに再開された。

住宅が密集する庶民の町はどこも甚大《じんだい》な被害が出た。一年半前の大火で焼け出され、それがほぼ再建して、やっと人々の暮らしが落ち着いてきたばかりなのに、またしても家を失い、家族を失った者も少なくない。天災は情け容赦なく襲いかかり、人々を苦しめる。

「どうにもならんことやけども……」

つらそうに顔を伏せてつぶやく法皇の横顔に、老いの気の弱りを見、和子は袖でそっと隠して涙ぐんだ。

さらに法皇を悲嘆させる出来事が起こった。地震から二ヶ月後の七月七日、八条宮智忠《としただ》親王が死去。若い頃から罹《かか》っていた労咳《ろうがい》がついに彼を連れ去ったのだ。妻である加賀の前田家出身の富子も同じ病に蝕《むしば》まれて寝込んでおり、葬儀にも出られなかった。

そして七七日の数日前、夫宮の後を追って旅立った。生まれ故郷で眠りたいと本人が遺言していたので、亡骸《なきがら》は金沢に送られた。四十四歳と四十二歳。子をなすことはできなかったが、仲睦《むつ》まじくいたわり合って暮らした二十年であったのに、妻は夫のかたわらより故郷で肉親たちとともに永眠することを選んだのだった。

八条宮家は、養子である後水尾の皇子穏仁《やすひと》親王が継いだ。二十歳の若さだが彼もまたからだがあまり丈夫ではなく、八条宮家を背負っていくのはさぞ難儀であろうと法皇も和子も案じている。

和子が仮禁裏にいる後西天皇に呼び出されたのは、それから間もない、九月の初め。

「法皇さまと女院さまのご傷心、お察しいたします」

後西天皇は同情のこもった声音とまなざしで切り出した後しばらく黙り込んでから、しずかに言葉を継いだ。

「昨年の大火に引きつづいて此度《こたび》の大地震。それのみならず、五年前に江戸で起こった明暦の大火。その一年後にも大火に見舞われたと聞き及びます。朕《ちん》が践祚《せんそ》されてからのこの足掛け九年、かように大災害が度重なりましたのは、ひとえに天皇たる朕の不徳のせい。天帝地神がわが治世をお怒りになり、お諫《いさ》めになっておられるのです」

「お上、それは違います。誰のせいでもありません。ましてお上のせいなどとは、断じて」

思いません。言いかけた和子を、後西天皇は片手をあげて遮り、

「朕は、退位いたします。これ以上の災厄を逃れるにはそれしかありません」

一気に言い放った。

「なにをおっしゃるのです。早まったことをお考えになってはなりません」

古代の治世者たちは、天変地異、疫病《えきびょう》、飢饉《ききん》、戦乱に対して本気でそう信じ、実際に退位した天皇もおられたと聞くが、幾多の戦国乱世を潜り抜けてきたいまや、そんな真摯《しんし》な考えを持つ帝王など存在しない。

いかにもこの人らしい生真面目《きまじめ》さと、まだ二十六歳の若さゆえの直情と思いつつ、驚きと怒りで声を荒げそうになったが、後西は和子の顔をまっすぐ見据え、

「践祚が正式に決まる前、女院さまは公儀から申し渡された命令を、朕につつみ隠さず打ち明けてくださいました。もしも朕が天皇にふさわしくないと女院さまが判断なされば、時期を選ばず退位させる、それが武命だと」

「ええ、わたくしにとっては、自分ひとりでは背負いきれぬ重い役目、いえ、残酷な役目と悩み、それであなたに直接申し上げてしまいました。あなたにこそ残酷な仕打

ちと思い至ることもできませなんだ。自分の重荷をあなたに押しつけてしまいました」

和子が胸を喘《あえ》がせて若い養子をまっすぐ凝視すると、後西は静かにかぶりを振った。

「そうでありましたな。あのとき、実を言えば、朕はひどく衝撃を受け、少なからず憤慨いたしました」

それでも、率直に打ち明けてくれた和子の誠意に心打たれた。あのおかげで覚悟が決まった。あくまで識仁が成人になるまでの中継、自分の息子に次の帝位を渡すことはできぬ。考えれば残酷なはなしだ。それでも避けることはかなわぬ運命と受け入れる。そう観念できた。だからこそ、懸命に務めてきた。悔いはない。

「ですから、法皇さまより誰より、まずあなたさまに申し上げねばと」

後西は静かな声音でそう言うと、自分の言葉を確かめるように庭に視線を漂わせ、寂しげにほほ笑んで黙り込んだ。

「待ってください、お上。法皇さまはあなたがようやってくださっていると喜んでおられるのです。満足しておられます」

そのおかげで、法皇は政務のほとんどすべてを天皇に任せ、自分は修学院村の山荘造営にかかりきりになることができた。後光明の急逝《きゅうせい》で悲嘆の底に沈み、弱りきって鬱々としていた心を立て直し、おだやかに暮らせているのである。和子にとっても、どれだけありがたいことか。

「何度でも申しますが、災厄がお上の責任などと、わたくしは微塵《みじん》も考えておりません。あなたのせいではありません。ですから、わたくしから退位をお薦めするなど、けっして」

「ええ、わかっております。女院さまからはおっしゃらない。これはあくまで朕自身が決めたことです。新しい禁裏が完成しても、朕はそこに入るつもりはありません。新禁裏は新帝のもの。新たな帝《みかど》が新たな世をつくる。それでこそ人心を一新できるのです」

後西天皇はいつもの温和な面持ちながら、毅然《きぜん》と言い放った。

「これまで法皇さまのご意向に従い、朕の独断はいっさい控えてきました。しかしこれだけは、なんとしても、わが意を通させていただきたい。考えに考えた末のことです」

「しかしながら、お上、識仁はまだやっと九歳。いくらなんでも即位させるには早すぎます。まだ無理です」

十四歳か十五歳で元服するまで、あと五、六年。それまではなんとしても、このまま在位していただきたい。和子は必死に食い下がったが、後西は頰に悲しげな笑みを浮かべ、かぶりを振った。

「法皇さまには心から申し訳なく存じます。新帝が一人前になるまで、政務から御身を引くことができぬでしょうから。老齢の御身になみなみならぬご苦労を強いることになります。ですが、朕はこれからはもっと自由な立場で、法皇さまの学問奨励のお手伝いをしたいのです。古典籍の書写や文学の御講義、お役にたてることは十二分にあると自負しております」

少し誇らしげな表情になり、そうでしょう？　というように和子の顔を覗き込んだ。

事実、火災の際、禁裏や仙洞御所の御文庫に収蔵されていた貴重な原典や古写本類は持ち出せず、ほとんどすべて焼失してしまったが、後西がこつこつ書写してくれていたおかげで、写本が残ったのである。その他、近衛家や一条家ら公卿の家に伝わる貴重書や和歌集なども、彼は丹念に調査し、精力的に書写事業を進めている。彼の自負はけっしてひとりよがりではないのである。

「わかりました」

和子は養子の顔を正面から見つめ、ようやくきしむ声をしぼり出した。

「わたくしから公儀にご意向を伝え、法皇さまにもお願いいたしましょう。あなたに重荷を背負わせてしまいましたこと、重ねてお詫《わ》びいたします。ようやってくださいました。ご苦労さまでございました」

その言葉に、彼は目を真っ赤にしてうなずいた。

翌寛文三年（一六六三）一月二十六日、後西天皇譲位。

四月二十七日、識仁親王即位。のちに霊元《れいげん》天皇と諡《おくりな》される、わずか十歳の少年天皇である。

四

和子の心配をよそに、後水尾は意外なほどすんなり事態を受け入れた。少年天皇に代わって政務をこなし、学問と文芸の講義も毎日のようにおこなう。まるで壮年の頃のような快活さがもどった。

もともと精力的で動きまわりたい性分なのだ。先年の幕府への「外出お構いなし」の嘆願以来、近隣への外出や山荘への御幸《みゆき》は自由にできるようになったから、思いつくとすぐ行動する。御所の周辺にある子供たちや寵愛の局衆の私邸に毎日のように出かけていくし、お気に入りの子供らがたえず周囲にいるのが好きで、来ないとわざわざ迎えをやって呼び寄せる。

「いますぐ参れ。支度などかまわぬ。早う参れ」

今日も近衛基熙《もとひろ》邸に使いを出した。

近衛家の正室である娘の品宮常子《しなのみやつねこ》内親王は、毎日のようにやってくる常連なのに、今日はなぜかめずらしく遅い。もう昼前なのになにをしておるのか。

品宮は緋宮とおなじくお気に入りの娘で、二十三歳まで手元に置いていたが、六歳年下の近衛基熙と娶《めあ》わせた。基熙は後水尾のいちばん親しかった実弟近衛信尋《のぶひろ》の孫で、早くに父親の尚嗣《ひさつぐ》と養母であった和子の娘女二宮を亡《な》くしたため、法皇が後見してきた。両者を娶わせたのも、ふたりが大のお気に入りだからである。

品宮は年下の夫より自分のほうが優位という気持が強く、万事自分中心だが、夫婦仲は悪くない。もともと宮廷が大好きな女だから、まるで独身のようにあちこち外出し、いまもほとんど毎日、仙洞御所にやってくる。朝早く来て朝餉を相伴し、双六《すごろく》や囲碁の相手をしたりしてから一緒に昼餉、午後も歌や管弦のおさらいをして過ごし、夕餉も相伴して、真夜中の子《ね》の刻過ぎてからようやく帰宅することもしょっちゅうである。

その途中で女院御所に顔を出して和子や異母姉の昭子とおしゃべりしたり、そこから明正上皇の本院御所へまわって夜のおやつの餅《もち》や菓子をいただき、また父法皇のところにもどってくるという、まさに渡り鳥さながらの身軽さである。

彼女はそもそも、主婦とか家刀自《いえとじ》の自覚など持ち合わせていないのだ。生来陽気な楽天家で、社交的な性格だから、どこへいっても場を明るくする。それが自分の役割であり、父法皇を喜ばせることと心得ているのである。

品宮が慌《あわ》てて現れた頃には、すでに常連たちが伺候していた。

ほとんどが品宮の同母兄弟たちである。兄の妙法院宮はじめ、弟の一乗院宮、青蓮院宮《しょうれんいんのみや》、それに今上天皇の識仁も同母の弟。一番末の珠宮《たまのみや》は品宮より十五歳も年下の妹で、兄弟姉妹みな仲がよく、院御所の常連なのだ。

彼らの生母の新中納言局《しんちゅうなごんのつぼね》は法皇より三十歳近くも若く、控えめで優しい性格が法皇に愛され、五皇子三皇女をもうけた。そのうち一男一女は早世してしまったが、彼女はいまも大事にされており、病弱な彼女のために御所のすぐ外に与えた里御殿に、法皇は見舞いと称してしょっちゅう訪れる。

「明日からまた中断していた『源氏』の講義を始めるゆえ、皆、心して励むように」

法皇はご機嫌そのものの表情で宣言した。

「他の者たちにも伝えよ。女性《にょしょう》らも遠慮のう出てくるように」

公家の女や尼たちが外出できる機会はめったにない。仙洞御所で随時おこなわれている歌の指導や物語や古典、それに仏典の講義は、彼女らにとって貴重な交流の場でもある。ことに『源氏物語』は、法皇の洒脱《しゃだつ》な解説もあって人気の的なのである。

講義や遊びの後は昼餉《ひるげ》。いつものように皆そろって相伴する、にぎやかな会食である。

法皇は膳《ぜん》の上の鯉《こい》の煮こごりをひと口食べると、

「うむ。これは美味《うま》い。そなたも好きであろう、ほれ、取るがよい。それにこの菱花《ひし》びら餅は基熙の好物であろう。持って帰ってやれ」

品宮に皿をまわしてやり、他の者にもそれぞれ好物を分け与えた。

「お上、もう皆たくさんいただいておりますから、ご自身でお召し上がりくださいまし」

「いや、そなたらが食べるのを見るのが楽しいんや。持ち帰って子らや家人らにも食べさせよ」

「はいはい、いつもいつも、まことにかたじけなく、ありがたく存じます」

口が達者な品宮とのやりとりに、他の者たちは笑いながらいっせいにうなずく。

現に彼らは、それこそ毎日のように大量の拝領品を携えて帰宅する。住吉大社献上のお祓《はら》い団子、食籠《じきろう》にぎっしり詰めたお菜の数々、煮豆、餅、素麵《そうめん》、豆腐田楽、粕漬《かすづけ》の魚、かまぼこ、海老《えび》、するめ、雲丹《うに》、鴨肉《かもにく》、酒、野菜の煮物などなど。さらに茶菓子に水菓子。毎日大量の生鮮食品が献上されてくるから、傷《いた》んでしまわないうちにお裾《すそ》分けして処分するのだが、与えるのは料理や食品だけではない。

物語類の写本、宸筆《しんぴつ》の色紙や短冊《たんざく》、習字の手本、雲母や金銀砂子などの美しい料紙、硯《すずり》、筆、文箱《ふばこ》、貴重な名香に香道具、匂《にお》い袋、茶道具に床飾りの細工物。時節のものでは菊綿や菊枕《まくら》、雛《ひな》飾り、緋毛氈《ひもうせん》。子供へは玩具《おもちゃ》や絵本。

御所の庭で丹精した、梅や桜、椿、躑躅《つつじ》、藤《ふじ》、牡丹《ぼたん》、菊などの花卉《かき》はいちばん見頃のときに届けさせる。見事な枝ぶりの五葉松《ごようまつ》や真柏《しんぱく》の大きな盆栽を、従者に抱えさせて持ち帰らせることもしばしばである。

そのあまりに惜し気ない与えように、後西上皇があるとき、遠慮がちに苦言を呈した。

「気前よく下賜《かし》なさるのはけっこうですが、法皇さま。しかし、贈りものというのは、贈る側の人格や相手への好悪《こうお》の度がおのずと現れ出ますし、頂戴《ちょうだい》する側が有難迷惑ということもございます。差し出がましゅうございますが、よくよく考えてからなされるほうがよろしいのでは？」

思いつきでむやみやたらにくれてやるな、というのである。

「ことに、膳の上の菜や、食籠の中のものなど、食べかけのものを与えるのは」

不衛生だし、だいいち、宮廷の礼儀作法にもとる。法皇自ら与えるのだからむろん断れはしないが、相手によっては侮辱ととることもあるのではないか。自分は相手の身分や立場を熟考し、自身の知性や教養にそぐうものを与えるよう心がけている。下賜はそうであるべきではないか。

しごくまっとうな意見だから、後水尾も表面は、

「ふむ、そうやなあ。お上のおっしゃるとおりやなあ。わしの心得違いやわ」

素直にうなずいてみせながら、内心にやついた。

むかし、和子がまだ若い頃、江戸から送られてきた金平糖の樽《たる》を開封して食べかけた後、とても美味《おい》しいからと後水尾の実弟一条昭良《あきよし》（兼遐《かねとお》）の家に樽ごとそっくり贈ってやったことがある。昭良は侮辱と憤懣《ふんまん》をあらわにしたし、後水尾も近衛信尋とも ども、なんたる無礼な武家女、野蛮な江戸者、と嘲《あざけ》り笑った。しかも、もしもお口にあわなかったらお返しくださいね、というのには、無遠慮にもほどがあると呆《あき》れ返りもしたが、一方で、その虚飾のない率直さに感嘆させられた。ほとんど胸を衝かれた

のだった。

　信尋はすでに亡く、昭良は出家して西賀茂の山荘に隠居し、宮中にはほとんどやってこない。後西や基熙と品宮夫婦ら若い者たちは、まだ生まれてもいなかったから知る由《よし》もないのは当然だが、当時の自分を思うと隔世の感がある。

（なんや、わしもいつの間にかおんなじことをしとるわ）

　感化された、とは思いたくない。思いたくないが、やはりそうなのだと思う。そのあたりの、いってみれば人間関係の機微は、礼儀作法やしきたりよりはるかに大事なことだと思っている。宮中の威厳とか天皇の尊厳より、人と人の心を繋《つな》ぐ。情と情だ。真面目な後西上皇がそのことをまだ理解できないのは無理もないとも思うが。

　現に、むかしの自分は本来気さくな後西よりずっと頑なで、謹厳であることを良しとしていた。武家にも廷臣たちにも隙《すき》を見せてはならぬ、と身構えていた。わが身と朝廷を護《まも》るにはそれしかないと思い込んでいた。それがどれだけ和子を苦しめたか、いまになればよくわかる。

　もともと気配りなどというものとは無縁の身分に生まれついた。かしずかれて当たり前、相手の気持など考える必要のない立場だ。それがいつしか、自分の不用意な言動が他者を苦しめ、ときに人生を狂わせてしまうのを知るようになった。その者のみならず家族や係累《けいるい》まで苦難の底に突き落としてしまう。その怖さを知った。

それがたとえ、大きいことではなく、ごく些細《ささい》な日常的なことであっても、自分のために周囲に迷惑をかけてはいけない。断れない者の立場を考えねばならない。そう思うようになった。

いままでは、たとえば誰かの屋敷や寺社に出かけていくときは、礼物や土産はもとより、自分や随行の者たち、それに先方の分まで食べものや酒を運んでいく。料理人を同行させることもある。自分の楽しみのために相手に負担をかけてはならぬ。たとえ実の娘の家でもだ。

あるとき、懐《ふところ》に蜜柑《みかん》と柿《かき》を忍ばせて近衛家へ行き、孫たちに与えて、さすがに基熙と品宮を呆れさせた。恐れながら、お行儀がお悪うございます。笑いながら言い返した。なんの、懐中で温めてきてやったのじゃ。冷たい果物は腹を壊すで。好々爺《こうこうや》といえば聞こえはいいが、そんな自分の姿はむかしは想像もできなかった。

和子なら、なんなくできた。なんのてらいもなく、天真爛漫《てんしんらんまん》にふるまい、それでいて、相手に対する濃《こま》やかな心配り、それが若い頃からごく自然にできた。そう思うと、いまさらながら負けたという思いがある。それなのに悔しくないのが、われながら不思議でもある。

五

寛文八年（一六六八）三月、幕府は満を持して朝廷に申し入れてきた。

「禁中、御所方、女中衆、衣服軽く、諸道具美麗にこれ無きように然《しか》るべし」

標的は女院御所、いや、和子そのものである。

老中の稲葉正則《まさのり》や、御用儒者の林羅山の息子で父の後を継いだ鵞峰《がほう》らは常々、苦々しく思っていたのである。

明暦の大火以降、江戸の町の大がかりな都市改造に莫大な資金が必要となった幕府は緊縮政策に転換し、倹約令を出した。江戸のみならず全国諸国にである。江戸城大奥、宮中もむろん例外ではない。それなのに、近頃の宮中ときたら奢侈《しゃし》が目に余る。和子を中心とする後宮の女たちの衣服、装飾品、玩具などすべてが華美に過ぎ、倹約令などどこ吹く風、まったく守られていないありさまだ。あまつさえ、京の町方にまでその悪影響がおよび、贅沢奢侈の風潮がはびこっている始末ではないか。

五年前の寛文三年にも幕府は衣服代金の上限を定めて京と江戸の呉服商に通達した。

「女院御所姫宮方上之御服」の値段の上限は白銀五百匁《もんめ》（約一八七五グラム）、「御台様上之御服」は四百匁、「御本丸女中上之小袖《こそで》」は三百匁を上限とするというものだ。

しかし現実には、翌寛文四年の女院御所から雁金屋《かりがねや》への発注は、小袖九十九点、帷《かた》子《びら》七十四点、帯十五本。そのうち、四百匁を超える小袖と帷子が百五十三点にのぼり、最高額の五百匁の小袖は八十四点。そのほとんどが和子の誂《あつら》えである。和子が将軍御台所に贈るために注文した小袖も五百匁、「甲府姫君様」すなわち綱重に嫁いだ女五宮の娘の小袖も四百三十匁、と通達は完全に無視されている。

このままにはできぬ。いま一度きつく釘を刺しておかねば、黙認と思われ、ますます助長するばかりだ。渋面でうなずき交わし、「将軍家の意向」と名目まで立てて要請してきたのである。

「そのこと、くれぐれもご配慮いただき、何卒《なにとぞ》お改めいただきたく」

おそるおそる口上を述べた幕府の使者に、和子は、

「ほう、さようでありますか。すべてこの東福門院が悪いと。わたくしさえ改めれば、悪《あ》しき風潮がなくなると」

いつものおっとりした口調で言い、にっこり笑ってみせたから、使者はおもわず震えあがった。

春日局の孫である稲葉正則は、幼い頃からよく東福門院のことを聞かされていた。

「賢い女性《によしょう》ぞ。あのお方あっての公武の調和」。ついぞ人を褒めたことのない祖母にしてはめずらしく、畏敬《いけい》がこもっていた。「あのお方が簡単にこちらのいいなりになるものかえ」とも言った。「そういうおなごが腹をくってやることを、誰が止められるか。たとえ将軍家でもじゃ」

春日局は、和子が兄家光に何度も金の無心をしていたのを知っていた。そのたびに家光は快く与えていた。家光が和子に対して全幅の信頼を置いていたからだ。だから稲葉は、相手がおそろしく手ごわいことは重々承知していたし、現に、和子が自分のためだけに大量に衣服の注文をしているわけではないこともよく承知している。それにしてもだ。それにしても、年に二百着も新調するのはやりすぎではないか。たまたまその年多かったというのではない。毎年ほぼおなじ量を誂えている。どうなっているのか調べろ。

稲葉からそう命じられたと聞かされた和子は、今度は声を上げて笑った。

「さもご不審でありましょうなあ。わたくしの身ひとつでは、いくらなんでもそんなに要りませんものねえ」

しかしながら、と笑いながら言葉を継いだ。

「わたくしの周囲にどれほどの女人がいるとお思いか？　天皇家と宮家、尼門跡だけでもゆうに百人近く。ここや禁裏、仙洞御所、上皇の御所に仕えている者たちを含めれば、二百、三百にのぼる女たちがいるのですよ。それに、公家《くげ》衆の妻女や娘御たち」

一つ一つ指を折って挙げながら、これ以上ないほど朗らかな笑顔を見せた。

「その女たちがいちばん喜ぶのが着るものなのです。いい着物を身につけるのがなによりの喜び。男衆にはわからないでしょうけれど」

「無駄な出費、贅沢に慣れると風紀が乱れる。そう言いたいのであろうが、はたしてそうか。

かつては男たちも競って身を飾ったではないか。戦国武将たちは奇抜な鎧兜《よろいかぶと》で戦場に出た。それは自分を大きく勇ましく見せるための自己主張であり、戦場に散る死の美学だった。戦国の世が終焉《しゅうえん》を迎え、豊臣から徳川の時代になり、江戸幕府ができた慶長から元和の頃にも、派手派手しい衣装で町をのし歩く傾奇者《かぶきもの》が一世を風靡《ふうび》した。平和な世を謳歌《おうか》する一方で、華々しく散ることができなくなった男たちの抵抗だった。

女は、自分を喜ばせるために着る。奮い立たせるために着る。抱えている悲しみや苦しみを忘れ、前向きな気持になるために。生きるために着るのだ。それのどこがいけないのか。風紀の乱れなどと糾弾する権利が、男にあるのか。

「ですから、宮中を円滑にまわしていくのに必要なのです。なにより大事な、有用な費《つい》えなのです。余計な口出しはしてくれるな。金輪際、一切」

最後は厳しい表情で言い放った和子に、幕府はもう何も言えはしなかった。

――東福門院の衣装狂い。

世間がそう言っているのを、和子自身知らぬわけではない。陰口は誰からともなく耳に入ってくるが、言いたい者には言わせておけ、と見切っている。

われながら、「その通り」と思わなくもない。それのどこが悪い、とも思う。

たしかに、むかしより派手好きになった。若い頃はどちらかといえば渋好みで、母のお江与からいつも、もっと若々しいものを着なさいと言われた。それがいまでは、派手なものにしか目がいかない。ぱっと目を引く大胆な柄ゆき、多色使い、びっしり施された金糸銀糸の刺繡《ししゅう》。伝統的なあでやかな御所風の意匠に、斬新《ざんしん》できりっとした武家風を組み合わせるのもおもしろい。

四十を過ぎた頃から、髪が薄くなったことも関係しているか。若い頃はたっぷりして太く、黒々と艶があったのに、こしがなくなった。顔も変わった。頰がたるみ、目《め》尻《じり》や口元に皺《しわ》が刻まれている。頰や首筋にところどころ薄茶色のシミが出てきているし、肌が全体的にくすんできた。

誰でもそうなのだからしかたないと思いつつ、やはり寂しい。若い頃のような地味な色は老《ふ》けて見える。似合わなくなった。

京へ来て、宮中の衣装に馴《な》れるのは一苦労だった。有職故実《ゆうそくこじつ》にのっとった女の正装といえば、五衣《いつつぎぬ》の上に金襴《きんらん》を織り込んだ唐織の表着《うわぎ》と唐衣《からぎぬ》を重ね着て、長袴《ながばかま》の裾を引く。だが、織物の表着はずっしり重く、おまけにごわごわ硬くて、どうしようもなく肩が凝る。着ているだけで疲れて往生した。だいち衣を何枚も重ねるだけでかなり重く、身動きもままならないのである。

入内《じゅだい》早々懲《こ》り果てて、儀式のときや禁裏に参内するとき以外、自分の住まいでの常着は、麻の帷子の下着の上に、中着の小袖を着て細帯を締め、その上に練絹の打掛小袖を羽織る、着慣れた武家女の姿で通すことにした。

当初はずいぶん陰口された。

江戸から附いてきた侍女たちにもそうさせたから、昔ながらの宮中装束の公家出身の女官たちは、「武家女は下賤《げせん》、やはりわたしたちとは違う」と蔑《さげす》み、和子が打掛小袖を下賜してやっても、頑として着ようとせず、織物の表着と長袴を手放そうとしなかった。

だが、その女官たち自身、慣れているとはいえ、長袴を引きずって歩きまわるのは難儀なのだ。身軽に動く武家女たちを見て、次第に真似して袴《はかま》を穿《は》くのを止《や》めて小袖だけにするようになった。それが和子の御所の女たちだけでなく、禁裏や仙洞御所の女たちも追随するようになっていくのに、そう時間はかからなかった。

いまでは、どの御所の女官たちも小袖に打掛の武家装束を通常の仕事着にしているし、宮中勤め以外の公家女たちや女宮方も同様だ。和子から贈られた綸子《りんず》や縮緬《ちりめん》の打掛小袖の軽さと着やすさを一度知れば、唐織の重さが身にこたえてもどれなくなる。

和子はまた、絹の打掛小袖の地の色を黒にすることで格の高い唐織の打掛に準じさせ、正式な儀礼のとき以外、たとえば御所での宴などでも着用できるようにした。

なにより、黒の地色に金銀の刺繡や金や銀の摺箔《すりはく》をふんだんにほどこした柄や文様は、きらびやかな金襴織物にひけをとらぬ豪華さで、女たちの心を奪うのである。

和子自身、黒地の着物が好きなのだ。黒といっても「黒紅《くろべに》」といって、漆黒と違い、赤みがかった、温かみのある色合いである。黒地は柄や文様をくっきり際立《きわだ》たせてぼけないし、どんな大胆な柄にも負けない。これに紅絹《もみ》や朱の裏地を合わせると、さらに個性的になる。

世間は和子の好みの意匠を「女院様好み」とか「御所染め」と呼び、富裕な町衆の間で流行《はやり》になる。競って買い求めるのである。ずいぶん前だが、小堀遠州が宮中でもよおした茶席で、茶入の仕覆《しふく》が和子の目にとまった。木綿の型染だが異国風の雰囲気で、なんとも素朴な風情《ふぜい》があって気に入った。呂宋《るそん》か闍婆《じゃわ》あたりの古布で更紗《さらさ》というのだと教えられ、さっそく端切《はぎ》れを手に入れて絹布《けんぷ》に染めさせて小袖にして着ていると、いつの間にか、世間で流行になった。

平和な世になり、人々に日々の生活を楽しむ余裕ができた。貴賤問わず、花見や行楽の遊興を楽しみ、盛り場は栄えている。貧しい者は貧しいなりにせいいっぱい着飾り、富める者は贅を尽くす。そのおかげで、染色の技術も年々、飛躍的にあがってきている。

ことに雁金屋の品は、柄といい、染めといい、抜群である。主《あるじ》の尾形家が昔、浅井家の家臣だった関係で伯母の淀殿や母のお江与が贔屓《ひいき》にしており、和子も入内当初の先代の尾形宗柏《そうはく》の頃から贔屓にしていた。

いまはせがれの宗謙が当主で、本阿弥光悦は大叔父にあたり、光悦流の書と狩野《かのう》派の画をよくし、茶の湯や謡曲にも通じている粋人だから、『源氏物語』の場面や『古今和歌集』などの歌から想を得た王朝風や、能や絵巻を材にしたものなどが多く、柄ゆきはたいそう派手でも、下卑たけばけばしさにおちいらず、ある種の節度と格調の高さがあって、気に入っている。

宗謙が持参する柄見本や小袖の雛形絵を見て注文を出すのだが、この小袖はあの娘に似合いそうだとか、あの人はおとなしくて地味な雰囲気だから、派手で大胆なもののほうがかえって似合う、などとあれこれ考えるのが楽しい。あら、わたくしにはこんな派手なのは無理です、とても着こなせやしません、と怖気《おじけ》づくのを、まあそう言わず騙《だま》されたと思って着てごらん、となだめすかし、意外に似合うと発見してはにかむ笑顔を見るのも楽しい。その女の新しい一面がふわっと現れ出てくるのだから、女にとって装《よそお》いというのはつくづく不思議なものだと思う。

今日も、雁金屋が納めてきた新調の腰巻小袖と帷子に目を奪われた。

腰巻小袖のほうは、黒の綸子地を紅、藍《あい》、黒紅の鹿《か》の子絞りで幅広の斜め格子《ごうし》に染め分け、格子の上に裏菊の丸紋を金糸と銀糸で刺繡して交互に配して、格子の間にはさまざまな小花や草葉、吉祥文様を金糸や色糸でびっしり刺繡してある。裏はあえて紅絹ではなく錆朱色《さびしゅいろ》にした。重厚で格調高いのに、やわらかさとあでやかさがよく出ている。

帷子のほうは、麻の一重で、地色はやはり黒紅。右身頃に大きい文様を片寄せた、いま流行りの意匠である。肩から背にかけてと右腰に、大きく白い裏菊を半円形に絞り染めて枝葉とともに配し、花の萼《がく》部分は金糸刺繡、その半菊の周囲に放射状に、棕《しゅ》櫚《ろ》の葉の柄を白く絞り染めであらわしている。菊と棕櫚の葉という思いがけない組み合わせが斬新で、地色の余白が涼しげに見える。どちらも和子自身が、こういう感じに、と柄ゆきを指定してこしらえさせたものだが、予想以上の仕上りだ。

さっそく肩に羽織ってみて、稲葉正則の苦言を思い出し、ちいさく含み笑いした。この満足感には大枚を支払う価値がある。かつて、たった一つの茶道具に命を賭《か》けた時代があった。一国と交換してでも手に入れたがった人間たちがいたではないか。それとどこが違う。

江戸という、あれだけ都人が野暮だの下品だのと軽侮しきっていた、東国の田舎からやってきた武家女の美意識が、都の女人たちを魅了している。そのことに、いいようのない自負と満足感をおぼえる。

だが、年間の衣装代が下賜分を含めると銀百貫近く、小判にして千五百両をうわまわると聞かされれば、やはり「衣装狂い」と非難されてもしかたがないと反省する。

それでも、やめようとは思わない。断じてやめない。これからも「女院様好み」で都の女たちを喜ばせてやる。

六

後西天皇から霊元天皇へと代わり、新天皇、法皇、和子、それに加えて、明正と後西のふたりの上皇がそれぞれの新造御所に入った。

今度の女院御所は建坪こそ以前のより若干縮小されたが、区域はむしろ仙洞御所予定地に食い込んで拡張され、新たに舞台と楽屋が新設された。能や芸能を楽しむ場としての役割が大きくなったためである。造営費用は前回同様莫大なものになり、幕府は秋月藩黒田家、臼杵《うすき》藩稲葉家、西条《さいじょう》藩一柳《ひとつやなぎ》家の三大名に助役を命じた。

翌寛文四年(一六六四)、和子は自分の菩提所《ぼだいしょ》として光雲寺《こううんじ》を再建した。

法皇の影響もあって、まだ中宮だった頃から寺社の復興に多額の寄進をしてきたし、南禅寺西堂職の英中玄賢《えいちゅうげんけん》禅師に帰依《きえ》して教えを請《こ》うている。

英中禅師は、和子の伯母常高院と姉初姫の嫁ぎ先である小浜《おばま》京極家の家臣の子に生まれ、重臣板倉家の養子になったが、藩主京極忠高に仕えたものの忠高が逝去。京極家が転封されたため、上洛《じょうらく》して南禅寺で出家し、清国から渡来した隠元禅師にも参じて悟りに到《いた》った。隠元は後水尾法皇が一糸文守《いっしぶんしゅ》亡き後、帰依している高僧だから、和子と英中は何重もの縁がある。

和子が死なせてしまったわが子たち、二人の皇子と愛らしい赤子のまま逝《い》った菊宮、それに女二宮、四人の子の菩提を弔うための寺の建立《こんりゅう》を英中に相談すると、南禅寺の開山・大明国師《だいみょうこくし》が大坂の四天王寺近くに建立した光雲寺が戦乱によって荒廃しているので再興してはどうかと勧められ、喜んで受け容《い》れた。

幕府の内諾を得て、父の遺産金から判金二百枚と小判二千両を出し、南禅寺の北の五千三百坪の広大な寺域に七堂伽藍《がらん》を建立して、英中の指導のもと、五十人もの雲水が修行する道場にした。

こうしたいきさつで再建した光雲寺だが、実をいえば、娘の女三宮昭子のためでもある。

以前から仏に帰依する気持が強い昭子が異母姉の大通文智に傾倒し、しきりに自分も出家したいと訴えるのに和子は許さずにいる。ただひとり手元に残した娘を手放したくない一心である。

「お願いだから、ずっとこの母のもとにいておくれ。母を捨てないでおくれ」

われながら愚かしいとしかいいようのない繰り言で縛りつけてきた。

昭子の崇仏を尊いと思いつつ、子供の頃から娘たちのなかでいちばん思慮深くて心やさしい昭子を、実は和子のほうが頼りにして手放せないでいる。

せめて、昭子が落ち着いて修養できる場所をもうけてやりたい。贖罪《しょくざい》に近い気持もあった。

文智を援助しているのも昭子の願いを受けてのことだ。文智が創建した奈良の円照寺は、領主藤堂家の庇護《ひご》はあるが寺として十分な体裁が整っているとはいえず、門跡寺院にふさわしい形にしたいという文智の望みに、和子は所司代を通して幕府に支援を頼んだ。将軍家綱は寺領二百石を与え、さらに裏山から寺域を覗《のぞ》かれるのを防ぐため、周辺の六万二千坪を超す山林も与えた。和子も移転にともなって金千両を贈った。

文智からの礼状を持参したのは、和子の侍女から文智の弟子になった文海尼である。彼女が文智とのやりとりの使者を務め、周辺の地理や寺の状況なども逐一伝えてくれている。

「江戸の将軍家およびご老中方にも、女院さまからどうかくれぐれも、御礼の気持を伝えていただきたいと」

はきはき述べる文海尼からは日々が充実しきっている様子がうかがえ、和子は手放したのは正解だったとあらためて思った。侍女仕えしていた頃、そのまっすぐで真摯な気性が気に入っていたが、ますます澄みきった目になっている。

（昭子も、出家させてやれば、こんなふうに生きられるであろうに……）

この母の未練がそれを阻《はば》んでいる。罪深い母だ。そう思いながら、やはり許してやれない。

もうひとつ、和子がずっと気がかりなのが緋宮光子内親王のことである。将軍家綱との縁談を父法皇が拒否して以来、降嫁できる摂関家に適当な者がおらず、独身のまま三十代半ばになってしまった。さすがに法皇も忸怩《じくじ》たる思いがあるのであろう。しょっちゅう側において気にかけていたが、本人の強い望みもあり、寛文八年、修学院山荘のすぐ南、かつて文智が庵《いおり》を結んでいた跡地に光子専用の御所を造ってやった。

昭子とおなじく思索的な性格だから静かな環境が合っているとみえて、ほとんどそこで過ごしている。法皇と和子も山荘へ出かけるたびに訪れ、なごやかなひとときをともにする。それはそれでよかったと思いつつ和子は、光子もまた昭子同様、出家を望んでいるらしいのに、法皇が手放したくなさに気づかぬふりを押し通しているのを、溜息《ためいき》をつく思いで見つめている。

親の愛するがゆえの執着が子を縛り、子は親を悲しませまいと我慢する。親も悩み、子も悩む。親と子の情愛が桎梏《しっこく》になってしまうのは、この世に生きる人間のさだめなのかと和子は思う。

七

八条宮家を継いだ後水尾の皇子穏仁《やすひと》親王が亡くなったのは、それに先立つ寛文五年。当主となってわずか足掛け四年。からだは強くはないが病弱というほどではなく、活発で朗らかな気性で、周囲の誰からも愛されていた。まだ二十三歳。思いもかけなかった悲劇に、

「なんでこんなことに」

肩を落とす法皇を慰める言葉も見つからなかった和子だが、それからの八年の間に、和子自身、身近な者を数多く失うことになった。

まず、寛文六年、長姉の天樹院が七十歳で亡くなった。和子の入内以来、一度も会うことはなかったが、絶えず気にかけてくれ、ときには叱咤《しった》してくれた姉の死に、和子はひどく打ちのめされた。生まれてくる子とあなたを守ってくれるように、と贈ってくれた小さな地蔵菩薩《じぞうぼさつ》像を、これからは姉の冥福《めいふく》を祈るよすがにする。そう思って涙を止めるしかなかった。

それを皮切りに、寛文九年、天樹院からの頼みで甲府宰相徳川綱重に嫁がせた女五

宮の一人娘が二十二歳の若さで死去。夫との間は仲睦まじかったのに子に恵まれず、むろん京にもどってこられなかった。

その二年後の寛文十一年には、江戸からやってきて九条道房に嫁いだ和子の姉勝姫の次女鶴姫、長子が五十四歳で死去。子は娘しかなく、後継ぎをもうけることはできなかった。

さらにその翌年、勝姫までが江戸で亡くなった。七十二歳。晩年になってもその勝気さゆえ、かつての婚家である越前松平家の相続問題に嘴《くちばし》を入れ、孫娘と甥《おい》である当主夫婦を死に追いやってしまった。姉もさすがに悔いたであろうに、娘たちにも、むろん和子にもそれを打ち明けることはなかった。

勝姫の死去で、和子は六人の兄姉《きょうだい》を全員失った。長姉千姫天樹院、加賀へ嫁いだ次姉珠姫、京極家の養女となり嫁いだすぐ上の姉初姫、長兄家光、次兄忠長、そして勝姫。

残ったのは自分ひとり。日々、残された者の悲しみと寂しさを痛感し、六十六歳になった自分の命の残り時間を数えることが増えている。

そんな母の気の弱りを見かねてか、明正上皇が自分の本院御所に和子を招いた。

「侍女たちに踊らせます。見物しにいらっしゃいませんか」

京の盛り場でいま評判の踊りを若い侍女や女童《めのわらわ》に稽古《けいこ》させており、陽気がよくなってきた春の宵、披露させるのだという。

「まだ十かそこらの子らが、ひょうたんを手に、列をなして歩きながら手踊りするのです。それは可愛《かわい》らしゅうございますよ。もう少し上の娘たちは、手に手に桜の花枝を持って踊ります。皆、そろいの衣装で着飾らせて。いたるところに雪洞《ぼんぼり》を灯《とも》しますから、まさに夢のような光景です」

格好の気晴らしになりましょう、と熱心に誘ってくれた。

当日はよく晴れ、暖かい宵になってくれた。

和子と同伴した女三宮が常御殿の広廂《ひろびさし》に着席すると、その下にしつらえた桟敷《さじき》に居並んだ宮中楽所の楽人たちが、優美な楽の音を響かせた。

その音色に乗って、やわらかい春の風が花の香を運んでくる。

童女たちが登場してくると、音曲ががらりと変わった。何事かと桟敷に目をやれば、いつの間にか楽人たちが下がり、顔なじみの院参衆や警護の青侍ら二十人ばかりと古参の侍女たちに代わっていた。彼らが踊りの伴奏をするらしい。全員が胸に抱えているのは見慣れぬ小ぶりな弦楽器で、横に坐《ざ》した明正に「あれは何か」と訊《き》くと、三味線というのだと教えてくれた。

いっせいに演奏しはじめた音色がいっぷう変わっていた。遊里で流行っている三弦とのことで、琵琶《びわ》より小さいからか、甲高く軽妙でにぎやかな音色だ。

「この日のために習わせたのです。皆、最初はこんな下賤なものといやがりましたが、やってみると面白いらしゅうて」

明正は笑いを含んだ顔で言い、遠くを見る目になった。

「わたくしがまだ幼い頃、よく中和門院《ちゅうかもんいん》さまがご自分の御所に近隣の民たちを呼び入れ、祭礼踊りを見せてくださいました。それはそれは軽妙で、とても楽しゅうございました」

「そうだったわね。よく憶《おぼ》えておいでだこと」

明正の祖母中和門院は、彼女が即位式を挙げる二ヶ月前に亡くなった。八歳のときのことだ。

「お祖母《ばあ》さまは楽しいことがお好きな方だったから」

陽気で、にぎやか好き。夫帝の後陽成院には「軽躁《けいそう》ではしたない」と疎《うと》まれることもあったというが、その気さくな人柄が、気難しく神経質な院の周囲の者たちにとっては救いだった。いちばん初めに和子を受け入れてくれたのも、姑《しゅうとめ》である彼女だ。

いま思えば、和子が入内してから数年ほどは、中和門院がよく町方の者たちを宮中に呼び入れて芸能を披露させたし、祭行列を御所内に繰り込ませて皆で見物することもあった。宮中と町方との距離が近かった。

それが次第になくなり、十年もすると絶えてしまった。宮中は塀の中に閉じ込められ、民たちが宮中の様子を窺《うかが》い知るのは、せいぜい行幸の行列だけになっていった。

「あの頃のことは忘れられませんわ。町衆たちはおとなも子供も皆いきいきしていて、羨《うらや》ましゅう思いました」

明正は幼い頃に胸躍らせて観《み》た光景を、いまも記憶に刻みつけているのである。

「お母さまも、とても楽しそうなお顔をしておられました。にこにことお笑いになって、わたくしをお膝《ひざ》に抱いて、ほら、ご覧なさいな、あの女の子たちの可愛らしいこと、って」

あの頃の笑顔を、もう一度——。

娘は母のためにこの催しを計画したのだと、和子はようやく気づいた。

その気持が嬉《うれ》しい。在位中の明正は、伯父である家光に「感情のない不気味なお方」と嘆かせた。いま思えば、多感な少女時代を自ら封印したのであろう。

退位したのが二十歳のとき。その後も幕府は、彼女がふしだらにならぬよう、参内以外の外出を禁じ、妹たちとの面会まで制限したから、その後三十年も院御所で独居し、まさに「籠《かご》の鳥」生活だった。それがいま五十歳近くになって、やっと自由が許されるようになっている。

よく本院御所を訪れて親交がある異母妹の品宮にいわせれば、品宮の娘に雛人形や玩具を与えて甘やかしたり、泊りがけで遊ばせたり、案外社交的だという。気まぐれで我儘《わがまま》なところがあるというのも、人付き合いを禁じられて程合いというものがわからないせいだと、和子は不憫《ふびん》に思うが、それでも、「笑い上戸《じょうご》で楽しいお方」と聞けば、感情を表に出せるようになったのだと感慨深い。

幼い頃の興子《おきこ》、本来の彼女にやっともどれたのだと思えば、理不尽な半生を強いてしまった自分たち親の負い目も少し救われる気がする。これからは、彼女の失われた年月を少しでもとりもどさせてやりたい。

だが、自分がいつまで元気で彼女を支えてやれるか。わが身を考えると、ますます不安がつのる。

(わたしの役目はまだ終わっていない。法皇さまが頑張っておられるのに、弱音は吐けない)

霊元天皇が十五歳になったときから、法皇は少しずつ手を引いて朝政を任せるようになったが、天皇は待ってましたとばかり、自分の気に入りの者らを側近に据えた。その者たちがまた自堕落な放蕩者《ほうとうもの》ぞろいときていて、真面目で能力がある者を疎んで遠ざけるため、宮中の風紀が乱れ、政務にとどこおりが出ている始末で、法皇を悩ませている。まだまだ楽隠居はできないのだ。

だから自分も、無理してでも活発にやっていこうと気力を奮い立たせている。

明正の御所で見た稚児《ちご》踊りがたいそう愛らしく評判だったから、和子は自分の御所でも女童を大勢抱えて踊りを習わせ、ことあるごとに人を招いて見せるようになった。趣向を凝らして喜ばせたい。お盆には毎年、女院御所の軒に無数の灯籠《とうろう》を吊《つ》り下げ、万灯会《まんどうえ》のさまを模したり、庭中の木の枝や小道沿いにほおずき提灯《ちょうちん》を飾りつける。赤い紙を貼《は》った無数の小さな提灯が風にまたたき揺れる光景は夢のように幻想的で、そぞろ歩きながらうっとり見上げる。蒸し暑い盛りの時期には、苑池《えんち》に蛍を放して夕涼みの会をもよおす。ふだんはなにかと角突き合わせる宮中警護の青侍や所司代の武士たちが、そのときは皆うちそろって楽しむのである。

八

「御所がなんやむかしより窮屈になっているような気がいたします。興子もそう感じておるようですわ」

和子に言われたとき、法皇ははっと頬を打たれた気がした。

宮中が世間とかけ離れてしまっている。以前より閉ざされた世界になっている。実をいえば、自身うすうす感じていた。物売りが禁裏の広場を平気で通り抜けていったり、春には男女うちそろい着飾って花見にやってくる者たちがいたり、かつての御所はかなり開放的だった。その自由さはどこへいってしまったか。

閉鎖的なのと、朝廷の権威を守ることとは違う。自分たちが謝絶したのではない。幕府に閉じ込められたのだ。封じ込めて宮中を有名無実にせんと、「禁中並公家諸法《しょはっ》度《と》」を押しつけたのだ。

――閉ざされた世界で学問芸能さえ守っておればよい、政治には一切口出しするな。

従うしかなかった。その結果がこれだ。

そうはいくか。法皇は内心、拳《こぶし》を握っている。

政治権力は奪えても、文化までは奪えぬ。文化がいかに強いか、人と人を結ぶものになりえるか。ここらでひとつ、幕府にも世間にも知らしめてやろうではないか。

「実をいえばな、修学院の山荘を民たちにも見せてやりたいと思うておったんや。わしらだけで楽しむのではもったいない。そう思わへんか」

「まあ、それはよいことをお考えになられましたなぁ」

顔を輝かせた和子に背中を押され、鹿苑寺《ろくおんじ》の鳳林和尚《ほうりんおしょう》にもちかけたところ、大喜びで賛成した。

「身分だの立場だのは問わぬのですな。世俗を離れて貴賤がともに集い、ともに楽しむ、そういうことでありますな」

和尚はむかし、後光明が即位した際、禁裏入りの行列を見物しに出かけたのに所司代の警護に阻まれて、ひどく憤慨した。天皇の行幸や上皇らの御幸の行列を見物するのはむかしから京の者たちにとってなによりの楽しみなのに、それまで禁ずるとは何事か。憤懣やるかたない態で吐き捨てたのを、法皇はいまもよく憶えている。

「ではでは、さっそく仲間を募って参上させていただきましょうぞ」

ほくほく顔で言い、連歌、茶の湯、謡曲、囲碁と多趣味でいたって顔の広い和尚は、たちまち参観希望者を集めた。希望者には前もって許可証の割符を発行し、ときには八十人もの団体になる。僧侶《そうりょ》、神官、武士、公家、裕福な町衆、職人や供の小者、女連れもいる。

酒肴《しゅこう》と弁当持参で一日大いに遊ぼうという算段である。桜の季節に上御茶屋の西浜前の広場に緋毛氈を広げて花見の酒宴をしたり、屋形船で菓子を食べてから、下御茶屋に降りてきて食事を楽しんだり、月見の会、茸《きのこ》狩り、紅葉狩り、雪見、四季折々の趣向がある。そのつど法皇は舟を飾りつけておくよう命じたり、料理人をさし向けてやったり、心ゆくまで楽しませてやろうと配慮を欠かさず、あとで参観者が喜んでいたと報告されると手放しで嬉しがるのである。

九

寛文十三年（一六七三）五月九日、またしても大火が京を襲った。

霊元天皇の禁裏、後水尾法皇の仙洞御所、和子の女院御所、後西上皇の新院御所の四御所が全焼し、明正上皇の本院御所だけは、一部が類焼しただけで全焼を免れた。

和子は女五宮がいる二条邸に避難し、ひと月後、法皇とともに一条邸に移って仮御座所とした。

前回の大火から十二年。宮中のみならず民が暮らす町場も復旧再建がほぼ完了し、人々が生活を立て直して、やっと落ち着いて暮らせるようになったところに、再び災禍に襲われたのである。

人々は肩を落とし、焼け跡をかたづける気力すらなく、灰と埃《ほこり》が舞う空をただ茫然《ぼうぜん》と見つめて立ち尽くしている。また一からやりなおしか。そんな気力をどう振りしぼれと？　やっと再建したところで、いつまた焼失してしまうか。虚《むな》しいくり返しなだけやないか。厭世観《えんせいかん》が人々の心を覆《おお》いつくしている。

それを払拭《ふっしょく》すべく、秋が深まった九月、「延宝《えんぽう》」と改元された。

――いま一度、なんとしても。

すでに七十八歳の後水尾と、六十七歳の和子は、老いの身に降りかかった悲劇に打ちひしがれながらも、霊元天皇や明正・後西両上皇、子ら世代の傷心を支えるのに懸命だった。

「さいわい、皆、命が無事だったんや。日々の生活の不自由など、いかほどのことか。ここは心強うして、ともに耐えていこうぞ」

後水尾と和子がことに心配しているのは若い天皇のことである。

十歳で即位して、足掛け十一年。いまだに父法皇が院政を布《し》き、ほとんど政務に携わっていないが、成長するにつれ、独断専行が目立つようになっている。

まだ若いからしかたないと思いつつ、異母兄の後光明によく似た気性の激しさを、法皇も和子も心配している。ここで勝手な行動をしでかして廷臣らとの間に不和を生じ、幕府に目をつけられることにでもなったら、そう考えると、

「お上、くれぐれも自重せねばならぬ。たとえなにか不満があっても、辛抱せねばならぬえ」

法皇はくり返し、諫《いさ》めずにはいられない。

「そうですとも、お上。法皇さまにご心痛をおかけしてはなりません。若いあなたが父上さまをおいたわり、お守りせねば」

和子もまた、まだ幼さが残るうちに重荷を背負わせた負い目のせいで甘やかしすぎたかと、忸怩たる思いにさいなまれながら諫めるしかない。

「それに、あなたに宮中の未来がかかっているのですから。ご自分の御身も大切になさらねば」

十九年前、二十二歳の若さで急逝《きゅうせい》してしまった後光明のことを思い出さずにいられないのである。そういえばあのときも、禁裏が火事で焼失した後だった。あのとき、法皇も和子も地獄の苦しみを味わった。法皇はその後何年も重い気鬱《きうつ》に悩まされた。

いままた、その悲劇の再現にでもなったら、老いた法皇の心身はもちこたえられないかもしれない。

「お上、どうかわかっておくれ。われらを苦しめないでおくれ」

いつまでこの若者を抑えることができるか。不安はつのるばかりだ。

和子も法皇も、自分より若い者に死なれる悲嘆と恐怖は、どれほど神仏にすがりついたところで忘れられない。死は生老病死の順を追うことなく、年齢と関係なく、突然襲いかかる。人の命のはかなさは、和子自身、四人のわが子に先立たれて痛いほど身に染《し》みているが、だからといって諦《あきら》められるものではない。

幕府は度重なる再建費用の大幅削減を余儀なくされ、女院御所も例外ではなかった。建坪を三百坪縮小し、建物の質も落として、費用をほぼ半減させた。今回は法皇の年齢を考慮して先に仙洞御所から再建され、女院御所は翌年九月にようやく完成。和子は一年半ぶりにやっと新造御所へ入った。

女三宮昭子の病が発覚したのは、その直後。焼け出されて以来ここ一年ほど、昭子はほとんど岩倉御殿に逗留《とうりゅう》している。もともと女院御所のにぎやかな環境を好まないたちで、自分の御殿にいてもわずらわしいことが多いと、よく岩倉へ静養に来ていたし、一条邸での仮住まいは人に気を遣う昭子にはこたえたのであろう。静かな岩倉御殿のほうが気が休まろうと許したが、それにしても一年近くも母のもとを離れているのは、いままでにないことである。女院御所完成披露の振舞も、出席するよう再三、使いをやったのに欠席した。

気になって、法皇と連れだって修学院山荘で遊んだ帰り、法皇と別れて岩倉御殿へ立ち寄ってみたのだが、そこで初めて娘の顔色がひどく悪いことに気づいた。母親譲りのふっくらした顔立ちなのに、だいぶ痩《や》せて、肩も薄くなっている。

「そなた、どこか具合が悪いのではないかえ？　この母に隠しておけると思っておいでか」

「いいえ、少しばかり風邪気味のせいですわ」

山に囲まれた北の地だから、洛中よりだいぶ気温が低い。夏ならともかく、雪が降る日も多い厳寒期は、何枚も衣を着込んでも手足が冷えて眠れないほどだ。

「大丈夫です。わたくしはここが気に入っているのです。当分ここにおります」

彼女にしてはめずらしく強情に言いつのる。

「いいえ、なりません。わたしと一緒に帰るのですよ。母の言うことを聞きなさい」

強引に命じ、新造の女院御所へ連れて帰った。

すぐ医者に診せたが、やはり病だった。胸に腫物《はれもの》ができており、すでにだいぶ大きくなっている。

「そなた、まさか、母に心配かけまいと」

ひとり岩倉にこもったのだとようやく悟った。

医師は、もうそう長くない、とかぶりを振った。

「なにをいうのです。わたしが治します。この母が治してみせます」

叫ぶように言った和子だが、昭子はすでに自分の死を悟っていた。光雲寺で最期《さいご》の日々を過ごしたいと強く望んだが、和子はどうしても許してやれなかった。女二宮は看取《みと》れなかった。せめて昭子は最期まで側についていたい。

翌延宝三年（一六七五）閏《うるう》四月二十六日、昭子内親王死去。四十七歳。

安らかな死だった。遺言により、光雲寺に葬《ほうむ》られ、墓所とした。

後水尾法皇の「八十の賀」の祝宴が仮内裏でおこなわれたのは、その年の十一月十四日。四月か五月におこなう予定だったのが、昭子の死去で約半年延期されたのだった。霊元天皇はじめ、明正、後西以下、法皇の子女や兄弟姉妹ら親族がこぞって集まり、久々の華やかな宴となったが、和子の気持は晴れなかった。

それからわずか十日余の十一月二十五日、またしても大火がおこった。油小路一条の民家から出た火が折からの風にあおられて燃え広がり、天皇が仮内裏としていた近衛邸、後西上皇の仮御所の八条宮邸などを焼き、明正の本院御所も焼失した。二年半前の大火で半焼した部分を造り直して完成させてから、わずか半年後の被災である。

明正は母の女院御所に一時避難し、ひと月後、九条邸を仮御所として移った。明正がそばにいてくれたときだけはなんとか気がまぎれたが、またひとりになると昭子を失った痛手がふたたび和子の心をさいなんだ。

自分の中から、さらさらと何かが零《こぼ》れ落ちていくような、いままで感じたことのない空虚感と、見るものすべてが薄い膜を隔ててぼんやりしているような、現実感のなさが交互に襲ってくる。

むかしのことがつい昨日のことのような鮮やかさでよみがえるかと思えば、色も輪郭もさだかでない夢の切れ端のようにしか思い出せないこともある。

人に会うのが億劫《おっくう》になり、法皇や娘たちにも会いたくない。一日中自分の居室に引きこもり、脇息《きょうそく》にもたれて、ぼんやり庭を眺めていることが多くなった。こんなことではいけないと無理やり気力を奮い立たせ、人を招いて茶事をしたり、歌会を催す。精いっぱい笑顔を振りまくのに、それが終わって皆が引き上げてしまうと、坐《すわ》っていられないほど疲れ果てていることに気づかされる。

十

翌延宝四年（一六七六）六月、病魔が和子を襲った。

梅雨時の蒸し暑さで食欲不振がつづいていたところに、ある日の夕刻、突然のすさまじい雷鳴に肝をつぶして転倒し、一時は茫然自失の状態に陥った。

以来、寝たり起きたりの生活になった。昭子がまだ生きていると勘違いして名を呼びたてたり、今日が何日なのかわからなかったり、昼夜を取り違えることもある。生活習慣をきっちり守り、身のまわりはいつも清潔に保って食事も摂生を心掛けるたちなのに、それができなくなった。

なにより周囲が心配するのは、感情が乏しくなったことである。口数が極端に減り、ぼんやりしているときが多くなって、話しかけてもほとんど反応しない。

秋になって気候がよくなると、梅がしきりに、

「萩《はぎ》は早う見ておかぬと散ってしまいますよ、そろそろ菊の花が咲き始めますよ」

庭を歩いてみましょうと勧めるのに、興味なさそうな顔でかぶりを振る。どんなと

きでも庭を歩けば元気をとりもどす和子の変わりように、周囲の者たちは皆、これは尋常ではないと不安をつのらせた。せめてと、桔梗《ききょう》や竜胆《りんどう》を切ってきて花入に挿して見せても、興味を示さない。

法皇が、修学院で静養すればきっと回復する、一緒に行こう、と熱心に誘うのに、それにも応じなくなった。完成以来、年に少なくとも三、四回、多いときは五、六回も一緒に出かけ、数日間水入らずで過ごすのをなによりの楽しみにしてきた和子なのに、昭子が亡《な》くなるひと月前に行ったのを最後に、一度も出かけていないのである。

十二月になると、妙法院宮が七日間の祈禱《きとう》をおこない、伊勢神宮でも二夜三日にわたって祈禱がおこなわれた。

かならずや神仏が守ってくださる。もとの女院にもどってくれる。

誰もが祈るような気持で見守っている矢先、年の瀬もいよいよ押し迫った十二月二十七日、仙洞御所広御所から出火、仙洞御所と女院御所が全焼した。前回の女院御所焼失からわずか三年半。和子は新造女院御所に入って二年余で、またしても住まいを失ってしまった。

法皇も和子もなんとか避難できたが、法皇は後西上皇女御明子《にょうご》の邸《やしき》に避難し、和子は女五宮の二条邸に避難した。さいわいふたりとも無事だったが、法皇が避難する際、付いていたのはたった二人の公家と女房がひとりだけだったと聞いた和子は、烈火のごとく怒った。

「法皇の御身に万が一のことがあったらどうするのですか。火急の混乱のせいとすまされるはなしではない。処罰《しかばつ》します」

声を震わせてくどくどと叱りつけながら、感情が激して嗚咽《おえつ》をこらえられない。

「まあまあ、そないにきつう言わんでもええやろ。わしが歳《とし》のわりに機敏であったということや。それを褒めてくれんか？　わしはまだまだ動ける。かえって自信がついたえ」

冗談めかしてなだめながら法皇は、和子の昂《たか》ぶりように不安を感じた。

それでも、茫然として抑揚のない姿と比べれば、生き返ってくれたように思えて、ほっとする部分もある。おっとり鷹揚《おうよう》で、そのくせ、ここぞというときには自分よりはるかに腹がすわっている。それが本来の和子なのだ。

「わしも無謀をせんよう気をつけるゆえ。そなたもよう養生せいよ。ほれ、震えておるではないか。風邪を引いては大事じゃ」

衣を引き寄せて肩にかけてやりながら、和子のからだがだいぶ痩せてきているのに気づいて、吐胸を衝《つ》かれた。

年が明けて延宝五年二月、和子の病状はあいかわらずおもわしくなく、徐々に、だが確実に、衰えてきている。

幕府は将軍家綱の見舞いの使者を送ってきて、輪王寺宮守澄《りんのうじのみやしゅちょう》法親王、幼名今宮、かつての尊敬《そんきょう》法親王も急遽《きゅうきょ》、上洛した。

家綱はさらに、名医と評判の医師を二名、派遣して診察させた。

「どこがお悪いというより、積年のお疲れがいちどきに出たとしか」

「とにかくゆっくりお休みになられることです。焦《あせ》りは禁物。安静になさって、消化がよくて滋養のあるものをできるだけ召し上がってください」

要はもう積極的な治療法はないという意味だと、法皇は察した。

輪王寺宮法親王は四ヶ月京にいて、和子の調子がいいときには話し相手になった。

「母上さまは、お厳しゅうございましたな。わたしが勉学を怠けると納戸《なんど》に押し込められましたし、食べものの好き嫌いをいうと、そんなに嫌なら食べるな、と絶食させられました」

甘ったれだった子供の頃の顔にもどって口を尖《とが》らせて言うと、

「まあ、そんなこと、ございましたか？」

和子もうっすら笑みを浮かべ、はにかんだ顔で睨《にら》んでみせたりする。

「でも、姉宮さまたちと禁裏や法皇さまの御所に行かれるときはかならず連れていってくださったし、よくご本の読み聞かせをしてくださった。ほんとうに可愛《かわい》がってくださいました」

そんな話をしているうちに、和子の表情に生気がもどってくる。

庭に出たいと言うようにもなり、少しでも外の空気を吸って歩けば食が進み、よく眠れる。徐々に回復の兆《きざ》しが見えて皆を喜ばせた。医師たちの治療も少しずつ効果が現れ、輪王寺宮は、

「このまま養生してくだされば、無事に全快できましょう。またもとのお母上さまにもどれます」

安堵《あんど》の笑顔を見せて江戸へ帰っていった。

この分なら外出もできるようになるかもしれない。周囲が期待をいだくなか、法皇は慎重だった。

「とにかく一日でも早う落ち着かせてやりたい。自分の御所でゆっくり養生させてやりたい」

法皇の要請に、幕府は再建工事を急がせ、六月からわずか四ヶ月で完成させた。規

模はそれまでの女院御所より半分近く削減され、けっして豪華な内装でもないが、それよりなにより、和子自身がほっとしたのか、よくしゃべるようになり、顔色もよくなった。

「ありがたいことにどこも痛くないし、歩いてもふらつかないようになったよ。皆に心配かけてすまなんだね。もう大丈夫」

また趣味の押絵をやりだし、茶の湯の稽古や文学の勉強も再開した。もともと暇を惜しんで何かしらしていないと気がすまぬたちなのだ。根を詰めて疲れてはいけないと周りははらはらして諌めたが、やれるようになったのが嬉しくてしかたない様子に、強く止めることはできなかった。

そんな状態で季節が進んだ七月、霊元天皇の生母新中納言局が亡くなった。

東福門院が養母となっているため、天皇が喪に服す諒闇《りょうあん》はおこなわず、院号宣下も百か日法要まで延期。幕府の命令ではなく、摂家と武家伝奏が東福門院を憚《はばか》って決定した。

「なんと姑息《こそく》な真似《まね》をしよるんや」

法皇は激怒した。たとえ天皇の生母であっても、養母と生母とでは養母のほうが格上である。生母が正妻か側妾《そくしょう》かでも格差は大きい。公家《くげ》社会でも武家社会でもそれが

「家の秩序」である。それは重々承知しながら法皇が激怒したのは、朝廷側が必要以上に忖度《そんたく》したことにある。なんとか幕府の機嫌を損ねぬよう慮《おもんぱか》ったのだ。それが幕府と朝廷の力関係。あらためてその現実を突きつけられ、腸《はらわた》が煮えた。なんのために自分が屈辱を忍んで「禁中並公家諸法度」を受け入れたのか。ひとえに朝廷の伝統としきたり、ひいては尊厳を死守するためでないか。それなのに……。しかも、病床にある和子には、新中納言局が死んだこともその後の処遇も伏せられた。

「女院《あれ》は、そんなことを望む狭量《きょうりょう》なおなごではないに。それもわからぬのか」

和子の、入内から五十七年間にわたる努力、宮中の者たちや公家の女たちのことをたえず細やかに心に掛け、進んで援《たす》けてきたことまで、ないがしろにされた気がする。病状を悪化させぬためであったとしても、隠されるのは本人も不本意であろう。しかも、いずれ来る和子の死を見据えてのことだと思うと、怒りはおさまらない。

だが法皇は結局、和子には打ち明けなかった。言えば、和子は逆に法皇の気持を気遣う。心配させることになる。

一時は元気を取りもどしたかのように見えた和子の病状は少しずつ進んだ。冬の寒さがこたえるのか、延宝六年が明けると、いよいよ衰弱が目立つようになった。

五月、輪王寺宮法親王がふたたび上洛し、幕府も老中稲葉正則を見舞いの使者として上がらせた。見舞いの品は、和子に一分金一万粒、伽羅《きゃら》の名香八貫目、八丈島名産の縞布《しまぬの》二百反、屏風《びょうぶ》二双。法皇には伽羅五貫目に金襴二十巻、屏風一双。明正にも色糸百斤《きん》、八丈縞五十反。

その大量の進上物は、和子の長年の功績に対する将軍家綱の感謝の意に他ならなかったが、和子はその品々をお裾《すそ》分けとして天皇家に連なる人々に分け与えた。たとえば、近衛基熙《もとひろ》に金子三千疋《ひき》と八丈縞三反、正室の品宮には金子三千疋と伽羅香三匁《もんめ》。他の人々もそれぞれ与えられ、皆あらためて和子の心遣いがいつもいかに行き届いていたか思い出され、感涙に咽《むせ》んだ。形見分け、誰もがそう思った。

蒸し暑さが増し、じめじめと雨が降りつづく梅雨のさなかの五月二十六日、修学院山荘からの報《しら》せに、法皇は息を呑《の》んだ。

夜間に盗賊が侵入し、上御茶屋の隣雲亭が焼け落ちてしまったのである。浴龍池を見下ろす高みにある、法皇と和子のいちばん気に入りの亭で、よくふたりその開け放した座敷に並んで坐《ざ》し、広大な池を天空の海と呼び、茫漠と広がる夕景を飽かず眺めた。舟を浮かべて観音浄土への補陀落渡海《ふだらくとかい》になぞらえて笑い合った。和子の落胆を思うと、法皇はその事実を告げることができなかった。

ようやく晴れ日が多くなって梅雨も明け、猛烈な暑さが都を襲うようになると、和子の衰弱は日に日に進んでいった。

そんななかの六月十三日、品宮夫婦ら身近な者たちは、完成した女院御所の御庭見物に招かれた。和子が小康状態を保ってはいるが重篤《じゅうとく》であることは周知の事実なのに、和子自ら、ぜひいらしてくださいと招いたのである。

和子は広縁まで出て顔を見せた。ひどく痩せてしまったが、そのやわらかな笑顔は以前のまま、変わっていなかった。ひとりひとりに視線をめぐらせて微笑《ほほえ》んでみせ、うなずいて手を振った。ゆっくりしてらしてね。今度お会いするときはもっと元気になっていて、ご一緒に散策いたしますわ。そんな言葉を近習から伝えさせた。

翌日の夜から危篤になり、皇子や皇女、宮方が全員、仙洞御所と女院御所に集まった。

夜の間に奈良から駆けつけた大通文智と弟子の文海尼は、朝から寝所に詰めきりで見守った。

文智は近々と和子の顔を覗き込み、和子の手を自分の掌《てのひら》で包み込むと、小声でささやきかけた。

「女院さま、わたくしはむかし、あなたさまをお恨みしておりました。さんざんお心を傷つけましたこと、まだお詫《わ》びしておりませんでした」

「そんな、おおむかしのこと」

和子はちいさく笑ってかぶりを振った。

「わたしのほうこそ、あなたに謝らねばと思いながら、今日までできずに来てしまった。わたしが来なければ、あなたもあなたの母御も苦しむことはなかったのに……。でも、あなたは苦しみのなかから、自分で自分を救った。見事な生き方だと」

だからこそ、女三宮が尊敬したのである。望むように生きさせてやれなかった娘が、文智という心のよりどころを得られたことをありがたいと思っている。

目をつむったまましばらく沈黙した後、枕元《まくらもと》に梅を呼んだ。

「梅や、まさかおまえより先に逝くことになるとは思わなんだ。わたしが見送ってやるつもりでおったに」

「いいえ、姫さま。わたくしは姫さまがお生まれになった四日後から、お仕えしてまいりました。ですから、ご最期まで見届けさせていただけて、ありがたく存じます」

「わたしが最初に言った言葉は、おまえの名だったそうだね。うめ、うめ、と」

「はい、あのお声、いまもよう憶えております」

和子の息が切れ始めている。

「長かったね。いろいろあったね」

「ええ、ほんに。姫さまはようおやりになりました」

午《うま》の刻（正午頃）、いよいよ危急と医師が告げ、法皇はじめ全員が廊下づたいに女院御所に渡ったが、午の下刻（午後一時頃）、少し落ち着いてきて、まだ大丈夫ということになり、皆いったん退出した。

和子が思いがけないことを言い出したのは、その直後だった。

「最期は、ひとり静かに迎えたい」

文海尼だけ残り、梅にも退《さ》がっているよう命じた。

「いいね梅。最後のわがままだよ」

「ええ、ええ、仰《おお》せのままに」

梅と文智が出ていくと、文海尼とともに観音経を誦《ず》しながら、やがて呼吸が小さくなっていった。

未の下刻（午後三時頃）、法皇たちがふたたび駆けつけたときには、すでに息が絶えていた。

七十二歳。十四歳で上洛して以来、一度も江戸には帰らなかった。

五十八年間連れ添った老妻の額を撫《な》でながら、法皇はつぶやきつづけた。

「また一緒に修学院へ行こうな。のんびり逗留しような。梅、山茶花《さざんか》、椿《つばき》、次々に咲いてくれよるえ。土筆《つくし》も採れる。秋には茸狩りもできる。またふたりで舟に乗ろうぞ。まそなた、天空の海と言うたやろ。夕陽を照り返して、水面も空も薄紅色に染まる。まさに観音浄土の景色やぞ。隣雲亭で一緒に見ような。舟にも乗ろうな。きっとやで。ずっと一緒に、やで」

とりとめないつぶやきはいつまでもつづいた。

和子辞世

「武蔵野の草場の末にやどりしか　みやこの空にかへる月かげ」

後水尾追悼

南無阿弥陀仏《なむあみだぶつ》「仏《ふ》たゝびはめぐりあはむもたのまれぬ　この世の夢の契《ちぎ》りかなしき」

隣雲亭は、法皇のたっての願いで翌春三月、再建された。

完成した新亭を最初に訪れた日、空は晴れているのに斑雪《はだらゆき》が降った。はらはらと、陽光を照り返してきらめきながら降りつづき、天空の海に落ちる前に消えていく雪片を、法皇はただ、無言で見つめた。

東福門院和子の死去から二年後の延宝八年（一六八〇）八月、後水尾法皇、老衰で崩御。長生八十五歳。

舟の名は、ついにつけなかった。

あとがき

ずいぶん前になりますが、古筆学の故波多野幸彦《はたのゆきひこ》先生に東福門院和子《まさこ》の自筆書状をよく見せていただきました。二十代半ばの若い時期の自由闊達《かったつ》な筆跡から、中年期、六十代、と歳月を経るにしたがって、優雅で気品がありながら、しっかりした意思が感じられる筆跡へ。彼女の半生の軌跡がうかがえるものでした。

徳川将軍家の娘に生まれた彼女は後水尾天皇に嫁いで宮中の人となり、四代の天皇の実母あるいは養母、すなわち国母《こくも》になり、公武の不和と緊張の狭間《はざま》でたいへんな苦労をしました。そのなかで自らを成長させていったことに驚きを禁じえませんでした。いえ、困難こそが彼女を磨いたのかもしれない。そう思いました。

光雲寺は、東福門院が再興して娘の女三宮昭子《あきこ》内親王の道場とし、またゆかりの宮中と徳川家の人々を供養《くよう》するために菩提寺《ぼだいじ》としたお寺です。令和二年四月から南禅寺管長に就任された、光雲寺ご住職の田中寛洲老大師にいろいろお話をうかがえました。東福門院の遺髪と木像を見せていただけたことも望外の喜びでした。数え七十二歳の、当時としては高齢で亡《な》くなったのに、白髪というより明るい栗色《くりいろ》で、まるで幼女のやわやわした髪のようでした。宮廷装束にきらめく冠を戴《いただ》いた木像はあどけない愛らしい丸顔で、彼女のイメージそのままでした。

近世の尼門跡寺院と服飾の研究者である花房美紀さんには、東福門院が門跡尼《に》寺で生涯を送った皇女たちを手厚く庇護《ひご》し、慕われたことを教えていただきました。彼女が好んだ小袖《こそで》の意匠が流行の先端になり、京の染色文化を発展させたことも。

お二方のご教示のおかげで、東福門院という女性が血肉のある生きた存在になりました。感謝してもしきれません。ありがとうございました。

「小説新潮」編集部の福島歩さんと書籍編集部の川上祥子さんには、光雲寺や大宮御所、修学院離宮の取材に同行していただきました。お二方と眺めた、修学院離宮の広大な池に、早春の斑雪《はだらゆき》がきらめきながら舞い散る光景は忘れられません。夢のように美しく、後水尾天皇と東福門院もきっと息をのんで見つめたであろうと思いました。

乱世からようやく脱して平和な世になった江戸時代初期、後水尾天皇と東福門院は相克を乗り越え、融和と協調のなかから豊かな文化を熟成させました。そのふたりを描くことが時代を映し出すことになれば、そう願って書きました。

令和三年三月　春の陽の明るさを感じつつ

梓澤《あずさわ》　要《かなめ》

【参考文献】

熊倉功夫『後水尾天皇』中公文庫
久保貴子『徳川和子』吉川弘文館　人物叢書
久保貴子『後水尾天皇　千年の坂も踏みわけて』ミネルヴァ書房
中川登史宏『京都御所・離宮の流れ』京都書院アーツコレクション⑮
瀬川淑子『皇女品宮の日常生活「无上法院殿御日記」を読む』岩波書店
村上道太郎『着物・染と織の文化』新潮選書
藤井譲治『徳川家光』吉川弘文館　人物叢書
霞会館資料展示委員会編『寛永の華　後水尾帝と東福門院和子』社団法人　霞会館
霞会館資料展示委員会編『後陽成天皇とその時代』社団法人　霞会館
京都国立博物館編『花洛のモード　きものの時代』特別展覧会図録　思文閣出版
中世日本研究所他編『尼門跡寺院の世界　皇女たちの信仰と御所文化』東京藝術大学大学美術館　展覧会図録　産経新聞社
写真三好和義『仙洞御所　修学院離宮』京都の御所と離宮②　朝日新聞出版
泉屋博古館編『二条城行幸図屏風の世界　天皇と将軍　華麗なるパレード』サビア

解説　澄みわたる女の修羅

近藤サト

梓澤要さんの作品には、ヒーローもヒロインも、登場しない。

私は以前から梓澤さんのファンで、『捨ててこそ　空也』や『荒仏師　運慶』も読んでいるのだが、空也も、運慶も、主人公であってもヒーローではない。司馬遼太郎作品に出てくるような、「ヒーローど真ん中」という人物は不在なのだ。

さらに言ってしまえば、100％幸せな人物も、登場しない。

こう書くと、なんて悲壮な物語なのだろうと考えてしまうかもしれないけれど、そんなことはない。だって、私たちが生きている現代にだって、100％幸せな人物なんて、そうそういないでしょう？　物語の中に出てくるようなヒーローやヒロインだって、せいぜい一握り。そう。なんてことはない。梓澤作品に出てくる主人公は、私たちと同じ、地べたをはいつくばって生きるような「普通の人間」なのである。

歴史小説には「史実」が存在する。しかも大抵の場合、登場するのは歴史に名を残すような人物だ。矛盾するようなことを、好き勝手に書くわけにはいかない。

だが一方で史実と言っても、資料が全《すべ》て残されているわけではないので、同じ人物を題材にしていても解釈がちがうと、まったく毛色のちがう作品になる。史実と史実の間をこの人はどう埋めるのだろうかと、作者の個性を楽しむのが歴史小説の醍醐味《だいごみ》なのだ。

そんなふうに梓澤さんの作品に親しんでいたので、主人公が東福門院徳川和子だと知ったときは、正直少し意外だなと思った。

例えば、『捨ててこそ　空也』は庶民の話だ。荒れ放題の京都で人がいっぱい死んでゆくような、底辺のぐちゃぐちゃした市井《しせい》の逸話が多い……どちらかと言えば「闇《やみ》」に近い物語である。

一方で、和子というのは家康の孫娘であり、秀忠と江の娘。華やかな徳川のお姫様だ。その出自自体が、既に強烈な「光」だろう。闇を書くのが上手な作家だからこそ、「今回はテイストが違うのかな？」と、拍子抜けするような気もちもあったのだ。

しかし、そんな私の予想は、読み進むうち、良い意味で裏切られることになる。

場所や身分が変わっても、梓澤節は健在だったのだ。徳川和子という題材ならば、「驚かせてやろう」とか「派手にしてやろう」と思えば、いくらでも書けるだろう。すごい濡《ぬ》れ場《ば》を書いたり、隠密《おんみつ》行動や殺しのシーンを入れたり、いくらでもできる。だが、梓澤さんはそういった飛び道具は使わない。

非常に真摯《しんし》に、誠実に人間の本質を描いてゆく。場所や身分が違っても、結局人間のやっていることは変わらないわよね、ということなのだ。

きらきらしたお姫様ストーリーでも、朝廷でのし上がっていく痛快無比な英雄譚《たん》でもなくて、ただ必死に生きたひとりの女性の生涯だからこそ、そこには深い共感が生まれる。

梓澤さんは強烈な光を舞台に、深い闇を描いたのである。

実のところ私は、小説を読んだり、映画を見たりして涙することはしょっちゅうなのだが、なんでも早めに泣いてしまう。「タイタニック」を見たときなんかは、始まって5分くらいでワーッと泣いて、あとはただ漫然と眺めていた。早い段階で物語の展開を予想してしまうため、「はい、ここ泣くところですよ!」というような、いわゆる、「泣きどころ」では泣けない人間なのである。

しかし珍しいことに、梓澤さんの作品では、最後にじわぁと涙があふれる。東福門院和子の生涯を描いているわけなので、「死んで終わりだ」というのは分かるのに、最後まで「どういうふうにこの物語を落とし込むのだろう」と、気が抜けない。そしてラスト五十ページくらいは今までのストーリーを振り返るように、ゆっくりと読む。そのようにして辿《たど》りついた最後の場面には万感迫るものがある。

ラストの一行も勿論《もちろん》だが、やはり「上洛《じょうらく》して以来、一度も江戸には帰らなかった」。ここに、やられたなと思う。この「江戸には帰らない」という表現は、それまでにも繰り返し文中に登場する。九十三ページの「何があっても二度と江戸の土は踏めぬ」、百三十七ページには「一生帰れぬと覚悟して出てきた」。そのたびに「いやいや、私はここでは泣きませんよ」と思っていたはずなのに、ラストに向けてこれがボディブローのように効いてくるのだ。

作品に通底するテーマとしてあるのは、「女は哀《かな》しい」ということ。これに尽きる。和子の姉である千姫の台詞《せりふ》ではあるけれど、これは千姫に限ったことではなくて、ここに出てくる女は全員ある種の哀しみを抱えている。

この時代、女は当然のように政治の駆け引きにも使われる。先述の千姫に、和子、お江、女一宮……明正天皇なんて、本当にかわいそうだ。よくみんな精神を病まなかったな、と思うくらいの状況である。梓澤要という作家は、そもそも哀しみを描くのが抜群にうまいのだが、今作では女であることの悲哀が、見事に描かれているのだ。

哀しみと同じくらいたびたび出てくるのが「女の闘い」という表現だ。そういう意味では、和子の異名である「衣装狂い」もまた、女の闘いの一角だったのかもしれない。

彼女は、徳川の財力にものを言わせて湯水のように着物に金を使った。京の町ではバタバタと人が死んでいるのだから、庶民としては、もっと違う使い方があるんじゃないの？　とも思う。お粥《かゆ》とか配ったほうがいいんじゃないの、と言いたくなるけれど、そういった部分でしか自分のアイデンティティを見出《みいだ》せなかったという哀しさも感じる。

彼女がお金を使えるところは、実はすごく限られている。そもそも朝廷は、政治不介入。権威はあっても、庶民以上に自由のない生活だっただろう。そんな中で着物は、自分の力を認めさせるための道具でもあったのだ。そこには、「徳川を背負って江戸からきたのだ」という家康の孫娘、将軍の娘としての矜持《きょうじ》も見える。

だから、物語が進むにつれ京ことばになっていく和子は、読んでいて、少し切ない。和子のその矜持のおかげで、京の着物文化は新たに花開くこととなる。それまでの慶長小袖《こそで》に代わり登場した寛文小袖は、まさに彼女が生んだ着物だ。「和子好み」とも呼ばれる寛文小袖の特徴は、現代にも通じるモダンさである。デコラティブな慶長小袖に比べて、敢《あ》えて空白をつくる「地空き」のデザインは、ものすごく今風であるし、粋《いき》なのだ。今みても、彼女のセンスは飛びぬけていたことが分かる。

もちろん雁金屋《かりがねや》があり、乾山《けんざん》や光琳《こうりん》もいたからこそのアートとの融合だったわけだが、和子がひとつの着物文化を作りあげたというのは間違いない。

この本には書いていないが、和子は香道でも功績を残している。その道の人間に言わせると、「香道と言えば、和子」ということらしい。着物、香道、茶の湯、押絵……ありとあらゆる芸術・文化の分野で、和子はその才能を開花させるのだ。

そのあたりの彼女の必死さもまた、京で生きてゆくための矜持だったのだろうと思う。その必死さときたら、読んでいるうちに心配になってくるほどなのだが、ここでいい味を出すのが夫である後水尾天皇なのである。頑張りすぎる和子に対し、ひょろひょろっと登場した後水尾が、「肩肘《かたひじ》張らずともよいではないか」と声をかける。本当に良い役まわり。よく言わせたなと思う場面である。

そもそも、後水尾は、恨みと怒りの感情が激しい帝《みかど》だ。しかも、とにかくしつこい。彼が凄《すご》いのは、恨みを募らせるあまり、さらに過激な行動に出るところである。ドSに見えてMなんじゃないの？　そんなふうに思えてくるほど、自分を嫌う父帝や幕府に働きかけては拒絶され、また怒り、更に恨みを重ねる。

そんな帝だから、入内《じゅだい》したばかりの和子への反発も大きい。憎き徳川がおくってきた姫なのだから、当然だろう。

だが、後水尾は次第に妻に感化され、夫婦関係は徐々に変化してゆく。

このさじ加減がちょうど良いのである。

なぜ恨みに凝り固まった帝が感化されてゆくのかと言えば、それはこのふたりが共通してずっと孤独だったからだろう。そして互いが、相手が孤独なのだということを知っている。

ただ、私から見れば、後水尾の孤独と和子のそれは、明らかに種類が違う。後水尾は、やはりどこまでいっても「お坊ちゃん」でしかない。幕府憎しというのはもちろんあるけれど、やはりそこは天皇なので、努力をしなくても周りには人がいるし、甘えもある。

一方の和子も、出自だけ考えれば「お嬢さん」である。それにもかかわらず、彼女はほぼ単身というような状態で、敵地に乗り込んできたわけだ。公家《くげ》たちとの軋轢《あつれき》はとんでもなかっただろうと想像できる。まさに、針の筵《むしろ》だっただろう。その孤独たるや、である。

本来は逃げ帰りたくなるような出来事の連続だっただろうに、和子は必死に努力を続ける。そうして周りに認められ、自分の孤独を癒《いや》していく和子の泥臭さすら感じられる生き方には、心打たれるものがある。ひとつひとつのたゆまぬ、ある種の俗っぽさも伴う努力には感心するしかない。

そう。雅《みやび》な後水尾に比べて、彼女は俗っぽいのである。

金平糖のやりとりは、それを表す良い場面だろう。蓋《ふた》を開けた食べ物を誰かに贈る、ましてや気に入らなければ返してほしいなんて、京都ではありえない。おそらく、現代だってありえないだろう。

だが和子は、庶民的な感覚で、それをやってしまう。武家のざっくばらんさなんだろうけれど、そういう素直なふるまいは人の心を打つ。そこに、後水尾はリスペクトを抱いたのである。

だからと言って、最終的にこのふたりは果たして夫婦として本当に分かり合えたのだろうかといえば、そこには疑問が残る。

現代に生きる私たちにも通ずるものだけれど、最後の瞬間に、仲よく手をつないで「一緒に死のうね」なんて言える夫婦はどれほどいるのだろう。

和子と後水尾も、そんな甘ったるい関係ではなかった。

しかし絆《きずな》は確かに築かれており、おそらく彼らは共に闘う戦友のような存在だったのだろう。

梓澤作品を読み解くキーワードは、「修羅」だと私は思っている。後水尾との関係だけではなく、和子の人生そのものが修羅……戦いであった。

これだけの苦難の物語なのに、小説の読後感は驚くほどにいい。澱《おり》は残らず、視界が晴れ、クリアに澄みわたるのだ。修羅とはもともと「阿修羅道《あしゅらどう》」のことだから、その終わりに梓澤さんは救いをみているのかもしれない。和子の人生と共に、読者の私も極楽往生できたなと思う。

生きることは苦しい。しかし、その苦しみは最後には昇華して、人生の終わりというかたちで回収される。

私は『捨ててこそ 空也』が好きだと冒頭に書いたが、もし梓澤作品を読んだことがないという人がいれば、この『華のかけはし』をおすすめする。女の修羅と、澄みわたる世界観、どうか皆さんにも存分に味わってほしいと思う。

（令和五年十一月、ナレーター）

この作品は令和三年五月新潮社より『華の譜』として
刊行された。文庫化にあたり改題した。

梓澤要著　捨てこそ空也

財も欲も、己さえ捨てて生きる。天皇の血筋を捨て、市井の人々のために祈った空也。波乱の生涯に仏教の核心が熱く息づく歴史小説。

梓澤要著　荒仏師運慶
中山義秀文学賞受賞

ひたすら彫り、彫るために生きた運慶。鎌倉武士の逞しい身体から、まったく新しい時代の美を創造した天才彫刻家を描く歴史小説。

梓澤要著　方丈の孤月
―鴨長明伝―

『方丈記』はうまくいかない人生から生まれた！　挫折の連続のなかで、世の無常を観た鴨長明の不器用だが懸命な生涯を描く。

有吉佐和子著　紀ノ川

小さな流れを呑みこんで大きな川となる紀ノ川に託して、明治・大正・昭和の三代にわたる女の系譜を、和歌山の素封家を舞台に辿る。

有吉佐和子著　華岡青洲の妻
女流文学賞受賞

世界最初の麻酔による外科手術――人体実験に進んで身を捧げる嫁姑のすさまじい愛の葛藤……江戸時代の世界的外科医の生涯を描く。

有吉佐和子著　鬼怒川

鬼怒川のほとりにある絹の里・結城。戦争の傷跡を背負いながら、精一杯たくましく生きた貧農の娘・チヨの激動の生涯を描いた長編。

永井紗耶子著

大奥づとめ
―よろずおつとめ申し候―

女が働き出世する。それが私たちの職場です。文書係や衣装係など、大奥で仕事に励んだ〈奥女中ウーマン〉をはつらつと描く傑作。

永井紗耶子著

商う狼
―江戸商人 杉本茂十郎―
新田次郎文学賞受賞

金は、刀より強い。新しい「金の流れ」を作ってみせる――。古い秩序を壊し、江戸経済に繁栄を呼び戻した謎の経済人を描く！

藤原緋沙子著

月凍てる
―人情江戸彩時記―

婿入りして商家の主人となった吉兵衛だったが、捨てた幼馴染みが女郎になっていると知り……。感涙必至の人情時代小説傑作四編。

藤原緋沙子著

百年桜
―人情江戸彩時記―

新兵衛が幼馴染みの消息を追えば追うほど、お店に押し入って二百両を奪って逃げた賊に近づいていく……。感動の傑作時代小説五編。

藤原緋沙子著

へんろ宿

江戸回向院前の安宿には訳ありの旅人が投宿する。死期迫る浪人、関所を迂回した武家の娘、謎の紙商人等。こころ温まる人情譚四編。

藤原緋沙子著

茶筅の旗

京都・宇治。古田織部を後ろ盾とする朝比奈家の養女綸は、豊臣か徳川かの決断を迫られる。誰も書かなかった御茶師を描く歴史長編。

志川節子著　ご縁の糸　芽吹長屋仕合せ帖

大店の妻の座を追われた三十路の女が独り長屋で暮らし始めて——。事情を抱えて生きる人びとの悲しみと喜びを描く時代小説。

志川節子著　日照雨　芽吹長屋仕合せ帖

照る日曇る日、長屋暮らしの三十路の女がご縁の糸を結びます。人の営みの陰影を浮かび上がらせ、情感が心に沁みる時代小説。

志川節子著　日日是好日　芽吹長屋仕合せ帖

わたしは、わたしを生ききろう。縁があっても、独りでも。縁が縁を呼び、人と人がつながる「芽吹長屋仕合せ帖」シリーズ最終巻。

宮部みゆき著　幻色江戸ごよみ

江戸の市井を生きる人びとの哀歓と、巷の怪異を四季の移り変わりと共にたどる。〝時代小説作家〟宮部みゆきが新境地を開いた12編。

宮部みゆき著　初ものがたり

鰹、白魚、柿、桜……。江戸の四季を彩る「初もの」がらみの謎また謎。さあ事件だ、われらが茂七親分——。連作時代ミステリー。

宮部みゆき著　孤宿の人（上・下）

藩内で毒死や凶事が相次ぎ、流罪となった幕府要人の祟りと噂された。お家騒動を背景に無垢な少女の魂の成長を描く感動の時代長編。

新潮文庫最新刊

角田光代・青木祐子
清水朔・友井羊著
額賀澪・織守きょうや

今夜は、鍋。
—温かな食卓を囲む7つの物語—

美味しいお鍋で、読めば心も体もぽっかぽか。大切な人たちと鍋を囲むひとときを描く珠玉の7篇。〝読む絶品鍋〟を、さあ召し上がれ。

P・オースター
柴田元幸訳

冬の日誌／内面からの報告書

人生の冬にさしかかった著者が、身体と精神の古層を掘り起こし、自らに、あるいは読者に語りかけるように綴った幻想的な回想録。

C・R・ハワード
髙山祥子訳

ナッシング・マン

連続殺人犯逮捕への執念で綴られた一冊の本が、犯人をあぶり出す！ 作中作と凶悪犯の視点から描かれる、圧巻の報復サスペンス。

清水克行著

室町は今日もハードボイルド
—日本中世のアナーキーな世界—

日本人は昔から温和は嘘。武士を呪い殺す僧侶、不倫相手を襲撃する女。「日本人像」を覆す、痛快・日本史エンタメ、増補完全版。

加藤秀俊著

九十歳のラブレター

ぼくとあなた。つい昨日まであんなに仲良くしていたのに、もうあなたはどこにもいない。老碩学が慟哭を抑えて綴る最後のラブレター。

望月諒子著

大絵画展
日本ミステリー文学大賞新人賞受賞

180億円で落札されたゴッホ『医師ガシェの肖像』。膨大な借金を負った荘介と茜は、絵画強奪を持ちかけられ……傑作美術ミステリー。

華《はな》のかけはし

東福門院徳川和子

新潮文庫　あ－91－5

令和六年一月一日発行

著者　梓《あず》澤《さわ》要《かなめ》

発行者　佐藤隆信

発行所　株式会社　新潮社

郵便番号　一六二―八七一一
東京都新宿区矢来町七一
電話　編集部（〇三）三二六六―五四四〇
　　　読者係（〇三）三二六六―五一一一
https://www.shinchosha.co.jp

価格はカバーに表示してあります。

乱丁・落丁本は、ご面倒ですが小社読者係宛ご送付ください。送料小社負担にてお取替えいたします。

印刷・大日本印刷株式会社　製本・株式会社大進堂

ISBN978-4-10-121185-5 C0193